最美国门名片

国家移民管理局　编

群众出版社

·北京·

图书在版编目（CIP）数据

最美国门名片／国家移民管理局编 . —北京：群众出版社，2021. 12
ISBN 978-7-5014-6126-4

Ⅰ. ①最… Ⅱ. ①国… Ⅲ. ①纪实文学—作品集—中国—当代 Ⅳ. ①I25

中国版本图书馆 CIP 数据核字（2021）第 277423 号

最美国门名片
国家移民管理局编

出版发行：群众出版社
地　　址：北京市丰台区方庄芳星园三区 15 号楼
邮政编码：100078
经　　销：新华书店
印　　刷：天津盛辉印刷有限公司

版　　次：2022 年 3 月第 1 版
印　　次：2022 年 3 月第 1 次
印　　张：29. 25
开　　本：787 毫米×1092 毫米　1/16
字　　数：358 千字

书　　号：ISBN 978-7-5014-6126-4
定　　价：69. 00 元

网　　址：www. qzcbs. com
电子邮箱：qzcbs@ sohu. com

营销中心电话：010-83903254
读者服务部电话（门市）：010-83903257
警官读者俱乐部电话（网购、邮购）：010-83903253
啄木鸟杂志社电话：010-83903494

目 录

引　子

　　根据党和国家机构改革总体部署，2018 年 4 月 2 日，国家移民管理局正式挂牌成立。一支英雄的队伍换羽新生，承担起维护国家政治安全、边境口岸稳定和服务保障经济社会发展的职责任务。

　　改革转隶以来，广大移民管理警察不忘初心、牢记使命，忠诚担当、无私奉献，忘我奋战在祖国万里边关和国门口岸。他们有的在雪山之巅守望皎皎孤月，有的在云水峰峦决战毒枭毒魔，有的在三尺验证台挥洒心血和汗水，有的甚至将生命献给了移民管理事业……他们以实际行动践行着"忠诚为民、担当奉献、专业文明、公正廉洁"的移民管理警察职业精神。他们是新时代靓丽的"国门名片"。

　　为寻找"最美国门名片"，描绘新时代移民管理警察英雄群像，2021 年 5 月，国家移民管理局联合中国人民公安出版社，共同启动大型采风创作活动，特邀国内一线纪实文学作家深入国门口岸，零距离采访获得"全国公安系统二级英雄模范"、全国移民管理机构首届"十大国门卫士"等荣誉的移民管理警察，倾情采写了孙超等 14 位优秀民警的感人故事，现整理成书以飨读者。

第四期全国"公安楷模"、全国移民管理机构首届"十大国门卫士"孙超

万物成诗

——记第四期全国"公安楷模"、全国移民管理机构首届
"十大国门卫士"孙超

崔　民

忽而春风，为所有美好的开始

上世纪七十年代的河北农村，和北方大部分农村地区一样，闭塞，单调。生活在这片土地上的人们，骨血里似乎镌刻着与生俱来的平和与知足。种瓜得瓜，种豆得豆。日出而作，日落而息。他们对生活的要求就是，吃得饱，穿得暖。如果手头再能有点儿零花钱，那就再好不过了。

上世纪七十年代末，安徽凤阳小岗村的十八个手印拉开了农村改革的序幕，家庭联产承包责任制横空出世，作为农村经济体制改革的第一步，打破了"一大二公"、"大锅饭"的禁锢，解放了农村生产力，激发了农民创造力。简单概括就是，农民种自家的地，收自家的粮，余粮可以卖，卖得的钱，归自己。农民手中现金持有量大幅增加，农村经济大为好转，万元户的称号应运而生，随之而来的就是农民生产积极性越

发高涨，良性循环下，燕赵大地呈现欣欣向荣的景象。

这一年，河北高碑店一户孙姓人家喜添男丁。

这个男孩儿的出生给这个普通的庄户人家带来无限欢愉，老实巴交的父母很骄傲也很满足于儿女双全凑成了一个好字儿的家庭格局。这时候计划生育开始普及，村里人来吃百天宴，问这家人还要不要再生？女主人惯性地看向自己男人，男主人坚决地表态不要。朴素却对生活有着自己强烈认知的父母坚信，自己的儿子生在了好时候，他的未来会远远超过自己这一代，所以，他们给孩子起名：超。

孙超的童年和所有农村孩子一样充满着乡野的乐趣，下河摸鱼上树掏鸟。父母一边安慰自己说"淘小子出好的淘闺女出巧的"，一边又秉承着老一辈不打不成材的祖训，不好好吃饭就是浪费粮食，得挨打，不好好听话犯了错，得挨打，见了村里的老人不打招呼，得挨打，带着邻居家孩子偷偷跑小河沟里玩水，也得挨打。所以，在孙超的记忆里，父母和姐姐对他好是真的好，可是教训起他来那也是毫不含糊的真揍，让他明白了什么是亲情，什么是严厉，什么是规矩，什么是家教。

孙超上学了，就像脱缰的小野马被套上了笼头，立刻感受到学校和老师的权威性。孙超开始站有站相坐有坐相，开始主动帮着父母做些力所能及的事，像是烧水洗碗喂鸡喂猪什么的，逢年过节大扫除还知道去帮姐姐做点儿体力活。每天吃完饭很认真地看书学习，遇着不会的不懂的，也能虚心向姐姐请教。遗憾的是，他的学习成绩依然不上不下不好不坏。而且男孩子终究是男孩子，虽然懂事许多，没有闯过什么大祸犯下什么大错，但偶尔还是会调皮捣蛋。

孙家父母闲下来的时候也会讨论一下儿子的将来，都说三岁看小，七岁看老，这时候孙超已经上三年级了，倒是没啥大的毛病，可也没啥大的长处，在学校里成绩排名不前不后，跟村上同龄孩子比，那小身子骨也是不上不下，长大了性子就越发显得不温不火，那脑瓜子倒是不笨，可也没觉着有多机灵。两口子这么一番合计下来，也挺释然，这儿子长成以后大概率不会有啥大出息，但也绝不会走歪门邪道，也就是跟自家祖祖辈辈一样是老实人。两口子觉得挺好，小家小户的农民，一代又一代，最朴素的愿望就是，平安，健康。

孙超妈就想起小时候，领着孙超去村上人家喝喜酒，看着新郎新娘对老人行叩拜礼，周围人夸新媳妇漂亮、贤惠、孝顺，小孙超就回头大声说：妈，我长大了一定给你娶个孝顺的媳妇！逗引得一堆人哈哈大笑。这事儿孙超妈记得特别牢，时不时地就拿出来逗儿子：儿啊，妈也不指着你当大官挣大钱，你只要找个好媳妇过好你们的小日子，给我生个大孙子就行！

小学毕业的那个夏天，没有暑假作业，孙超他们一帮孩子乐得一蹦三尺高。开学以后他们就是初中生了，就会有更多的功课，不能再过六一儿童节，也再不能像小学这样无忧无虑地玩，所以，他们要趁这个夏天痛快地放飞两个月。

这帮孩子们是这样计划的，也是这样实践的。

直到孙超看到一片军用帐篷，那是一支解放军的驻队。

孙超记得自己问过解放军叔叔，为什么把营地扎在这里？对方回答是拉练还是什么训练，孙超忘了，反正从那天起，他每天早上都跑去看他们，一看就是一天。看他们走正步，看他们操练，看他们背着叠成方块的铺盖长跑，看他们吃饭前唱歌，看他们开会前喊口号，一直到回家，还能听到他们睡觉前吹号的声音。

孙超的世界从此打开了一扇窗。

这孩子没事就往军营跑，也不淘气也不讨嫌，就是静静地坐在一边看。时间久了，解放军叔叔们跟他也都熟了，遇着休息的空儿就带他进帐篷，给他讲故事，讲战斗英雄的故事，讲抗洪抢险的故事，讲在高高的山上修铁路的故事，讲新兵刚到军营的笑话，也讲老兵复员离开时像牛一样哞哞地哭。孙超看着他们整齐的床铺，规规正正的被褥，碗和筷子都摆放得像队列一样，他的眼睛里充满着崇拜。

这些兵遇着休息天也不闲着，把村里每个角落都清扫得干干净净，把那条一下雨就全是坑的道路给平整了，给村里的水塘清淤而且在周围筑了一圈栅栏，给庄稼地边上的防风林统一刷防虫的白灰，给村里的孤寡老人换洗被褥挑水做饭。

小学校的老师带着孩子们和解放军叔叔们一起共建，六年级的孩子因为小学毕业了可以不参加，但是孙超毫不犹豫地加入。跟解放军叔叔在一起，他觉得是自己的无上荣光，他努力学习着他们走路的样子、说话的神态，还有做任何事都全心全意的专注劲儿。

然后，孙超就遇到了那个与众不同的解放军叔叔。

那天，孙超像往常一样，吃了早饭碗一推就往兵营跑，路过大队部，他停下。大队部院墙跟前搭起了一个简易的木头架子，有个解放军叔叔正半蹲在上面朝墙上描描画画。这个解放军叔叔是名副其实的叔叔，不像军营里那些按着头非要让他叫叔叔的年轻人——孙超觉得他们跟村里邻居家的青皮小子差不多大，唇上只有一抹浅浅的茸毛，可他们穿着军装，整个人都显得高大魁梧了，所以，他们让他叫叔叔，他就叫了。

眼前这个半蹲在架子上拿着一支笔描描画画的解放军叔叔，他的年纪比孙超认知里的叔叔辈只大不小，他看起来特别和善，脸上挂着淡淡的微笑，可他的眼睛看向手中的笔时，有说不出的庄严和肃静。

孙超就停下来，看了好一会儿，他惊诧于那么细的笔能勾画出那么雄伟的高山，他小心地同时也是小声地问："解放军叔叔，你这画的什么呀？"

解放军叔叔停下来，回过头很耐心地回答："我画的是高山呀。"

孙超向前一步："高山顶上，那是雪吗？"

解放军叔叔笑了："小家伙眼力不错，对呀，这是雪山。"

孙超瞪大眼睛，长在冀中平原从来没有离开过的他只在书上看到过高山，知道高山的顶上有雪。他看这个解放军叔叔的表情更加虔诚："叔叔你去过雪山吗？"

解放军叔叔看着墙面上初具规模的雪山，点点头："当然去过啦。"

那一刻，孙超分明感觉到，解放军叔叔的目光看得很远很远。

从那天起，孙超拎着个小板凳整天坐在大队部院墙对面的树下看那个解放军叔叔画画。开始也有许多孩子围着看，但是解放军叔叔专心画画的时候不讲话也不笑，慢慢地，孩子们就散了。只有孙超一直在，他看着解放军叔叔画了整面墙的雪山，整面墙的松林，整面墙的白杨树。解放军叔叔在画画的时候，神情特别严肃目光特别专注，大太阳底下也感觉不到热。

最后画白杨树叶子的时候，孙超看见解放军叔叔用的是蓝色的颜料，就是天空的那种颜色，他很奇怪地想，这个叔叔去过雪山，看过松林，难道还见过蓝色的白杨树叶儿？很快，他的疑惑就有了答案。画完蓝色的树叶，解放军叔叔又在上面盖了一层黄色，这样，树叶就都变成了绿色，很鲜亮的绿色。

孙超不理解，他问，叔叔，要是绿颜色不够了，你也可以画黄色的白杨树叶啊，金黄色那种的，我在书上看到过，秋天的时候在村外头庄稼地边上也看到过，特别好看，为啥你费这么大功夫要把它画成绿色的呢？

解放军叔叔细心地涂抹好最后一片树叶，他看着满目青翠，像是回答孙超，又像是对自己说，因为绿色啊，是生命，是希望，是绝境里最鼓舞人心的颜色。

孙超像是明白，又好像懵懂，他能肯定一点，这个解放军叔叔特别喜欢绿色。

解放军叔叔开始收拾他的笔和颜料，孙超赶紧上去帮忙。撤掉架子的那天，孙超发现，这个解放军叔叔的腿脚不好。站着的时候，他腰背笔直看不出来，但是只要一走动，他的身子就歪斜得厉害。熟悉了以后孙超问过，叔叔，你是打仗负的伤吗？解放军叔叔笑了，现在是和平年代，不打仗。孙超就更好奇了，那你这是怎么伤的啊？解放军叔叔说，叔叔这是演习时候受的伤。孙超就问，啥叫演习？解放军叔叔想了想，认真地回答他，现在虽然不打仗了，可是军人的职责就是保家卫国，要时刻准备着，演习呢，就是为可能会发生的打仗做的准备。

孙超看着解放军叔叔，即便瘸着一条腿，可他的形象在孙超的眼里心里却更加高大。他本能地站直，用手扶正胸前的红领巾，庄重地敬了个少先队礼，叔叔，你是英雄。解放军叔叔也站直，认真地回了个军礼，孩子，你是祖国的花朵，希望你早日长成参天大树。

暑假很快结束，快乐的时光总是那么短暂。那支解放军的驻队也撤离了，就像他们突然到来一样，突然就走了。孙超站在村外，看着曾经一片帐篷的空地，就在不久前，这里还有好多解放军叔叔在操练，在集合，在唱歌，在走正步……莫名地，他的心里就有些难过，这种少有或没有过的情绪让他眼睛酸酸的。他又来到大队部，看着整面墙的雪山，整面墙的松林，整面墙的白杨树。眼前浮现出那个腿脚不好的解放军叔叔的面容，耳边响起他说过的话，他说绿色是希望，是生命，是绝境里最鼓舞人心的颜色。

一面墙的白杨树，绿意盎然。

孙超跑回家，爸爸刚从地里回来，满脚的泥，正掰着指头欣喜地计算今年的收成。姐姐在帮妈做饭，灶上大蒸锅里呼呼冒着热气，就像这日子一样透着喜兴和温暖。孙超直愣愣站在那里，梗着脖子大喊一声：我想好了，等我长大了，我要去当兵！参军！穿军装！

喊完了，孙超只觉得胸中依然有什么堵得难受，他转身跑到院子一角的菜地里，找了棵高大的西红柿秧挡着，无声地却是痛痛快快地哭了一场。他不明白自己为什么会哭，他只是在泪水中想念着那些穿着绿军装的解放军叔叔。

孙超悄悄地画了一幅画，白杨树，长满绿叶子的白杨树。为画好这张画，他经常跑到大队部院墙外，看着那些墙看着那些墙上的画，一看就是好久。

刮风了，下雨了，降霜了，飘雪了。那些画依然色彩生动。

这一年春节，下了好大一场雪，河里的冰结了好厚。爸妈去走亲戚，姐姐在通红的炉圈上烤地瓜，孙超百无聊赖，惯性地又来到大队部。大队部迎新年特意装点了一番，大门两边贴上了鲜红的对联，大门正中挂上了火红的灯笼，映着皑皑白雪，分外醒目。只是平时人来人往人声鼎沸的大院，此刻空无一人，院墙里面那棵光秃秃的枣树有几枝伸出墙头，梢上落了几只麻雀，却显得更加寂静冷清。

孙超的目光停驻在墙上。

整面墙的雪山在这样的天气里就好像是真的，整面墙的松林厚重葱郁，让人身临其境，让他无法移动目光的是那整面墙的白杨树，整面墙的绿叶，在这萧瑟肃杀的冬天，透出一种只有春天才会有的蓬勃只有夏天才会有的舒展。果然，绿色是希望，是生命，是绝境里最鼓舞人心的颜色。

这面墙，这整整一面墙的绿色白杨树叶成为孙超成长中不可或缺的一部分。

春天，他从中看到了生机；夏天，他从中看到了热烈；秋天，他从中看到了坚韧；冬天，他看着它，看到的是生命。

一年一年过去，这面墙上的绿叶渐渐变得浅淡变得斑驳，孩子们在这面墙的前面来来去去渐渐长大，慢慢地，没有人在意这些只剩下一些模糊的轮廓的画影儿。孙超却在意。一个少年在慢慢成长，而这份记忆早已深深地刻在心里，从来不需要想起，永远也不会忘记。

一无所知的世界，走下去才会惊喜

孙超意料之中的没有考上大学。事实上，那个时候，考大学就是千军万马过独木桥，一个村，几年了，也就出过一个大学生。高中毕业的孙超个子倒是长高了，人也很利落，意气风发。只是瘦，特别瘦，怎么都不长肉，姐姐说吃得再多也体现不出"改革开放带来的红利"。

南下打工大潮早已经席卷北方农村，社会上流行着这么一句话，东西南北中，发财在广东。村里的小伙伴有的只念了初中就成群结伙地去了深圳和广州。孙超却没动这心思，家里养着牲口，父亲赶大车卖白灰和红砖，凌晨四点就出门，母亲负责一家人吃饭，孙超至今都记得，母亲炒的饼刚出锅的香气。孙超就在家里帮衬着父母干活，孙超父母倒也默许儿子留在身边留在村里，哪怕有人说出去见见世面也好过这样土里刨食挣死钱，一家人不为所动。家里现在不光有收录机还有大彩电，父母每天雷打不动地看新闻，看深圳速度蛇口效应，看一个小渔村蜕变成一个灯火辉煌的国际都市。也看法制节目，广州火车站的黄牛，街道上的飞车党。邻村有个漂亮闺女去了深圳打工，喜欢金首饰，项链买不起，戒指太招摇，攒了三个月工资买了副金耳环，第一天戴着去看电影，就被骑着摩托的小混混儿给撸去了，耳朵孔都拽豁了，小姑娘吓得回来再没敢出去。孙超父母私底下感慨，庆幸儿子没跟着村里的年轻人出去闯荡，现在生活好了人们有钱了可是人心好像也浮躁起来，儿子就这样安安分分地在家，没啥不好。

一个看起来没有什么不同的日子，孙超正跟在父亲后头帮着搬砖，地头的喇叭里传来广播，是县武装部的征兵通知。正锄草的孙超耳朵立刻竖起来，仔仔细细听完广播，他大步上前几步，走到父亲面前，平静地说，爸，我要去当兵。

这天晚上，孙家召开家庭会议，连刚出嫁没多久的姐姐也被喊了回来。姐姐很当回事儿地带着姐夫一起回到娘家，一听说孙超要当兵，姐姐第一个表示不赞成。姐姐的话不无道理，现在好些年轻人外出打工，好好干，一年能赚个大几千，这可是净落到手里的钱，干个几年，娶亲盖房的钱下彩礼的钱，不都有了？孙超很坚定，我就是想去当兵。姐夫也婉转地附和姐姐，现在不比以前了，以前人的机会不多，当兵是不错的选择，在部队上入个党，转业回来在县里能落下脚，最不济也能在村里给安排个工作，现在有了挣钱的路子，还有几个人想当兵啊？这话出口，没等孙超反驳，孙超爸先不愿意了，他端起茶碗很响亮地喝一口，然后重重把碗蹾在炕桌上，一家之主的威仪顿时显现，要都像你这样，都只想着挣钱，没人去当兵了，那国家的部队不就没人了?! 一个国家没有部队，那还是国家吗?!

孙超崇拜地看着父亲，那一刻，父亲在他心里的形象无比高大。

这次家庭会议的结果就是，姐姐带着姐夫饭也没吃就回去了，孙超爸带着孙超去了村委会，打听好了当兵报名的地方，孙超妈连夜给爷儿俩各烫好一套衣服，第二天，父子两个昂昂然地出了村。

本以为志在必得，却没想到出师不利。

孙超万万没想到，自己竟然被卡在体重这一关上。

征兵要求里明确规定，男性体重不得低于标准体重的15%。孙超差了将近五公斤。征兵办的军人可能看多了不符合标准的人，很淡定地叫下一位的名字，孙超急了，他辩解，首长，我早上赶路没吃饭，中午排队等着体检，也没吃，连口水都没喝，这天儿太热，人的胃口就不大好，等秋后天凉了，我能证明给你看，我特能吃，别说五公斤了，一个月我都能长八公斤上来，首长，要不，我出去吃顿饭再回来称一称，肯定上来两公斤……

征兵办的军人笑了，他从孙超的眼睛里看到了热望和渴盼，他问，就这么想当兵啊？我们这批招的兵，去的地方可苦啊！

孙超下意识地立正，大声回答：决定当兵，自然不怕苦不怕累！

征兵办的军人明显被感动了，他轻声对孙超说，还有一个月才正式报名，这一个月时间，就看你能不能像你说的那样，也不要你长八公斤，你能长个三四公斤，别差得太多，我就收你！

爷儿俩立刻回家，一进家门，气儿都没喘匀，孙超爸爸就指使孙超妈，去，杀鸡！孙超妈以为万事顺意爷儿俩这是庆贺的意思，喜滋滋地去杀了一只鸡，吃得毛干爪净才知道，儿子因为体重没达标，当兵的事儿还悬着呢！按孙超爸爸的计划，三天一只鸡，一个月就是瘦皮猴也能给催成个大马猴。孙超妈太了解儿子了，就是个只吃不长肉的品种，她有些犹豫，心疼那些鸡啊。孙超爸爸眉毛头发都立起来了，你个妇道人家头发长见识短，为国家为部队，吃几只鸡算啥？！

这一个月，孙超吃了整整十只鸡，按约定时间来报名，征兵办那个干部果然在人群中一眼就看到了孙超，笑着朝他招招手，孙超自信满满地从人群里走出来。

1996年，孙超光荣入伍。

在火车站，穿着没有领章帽徽的崭新军装，胸前戴着大红花，身后背着行军装备，整齐地站成队列，每个年轻人都腰板笔直精神抖擞。孙超爸妈在送行的人群里看着儿子，一想到养了十几年天天在眼皮子底下的儿子，这就要离开家离开亲人去几千里之外的异乡，忍不住红了眼眶。孙超站得笔直，用眼神跟父母道别。对未来的兴奋大于离别的伤感，孙超终于实现了自己的梦想，走进了军营，他对即将到来的新生活满怀憧憬。

列车一路西行，看着窗外变幻的景色，孙超的心里充盈着激动和兴奋。他们已经知道这批兵全部前往新疆。

新疆，一个只听过没去过的地方，一个在地图上占据了六分之一国土面积的地方，歌舞之乡，瓜果之乡，盛产长眉深目的帅哥美女，有吐鲁番葡萄和哈密瓜，有长辫子的达坂城姑娘和果园里深情的阿娜尔罕……

车越走越远，窗外的景色渐渐由郁绿变成苍茫，车厢里的年轻人把脸紧紧地贴在车窗上，看着一望无际的戈壁，荒无人烟，渐渐地，歌声停了笑声住了他们沉默了。他们隐隐约约领会到了征兵的首长一直强调的苦。孙超的心情也变得有些沉重，可是，看着周围的伙伴们凝重的眼神，他意识到，不能这样。孙超带头唱起了《咱当兵的人》，他一起头，很快，整个车厢就响起了激昂雄壮的歌声。

其实，骨子里有些内向的孙超做出这样的举动时压力很大，可是，他想起出发时，大家斩钉截铁地喊出口号：祖国的需要是我们的荣耀！这份荣誉和使命感，怎么能被一片戈壁击败！他们放声歌唱唱出自己的坚定和勇敢。

在乌鲁木齐集训的那四个月的时光在孙超的生命中占据着无可替代的位置。

这是一个神秘美丽的城市，有高楼大厦，也有着民族风情的建筑，街道上有和孙超一样的人，更有声名远扬的少数民族的美丽姑娘。同样用的是北京时间，可是这里和家乡有两小时作息时差，倒时差成为这批新兵第一个需要攻克的难题。家乡的夏天，晚上十点，天早就黑透了，这里，晚上十点，天还大亮着，夜市比白天还要热闹，熙熙攘攘人来人往。太阳落得晚，可是升起来却一点儿也没偷懒，早上六点，天光大亮。白天很热，阳光透彻得好像利剑的反光，可是太阳一落山，夜凉如水。家乡的初秋是燠热的，秋老虎的威力是不容小视的，可在这里，夜晚盖着裹得紧紧的被子睡得分外酣畅。孙超彻底理解了中学课本里对新疆的描述：早穿皮袄午穿纱，抱着火炉吃西瓜。这里的西瓜不但大而且超甜，应该说，这里的所有水果都超甜，所有关于对新疆瓜果的描述，归根到底，就是甜。还有这里的羊肉，彻底改观了孙超对羊肉的概念。在家里，孙超是不怎么吃羊肉的，他受不了那种膻味，可在这里，吃到嘴里如果不说，他根本想不到吃的是羊肉，那种香，带着一股清甜，入口即化。这里一年有半年冬天。孙超有时候看着窗外的风雪会发呆，如果家乡也有半年冬天，爸妈是不是就轻省许多？转而一想也不好，如果一年有半年冬天，那收成就得减一半。孙超就很发愁，所有的美丽所有的富足其实也存在着不可调和的缺陷，也许，人生也是这样？

集训结束，新兵分为几批，正式进入各自的连队。

乌鲁木齐留下几个，其余的，全部坐了军车，一路向下走。

这是清明过后，乌鲁木齐的树开始冒绿芽，榆叶梅已经打苞，孙超喜欢这季节。他在上车之前，回头看了好一会儿，直到把所有景色映在心里，这才转身。

吐鲁番跟乌鲁木齐距离很近，却像是两个世界，乌鲁木齐的树木才开始返青，吐鲁番的杏花已开得满坑满谷。军车在吐鲁番放下几个战友，继续前行。和田又是另一番景象，这里民族气息浓郁，街道上有许多花店，走在街道上的男人女人老人孩子，大都很自然地擎着一束花哪怕一枝花，神态悠闲步履从容。不用语言，孙超也能感受到他们对生活的那份闲适、热爱和努力。孙超甚至有点儿羡慕在这里下车的几个战友。再往下走是阿克苏，听带队的教官说，这里红旗坡的苹果特别有名，果然，一掠而过的街道，许多以苹果命名的餐厅和商店。这里放下几个战友，军车里就只剩下不到三分之一的人了。然后，车到了喀什。孙超很早就听过这样一句话，不到喀什，不知道中国之大。现在孙超知道了，中国真大！从乌鲁木齐到喀什，都在新疆境内，军车走了十天。喀什很干燥很热，喀什的街道和乌鲁木齐相比，有另外一种风情和热闹。孙超满以为喀什就是终点是自己的归属，可是，在喀什放下战友，军车继续前行，空荡荡的车厢里只有孙超一个人了。

孙超由惶惑到委屈到伤心，他悄悄哭了，不是因为孤单，不是因为寂寞，他在想，是不是我在新兵训练时候犯了什么错，为什么只剩下我一个人？

军车继续前行，孙超不知道还要往哪里开，他看着窗外，喀什花红柳绿，可是车越开窗外的景色也依次越发的寡淡。半天过后，视野所及竟然是茫茫雪原！孙超不敢相信自己的眼睛，可是他看了又看，真的是雪！很厚的雪！路过收费站，收费员穿的都是棉大衣！孙超才意识到自己有些冷，教官就递过来一件军大衣。两人都穿上，互相看着对方，孙超想问，可是又怕是不是有什么纪律规定，硬生生忍住了。教官看出来

最美国门名片

他的疑惑，说，接下来要去的地方是红其拉甫。

孙超精神为之一振。新兵训练时候，就经常听老兵们说起红其拉甫，最艰苦的地方最优秀的队伍最醒目的标杆最坚定的榜样。原来自己是要去红其拉甫！

教官看着一脸兴奋的孙超，告诉他，红其拉甫是塔吉克语，翻译过来就是，血的通道，孙超，你要做好吃苦的准备。

孙超大声回答：时刻准备着！

他兴奋地看着窗外，漫天飘飞的雪花，这奇异的景色就好像是送给他军旅生涯开篇的礼物。

颠簸了一天，暮色四合时，车终于停下。

塔什库尔干县，红其拉甫边检站，站长带着战士们列队欢迎，大家依次上前敬礼，握手，每个人脸上都是澄澈的笑容，这一刻，孙超真切地感受到，到家了。

这一晚，他睡不着，兴奋地翻来覆去，躺在床上仿佛都能听到血液在身体里流动的声音。他干脆爬起来用手电筒照着在被窝里写信，在信里，告诉爸妈，他来到了有着光荣传统的红其拉甫，整个新兵连只有他一个人来到了红其拉甫，他一定好好干，争取早点儿入党，争取做出成绩。

这一夜折腾到很晚他才睡着，早晨起床号一响，他条件反射腾地坐起来，眼前一黑，差点儿栽倒。孙超以为是自己没睡好，可是刷牙的时候，这种陌生的眩晕感再次出现。孙超有些不安，是不是自己着凉了生病了？他摸了摸额头，并不烫啊！他安慰自己，可能是还没适应新床新被新宿舍。

跑操的时候，眩晕再次袭击了他，这回孙超真的害怕了，他捂着心口，心跳得像鼓一样，他一脸愧疚地看着班长，班长，我错了，我昨晚不该睡那么晚……班长一挥手，两个战友扶着他去了医务室，卫生员看了看他，新兵吧？孙超点点头，卫生员司空见惯般把一只氧气管套在他脖子上，很利落地把吸氧头塞进他鼻子里，没事儿，吸氧半小时就没事了。

这时候，孙超才知道，红其拉甫边检站平均海拔4000多米，这里的含氧量不到平原的一半。他昨天晚上听到的，真的是自己血液在身体里流动的声音。卫生员告诉他注意事项，在这里，不管是白天还是黑夜，是训练还是休息，只要有不适的感觉，立刻，马上，来医务室，如果感觉行动有困难，立刻，马上，告诉身边的人。卫生员用特别沉痛的语气说，有个十九岁的新兵，不想麻烦战友，就自己忍着，结果，错过了最佳抢救的机会，牺牲了。卫生员脸上的悲伤生动而深刻，十九岁，才十九岁，他的人生还没开始，就结束了。卫生员很认真地看着孙超，所以，你必须答应我，任何时间有任何不适，立刻，马上，求救！

如果说，缺氧是孙超军旅生涯遭遇的第一个困难，那么紧接着，就是第二个。

孙超被分到炊事班。貌似每个新兵都有一段在炊事班的光荣岁月，孙超高高兴兴开始了红其拉甫站的新生活。本来他想得很简单，好好做饭做好饭，炊事兵难道不是整个军营里最简单的兵种吗？事实证明，他太天真。首先，你没办法好好做饭，水烧不了全开，能到七十度已经是极限，再就是，不管是煮面还是蒸馒头蒸米饭，比在家多用两倍时间，依然不是硬芯就是夹生。孙超喜欢吃面，喜欢吃筋道的面，可就这么一个看似再普通不过的要求，在这里，成了奢求。只要是煮熟的面，那必然是没牙老太太都能吃的，软，烂，绵。好吧，主食好歹有原料，最让孙超头疼的是，没有蔬菜。他来那天在路上遭遇的那场纷纷扬扬浪漫的飞雪，已经演变成暴雪，这结果就是导致了封路，而蔬菜肉食是周期性由喀什运来的，这下，上不来了，这里就跟不上趟了。而这里的集市，只有品种少得可怜的一家菜摊，卖的也只有品相极差的胡萝卜和恰玛古——一种长得像萝卜吃起来简直就是萝卜的块茎类作物，吃一顿可以，顿顿吃，这谁受得了？急火攻心，孙超腮帮子肿老高。他开始认真规划自己的工作，这还是夏天，那冬天怎么办？而且红其拉甫这地方，不是半年冬天，而是一年只有四十天的无霜期，这意味着，就连他嫌弃的胡萝卜和恰玛古也极其珍贵！此后孙超的家信，每一次，都会问腌菜渍菜酸菜的做法，把那些适合保存的菜想着法儿地腌制起来，想着法儿地让菜的口味变得丰富一些……可是，太难了！

这一年冬天，战友从山东探亲回来，带了一小捆菠菜，怕冻了，很精心地用块厚毛巾裹了放在手提包里，遇上暴雪封路，又是敞口透气又是换报纸包了吸潮气，结果，回到站里，那一小捆菠菜只挑出五根能吃的。就这五根菠菜，做了一锅面，十九个人分，每人只能分到一片菜叶，那碗面，吃得极慢极细致，那小心翼翼的模样，那眼睛里亮晶晶的喜悦，刺痛了孙超的心，更痛的是，他感觉无能为力。人可以造锅炉，抵御高寒天气，人可以锻炼身体，缓解高原反应，人可以开着汽车迅速回到平原，逃离这冻土无氧区，但是，人留下，却改变不了地貌和气候。不是你有意志有决心有毅力有付出就能得到你想要的结果。

孙超差点儿抑郁。所有当兵之前的雄心壮志在此刻看来，天真，而且幼稚。

孙超甚至灰心地想过，三年的军旅生涯转瞬即逝，到时候，我可能两手空空地离开，青春一场，热血一场，高原一场，军营一场，真的，只能黯然离场吗？

很快，孙超就找到了答案。

孙超接到通知，轮岗去前哨班。

前哨班，距离红其拉甫边检站有四到六小时车程，快慢远近完全视天气情况而定。前哨班的主要任务就是驻守国门，检查口岸通关的人和车。孙超在站里的宣传栏里看到过前哨班战士拍的照片，蓝得耀眼的天空，雄壮伟岸的国门，一队战士背着枪列队走过，英姿勃发。

孙超做了充足的准备，可第一夜就给了他一个下马威。

前哨班所在地海拔高达5100米，孙超之前了解过这些情况，也做好了身心双重准备，但是，实际情况远比他想象的还要严峻。到现在，他还能清晰地回想起第一天上去的那一夜，头痛得就像一根钢针深深地扎进颅脑，同宿舍的战友以过来人的经验，把武装皮带紧紧地箍在他头上用以缓解，就这样，他依然难受得恨不能撞墙，好不容易盼到天亮，他觉得自己失去了半条命。一轮岗是一个月，然后才能下去休息。前哨班长问孙超能不能坚持，孙超坚决地表示，能。

孙超还是负责做饭，在这里做饭，比在红其拉甫更难。不仅氧气含量低，水的沸点更低。孙超一边努力调整身体状态，一边尽其所能地把饭菜做出花样做出味道。一周后，他感觉适应了些，闲不住的本性使然，他在前哨班四处找活干，修理螺丝松动的椅子，补好黑板的裂缝，那台一直重影的录像机也让他鼓捣清楚了。

漫长的冬天，恶劣天气导致的短暂封关经常发生，高原没有信号，看不到电视听不到广播，能休闲消遣的只有那台录像机，即使重着影儿，也聊胜于无，现在突然画面清晰色彩分明，大家能不高兴吗？于是对这个叫孙超的新兵蛋子青睐有加。孙超得到大家的赞扬倍受鼓舞，更加身体力行地做好后勤各项保障。

孙超规整厨房用具，在架子最底层最角落的地方发现了一口巨大的样式古旧的高压锅。孙超检查一下，锅本身没啥大毛病，而且挺干净，看得出很是爱惜，只是年代久了，橡皮锅圈可能是没得配了，所以弃置了，他就想着用这锅做个储水的容器，很用心地刷洗着。帮厨的战友进来一眼看到，立刻从他手里夺过来，小心地擦干净重新放回原处。孙超不解，你放那里还占地方，我这是废物利用啊……战友很认真地看着他，这不是废物，这就好比每个老字号店都有的镇店之宝一样，这是我们的传家宝。

这是第一任站长置办下的家当。三块石头一口锅，三顶帐篷八个人，打下了红其拉甫边防检查站的基础。别说体验，只是听着，孙超都觉着冷。那时候没有现在的宿营车和砖混结构的房屋，没有机井没有煤气罐，喝水，就找一处干净地块凿冰铲雪，背回来放锅里煮。取暖，就是那种最老式的铁炉子，竖着铁皮烟囱，两个人一小时一班岗，防着炉火熄灭，更防着一氧化碳中毒。路况不好，从喀什运过来的给养周期长不说，还不好存放，经常是罐头就着压缩饼干一吃就是一冬天。后来，站长带着战士们盖起了石头营房，比帐篷好，但依然艰苦。再然后，就是孙超他们现在住的宿营车。算起来，从建站到现在，快三十年了，这口锅，就是最好的见证。所以，这锅，就算不用了，谁也不舍得扔，留着它，看着它，就能想起第一代红站人是克服了怎样的艰难困苦，才有了前哨班现在的规模。

这一晚，孙超睡不着。他眼前闪现着那些老照片和老照片里的人。他忽然感觉到了羞愧，为自己曾经有过的闪念的消极。几个人，只凭着双手，就在这海拔5100米的帕米尔奠基了红其拉甫边检站，我为什么不能学习前辈们，从无到有地创造属于新一代红其拉甫的荣光？

孙超被自己这个大胆的想法鼓舞到了，他是个偏内向的人，除非做到了，他才会说，在这之前，他只是默默地寻找着，到底怎样才能完成自己的理想。

雪后初晴，阳光铺天盖地，蓝天清澈动人。

有个战友即将休假，让孙超帮忙给他照张相，好带回去给家人。

孙超很用心地从相机取景框里看着战友，指挥着，往左一点，再往左一点，把雪山带上，你家里人肯定没看到过这么漂亮的雪山！

孙超半跪在地上，突然停住，透过取景框看过去，那雪山，为什么那么熟悉？突然心里闪念而过，记忆深处，有什么东西破土而出。

少年时光里那一面墙的雪山，和现在眼前取景框里的雪山，重叠着融汇着，终于，合二为一。

战友在阳光下笑得灿烂，因为高原高强的紫外线照射变得黑黝黝的脸上一口白牙分外醒目，头顶是蓝得仿佛宝石一样澄澈的蓝天，再远处，是银装素裹巍峨而壮美的雪山，镜头后面的孙超泪流满面。

蒙眬中，他仿佛看到那一面墙的雪山，那个解放军叔叔，腰板笔直眉目含笑。

一个月很快过去，孙超就要下山了，他在厨房里细致地整理着这次轮岗最后晚餐的准备工作。窗台上，有一个玻璃罐头瓶，里面放着切完白菜剩下的一块根茎，孙超记得很清楚，是帮厨的战士请求他在切白菜时候特意留下一块完整一些的根茎。现在，这块根茎上钻出一星嫩绿的芽。在这样的冬日傍晚，窗外太阳的余晖透过玻璃照进来，一束光笼罩着这一点点稚嫩的绿，宛如童话。

孙超看着，耳边响起一个人的声音：绿色，是生命，是希望，是绝境里最鼓舞人心的颜色。

孙超的心剧烈跳动，这些天那些模糊的念头终于变得清晰，对，他终于明白了他要做什么，这个决定，前无古人，后无来者。

　　果然，站长听了孙超的话以后，从来波澜不惊的脸上浮现出难以置信的表情。孙超赶紧表决心：站长，我知道，红其拉甫，波斯语意为死亡之谷；塔吉克语意为血染的通道。站长依旧没出声，还是那么看着孙超。孙超深吸一口气，接着说，我也知道，这里，被生物学家称为生命禁区，被地质学家称为永冻层……

　　孙超想起前哨班墙上那些老照片，还是黑白照片，也正因为如此，那荒芜那冷峻就更加有棱角，他的胸前突然就涌动起一股悲壮。他不看站长，他的目光死死盯着站长背后的办公柜，那上面有一块金色的牌子，上书"特别能吃苦　特别能忍耐　特别能战斗"。他继续往下说，我还知道，这里四季风沙，六月飞雪，平均气温为零下9℃，最低气温零下42℃，水的沸点不到70℃，含氧量不足平原一半……

　　孙超的声音哽咽了，他想起那一面墙的雪山一面墙的松林一面墙的翠绿的白杨树叶，想起那一句：绿色，是生命，是希望，是绝境里最鼓舞人心的颜色。

　　孙超一字一句：如果我失败了，没有什么损失，毕竟这么多年，大家也是这么过来的，可是，如果，我，成功了呢？我——

　　站长慢慢站起来，截断了孙超的话，朝他伸出手：孙超，我希望你成功。

　　两个人，两双手，紧紧地握在一起。

活在这珍贵的人间，阳光凛冽，山川温柔

　　1998年，红其拉甫建站三十年之际，孙超启动了他这一辈子最大的人生计划。

　　种菜。

你没看错，孙超，一个从河北农村走出来的年轻人，一个边防武警战士，要在平均海拔 4500 米、平均温度零下 9℃ 的帕米尔高原上，种菜。

孙超知道此举之难，难于上青天，尽管站长表示全力支持，他依然没敢声张，只是自己开始行动。他先是在营区找了一片空地，看起来比较平整，地势也比较背风，他用碎砖头在周围垒上一圈，孙超想，以后，这就是我的实验田了。

要攻克的第一个难题是：土。

周围山峦层叠，却鲜有绿色，恶劣天气是一方面，更重要的原因是，没有土。浮土下面全是石头。孙超工作之余所有的时间都用来找土，找到了，就用袋子装起提回来，有时候，走几个小时就找到那么一把土，放口袋里带回来。

一天天过去，战友们发现了孙超的举动，没人问，只是遇着一个休息天，一群年轻的兵推着平板车跑出去二十多公里，从一片戈壁推回来一车土，孙超喜出望外。这一车土，战士们在挖的时候已经注意把大块的石头挑出来，可难免还夹杂着碎石子和板结的冻土，可毕竟是土啊，这一车顶他三个月的量啊。孙超买了张细铁丝网，做了个简易的筛子，把这些土细细地过了一遍，板结的冻土也用榔头砸成粉末，最后，把这些土小心地填在他规划的还没成形的菜地里。

难得回家探亲的休假，孙超放下行李就不见了人影，他跑到村里种大棚的人家跟人学习扎大棚架子去了。父母觉得特别意外，去部队当兵，你学个开车学个电脑学个其他技术都好，怎么学种地去了？那你当啥兵啊，在家种地不就行了？孙超用一个晚上时间给父母讲了红其拉甫站的前身后世，直把父母讲得泪眼婆娑，善良朴素的父母就给孙超一句话，不管下多大功夫，你也得把这事儿干成，这是咱小老百姓为国家为部队分忧解难，这是光荣的事！

孙超一面感激父母的理解和支持，同时，他觉得肩上的担子更重了。

地平整好了，土填进去了，孙超开始用学到的知识进行第二个步骤，搭架子。站长帮着找到一处废弃建筑，战友们一起把所有钢窗拆下来，第一个蔬菜大棚初具雏形。但是，失败来得太迅速，迅速得让孙超愕然。孙超数着节气下的籽，一直到三个月以后，地里还是一点儿动静都没有。孙超蹲在大棚的地边上直挠头，水也按时浇啊，土也很松软啊，种子也是挑的最好的，牛羊粪沤的肥，怎么就不发芽呢？写信问家里的种菜能手，人家也解释不了，毕竟人家那里水土肥美四季正常。

孙超意识到，求人不如求己，所有书本的知识所有既定的经验，恐怕都不适用，谁让自己是红其拉甫菜农1.0呢。于是买书，只要涉及高寒地区种植的书籍，买，听农牧业讲座，做笔记，力争不漏过任何一个知识点。孙超了解到地温这个词儿。简单说，就是大棚地表的温度可能达到了要求，但是，因为红其拉甫冻土层太厚，平原上的土层厚度可能在这里就不适合了，土层薄，地温低，种子就很难发芽。知道问题所在就好办了，孙超向来是不吝时间精力和身体的。挖，把土层再往下深挖三十厘米，又缺土了，继续找。战友们也一如既往，谁也没问过一句，就好像，一个美丽的梦，一说，就怕它会破。

一年的时间，终于，土层加厚，春天，继续播撒希望。

这一次，菜苗终于破土而出。

那一天，当走进大棚看到一片绒绒绿色的时候，孙超激动得无法用语言描述，想喊，喊不出来，想笑，却是一脸的泪，那一个瞬间，他顿悟了那句话，绿色，是生命，是希望，是绝境里最鼓舞人心的颜色！

战友们闻讯全都跑来了，大家围着不大的这块地，兴奋地指着说着笑着憧憬着展望着……

可是，老天就是这么喜怒无常这么铁石心肠这么恣意妄为这么不近人情。

这一天夜里，刮风了，风打着呼哨从窗边呼啸而过，已经睡着的孙超衣服都顾不得穿急急奔向他的大棚……那是怎样的一番景象啊，塑料布被刮得到处飞，地里的苗，要么被连根拔起，要么齐齐倒地，更多的，已经冻得失去植物本来的绿色，变成模糊不清的一小团黑泥。

孙超呆呆地站在那里，眼泪不听话地簌簌落下，战友们也起来了，大家看着面前的菜地，昨天还承载着希望和憧憬，今天就把现实残酷地展现给他们看了。

孙超病倒了，高热不退，烧得说起了胡话，意识不清，可是心底里的目标却一直很明晰，孙超咬着牙发誓，不把菜种出来，我孙超是小狗！守着他的战友被这句话逗乐了，笑完之后一个个眼睛里蒙上了泪。

等孙超病愈回到他的实验田，看到的是一座崭新的大棚。

战友们托人从喀什买来了抗风级别最高的塑料棚膜，花了几个晚上把大棚复原了，大伙儿谁也没说话，只是看着他，那眼睛里充满着信任饱含着寄托。孙超庄重地敬了个军礼，他在心里说，我一定不辜负战友们这份深重的情谊，我一定要把菜种出来。

自古设誓容易守誓难。

这么说吧，从孙超挖第一镐土算起，一年又一年，屡战屡败，屡败屡战。

这中间有战友劝过他，说，算了吧，这高原要是能种出菜，早就种了，还用等到你来？也有人说，还是趁在部队的机会学点儿技术吧，你还能在部队待一辈子？回去以后总得有点儿拿得出手的能耐呀！但是更

民警孙超与牧民分享收获喜悦

多的战友一直是鼓励和支持。在不断试错的过程中，孙超的大棚在逐步完善，从最初的钢窗架到最后的地暖大棚，他还设计了半自动卷被机，在大棚的塑料膜上卷着厚重的棉被，遇到极端天气，他只需要按一下遥控器，那一床床棉被就会自动铺开，然后根据需要覆盖在相应的位置上，以保证大棚里的蔬菜不被大风吹坏不被严寒冻死。他的种植计划也在不断调整，他开始注重选取北方寒带地区有成功种植经验的作物进行培植，这中间经历过菜苗疯长却不结果的时候，也经历过长成的萝卜硬得像木头的情况，但是最终，孙超成功了。

　　孙超的实验田成了红其拉甫站最出彩的一张名片，谁来这里都必须来他的大棚里看一看，那满目翠绿让所有人惊叹。没见过的人没法儿理解，在平原上司空见惯的瓜果菜苗，在这里怎么就成了奇珍异宝？你来过一次你就知道，在这个人都很难生存的地方，那一片葱茏的绿色，带给人的是多么巨大的安慰和希望。

　　这个过程，孙超用了整整五年时间。

孙超把这个喜讯告诉了父母，父母特别为他高兴。这五年，孙超以肉眼可见的速度变得皮肤黝黑面容沧桑，本来就瘦，设计建造地暖大棚那年，他又瘦了八公斤。母亲在没人的角落里抹泪，和父亲商量，高原太苦了，孩子该做的贡献也做了，不行就让他回来吧。父亲试探地跟孙超提了个话头，孙超当时就急了，那怎么行啊，我这大棚蔬菜刚试验成功，还得巩固还得再发展呢，这些年，部队领导都全力支持我，这个站长走了就交代下一任站长配合我种试验田，我要这么甩手离开，大棚前功尽弃，我也对不起历任站长的心血啊！

父亲母亲到底是明事理识大体的善良老人，自此再不提这个事儿，但是，父母有一样锲而不舍的话题，那就是，成亲。每到这时候母亲就很失落，村里跟孙超同龄的小伙伴，早都为人父为人母了，也有其他人在部队当兵，也没见碍着结婚生子啊，家里还指望着你延续香火呢！

其实，这也是孙超心里的隐痛。

战友们给他介绍过对象，他探亲回来也在家人的安排下相过亲，孙超是个很有原则的人，坚定地认为，所有不以结婚为目的的恋爱那就是耍流氓。所以，每个见面的女孩，他都开门见山毫无保留地介绍自己的情况，人在高原，每年只能在冬天的时候回来两个月，工资挺高，但自己不是技术兵种，在高原的主业是种菜，自己的父母年纪大了，给自己帮不上太多忙，以后成了亲，不但要承担所有家务还得替他尽孝……结果可以预见，这些女孩连第二次见面的机会都没有给孙超。孙超虽然有点儿受伤但是也表示理解，毕竟，结婚是人生大事，人家考虑得多一些没啥不对，人家希望生活得轻松点儿幸福指数更高点儿，是正常的。

所以孙超说暂时不考虑了，这世界上如果真有属于他的那一半，那就一定会出现。缘分，强求不得。

父母坚决不同意，他们言之凿凿地表示这次挑了个好姑娘，他们把他的情况毫无保留地全说了，人家还是同意见面，这不就是个好兆头吗？

这倒有点儿出乎孙超的预料，也让他有了好奇心，这会是个什么样的姑娘呢？

姑娘中等身材样貌温和言行得体落落大方，在附近一个乡的乡政府工作，可以说，条件很好。孙超吞吞吐吐地问，你知道我的情况吗？姑娘点点头，我知道。孙超想问，那，你还敢来相亲？可是迎着姑娘清澈的眼神，他硬生生把这话咽回去了，他问，那，你觉得，我，行吗？姑娘稍一思忖，很坦率地回答，你不是在休假吗，这段时间我们可以多接触一下，就今天的第一印象，我觉得你挺好。这回轮到孙超忐忑了，他觉得，姑娘完全可以找到比他条件更好的对象，可他说不出口，他心底里有一个声音，如果，姑娘是真的看上我了呢？

接下来差不多有一周时间，两个人天天见面。孙超也很意外，自己并不是个多话的人，可怎么见到她就说个不停呢？他给她讲帕米尔的雪山，给她讲堪比紫外线照射灯的阳光，给她讲塔吉克孩子的眼睛就像最纯净的蓝宝石，给她讲他的红其拉甫，给她讲他的战友，给她讲他种下的菜如何长成了果实……

姑娘跟着他的描述，或惊讶或感慨或向往或心疼或陪着他一起默默流泪。

孙超给她讲了自己给爹妈都没说过的事儿。那年冬天，大雪封山，那是有史以来时间最长的一次，前哨班厨房里没有菜没有面没有米没有油了，只剩下军用罐头和压缩饼干。孙超在雪地里还冻着一块猪油。为什么冻在雪地里？为了省电，冬天都不用冰箱，需要冻的肉类就在外头找个地方放下就行。哪个冰箱能比得上这天然冷库？放外头的鲜肉，放下，站起来，转身，还没走回营房那边就邦硬了。那天实在是断顿了，他就想，用冻起来的那块猪油擦擦锅，烧上水，放几片罐头里面的脱水菜，权作一锅菜汤也能是一顿看起来像那么点样儿的饭啊！可是，等他拿着锅铲去挖猪油的时候，才发现不知道从哪里来的流浪狗，已经把那块猪油扒出来了，看得出是狗嘴和狗爪并用的，因为狗的嘴上爪上都是血，狗死死地叼着那块猪油，一点点后退。孙超看着那狗肚子上历历在目的肋条，真的是太可怜了，可是，那猪油也不能就这么让狗叼了去，一人一狗气喘吁吁地跑了好远，孙超到底还是放弃了。那一晚，大家吃着罐头和压缩饼干喝着开水就当作了一顿晚餐。好在第二天，补给终于上来了，孙超把不要的肉皮煮熟放在营房外的院墙角落，还放了一碗加了红糖的水，这样水就不会那么快冻住。果然，再去看，肉皮不见了，水下去了一半，雪地上有清晰可见的狗爪印。孙超就这么降服了这条狗，让它成了红站的临时工。这狗看来是在高原上成长起来的，极耐寒，孙超怕它冷让它进屋它就是不肯，不管风霜雨雪，都睡在外面，而且因为口粮跟上了，很快就膘肥体壮威风凛凛。一直到现在，这狗还在前哨班，战友们也都保证，会一直养着它。毕竟，在那样恶劣到极致的环境里，任何生命，都是奇迹。

孙超还给姑娘念了自己第一次上前哨班值勤时写的一首诗：好高好高的达坂，好冷好冷的冰山，好远好远的边关，当兵当到了天边边。爱哭的算什么男子汉，腿软的别来这帕米尔，最冷的地方站一站岗，最高的地方摸一摸天。

孙超背这首诗的时候，完全沉浸在回忆中，声情并茂，等背完，才把自己的思绪拉回来，突然感觉自己是不是有点儿卖弄，看姑娘眼睛亮亮地看着他，他有点儿慌，是不是，我话太多了？姑娘抿着嘴微笑着摇头，不，我喜欢听你讲这些故事，喜欢你写的小诗，还有，你对动物好，是善良的人。孙超哑摸了好一会儿才反应过来，姑娘这是夸他呢！姑娘显然已经听说了孙超在高原上种大棚蔬菜的事儿，她很佩服孙超，想想都觉得好难，你竟然成功了，你太厉害了！说到大棚蔬菜，孙超本能地两眼放光滔滔不绝，他给姑娘说怎么选种子，怎么让种子进行优化。他特别自豪地说，知道吗？现在我种的菜，占我们整个红其拉甫站补给的八成还多，我做到了，让战友吃上新鲜的绿色的蔬菜，再不让战友们因为缺乏维生素而掉头发失眠坏指甲和脱皮，我是改变不了高原的寒冷和海拔，但是，我能让绿色在高原上铺展开！绿色，是生命，是希望，是绝境里最鼓舞人心的颜色。

我用尽了全力，过着平凡的一生

孙超确定自己被击中了，被爱情击中。

是哪个时刻呢？

是他背诵那首小诗时候姑娘眼睛里噙着的泪光，还是他如数家珍般列举自己实验田里的蔬菜品种的时候她用崇拜的目光看着他，说：我觉得，你很伟大……

从来没有哪个假期如此短暂，分别的时刻来到，姑娘送孙超去车站，火车开动的瞬间，她奔跑着朝他挥着手，大声喊：我等你——

爱情和事业双丰收的孙超，很快迎来人生第一个高光时刻。

2004 年，红其拉甫所在的塔什库尔干县暴发百年不遇的水灾。本就物资匮乏的高原小城，顿时菜价飞涨，一颗大白菜敢卖到五十元钱！而孙超所在的边检站，不但自给充足，还能调剂蔬菜分发给附近的部队和学校。

作为红其拉甫边防检查站，在做这件事儿的时候根本没多想，以红站的传统，帮助兄弟部队帮助老百姓那简直就是融在血液基因里的一部分，没想到，这一次，因为这些绿油油的蔬菜，红站火了！各路人马纷纷前来参观，都想要知道，红其拉甫边检站是怎么在这样的土地上种成了绿色蔬菜。孙超就像一个学习优异的孩子，被家长不时地推出来给大家做解说。每每这个时候，红站从领导到战士，每个人脸上都写着掩饰不住的自豪。

孙超是个实在人，他老老实实地讲，没有捷径，就是一次次失败一次次总结经验教训最后才得来的成功，我这个人走得很慢，但是我从不后退。大棚蔬菜的成功离不开红其拉甫从上到下所有人的大力支持！土是大家一车一车、一袋一袋拉回，一点儿一点儿筛出来的，肥是大家一筐一筐拾了背回来的。大棚更新换代了五次，最好的那个大棚，是战友们报名上了中国梦想秀替自己实现了梦想，拿到了三十万梦想基金建造而成的。对土地，尤其高原冻土，不能有一点儿马虎，在试错的过程中，自己光笔记和体会就写了五十多万字，如果大家愿意尝试，我会倾尽所有教给你们，让你们不走或者少走弯路，让帕米尔也能成为雪域江南！

塔县主官也来参观，特别感慨，他拉着孙超的手，知道吗？你可能会改变一个地方世代承袭的生活习惯！不，不能说改变，是改善！大大地改善！

生活在帕米尔高原的塔吉克族以游牧为生，主要食物就是肉和奶，他们不会种菜，也几乎不吃蔬菜，从来不了解蔬菜的营养价值。由于身体长期缺乏维生素，基础病和地方病一直是影响百姓健康和寿命的主要原因。塔县主官希望孙超能教授当地百姓种植大棚蔬菜，一来改善饮食习惯，二来也是家庭副业的一个出路。孙超当下表示，责无旁贷。那以后，孙超更忙了，除了管理自己那一亩三分地，还要去录制农牧节目，通过广播和电视实景教授大家种植大棚蔬菜。

世间的事，有时候就是一通百通。

大棚蔬菜种成了，孙超触类旁通地开始进行温室养殖，去喀什买了猪崽和鸡苗。有了种植蔬菜大棚对温度对水质对土壤酸碱度的经验，养殖很顺利，当年就实现了产蛋供给自足的局面。红其拉甫上上下下一片欢腾，这就意味着，在实现绿菜自由之后，很快能实现肉蛋自由！有同事兴致勃勃地问孙超，孙超班长，啥时候再养头奶牛呗，咱们再实现牛奶自由！孙超很豪迈地一挥手：这个，可以有！

孙超和牧民艾米尔夏的友谊就是从一头牦牛开始的。

艾米尔夏家养羊和牦牛，有一回牦牛生病，那天下大雪，兽医上不来。艾米尔夏束手无策，边检站有个塔吉克族女兵和艾米尔夏认识，艾

在实现了蔬菜自由之后，红其拉甫很快实现了肉蛋自由

米尔夏就跑来部队求救，女兵来找孙超。孙超让女兵翻译给艾米尔夏，说自己没养过牦牛，连牛都没养过，怕是帮不了他。女兵却拉着孙超的手，孙班长，你去看看吧，你如果不去，他们真的就一点儿办法也没有了！孙超看看艾米尔夏焦虑的眼睛，再看看女兵恳切的目光，他背着药箱就去了。孙超其实心里没底，但是看到牦牛的症状，他想起自己在养猪过程中为治疗猪瘟看过大量相关书籍，捎带着也看了些医治牛羊的法子，他尝试着做了治疗，竟然真的奏效了！

艾米尔夏高兴得让家人煮了奶茶，女兵又高兴又激动，不停地替艾米尔夏一家道谢。那天回去，孙超就订购了关于牦牛养殖方面的书籍，慢慢地，孙超成了艾米尔夏家的常客。他家的牦牛和他家的羊还有他家的人，都归孙超管了。艾米尔夏有一大片牧场，孙超就帮艾米尔夏建成了塔吉克族牧民的第一个大棚蔬菜种植点，收获的时候，看到艾米尔夏的笑容，孙超感觉自己比他还要高兴。

有一天，女兵告诉孙超，艾米尔夏说，孙超年纪比他大，以后，孙超就是这个家的老一，自己的姐姐是老二，自己是老三。孙超哈哈大笑，艾米尔夏不会汉语，但是明白一些数字，他说的老一其实是老大的意思。孙超心里特别感动，他明白，艾米尔夏的意思是，以后，自己跟他们是一家人了。

女兵成为孙超和塔吉克牧民之间的翻译，孙超班长的名字就此流传。

孙超现在是老班长了，手底下还有几个专门配合他种植和养殖的小兵，孙超每天过得不但充实而且舒心，大伙儿起哄说，孙超班长气色这么好，都是爱情的滋润！对此，孙超从来都是笑眯眯地接受。

在孙超的心里，爱情的加持分外重要。

两个人写信，因为天气和路况的原因，有时候一个月收不着一封，有时候一个月收到几封。相隔数千里的一对恋人，就靠着鸿雁传书来感知对方的心意品味对方的爱恋。这样的过程不但没有疏离反而更加深了两人的感情。

没有花前月下，没有卿卿我我，从相识到相恋，见面次数数都数得过来的两个人，在2005年的春天，结婚了。婚后孙超依然是一年只有冬天那两三个月可以休假回家，新婚妻子除了自己的工作，开始承担起儿媳的义务，悉心照顾孙超日渐年迈的父母。孙超没有另置婚房，就和父母住在一起，妻子毫无怨言。

有了贤内助，孙超干起工作来更加一往无前，红其拉甫温室大棚种植和温室养殖又有了新的突破。

在蔬菜之外，孙超种下了草莓圣女果等水果，成功之后，又栽种了几棵果树，再次成功之后，孙超大胆地尝试种植南方水果，所有项目，无一败绩！

到了2010年，孙超通过高原种植自行选种和育种，已经成功地培养出适合高原高寒地区栽种的作物种子。每个来参观的人，无一例外地表示惊叹，在红其拉甫大棚种植基地生长的蔬菜和水果，都苗壮得让人不敢相信！萝卜长成后，比孙超的手臂还要粗壮，不要怀疑它的味道，鲜嫩多汁口味清甜；还有草莓，叶子都跟小孩巴掌那么大，绿得浓重绿得葱郁。还有已经长成的柠檬树，结果后超过市面上所有见过的柠檬，有个南方兵最喜欢来看柠檬树，走的时候会央求孙超让他摘一片叶子，贴身放在口袋里，想家的时候，就拿出来闻一闻。

养殖虽然比种植项目要晚，但却大有后来居上的感觉。

进行养殖的时候，孙超的种植基地已经全面拓展，站里专门划出一块地全部交给他来打理。孙超把养殖区划分了三部分，鸡舍、猪圈和禽

红其拉甫大棚种植基地生长的蔬菜苗壮得让人惊叹

类园区。鸡和猪都养得干净又健康，鸡粪和猪粪会自动顺着专门设计的坡道进入化粪池，发酵后成为最好的有机肥，再用来做种植作物的肥料。这种良性循环也是通过这么多年的亲身操作总结和提炼出来的方法。最让孙超开心的是，他那个用铁丝网圈起来的禽类园区，这里不仅有常见的鹅、鸭、鸽子，还有不常见的火鸡、珍珠鸡，罕见的火烈鸟，还有难得一见的鸸鹋。鸸鹋下的蛋是深绿色的，泛着隐隐的珠光，一个差不多有四个鹅蛋的大小，每个来参观的人都要好奇地用手来比量比量。

孙超并没有打算成规模地养殖这些禽类，他之前做好一百次失败一百零一次成功的准备，所以，他挑选了各种不同的禽类物种，以图摸索出相应的规律，但没想到，成功来得如此轻易，再回忆之前种植时遇到的各种艰难困苦，简直让人难以置信。孙超有时候也会想，怎么现在就这么顺风顺水？其实答案很简单，当你披荆斩棘闯出一条路，那么这路上所有的收成都属于你。

算一算，这时候孙超结婚已经五年了，这五年，妻子承担起家里的全部重担，孙超嘴上不说，心里却对妻子充满着感激和愧疚。每年回家休假，他都抢着干家里的活，所有工资全部上交，他想用行动表明，他对她的爱。她还是像刚认识时候一样，爱听他讲故事，讲他又遇到什么困难，又是怎么解决的，她爱听他说他的高原他的部队，喜欢看他说到他的蔬菜他的动物的时候，眼睛里亮晶晶的神采。

每一次分别，对两个人都是煎熬。他舍不得走，却不得不走。她舍不得让他走，却不得不送他走。

孙超至今清楚地记得，结婚五周年纪念日，他陪她过完后就返回部队。

先坐车到北京西站，从北京坐火车到乌鲁木齐，再从乌鲁木齐坐车到喀什，再从喀什坐车上红其拉甫，回到宿舍已经是第五天凌晨。他正在想是现在告诉她还是天亮以后再告诉她他已经平安到达时，她的电话就打过来了，虽然她极力压抑着抽泣，他还是一下子就听出她哭了，她在电话那头儿可怜巴巴地问，亲爱的，我该朝哪个方向想你？

这句话让孙超的心里轰的一声，愧疚疼惜如潮水般涌上心头。妻子一直想要来他的高原看看他，看看他在这里的生活，但总是阴差阳错地没能成行。刚结婚那会儿，本来打算带她回红其拉甫度蜜月，结果，接到站里通知，有一个农科院组织的种植养殖培训，站里给他报了名，他婚假都没休完就立刻奔赴培训。还有一次，妻子攒下了探亲假并五一黄金周的假期，千里迢迢赶到了喀什，结果遇上极端天气导致的封路，妻子不甘心，就等，想着总要解封吧，结果这次极端天气造成的泥石流和道路塌方特别严重，等了一周还没有进展，算一算假期，妻子只好恋恋不舍地返回。孙超每回想起这次，心里就特别难过，他可以体会妻子当时的焦虑和煎熬，他甚至想过，如果妻子找的不是他，一定过得比现在好。

这念头只是一闪而过，这只会让孙超更加无保留地对妻子好，因为老天厚爱，让他得到这么美好的婚姻这么善良的妻子。

帕米尔成了妻子心头的执念，红其拉甫成了妻子向往的地方。

妻子买了一张新疆地图，在地图上标注出来那条山脉，她看着它，想象着孙超说的126公里边境线，所以，她才会问，我该朝哪个方向想你……

孙超理解妻子，除了两地分居造成的实际困难，再就是，结婚快六年了，他们一直没有孩子。父母疼惜孙超也感念儿媳妇的付出，从来不说什么，可架不住周围的人有意无意地试探。两个人都去检查过，没有大的问题，如果说有影响，那就是孙超在高原待得太久，对身体是有不可逆的损害的。妻子反过来安慰孙超，让他别有心理负担，在高原上更要好好爱护自己的健康。

领导知道了这事儿。

自从上次孙超妻子到了喀什也没能上红其拉甫和孙超团聚，领导心里特别过意不去，觉得对手下的兵和家属有愧。领导把孙超叫到办公室，问，知道为啥怀不上娃吗？孙超一脸迷茫，这个，可能，还没到时候？站长一拍桌子，你这眼瞅着结婚五年多了，还没到时候？啥时候才叫到时候？人都是年轻时候身体精力各方面最好，越往后越走下坡路，你这都过了三十了！你这不是没到时候，是快要过时候了！你想想，你种地，种了这么些年，最后咋解决的？不就是地温吗！你把地温弄高了，这菜啊苗的才能发芽才能长！人也一样！你看你在高原一待就是十好几年，天寒地冻的，你休假回家是啥时候，冬天！你这身子骨从里到外都是寒气，这咋能生孩子?！现在是七月份，从现在算起，咱红其拉甫最暖和的日子满打满算可就这么一个月，我知道你走不了，那就立刻，马上，飞快地把你媳妇接来！记着啊，赶紧的，过了这村可没这店了！

孙超的妻子终于实现了自己的愿望，来到了夏天的红其拉甫，一待就是一个月。

其实站里有不成文的规定，家属来探亲是不能超过45天的。一个月后，孙超忐忑地去跟站长告假，想要送妻子走，站长一挥手，不许走，要走也行，怀上再走，这是任务！于是，妻子待了两个月，这一回，他们终于完成了任务。

送妻子到喀什坐飞机回家，妻子附在他耳边说，你们领导真好，你们战友真好，你养的那些猪真好，你养的那些鸡真好，你种的那些菜真好……孙超，你真好！

孙超有儿子了。

父母如愿抱上了大胖孙子。

妻子刚出月子就拉着孙超照了全家福。

这个家，圆满了。

儿子的出生让孙超的思念更加具象。他深刻体会到妻子的不易。他在高原侍弄植物饲养动物，妻子照料的可不仅是从身上掉下来的一块肉，那是他俩的骨血！他更加体贴妻子，每年下山去喀什买工具农具还有一些作物种子，他每次都会去最好的商场给妻子挑一套他认为最漂亮的裙子。妻子收到以后会立刻穿上拍了照片发给他。他问她，喜欢吗？她从来都回答说，特喜欢！

妻子现在终于体会到孙超在部队的生活节奏，她照顾孩子和他照顾菜地是一样的，都要特别用心特别下功夫。日子就这么水一样地流走，孩子一天天长大，从牙牙学语到满地乱跑，孙超的园子不断地扩大规模增加品种，孙超得到的荣誉越来越多。红其拉甫的孙超这个称号越来越响亮，越来越多的人慕名而来。大多数是请孙超去教授高原种植技术，也有一些是想请孙超去为他们工作。

要说一次也没有动心，是假的。

组织上曾经决定调孙超去北京边防之家工作。

孙超有过一瞬间的动摇。

如果能去北京工作，离家就太近了，再不用这样两地分居，孩子以后也会得到更好的教育，可是，当他的目光落在正开花儿的黄瓜秧上，他立刻打消了这个念头。自己今天得来的全部荣誉，都是因为自己在帕米尔高原生命禁区打造了雪域江南，自己没有接受过专业的学习，也不是天赋异禀，是从领导到战友的通力支持才有了自己的成功。如果做这一切只是为了自己今后的出路和物质的享受，那孙超自己都看不起自己。

还有一次心里产生过犹豫，是自治区农科院发出了邀约。经过这些年的自学，孙超对农业种植产生极大兴趣，他多想跟专家们学习多想有同事一起交流共克难题，可是他很快冷静下来，农科院是什么地方，人才济济人才辈出，能进到那里面的人才哪个不是寒窗苦读百里挑一？自己种菜的目标很简单，就是能让战友们吃上新鲜蔬菜，让高原的基础病减少，让战友们能看到满眼的绿色。而人家，是肩负着农业科学的重任，对新疆的农业要有指导作用和领军意识。自己是因为在红其拉甫种菜成功获得了一些荣耀，人家是因为这些荣耀而向自己伸出了橄榄枝，可是，离开红其拉甫，这些荣耀也就随之消失，人家凭什么接纳自己？

这样一想，孙超坚决地拒绝了这个在别人看来很珍贵的机会。

还有家乡一家规模很大的私营种植公司想用高薪聘请孙超，孙超反问，河北有大片肥沃的土地，有最适宜的气候，撒下种子不用管都能长成，要我去做什么呢？

孙超和妻子也讨论过未来。孙超说，我的一切，都是部队给我的，只要部队需要，我就必须留下，只要部队存在，我就必须坚守，你能理解吗？妻子说，我理解，看到你的那片实验田，我就理解了。

他们说这话的时候没有想到，三年后，孙超所在的部队，真的，不存在了。

2018 年，公安现役部队改革。

所有人，要么转业要么复员要么改制后留下，许多人选择脱下军装离开高原。这个选择是不易的，许多人哭红了眼睛，但这个选择也是可以理解的，许多人在高原待的时间超过了二十年，高原恶劣的环境和气候给身体带来了无法弥补的损害。孙超第一时间跟妻子说了部队改革的事儿，妻子小心地问，那，你呢？孙超很坚定地说，部队不在了，我完成使命，可以回去了！妻子在电话那边不确定地一连问好几遍：真的吗，真的吗？你真的可以回来了？得到肯定的回答后，妻子在电话那头儿哭了。孙超感觉心里像砸进一块砖头那样疼，他这才明白，这么多年，妻子的坚强是表现给他看的，是为了让他无牵无挂地驻守高原，可现在，当他能够回去的时候，她才敢展现真实的自己，一个柔弱的渴望家庭团圆的女人。

一连几天，孙超和妻子在电话里兴致勃勃地规划着以后的生活。

孙超在高原服役二十二年，他可以拿到将近三百万的复员费，与妻子两地分居十四年，终于可以一家团聚。他说，回去以后，我要好好休息一年，每天接送你上下班，在家烧饭带孩子做家务，弥补你这些年的辛苦。她说，回来以后，你就好好休息一年，我给你做饭，孩子陪你玩，咱带着爸妈去爬长城看天安门，弥补你这些年在高原上的寂寞。他说，等休息够了我就找一份工作，钱多钱少无所谓，一定要离家近，把孩子交给爷爷奶奶，下了班我们一起逛超市逛公园看电影轧马路。她说，你就好好休息，找不找工作都没关系，一家人在一起就是幸福。星期天我休息了，我们带着孩子逛超市逛公园看电影，一家人傍晚出去散步……

孙超留下了一套部队的制服，他珍惜地放好，这是他青春的见证，是他人生中最醒目的里程碑。

儿子特别崇拜孙超，长大了也要保卫国家

手底下两个小战士来找孙超，他们知道孙超要走，他们也为孙超班长高兴，可是他们就是舍不得。两个小兵把园子里角角落落都拍了照片送给孙超，蔬菜棚里黄瓜正在抽条，带刺的小嫩瓜，顶着鲜艳的小黄花。哈密瓜也开始结果了，那是孙超选了又选定下来的品种，站里接待的客人谁尝了都夸一句真甜。火龙果树苗长高了，明年这时候就能结果了。桃树结的桃儿红艳艳的，在一片翠绿中分外醒目。大猪可以出栏了，中猪正长，小猪也已经跟上，站里一年四季都不缺新鲜肉吃。鸡棚又扩大了规模，如果不是突如其来的改革，孙超都决定买一口大缸做腌咸蛋了。鸭子已经成群，这个季节它们懂得在园区周边的水渠里洗澡，鸸鹋又把自己卡在树杈里了，孙超在那里做了记号，走之前要去把那根斜岔里的树枝锯掉……

看着看着，孙超突然间就落泪了。他的心里涌动着一股无法名状的不舍，他冲出去，奔向夜色中自己那片当宝贝一样呵护了这么多年的实验田。

这天凌晨，孙超拨通了妻子的电话。

两个人在电话两端都沉默着，谁也没说话，最后，妻子哭了，他也哭了。

妻子问，你是决定不回来了，是吗？

他说，我对不起你。

孙超决定留下。

这个消息一经传出震惊了所有人。

站长看着孙超，你决定了？

孙超坚定地说，决定了。

站长问，家里人，你，交代了吗？

孙超眼圈红了，他们无条件支持我的任何决定。

站长拍了拍孙超的肩，孙超，儿子娃娃！

在新疆，儿子娃娃是对一个人最高级别的肯定。

孙超的决定，让相当一部分已经决定离开的战友们也选择了留下。红其拉甫边防检查站正式更名红其拉甫出入境边防检查站，边防武警战士改制后成为国家移民管理警察，依然坚定地驻守着国门。

孙超，籍贯河北，1996 年入伍，在红其拉甫驻守 24 年，2021 年，因身体原因调离，目前在新疆昌吉工作，主业依然是种植养殖。因为成功打破高原种植的界限，孙超被誉为帕米尔农学家。

（文中照片由新疆出入境边防检查总站提供）

全国移民管理机构首届"十大国门卫士"曹慧敏

额尔古纳河上的白云

——记全国移民管理机构首届"十大国门卫士"曹慧敏

李佩甫

一

"天苍苍，野茫茫"，"天似穹庐，笼盖四野"。

只有来到内蒙古草原，人们才真正领会，那苍茫、雄浑的气象，那辽远、无际的意境。

相传，八百多年前，在广袤的草原上，铁木真率十万铁骑出征。那一天，战旗猎猎，车轮滚滚，战马奔腾，刀光遮天蔽日。大军所到之处，大地为之震颤，铁蹄下的生物四下逃奔……行进中，突然，马惊了。那匹跟随他征战多年的骏马突兀地长嘶一声，扬起前蹄，几乎把他从战马上掀下来。铁木真勒紧马缰，仰头一看：那朵白云，自出征以来，一直罩在他头顶上的那朵神性的、吉祥的白云，突然消失了。顿时，铁木真大惊，他立即下令：大军停止前进。据说，此后，他再也没有离开过草原。

在额尔古纳河上，这个传说一直流传着。至今，草原湿地仍留有传说是成吉思汗战马踏下的巨大蹄印。

……

额尔古纳河，上游称海拉尔河，西流到满洲里一带折向东北，流经内蒙古自治区东北部呼伦贝尔下游就是黑龙江，为中俄两国界河。

如今，额尔古纳河上的白云一朵一朵，倒映在蜿蜒曲折的河水中，舒伸漫卷，宛若游龙，气象万千。那白云无时无刻，无处不在，似温柔的呵护，又似深情的守望。

二

吉祥的白云，给人以庇护和福祉的白云，一直静静地守望着北部边境之城——满洲里。

曹慧敏笔直地站在边境口岸的大厅里，两手紧贴裤缝，双眼目视前方，头顶警徽，面带微笑，像一株亭亭的白桦。

她站在那里，腰背笔直，有着军人的挺拔和干练。她的大眼睛纯净、平和，黝黑的眸子有如云朵般的安详。偶尔，也会有警觉的一瞥，鹿一样的。

从军校毕业分配到满洲里边检站，她一直以这样的姿势站立在国门旁。从公路口岸，到铁路口岸，再到机场口岸，至今，已经整整 13 年了。

她一直记得，2008 年，她最初在公路口岸做站外引导的日日夜夜。

每天白班夜班轮换，早上八点到晚上八点，一站就是 12 个小时。当时出入境的人特别多，陆路口岸，承载着主要的客流量。

有蹒跚的老人走过时，她会默默搀扶一把；有人肩扛手提负重经过时，她会轻声提醒当心行人；有人问询时，她会耐心解疑释惑；有游人满脸困惑茫然四顾的，她会给以详细的导引……一天下来，在回宿舍的路上，她的腿仿佛不会打弯儿，两只手因为下垂充血，肿胀得攥不拢拳头。

但这些比起后半夜痛苦的犯困来，根本就算不了什么。特别是凌晨三四点的时候，困意一阵接一阵袭来，简直想不管三七二十一就地躺下，哪怕眯一分钟也好。揪头发、咬胳膊、掐大腿、抹风油精……那是对人生理和意志的最大考验。听老同志们讲过，水灵灵的姑娘几个夜班上下来，小脸立马发黄了。没办法，只有动起来，忙起来，用工作刺激大脑皮层兴奋起来，才能重新清醒。一直到后半夜出境的车即将离岸，不知不觉，困劲儿已经过去了。

她在做站外引导时，把这项工作当作边检入门的引导。在这期间，她对出入境通关的每道流程有了了解，对形形色色往来边境的旅客有了认知。她想，领导这样安排工作，对于初入职的人来说，的确是非常必要的第一课。

领导和老边检人将一切看在眼里——曹慧敏，这姑娘是个优秀检查员的好苗子。如同一块璞玉，她需要的是历练和打磨。

她的心中自有分寸。一代又一代边检人，是她的老师和前辈，也是引领她的榜样和明灯。自打分配到这里的第一天，她就知道，满洲里边检站是全国最大的陆路口岸，也是以历史悠久、业务过硬、作风扎实而著称的边检站。她忘不了，其他边检站的同行得知她工作在满站，向她投来羡慕、钦敬的目光。她深知，那目光是向满站的光荣历史致敬，也意味着今天的责任和担当。

可是，那一天，她哭了。

那天，边防检查站的站长来检查工作，大厅里熙熙攘攘，来往的人很多。当站长从她身边走过的时候，突然停下来问："你叫什么名字？"

她说："曹慧敏。"站长说："哦，小曹。刚刚那个俄国人说了什么？"她一下蒙了，不知该如何回答。是啊，上岗培训时，她学过一些边境口语会话。在大厅当导引，有机会，她也会跟过境的客人交流。她一直努力学习边境常用（俄、蒙、英）会话，刚才这个过境的俄国人跟翻译说了些什么，她大致应该是知道的。可那俄国人边走边说，周围很嘈杂，他的声音也低了些，"一点点，一点点"，是这个意思吗？她吃不准，不敢回答，只好说："我不知道。"站长并没有批评她，只是看了她一眼。

就是这一眼，把她看得脸上火辣辣的，头都抬不起来。就在前一天，站里业务考试，一共十二项，她有两项不及格。想到这些，她满眼都是泪水。

晚上回到宿舍，窗外，月光如水。时值春末夏初，有不知名的小虫在鸣叫，这是满洲里最好的季节，可她心里却一直在翻江倒海……太丢人了！她在心里狠狠地责备着自己。她嫌自己进步太慢，恨自己业务不精。她从小自尊心就很强，尤其现在作为一个守护国家利益、代表国家形象的边检人，她不能原谅自己那"一点点"的错误。

这之后，她再也没有犯过类似错误。

许多年过去了，她当选为"十大国门卫士"。当初入职的经历和教训，她还一直牢牢记在心里。

三

你见过那种纸叠的小飞机吗？

少年时的慧敏，曾用纸飞机放飞梦想。

慧敏自幼是跟着奶奶长大的。她出生在内蒙古通辽的科左后旗，父母都是医生。在她不到十岁的时候，她和哥哥住到了奶奶家里。奶奶家住在甘旗卡镇，父母把他们兄妹送到这里，一是因为工作忙，二是因为这里的学校好一些。

慧敏从小就敏感、懂事。奶奶年岁大了，父母离得远又工作忙，从小学到中学，慧敏早早成了一个有主意的孩子。在学校，她甚至成了哥哥的监护人。上课时，老师让她坐在哥哥的座位后边，监督调皮的哥哥学习。放学做完功课，她洗自己的衣服，还得洗奶奶和哥哥的衣服。冬天的内蒙古，滴水成冰，刚洗完的衣服，一下子就冻上了，慧敏的两只手疼得像针扎一样。她把手凑在嘴边哈着气，偷偷掉眼泪，然后擦干眼泪，该干什么还干什么。在感到寂寞的时候，受委屈的时候，她会一个人静静地折纸飞机，把自己的愿望和学习目标写在飞机上，然后嗖地一下，从窗口放飞出去。

人小，路远，风大。蓝天上白云一朵朵飞。小女孩儿一天天长大。

她的成绩日益居前，学习再苦再累她也不觉得委屈。是宽广辽阔的草原给了她自强的性格？还是对未来的期许让她自律而独立？

高考前夕，她放飞了人生最后一架纸飞机，飞机上写着她的人生祈愿。小飞机从教学楼放飞出去，在空中划出一道美丽的弧线。

考试结束，她就有预感，自己的心愿能够实现。成绩公布之前填志愿，她填报了远离家乡的宁波海警学校（现在改名为武警海警学院）计算机应用专业。军校提前录取，她的梦想成真。2005 年，这所当年隶属于武警的军事院校，在整个内蒙古地区只招收了她一名女生。

十八岁的曹慧敏来到了宁波。南方的沿海城市，有着与内蒙古截然不同的风情。温润的气候，潮湿的海风，姑娘们裙裾飘飘，男人们的身型普遍不像家乡内蒙古的男子那样高大壮实。各种时髦的服饰让人目不暇接，港台流行音乐满大街流淌。

十八岁的姑娘谁不爱美呢？备战高考禁锢已久，她禁不住想要放飞自我。报到前，她在宁波特意找了家美发店，理了个大方秀雅的发型。理发师在身后举着镜子问她满意吗，她有些羞涩地笑了。五官清丽、高挑苗条的她走在大街上，有很高的回头率呢！

可是，进校的第一天，哨子吹响了，全体新入校的女生，集合在一起，在区队长的带领下，来到一家理发店的门前。没有多余的解释，一个个女孩子全剪成了跟男生一样的短头发。剪发那天，曹慧敏又一次掉了泪。可接下来三个月的军训，让她明白，剪短头发，是多么正确、必要。

第一次训练，就是绕着操场跑11圈。3300米跑下来，她的五脏六腑连同胳膊腿，都感觉不是自己的了。尽管有一半蒙古族血统的她，素来以为自己不怕苦、能吃苦。

入校三个月的军事训练，是她从未经历过的"魔鬼训练"。首先是走队列、站军姿。走队列还好说，主要看反应。站军姿是要在烈日下一站三个小时，还要把大盖军帽翻过来顶在头上，稍有晃动，帽子一旦掉下来，是要挨罚的；同时，两只手要紧贴裤缝，教官如果能把你的手从裤缝上掰开，也是要挨罚的。

整理内务叠被子也不容易。为了达标，她凌晨四点半起床，在地上一遍遍练习，把被子叠成方方正正、有棱有角的豆腐块。还有突如其来的紧急集合，大夏天，背着热水壶拉练……

三个月，整整三个月，她身上的汗从未干过。胳膊腿是木的、麻的，已经感知不到疼痛。同班一个女生觉得太苦，闹着要退学，可慧敏从没有过这样的想法。

人生所有的苦都不会白吃，这样的经历，如同锤炼、淬火。所谓军人气质，就这样融入血液中。

三年军校生活，除了专业知识的系统学习，她的精神世界也更为丰富和开阔。中华民族近代以来的屈辱历史，那一个又一个不平等条约，每一行都是斑斑血泪，催人奋发，让人清醒。

毕业时，她长了两厘米。21岁的她挺拔秀丽，目光坚定。

<h1 style="text-align:center">四</h1>

大千世界，有一种缘分，叫作不期而遇。

曹慧敏与高奎相识在去满洲里的火车上。

绿皮的"草原列车"从呼和浩特发车，终点站是东北边境的满洲里，全程2532公里。

高奎毕业于廊坊武警学院（现为中国人民警察大学）指挥学专业。他登上这趟列车，赴满洲里边检站报到。身高一米八的大小伙子感冒了，还发着烧。他托战友去退票口买到两张卧铺票，自己留下一张，另一张给了战友。没想到，战友把票送给了曹慧敏。

高奎刚刚在车上安顿好，曹慧敏就上了车。她拉着箱子找到自己的铺位，发现和这个高大的男生是上下铺。高奎二话不说，从姑娘手里接过箱子，放在了行李架上。三两句话一聊，两人竟都是去满洲里边防检查站报到的。

"你家哪儿的?"高奎问姑娘。

"通辽。你家呢?"

"离你家不远，赤峰。"

赤峰是内蒙古第二大城市，离通辽有300多公里的路程。在辽阔的内蒙古，300多公里的确不算远。

两人是老乡，又都刚从军校毕业，还将去同一个单位报到，一聊起来，就有了许多共同话题。

慧敏话不多，她平时也这样。听别人说话时，她总是安安静静的。她眼中的高奎，初看上去有点儿吊儿郎当，可不过一会儿工夫，她就看出，这个只比她大两岁的年轻人，为人实在，办事靠谱。

他把下铺让给了慧敏，脚蹬着梯子，把自己的挎包放到上铺。慧敏看到，他脚上的袜底磨得只剩薄薄一层，简直是纤毫毕现，几乎要看到肉了。

慧敏心中暗想，这人还挺俭省呢。可看他待人，却又十分大方。

列车每停靠一个大站，他不顾自己还感冒着，总是下车买来各种食品，一一分给邻近铺位新结识的旅伴。当然，头一份是给慧敏的。他做事细心，耐心，打开水，他会给大家的水杯都添上。他说话办事一点儿也不磨叽，挚诚、硬朗、英气十足。很快，车上的人跟他就熟识了，哥哥长兄弟短地叫得亲热。

在交谈中，慧敏发现，他是那么热爱部队，热爱军人的荣誉。他说，他从小就想当兵。小到什么时候？小到刚有记忆的时候。高中尽管学习成绩很好，他还是义无反顾地参了军。从一名边防武警，到层层过关考上军校，他终于实现了当一名保家卫国职业军人的理想。讲起这些，他有一种不动声色的笃定和洒脱。笃定和洒脱中，昂扬着男儿阳刚的自尊自信。

面对着慧敏，高奎看出了这个女孩儿的与众不同。她不施脂粉，干干净净，一路也没多说什么，不显山不露水，眼眸如星，安稳平静。

当聊起刚入伍新兵的趣事时，她对他讲起了自己的新兵经历。那会儿，队长只要看见她们闲下来，就让她们去拔草。她们拔光了校园所有的草，连学校特意种的草也拔光了。有时实在困得厉害，拔着草就能睡着……当初感觉那么无聊的事，如今回想，还真是有趣呢。讲到这里，她粲然一笑，那笑脸让他心里烫烫的。

40个小时，2000多公里行程。列车前行。

……林西、林东、查布嘎、开鲁、白城、三间房、富拉尔基……

车窗外，白云不远不近地飘在空中。车行到哪里，白云就跟到哪里。青青草原连绵铺向天际，大面积的油菜花田像是打翻了金黄色的颜料箱，无遮无拦地流淌开去。列车前行。

……扎兰屯、博格图、乌奴耳、免渡河、牙克石、海拉尔……

车窗内，狭小的空间，摇曳着太阳初升的光影，洋溢着春草生长的气息。那光影气息像天上的白云一样柔和鲜活，映射着两个年轻人纯洁、阳光、毫无阴霾的心境。

这世界有几十亿人，人与人之间的连接是多么奇妙。有的人几十年天天见面，朝夕相处，也不过是点头之交，相互心隔着心。也有人偶然的一次邂逅，内心却涌动着无尽的欢喜，难得的互相懂得，难得的彼此默契。那感觉，仿佛重逢自己的前世今生。

……

列车的广播里，播放着一首流行歌曲《乌兰巴托的夜》，歌声宽广深沉，似有无尽的忧伤。他们谁也不作声，就那么默默地坐着、听着，觉得有些感伤，又觉得十分美好。

满洲里站到了。下车时，他们的眼里、心里，都多了些眷恋的情愫。

报到之后，在全新的环境和同事中，两人时刻都能感觉到彼此。那或许是一句普通的问候，又或许是人群中擦肩而过时不经意的回眸。

一天，高奎径直找到慧敏。他没有铺垫，也没有起承转合，以他一贯的风格，直截了当地对慧敏说："你如果觉得咱俩行，咱就好好处朋友。如果你觉得不行，咱们还是好同事……"这些话乍一听直来直去，却是他再三思量的结果。

迎着高奎的目光，慧敏的声音不高，却很肯定。她清晰地说了几个字："好，我愿意。"

双瞳剪水，如一泓清潭。她没有羞怯，更没有忸怩，甚至没说我考虑考虑、我要征求一下父母的意见之类的话。她的回答让高奎欣喜地想：这真是个主意很正的女孩儿，自己总算没看错人。

多年后回想往事，高奎恍然感悟，慧敏不仅对感情主意正，其实她一直就是个主意很正的人。但凡认准的事，她就像是一根筋，从不会左顾右盼，犹豫不决。

就这样，他们牢牢地把握住了自己的初恋，自己的感情，自己的人生。

如此简单，又如此郑重。

三个月的边检岗前培训结束，慧敏分在陆路口岸值守，高奎分在中队带兵。白天黑夜地倒班，各自住在单身宿舍。不是这个有任务，就是那个在岗上。思念对方了，就打打电话，在QQ上聊一会儿。好不容易见了面，一起吃吃烤串儿，在北湖边走走，连看场电影的时间都不够。慧敏也曾对高奎嗔道："咱们谈恋爱，连花前月下的浪漫都没有。"可正因如此，他们更珍惜这份情感。大好年华，正该是努力工作的时候，虽说聚少离多，但他们的爱并没减少半分。

四年后，他们结婚了。

这以后，慧敏和高奎这段"一见钟情"的姻缘，成了满洲里边检站的佳话。有些新入职的小青年，半是顽皮半是羡慕地要"奎哥"、"敏姐"分享恋爱秘籍。作为"过来人"，慧敏和高奎总是笑着转移话题。年轻时只看见云淡风轻，岁月静好，哪里体会得到，生活中更多时候需要负重前行。

衡量一段感情好坏的标准是什么？是甜言蜜语、山盟海誓？还是朝夕相守、卿卿我我？在慧敏和高奎看来，好的感情是彼此砥砺，共同成长；是在酸甜苦辣的岁月里，无怨无悔，执手并肩一起走过。

五

满洲里的建城历史不算久远，迄今为止，共 120 年。她西邻蒙古国，北接俄罗斯，坐拥全国最大的陆路口岸，是一座带有异域风情的边陲小城。

小城建筑融合了不同民族的风格，那些楼房或有着欧式的彩绘尖塔，或有着蒙古包似的雄浑圆顶。街道整洁，格局方正。

此时的小城是童话般的、美丽性感的、混血的，也是安静的、诗意的、梦幻般的。

疫情之前，这里的每条大街上都能看到许多俄罗斯人。他们跨江而来，品尝美食，开怀畅饮，追逐着这里温暖的灯火和温暖的人情。店铺里、街道旁，不时会听到"哈拉勺"或"撕巴洗巴"（您好、谢谢）等俄语的交谈声。

一年四季，这里似乎只有两个季节：冬季和夏季。夏季最是宜人，可是时间太短暂，只有两个多月。漫长的冬季冰雪覆盖，最低气温可达零下四十多度。

这座城市因口岸而建，边境货物往来不分冬季夏季。驻守口岸的边防检查站，也不分冬夏地日夜忙碌着。

满洲里边检站担负着满洲里公路、铁路、空港三个国家一类口岸及

曹慧敏坐在检查台上，代表国家口岸履行边检职责

六个执勤现场的边防检查任务。他们要检验出入境的车辆、货物、人员、证件……这里的公路和铁路口岸，24 小时通关。平均每年进出旅客高达 180 余万人次，货物 3000 多万吨，吞吐量大，任务很重。

当新冠疫情肆虐全球，满洲里口岸客运停止，货运不降反增。每天，从夜晚到清晨，有整车整车的原木和其他原材料进入中国边境，再有整车整车的电子产品和生活用品驶出国门奔向远方。

口岸是一个国家综合实力的见证。一百年前，满洲里口岸见证了民族的屈辱和伤痛，如今，满洲里口岸见证着中国的富强和繁荣。

曹慧敏记得，她第一次坐上检查台时，并不十分紧张。期待和喜悦充溢心中，她感到自豪且自信。为了这一天，她做了最充分的准备。有多少个日日夜夜，面对海量的边检业务知识，她拿出从头开始的拼劲儿，一头扎进去。当她坐在这里时，神圣的荣誉感油然而生——这里是国门。

验关时，她认真细致。啪的一声，验讫章盖了下去。每次验讫，都意味着沉甸甸的责任。

国门前的责任，比泰山还重。

她坐在检查台上，代表国家口岸履行边检职责。每天，看许多人从验关台旁经过，边检人员要严肃端庄，要有礼有节，在大方得体的同时，还要不动声色。

只是偶尔，她在验关时会非常难过。当看到那些被骗到外国打工的中国人，他们被各种许诺诱惑，远离故土亲人，在异国他乡受尽欺凌，最后两手空空一无所获地回来。他们中有说一口东北话的黑龙江人，也有身材瘦小的南方人。翻看他们的护照，出关时照片上的人还十分精神，可回来时却蓬头垢面，张皇憔悴，几乎不像同一个人。那些护照浸了汗和泥水，又脏又臭。

验讫放行，听到一声声叹息："终于回来了！"

曹慧敏会在心里对他们说："回来就好，回来就好！"

每当边关"会晤旗"升起，曹慧敏就免不了着急、焦虑。

她多次听老同志讲起，边关无小事，升"会晤旗"是很慎重的事，搞不好就会酿成外交事件。

满洲里边检站最早是在 1957 年与俄方边检站建立"会晤"联系的。那时，因通关双方交流的需要，在边关拉了一部专线电话。近些年来，出入关的车辆和人员逐年增多，报关信息、货物车辆受阻产生问题和纠纷也越来越多。因此，双方商定：各自在关防前竖立旗杆，需要会晤商谈以升旗为号。升一面小红旗是"普通会晤"，升两面小红旗是"紧急会晤"。

一次，临近年关，因俄罗斯口岸放行缓慢，过往车辆积压太长时间，司机们情绪不稳，随时可能发生事端。这时，中方及时升起了"紧急会晤旗"。双方紧急磋商后，俄方提高了验放速度，危机得以解除。

曹慧敏唯恐自己工作上有什么差池，带来外交的麻烦。特别是那趟国际列车，它是中俄友谊的象征。若因验关影响了发车时间，就是一次事故，要发通报的。

国际列车需登车验证。每次登上这趟列车，曹慧敏浑身的神经立刻绷了起来，大脑和身体处于高速运转状态。上车后，在有限的时间内，一次要查验一二百位旅客。旅客有时来自二十多个国家，不同国家的护照又各有不同。这时候，最能看出一个人的专业素养。

曹慧敏清楚，陆路口岸的验放速度要想快速准确，首先流程不能出错。"人证对照加有效期"，几项查验一点儿都不能马虎。收过来的护照，按旅客座次顺序叠放在手臂。手臂要伸得不松不紧，使用的力量也要不大不小，只有用巧劲儿，才能控制一大沓护照不歪不斜不滑落。一不小心，护照掉落，整个顺序乱了套，在规定时间必定完不成任务。

有一次，一个新手初登国际列车，护照撒落一地，差点儿没准时发车。

国门那边是俄方，接下来他们还要通关。中方如有什么差池被他们抓住，不仅出关的旅客会被遣送回来，"紧急会晤"的小旗也会马上升起。

每次登车验证完毕，即使在凛冽的寒冬，慧敏的衬衣依然会汗湿。看到列车驶出国门，随着汽笛长鸣，她会跟着深深地透一口长气。

在实践中，曹慧敏一天天成长。

若论业务能力，曹慧敏最佩服站里的前辈。他们长期工作在边检一线，年纪不算很大，却业务精通，身怀绝技。

教导员于国娟，现在是公路口岸的领导。她在空港时，平均20多秒验讫入境。有旅客语言交流不畅，她拿起护照，用手一捻，凭手感就可以准确判断出这是哪里的护照。护照的哪一页有假，哪一处作伪，是替换了照片？还是篡改了信息？她的判断都准确无误。

还有调到别处工作的杨春燕，是党的十九大代表。她敏锐又稳健，对边检专业的把控无懈可击。在言传身教中，人们称她是"问不倒"。曹慧敏一直记得，在现场，每遇一个新案例，她都会把处理结果详细记录下来，和以前的案例进行对照。一处处细微的发现，烛照洞明，天长日久，便化为一个人出色的认知能力。

当然还有很多人、很多事，曹慧敏每天都能看到，一直都在学习。一事当前，这些领导和同事总是抛开个人得失的权衡考量，永远把国家的利益和集体的需要放在第一位。守好国门，做好本职工作，这是他们的初心，也是他们的使命和担当。

这些人和事感染着曹慧敏，激励着曹慧敏。她成长的脚步，就像踏着公路口岸验证大厅的 96 级台阶，一步接着一步，不歇一口气。

……

由此，一页一页，她写下了 18 万字的学习笔记。十万余条边检业务知识点，她烂熟于心。口岸常遇的 80 多种护照、200 多种签证的防伪查验方法，她熟练掌握。先后八次参加全区边检业务抽考，她始终保持全部科目的满分。

数字单调、明晰，如同日复一日的人生，没有惊天动地，也没有喧哗夸张。每天做同样的事，把每一件事做到极致，这是一个普通人的英雄主义。

人不可欺，事不可罔。扎扎实实地学习，脚踏实地地工作，沉潜而平实地努力，继而形成一个人的品质和操守。浮华世事，诸般欲望，并不能构成生活的目标和意义。感知工作的价值，被他人所需要，本身就能给人带来快乐和满足，同时，也彰显出一个人的精神质地。

六

天空湛蓝如洗，白云不染纤尘。

那是一个寻常的日子。在空港口岸，这时的曹慧敏已经是带班的副科长了。

曹慧敏像往常一样坐在验关台上。这天，排队出关的人不是很多，她认真核查，逐一验放。

一个女子站在她面前，女子三十岁出头儿的样子。人证核查后，她拿起验讫章又放了下去。不知为什么，她感觉面前的这个人有问题。再对照一遍，人和护照上的照片是一致的。那么，问题出在哪里呢？

曹慧敏说："你抬起头，看着我。"

这女子一点儿也不紧张，就那么歪着头，有点儿挑衅地看着眼前这位较真儿的检查员。

曹慧敏看定她，突然说："告诉我你的身份证号码。"

女子大大咧咧地说："那么一长串，记不住。"

这时，曹慧敏发现，这女子眼球的位置和护照照片上眼球的位置是不一致的……

只听女子怨道："你能不能快点儿呀？"

曹慧敏又发现，女子的发际线和照片上的也不一致，虽然差别非常细微，便说："别急，你急什么？"

显然，这女子是有心理准备的。她突然说："我怀孕了……"

曹慧敏警觉地看了一眼她，说："知道了。放心吧，会保证你的安全。"接着，曹慧敏果断地给法制科打了电话。

打完电话后，曹慧敏想确认一下她的判断，问："你家里有姐妹吗?"

女子说："有啊。我有一个妹妹，妹妹小着呢。怎么啦?"

就此，曹慧敏再一次扩大数据搜索范围，发现这女子有一个姐姐，她姐姐和她竟然是双胞胎姐妹。两人长得实在是太像了!

经过查证，这个女子用她姐姐的护照企图蒙混过关。没想到，栽在了心细如发的曹慧敏手里。

这之后，同事夸赞曹慧敏有一双"神眼"。可有谁知道，"神眼"是怎样练成的?

她在以往查获的一个个伪假证件中，反复琢磨，归纳出了"两对两看"检验法。

首先，是人证对照。

通常，人们看一个人，会关注他长得好看还是难看，他的肤色、他的发型、他的高矮胖瘦等。

曹慧敏看人，是从旅客外貌到护照上的照片进行比较对照：脸型、面部特征、痣、发际线、眼角、眼球的位置、法令纹、鼻子与耳垂的平行线、抬头纹的纹路……从这些细微处去看人，就会发现，世界上没有长得绝对相同的人。她就这样区分出了那对双胞胎姐妹的差别。

其次，是证件核查。

全世界有190多个国家，每个国家的护照都不一样。

检查护照，要仔细比对证件样本的不同，纸质的厚薄、水印光线是否有伪。然后查看盖在护照上的章，出境卡上的章，登机牌上的章，不仅三枚章缺一不可，顺序也是不能乱的。

接着，还要核对持护照人的姓名。虽说如今有了机器验证，但机器有时也会出错，这就需要人工录入进行比对。人们只知道俄罗斯人的姓名长，其实蒙古人的姓名更长。这些姓名特别难录入，在一个字母一个字母录入时，需要仔细核对……至此，"两对两看"结束，判定站在面前的人是否准予通关。

以上全部，要在45秒内完成。45秒，不到一分钟，她是如何做到的呢？

做到这一切，是否需要照相机镜头一样的眼睛？侦查员一样的洞察力？计算机一样的精准？法官一样的果决判断？

曹慧敏的确是做到了。多年来，她累计核查发现有重点国家（地区）活动轨迹的外国籍旅客3000余名；疑似双国籍不准入境人员120名；筛查发现在逃或变换身份的人员10名；查获网上追逃9人次，查出骗取证件11人次。

她履行了神圣的职责，是忠诚的"国门卫士"。

七

内蒙古的云是有质感的，成团成团，大片大片，把天空雕塑出千姿百态的模样。

2018年，国家机构改革，公安边防部队集体退出现役。大时代的转轨，意味着无数人身份的转变。曹慧敏和她的战友们脱下了军装，成了边防警察。

千般的眷念，万般的不舍。作为外人，很难体会一个真正的军人对部队的热爱和深情。一些朝夕相处的战友转业了，一些战友情绪波动。

曹慧敏眼看着丈夫高奎一下子瘦了，多少天来，他吃不下饭，睡不着觉，怎么也舍不得脱下身上的军装。慧敏何尝不难过呢？可她明白，日日守在边关，现在是他们自己过关的时候了。

她和丈夫交心：移民管理警察，仍然是原来的部队。虽然着装换了，但职责并没有改变，当过兵的，当然要听从号令。

她在抚慰丈夫，也在说服自己。她挑选出三套军装，春夏常服、夏常服、迷彩服，熨烫平整，折叠仔细，放进了衣柜抽屉。她对高奎笑道，实在想得不行，就在家里穿上过过瘾……

随着新一年春天的到来，曹慧敏换上蓝色的警服，和边防部队一起转型，转身。

边关如常运转，没有片刻停顿。

身份变了，职责不变，任务不变。他们的工作一如既往的繁忙，甚至比以前更忙，因为有些战友转业了，新人一时半会儿还不能完全顶上。

凌晨三点，曹慧敏已在岗位上连续工作了六个小时，连一口水也顾不上喝。当她登上北京开往莫斯科的国际列车，最后一次核查时，只见一位中国籍女乘客从车厢冲出来，神情焦急。

曹慧敏立刻上前询问。原来，这位大姐带着年迈的父母和两个年幼的孩子去俄罗斯旅游，上了车，才发现过境签证的启用日期不对，无法出境。更糟心的是，不但出不了境，那四万元的预付款也退不了，打了水漂……国际列车，分秒必争，是不等人的。

如今，曹慧敏也是上有老下有小的人。面对这老老小小一大家，她突然想到，自己已经很久没有探望过父母了。本来，年前买好了回家的车票，大年二十八，突然接到紧急任务，只好取消行程。打电话给家里老人，老人心疼他们，总是说："放心吧，我们好着呢……"看着眼前急得不知所措的一家人，曹慧敏心里格外不落忍。

曹慧敏上前安慰道："大姐，咱们先下车，我来帮你想办法。"

她拿起电话，多方求助，最后联系到当地的一家旅行社，解决了这一家人延迟赴俄旅行的难题。

边检大厅里，这位大姐拉着曹慧敏的手不放，连声说："要是没有你，我真不知道该怎么办啊！"

天大亮了。曹慧敏把他们都安顿好后才回到家里，这时，她才感到困倦和疲惫。

当然，也有受委屈的时候。

一次，一个韩国旅客在飞机上牙疼，出关时急吼吼地朝着曹慧敏发脾气。他说他要一杯水。曹慧敏说好的，请稍等。说完她小跑着去给他取水。等她把水端来时，这人却嫌她太慢了，抱怨道："我让你取点儿水，你怎么就这么慢！你是干什么吃的！"这人一边数落，一边还骂骂咧咧。

曹慧敏正在值勤，她有许多工作要做，把小小不快咽下去，她依旧面带微笑地忙着。她心想：这人姓"刁"吗？

刁难人的旅客有，但为数不多。即使有些蛮横的人，面对闪亮的警徽和一身正气的移民管理警察，通常也有几分收敛。

细细想来，也很有意思。通过边检这扇窗口，能看到世界不同地方形形色色的人生呢。

有的人胆小畏怯，目光游移，紧攥着护照，仿佛攥着身家性命。这样的人多半生活艰辛。

有的人内敛谦抑，遵守规则，却又落落寡合，眼神流露出厌烦和疏离。这样的人外在光鲜体面，内心却并不幸福。

喧哗的人群，多半是小旅行社以低廉的价格，吸引了想出国转转又贪图便宜的组团游客。

扛着大型包裹的俄罗斯汉子，是往来于中俄边境的"倒爷"。他们专挑半夜的车出境，一天就可以打个来回。只因俄罗斯政策规定，五十公斤以内的东西不交关税。

还有一些国家的人，一眼可见的潦倒。在边境做点儿小生意，挣的钱还不够喝酒买醉。

曹慧敏坚守在岗位上，她的心始终是安定的。她深知，自己身后是强大的祖国。自己的安定，源自国家的安定，工作的安定，家庭的安定。

中国人的善良烙印在骨子里。她怜惜那些孤苦无助的人，常常对他们施以援手。这些年来，曹慧敏和她的战友先后帮助数百名老弱病残旅客顺利通关，四十多次为旅客找回遗失的财物，几十次协助解决出入境通关难题……如同寒冬的炉火，暗夜的灯光，这些边检人有一个共同的名字——"边关小敏"。

曹慧敏相信行动的力量，再动听的口号也不如实实在在的行动。业余时间，满洲里边检站的"爱心协会"，总少不了她的身影，扶残助困，捐款捐物。满洲里二小的小学生孙楠兄弟，是曹慧敏和丈夫多年资助的贫困对象。孙楠的哥哥先天智障，家里生活困难，曹慧敏一家定时给孙楠兄弟送去钱物和各种生活及学习用品。如今，孙楠一家已渡过了最难的时期。

晨光里，辽阔的呼伦贝尔大草原上，白云在静静地飘。

曹慧敏先后被评为全国现役部队优秀共产党员，全国优秀人民警察。她荣立一等功一次，二等功一次，三等功三次。

八

那个大年夜，一家三口是在"山上"度过的。公路口岸地势高些，站里人习惯称之为"山上"。

高奎在公路口岸值班，一些年轻人还没成家，大年三十，他要和弟兄们在一起"跨年"。

曹慧敏和儿子在家，四周不时有鞭炮炸响。楼道里热气蒸腾，闻得见酸菜炖肉的香气，邻居家传出阖家团聚包饺子的欢笑声。

儿子不时问慧敏，爸爸什么时候回家？六岁的他急切地想往外跑，想和爸爸一起过年放鞭炮。

曹慧敏掀开窗帘朝外面看，室外零下三十几度，天寒地冻。窗户玻璃上结了厚厚的冰花，晶莹剔透，仿佛是水晶的浮雕。

家里暖气烧得很热，穿件羊绒衫正好。赶在年前，曹慧敏把家里该拆洗的都拆洗了，新换的床单被套散发出洁净的气息。各种年货都置办了些，水果瓜子奶糖装盘放在桌上。

曹慧敏不仅工作上是一把好手，家里的家务也不用高奎操什么心。尽管孩子还小，但家里总是整整齐齐，温馨宜人。

中国人过年，要的就是团团圆圆，喜庆热闹。分不开身回老家照顾和陪伴父母，已是她心底最大的歉疚，现在高奎又不在家，更觉得少了过年的气氛。

曹慧敏问儿子："咱们去'山上'找爸爸好不好？"

儿子高兴得跳了起来，笑着叫着欢呼着响应妈妈。

她先给高奎打了个电话，再把儿子武装起来。穿上棉袄棉裤，再套上厚厚的羽绒服，戴上帽子、手套，最后绕脖子缠上一条大围巾，顿时，孩子被包裹得只露出一双眼睛。她自己接着穿戴严实，便领着孩子出了门。

这条路慧敏再熟悉不过。早先，她曾在公路口岸工作，12 小时一班，白天黑夜轮替。后来，公路口岸换成了高奎，她到了机场口岸。

儿子出生后，慧敏的母亲来帮着带了一段时间。母亲走后，她和高奎分工：值夜班的，白天带孩子；值白班的，夜里带孩子。就这么着，儿子高兴一天天长大。大概因为从不娇养的缘故，小高兴又聪明又皮实。只是，他俩交接孩子的时间常常碰不到一起，有时是机场口岸飞机晚点，有时是高奎那边有突发情况。每当这时，慧敏就会开车把孩子送到"山上"。那里有好些单身汉，下班也没地方去，见了小高兴，立马变成了大男孩儿。他们闹在一起，打游戏、猜谜语、讲故事，玩得不亦乐乎。

曹慧敏深知，自己的安定，源自国家的安定、工作的安定、家庭的安定

满洲里的冬季十分漫长。在最冷的天气，泼出去一盆水，立刻能变成冰碴儿。暴风雪的日子，北风裹着雪粒迎面扑来，刀子似的削人。

曹慧敏有时遇到急事，时间来不及，送孩子路又不好走，她就把孩子放在路口的一个岗亭里，那是高奎上下班必经之地。如果是半夜，孩子就在岗亭里接着睡。如果是白天，孩子就在那里玩，也不影响站岗执勤。等高奎下班后，再来接走孩子。这样交接的次数多了，孩子和他们配合默契。有时半夜，闹钟一响，曹慧敏正穿衣服时，孩子也揉着眼睛爬起来，跟着穿衣服……

满洲里中俄边境，中国41号界碑紧挨内陆最大的国门，这道国门的北边，就是俄罗斯的后贝加尔斯克市。这里的边境检查站执勤室外墙，有这样几行醒目的大字：内蒙古满洲里最高气温+41.0度，最低气温-44.9度。跨越80多度的"警色"——这真是足够豪迈的气势，足够独特的"警色"！

那个大年三十的夜晚，曹慧敏带着孩子，踩着远远近近的鞭炮声，来到了"山上"，迎接他们的是年轻民警的一片欢呼声。儿子小高兴欢天喜地扑向这些他熟悉、亲近的叔叔怀里。

在岗的人，各自忙碌在自己的岗位，查证、验车、监控室全程紧盯视频，外勤脚踩吱吱作响的积雪，帽檐上、眉毛上结了一层白霜……和无数个平常日子一样，和太阳东升、月落西天一样。

休息室内，热腾腾的饺子端了出来，还比平时多加了硬菜，那是站领导专门交代的。欢声笑语，亲如一家，电视机开着，春节联欢晚会刚刚开始……

一家三口，就这么在"山上"过年了。

九

额尔古纳河上的白云，像绵延起伏的山峦，守护着草原大地，守护着无垠蓝天。

内蒙古长达八千里的边境线，在祖国的版图上，如同一道舒展的脊梁。

在这长长的边境线上，分布着十八个边检站及八个边检盟、市。那些默默无闻的移民管理警察，是坚强的国门卫士。在这个物质极度丰富、信息高度发达的时代，内蒙古边检总站的民警，大多生活在偏僻辽远的地方。那些地方远离霓虹闪烁、远离觥筹交错、远离时尚流行，那些地方甚至人迹罕至，更没有什么网红打卡。他们用一生的坚守，写就对祖国的忠诚。

曹慧敏深爱边检站的一切，深爱自己的工作和生活。在这样的日子里，她甘之如饴。

她知道，边检站有许多双警家庭，他们年龄比她大，资历比她老，也是上有老下有小。而过去边检站的条件远不如现在，他们就这样风霜雨雪走了过来，从不叫苦。

她知道，边检站的领导和战友中，有许多夫妻长期两地分居，天各一方，长时间见不上一面。子女的教育，父母的病痛，双方彼此的惦记思念，此情无计可消除。他们把这一切揣在心里，选择了承受，选择了担当。

她知道，还有许许多多不知姓名战友，在草原深处，在大漠戈壁，守边护边，终年累月。默默无闻，艰苦卓绝。

曹慧敏觉得，能够像他们一样，在高高飘扬的五星红旗下守护好国门，平凡朴素地生活在这个波澜壮阔的时代，自己是多么幸运！

那朵一直定格在草原上空的、吉祥的白云，是她吗？

（文中照片由内蒙古出入境边防检查总站提供）

"全国公安系统二级英雄模范"滕莹

国门玉兰花

——记"全国公安系统二级英雄模范"滕莹

张成功

一

十二年前。海南。

2009 年 8 月 4 日。对于普通人来说,这样的一天或许再平常不过,可是对于边防警察来说,他们的每一天都可能是在生与死之间徘徊。

八月,正是海南岛的盛夏时节。而午后暑意更浓,这是一天中太阳最得意的时候,它像是要炫耀自己似的,使出全身力气将烈焰燃向海边的每一块岩石。热浪袭来,升腾的蒸气在低空中膨胀,裹得人浑身难受。这样的季节是知了最活跃的时期,成群停栖在大树上乘凉,它们的叫声让人感到有些烦躁。

这里远离市区,由于地理位置偏僻而人迹罕至。三面环山,一面向水,周围树木遮掩,地面上杂草丛生,显出一片荒凉的景象。路边有一座旧仓库,从破败的程度看得出早已被弃置多年不用,而这样的地点自然就成为罪恶发生的最佳场所。许多年来,不知道有多少场违法交易在这里进行过，也不知道有多少个或者无辜或者罪恶的生命在这里悄然结束。也许只有那些在丛林之中、岩石后面静静窥探着的野兔刺猬们，能说出这些自以为缔造了文明的人类是怎样在这里展示着自己的贪婪私欲，怎样彼此之间勾心斗角你死我活，又是怎样两败俱伤最终毁灭的。

今天，这里即将发生的事情最终会是一片过眼云烟，但是因为有了一位美女警花，一切又会有所不同。

空气不同往日，弥漫着紧张的味道。仓库大门前面多了两个马仔把守，他们手里都持着枪，警觉地向外张望。此时他们的神经像是绷紧的弦，任何一丝风吹草动都能引起他们的高度紧张。果然，当一辆黑色轿车突然疾驶过来，在他们面前戛然停住时，两名马仔陡地瞪大了双眼，手中的枪握得更紧了。

滕莹坐在车里，她感觉到自己的手心在冒虚汗，内心的紧张自不用说。对于刚从边防警校毕业不久的她来说，第一次执行这样重大的任务，难免显得有些慌乱。她知道自己必须故作镇定，还要表现得从容不迫。于是她赶紧深呼吸一口气，从车里走了出来。她转身关车门，手臂在空中划出一道优美的弧线，动作铿锵有力。

滕莹 1984 年出生在江苏省连云港市，第一次执行任务的那一年她才刚满二十五岁。她生肖属鼠，但当别人问起她的年龄时，她总是用玩笑的口吻说自己属猫，因为她从小立下的志向就是做个捕捉"鼠"的猫。小时候她最崇拜的就是从军的大伯，那身橄榄色的军装是她眼里最美的风景，出现在她梦境中最多的场景就是自己穿上了威武的军装，捉住一个又一个坏蛋。所以，高中毕业后她毫不犹豫地选择了参军，来到原海南省公安边防总队教导大队新兵连集训队，以优异的成绩结束三个月的新兵集训，下连到边防总队通勤站，当上了一名话务兵。可她不甘心只做一名接电话的话务兵，她最大的愿望是做一个冲锋陷阵的战士，于是她拼命学习。因军事化管理，晚上十点熄灯后宿舍不允许开灯，她就到卫生间看书，每天都是看到凌晨两点左右。功夫不负有心人，她终于在 2005 年 7 月以全总队第二名的好成绩考入广州边防指挥学校。三年军校的学习，她从一名学员成长为一名班长、区队长，以优异成绩于 2008 年毕业分配到海南边防总队八所出入境边防检查站执勤业务二科，成为一名情报调研员。但从事情报工作并不是她想象的只有神秘，更多的是要求有丰富的知识、过硬的心理素质和敢于牺牲的大无畏精神，这次执行卧底任务便给她上了严峻的一课，使她明白，身为守卫国门的边防战士，每时每刻都在接受着血与火的考验。

原来，这是一次侦破特大偷渡案的重要行动。偷渡犯罪集团要将四十多人从海上偷运到国外，为偷渡团伙提供船只的蛇头已被抓获，竟然是个年轻貌美的女性。边防总队决定派一名侦查员装扮成这个蛇头深入敌穴，获取偷渡人员的藏匿地点和犯罪团伙的犯罪证据，从而将其一网打尽。但执行任务的侦查员必须符合三个条件：一是相似于蛇头的年轻女性；二是熟悉当地风土人情；第三条最为重要，那就是必须是陌生面孔，和社会上没有任何瓜葛，也从未在当地抛头露面过，履历没有任何痕迹可查。因为网络发达，这给我们侦查破案提供便利的同时，也为犯罪分子作案和查实内部人员真实身份提供了有利途径，从事隐蔽工作的内线侦查员稍有闪失就会暴露身份，带来无法挽回的后果。鉴于这项任务的特殊性，领导经过再三筛选，挑中了刚毕业不久的滕莹，因为只有她最符合这三个必备的条件。

当领导把这项任务的重要性，尤其是危险性毫不隐瞒地告诉滕莹后，滕莹从激动中慢慢冷静下来。对于任务的危险性她是有心理准备的，最让她担心的是能否完成这项重要任务，毕竟这是她第一次同犯罪分子面对面较量，稍有差池就会前功尽弃，使这项行动毁于一旦。她犹豫了，也直接向领导说出了内心的担忧。领导只向她说了一句话："我不要你保证能完成任务，我只要你保证能平安归来。"上级领导的贴心话让滕莹瞬间感觉有了强大的后盾，勇气大增，同时也有了坚定的信心，凭着一股初生牛犊不怕虎的豪迈之情踏上了征程。

　　跨出轿车的滕莹，此刻站在骄阳下，如同一朵艳丽又带刺的玫瑰盛开在这荒芜的野山坡。她明媚的脸庞透着秀丽也带着些稚气，额上几颗晶莹的汗珠似乎也隐藏着些许的紧张。她穿着深蓝色的休闲装，因为深蓝色是她的幸运色，而今天的场合她更需要一些心理安慰。两名马仔走上前来，马上便被滕莹的美丽和傲然震慑住了，呆呆地如机器人似的躬身施礼，然后示意要对她搜身。滕莹微笑着。她知道这是例行程序，在做情报工作的这段日子里，她早已熟悉了黑社会组织的各种程序和规则。于是她顺从地举起手，任凭两名马仔搜身。两名马仔将滕莹全身上下搜了一遍，确定没有任何问题才用对讲机向仓库里的人汇报，随后领着滕莹向仓库里走去。滕莹紧随其后，在跨进仓库门的那一刻，她感觉自己的步伐都有些轻飘飘了，于是赶紧打起精神来，仿佛四周是悬崖峭壁，一不留神就会坠入深渊。她完全不知道自己进入了什么样的世界，也不知道自己将要面临什么样的命运，恐惧正慢慢地浸染全身。可此时此刻她不能退缩，更没有时间去思前想后，她只知道自己将要孤军奋战，不管前面是三头六臂的怪兽还是青面獠牙的魔鬼，她只能硬着头皮走下去。

　　滕莹走到一群人面前，一副镇定自若的样子。她做出随意之态环顾四周，只见到处堆满了杂物，横七竖八、凌乱不堪。她的目光最终落在一个人身上。屋子里光线有些暗，滕莹努力地想要看清这人的模样。这个人大约五十多岁，看上去个子不高，却一脸凶相，眉目之间透出一股狠劲儿。瞧他那坐着的架势应该是这个团伙的老大。其体型、年龄也和那个被抓女蛇头刘婷所描述的特点相符。滕莹暗自激动，终于锁定了要寻找的目标，这个名叫范东海的贩运人口的大魔头终于现出了真身。

范东海慢慢起身，缓步走到滕莹面前，阴鸷的目光久久审视着滕莹一言不发。滕莹迎着范东海的目光，全无怯意。

一番目光交锋，范东海终于开了口，他问滕莹："你就是刘婷，刘总?"

滕莹微微点了点头。

范东海继续说："你比刘婷年轻漂亮。"

滕莹一怔。

范东海骤地加重语气："你不是刘婷!"

滕莹头猛地大了，心悬到了半空。但据刘婷交代，她从没有见过范东海，这个姓范的为何一上来就断定她不是刘婷?

滕莹稳住自己的情绪，冷冷地说："我看你也不像范东海范总，他可比你显得年轻帅气多了。"这次轮到范东海发愣了。滕莹接着说，"玩这种幼稚的游戏有意思吗?"

范东海突然笑了，对滕莹竖竖大拇指说："果然不负年轻有为的盛名，虽然我们没见过面，但你的传说可是听到了不少。"

滕莹不敢再跟这个老魔头啰唆，弄不好就会被他看出破绽，于是故作有些不耐烦的样子回道："彼此彼此，范总，我们可以谈生意了吗?"

范东海不置可否，却突然举起智能手机，对着滕莹拍照。滕莹一惊，强压着急跳的心，故作不满之态，冷冷地问："范老板，你这是什么意思?"

范东海呵呵一笑，说："刘小姐这么美丽，不留存一张美颜可就太遗憾了。"

滕莹猜到了范的用意，不禁又紧张起来。范东海低着头摆弄手机，显然是在用照片搜索滕莹的资料。时间顿时凝固，充满紧张的气氛。在死一般的寂静中，滕莹似乎能听到自己心脏怦怦直跳的声音，冷汗也在

最美国门名片

不知不觉中渗出了鬓角。

一会儿过后，范东海终于抬起了头，说："刘小姐很神秘啊。"滕莹以攻为守，气呼呼地质问对方到底还做不做这笔交易。范回答说当然要做，也许正如俗话说的，一张白纸才能画出最美的图画。滕莹做出失望的样子说："我现在倒有些担心了，没有互相信任的基础，这生意没法儿做下去，范老板还是另选高人吧。"说罢便做出要走的姿态。

范东海慌了，连忙不无歉意地对滕莹说："干咱们这行不得不小心谨慎些，还望刘小姐谅解。"

滕莹就势鼻子一哼："那就说正事，别动那些歪心思。"

范东海赶紧回应说："谈正事谈正事。"

滕莹抓住时机，开门见山，问偷渡的人数。范如实回答四十七人。滕莹乘胜深入，问人在哪里。范回答说在牛头屿。滕莹想要的东西到手，这下总算人赃俱获了，不由得长舒了一口气，下面就是向指挥部发出行动信号了。她向范耸耸肩说："亲兄弟明算账，道上的规矩范大哥应该清楚，运价我可以再给你优惠些，但这三分之一的定金你必须打进我的账户，现在可以转账了吗？"

范东海连忙应诺，向滕莹的手机上转款。滕莹拿出手机查核，借机向指挥部发出行动的信息。

神兵天降。荷枪实弹的边防战士们突进仓库。以范东海为首的贩运人口犯罪集团被一网打尽。

初试身手便大获全胜，滕莹在边防情报部门名声大噪，战友们都对她刮目相看，这也让她增强了同违法犯罪斗争的信心。在这之后，她继续磨炼学习跟踪侦察和与犯罪分子周旋的技巧，成为情报科的侦察能手。与此同时，再遇到此类任务时，她也成了领导首先考虑的人选。

接着，滕莹又受命参与一起偷渡案的侦破工作。经过艰难的侦查，查出组织偷渡的蛇头正准备开车把人员送往码头，为了不暴露目标，而又能得到准确情报，领导派滕莹到嫌疑人出发的地点监视。蹲守工作十分枯燥乏味，并且要求注意力高度集中。滕莹从下午五点一直守到深夜十二点都不见嫌疑人的踪影。为了不惊动周围人的注意，滕莹悄悄钻入路边的树丛下。海南的天气非常炎热，蚊子成群地在她眼前飞，而她当时又不能有大的动作，浑身上下被蚊虫叮咬得血迹斑斑，布满了一片又一片的大疙瘩。直到凌晨六点，目标终于出现，已经蹲守了十三个小时的滕莹立刻向在外围支援的战友们发出抓捕信号，成功破获了这起由蛇头组织的共十二人企图通过藏匿船只非法偷渡到越南的案件。

2010 年 2 月，滕莹再一次接到重要任务，参与侦破一起贩毒大案。这次的任务和她第一次执行的任务相似，需要潜入贩毒团伙内部。这个贩毒团伙分工明确，而且特别狡猾。虽然滕莹学了一些基本的海南话，但与土生土长的海南人打交道还是很容易露馅。于是滕莹装成哑巴，扮作酒店干洗店员工进行监视。几名贩毒头领整天躲在房间里，出去跟其他毒贩进行毒品交易时也是戴着墨镜口罩，很难认出长相。为了尽快掌握他们的面貌特征，滕莹冒险进入房间送衣服。几个毒贩正在房间里袒胸露背打牌，房间里弥漫着呛鼻的烟味、酒味，并不时冒出不堪入耳的污言秽语。滕莹逐个审视，记下了四人的相貌特征，并且确认他们身带武器，如果进房抓捕会有很大危险。行动组接到滕莹的情报后，决定实施外围抓捕行动，并根据滕莹提供的毒贩的相貌特征，将毒贩逐个捕拿归案。

一次次短兵相接的搏杀，一场场血与火的淬炼，滕莹由一个懵懂单纯的女孩儿逐渐成长为犯罪分子的克星，连立大功，受到上级的表彰。就在她准备在国门前沿阵地大展身手、再创战绩时，却在 2010 年 6 月接到组织的调令：赴江苏边防总队连云港边防检查站从事内勤工作。

这突如其来的变故让她困惑。虽然她很想回到老家与亲人团聚，可离开熟悉的工作环境，从更能展现智慧与勇气的一线转为查验签证、护照的二线，而且每天都是枯燥乏味的繁琐事务，这让她有些无法接受。她找到领导，谈了自己的想法。但领导的一席话，却犹如当头一棒。原来，滕莹的父亲患了肺癌，而且是在滕莹备考边防学校时就已经患病。因为当时滕莹正在备考，父亲叮嘱母亲不要告诉唯一的女儿。即便后来病情严重，进手术室前下了病危通知书，父亲也是含泪跟母亲说："万一有意外也不要告诉女儿，组织给了考试名额不容易，千万不能辜负领导对女儿的栽培，不要影响女儿考试。"虽然父亲最后脱离了生命危险，但直到现在病情仍不稳定。领导告诉滕莹，她是独生女，作为组织应该考虑到她家庭的实际困难，这就是将她调回家乡的真正原因。

滕莹哭了，泣不成声。父亲是她生命中最重要的人。在她童年的记忆里，父亲就是她最温暖的港湾。记得在她大概五岁的时候，看到别的小朋友骑自行车，她也吵着跟父亲要，现在看起来买一辆儿童自行车很轻松，但是对于那个年代只是普通工人的父母来说，买辆自行车还是很吃力的，可父亲咬咬牙给她买了。她非常开心，到处向小伙伴们炫耀，后来才发现，父亲和母亲背着自己吃了快一个月的咸菜。当时她还不能理解，长大后才慢慢知道父母的不容易，于是她就立志努力学习、出人头地，让父母好好享福。虽然她是独生子女，备受宠爱，但也是父亲灌输的真诚做人、勤奋做事、惩恶扬善的理念，让她懂得了做人的最基本道理。在父母的呵护下，她一路走来，成长为一名优秀的边防战士。可在她冲锋陷阵之时，却不知父亲患上了可怕的癌症，这无异于晴天霹雳。万一父亲有个三长两短，她真不知道自己该如何面对。此刻，她被组织的关心深深感动，决心回到连云港，在照顾好父亲的同时，加倍地工作，回报组织的关怀。

滕莹决心回到连云港，在照顾好父亲的同时，加倍地工作，回报组织关怀

二

十二年后。连云港。

连云港，黄海边的一颗明珠。这里是历史传说中神猴孙悟空的故乡，花果山水帘洞吸引了无数的游客，有"东海第一胜境"之称。而今天的连云港更是新亚欧大陆桥东方桥头堡、全国性综合交通枢纽，海运、陆运如腾跃的一龙一虎，又似一双奋飞的翅膀，将连云港带向了世界。新亚欧大陆桥以连云港为起点，西至荷兰鹿特丹，全长10900公里，它以中国、俄罗斯、欧洲的铁路为陆上桥梁，把太平洋与大西洋以及波罗的海、黑海连接起来，是新兴的亚欧间国际过境集装箱运输通道，被誉为"新丝绸之路"。

作为对外开放的前哨，人与物如此巨大的流量，连云港边检站的责任是多么重大、工作量是多么繁重可想而知。

滕莹转换战场，从海南回到了家乡，被安排到口岸一线执勤科队工作。她的主要任务就是核查检验出入境人员的手续和有关证件。这虽然看似是一项日复一日冗长烦琐、枯燥乏味而又平淡无奇的工作，但她却要掌握口岸通关常遇的八十多种护照、两百多种签证的防伪特征和查验方法。同时父亲的病也在牵动着她的心。这是一段备受煎熬的日子。滕莹白天上班、学习、训练，晚上照顾病中的父亲，尤其是每周还要送父亲去省城南京化疗，压得她几乎喘不过气来。但她顽强地坚持了下来，既没有耽误给父亲治病，也没有拉队里的后腿，完成了各项工作任务，并且代表所在科队参加站里组织的业务竞赛，可遗憾的是在录入环节成绩很不理想。对任何事都精益求精、凡事不落人后的她，默默对自己发起了挑战：当年在海南面对凶残的蛇头、毒贩，自己都能狭路相逢勇者胜，将生死置之度外，现在竟然对付不了那些花花绿绿的证照？她不信这个邪！滕莹开始了对陌生领域阵地的强攻。她不停歇地补短板、强弱项。眼睛看累了，揉揉眼睛继续看；题目忘记了，翻回去重新背；手指磨破了，绑上胶布继续练。在她宿舍的书桌前，甚至父亲病床头的墙上都贴满了便笺纸。她像钟表般给自己拧足了发条，反复研究伪假证件资料，身上带着笔记本，随时记录自己的认知盲区，虚心向资深同事请教。功夫不负有心人，在不畏艰辛的努力下，滕莹终于成功突围，在总决赛中拔得头筹。

竞赛毕竟是纸上谈兵，实战才是检验业务能力的试金石。在数万次的前台实践中，滕莹还练就了一身绝活儿：听口音，知旅客来自何地；看穿着，识旅客身份职业；观神态，判旅客是否可疑。

2018年，滕莹办理一艘巴拿马籍船员换班手续，一遍又一遍重复着人证对照、证件鉴别、录入系统的常规动作。当她在对第六名船员人证对照时，观察到对方是一个二十出头的小伙子，但他的海员证看起来很旧，像是已经用了很久，于是她随意提出了几个问题，问他跑了多久的航运业务，一般都去哪些国家。那位年轻人说他跑了四五年航运，一般都去中东国家。滕莹接着又问："你才二十岁出头都已经当了四五年船员了，那你不是没成年就当船员了吗?"年轻人语塞，嗯嗯啊啊半天，才挤出一句说自己前几年是实习的。滕莹凭经验觉得这个人有问题，于是又问他是哪里出生的、家在哪里。年轻人回答得很快，像是提前准备好的。虽然疑点重重，可滕莹就是找不到此人哪儿有问题。于是她又回过头来看照片，想看看人像对比上能不能有突破。耳朵、鼻子、嘴巴、眼睛，看来看去好像都没有问题。她用审视的目光观察着年轻人。年轻人的眼神始终不敢和滕莹对视。滕莹终于从他的脸上发现了破绽，就是两眼之间的距离有问题。滕莹立刻向值班领导汇报，经过后台进一步核查，发现原来这个人所持的海员证是他哥哥的证件，他想出国旅游，签证又签不下来，于是趁着哥哥公休的机会，拿着哥哥的海员证准备坐船去国外。他将五官简单整了下容，做得跟哥哥一模一样，但是唯一无法整的是两眼之间的距离。哥哥的眉眼距大，约三厘米，而弟弟的眉眼距只有两厘米多。一般人整容五官可以微调，但两眼间的距离是改变不了的。在事实面前，那个年轻人不得不承认自己确实是拿着哥哥的海员证想蒙混过关。

滕莹将青春和热血倾洒在国门边防线上，在平凡的岗位上创造了不平凡的业绩。自调任连云港边检站后，先后参与重大安保任务十五次，配合战友成功侦破数起组织偷越国境案件，协助地方公安侦破涉嫌泄露国家机密案，查获案值共达五百余万元的走私案，查处近二十起船舶资料申报不实案，查获近三十份伪假证件，有力维护了国门口岸的安全稳定。

国门边关，并不仅仅是铁血戎马的守卫，移民管理警察更多体现的是大爱无疆，将中华民族的真善美传递给全世界。在新冠疫情席卷全球之时，滕莹用人民警察所特有的柔情温暖着海内外的游子。2020 年 4 月，是境外疫情形势最为严峻的时候。在连云港，平均每天都有十余艘来自重点疫情国家的轮船停靠在这里，严防境外疫情输入压力很大。4 月 9 日 18 时，正在值班的滕莹收到通知，停靠在码头的香港籍货轮上，一名罗马尼亚籍船员突发糖尿病，情况危急，船方想马上将患者送回国救治。可是根据当时的防疫政策，船员下船不易，回国更难。据船方反映，从连云港到罗马尼亚，需辗转经过青岛流亭机场、上海浦东机场、香港国际机场、卡塔尔国际机场、希腊国际机场再到罗马尼亚。在当时严峻疫情之下，国际航班随时可能取消，每增加一个周转国家，回国的可能性就越小，治疗时间也就耽误得越多。滕莹想到这些，按照船方提供的回国路线，当即联系涉及的国内各个机场以及当地防疫部门，同时上网查找境外各地的防疫政策。时间在流逝，滕莹心急如焚，她一刻也不敢耽误。经过七个小时的电话沟通，滕莹将各地机场的航班情况和防疫政策整理成一份表格交给船方。船方在翔实的数据面前，不得不放弃了回国治疗的计划，安排船员在船上接受远程指导治疗。码头公司代理向滕莹转达船方的致谢，而此时的滕莹已累瘫在值班室里，仅她的手机上，联系此事的通话记录竟有 175 条之多。

6 月的一天，一位山东大娘抱着个孩子来到连云港国际航运中心边检办证大厅，一进门就急匆匆地跑到了正在值班的滕莹面前。她焦急地对滕莹说自己想上船见儿子。但当滕莹问她儿子在哪条船上工作时，大娘却一无所知。据她自己诉述，儿子是个实习海员，已经出海一年多没回家了，前几天打电话说船会在连云港短暂停留，于是念子心切的大娘就带着孙女赶到了连云港，可没承想，到了连云港之后人生地不熟，儿子的电话也一直打不通，举目无亲的大娘历经曲折便来到办证大厅求助。滕莹听了大娘的诉说，让大娘先出示一下身份证。结果大娘的眼泪一下子就下来了，原来出门太急，她身份证也没带。滕莹耐心安抚好大娘，然后根据大娘的描述，联系到她户籍所在地的派出所，查询到她儿子的姓名和身份证号码，之后经过艰辛曲折的联系查找，终于找到了她儿子工作的船舶，顺利帮助大娘和孩子办理了临时登轮证，圆了一家人的团聚梦。

2020 年 7 月 30 日，滕莹所在的执勤队接到紧急通知：两艘外籍入境船舶，共七名船员核酸检测呈阳性，需要立即下船隔离治疗，现需三名民警执行此次勤务。在勤务准备会上，紧张和担忧笼罩着整个会议室。滕莹第一个举手报名：我上！

滕莹和另外两个战友临危受命，由她担任组长的特别勤务小组随即成立。他们冒着被感染的风险，第一时间来到指定地点开展边防检查，并配合完成确诊船员的转运工作。

疫情期间，滕莹（右一）登轮进行船体检查

　　滕莹在平凡的岗位上默默奉献着自己的一切，同时她也在做着父亲的好女儿。去年年初，滕莹父亲的癌细胞已扩散到膀胱，为了不耽误白天的工作，滕莹总是选择在夜里驾车带父亲前往南京治疗。这天晚上，滕莹正陪同父亲进行化疗，忽然接到队里的紧急任务。就在滕莹陷入两难之时，父亲宽慰她说："作为一名人民警察，就要对得起身上的警服，你放心去吧，爸爸没事。"谈及此事，滕莹数次话语哽咽："对家人我亏欠太多……"

　　玉兰花是连云港的市花，玉兰花的花期一般是在年初，一年只开一次，而"国门玉兰花"每天都在绽放。

　　家是最小国，国是千万家。面对双重压力，滕莹柔弱的双肩，一边担着事业，一边扛着家庭，以执着追求和硬核担当，在美丽的黄海之滨傲然绽放。

三

　　今天。采访滕莹。

　　美丽的海滨之城连云港，因警花滕莹而愈加美丽。坚守边防十八年，她的奉献和付出，既浴在血与火的牺牲中，也隐藏在日复一日的平凡岁月里。她曾荣立个人二等功三次、个人三等功两次，先后被公安部评为第二届全国边检机关"十大文明使者"和原"公安现役部队优秀共产党员"。2017年5月，滕莹参加全国公安系统英雄模范立功集体表彰大会，受到了习近平总书记等党和国家领导人的亲切接见。同年6月，被公安部评为"全国优秀人民警察"，荣获原公安边防部队第五届"十大边防卫士"提名奖。2021年3月，被公安部授予"全国公安系统二级英雄模范"荣誉称号。

　　但她坦率地告诉我，她从来没想到会被表彰，而且领受这些荣誉，让她有着芒刺在背的感觉。这让我感到诧异，问她为什么。她说这不是"矫情"，确确实实是她的心里话。她说自己只是尽了一个移民管理警察应尽的职责，而背负这么多荣誉之后，会让她感到莫名的压力，工作要干在别人前面，事事要尽善尽美，时时要严格要求自己，可人毕竟不是十全十美的，总有局限性，总有缺点弱项，总会出现一些力不能及的地方。还有就是毕竟有家庭、家事，有爱情婚姻的苦恼，也要照顾身患重病的父亲和嗷嗷待哺的幼子。但这些荣誉都让她不得不勤勉再勤勉，以高标准要求自己保持一个模范标兵的形象。

　　滕莹的话深深触动了我。我身为作家、记者，曾采访过很多英雄模范人物，像滕莹这样直抒胸臆讲出真实想法的还是第一次遇到。顷刻之间，我感到滕莹是真的美，那种从内心深处透出的真实，才更有魅力更具光彩，瞬间征服了我。

　　于是，我们的话题便从这里开始了。

　　滕莹的童年是在无忧无虑中度过的，父母把全部的爱都给了她，使她成长为威震四方的边防警界英雄。可她为了事业却忽略了父母，特别是父亲的病情，她无法原谅自己的过失，这是她心中永远的痛。如果她能早一点儿关心父亲，也许就不会错过早期最佳治疗时机，以至于后来扩散，如今每天在生死线上挣扎。每当她白天在工作岗位尽职尽责，只能在深夜时分送父亲去南京的医院化疗时，她都带着深深的歉疚。每当她在病床前看着父亲被病痛折磨得辗转反侧难以入眠时，她就默默地流泪，恨不得把那些癌细胞都转移到自己身上，让父亲能享受几天晚年的清福。而父亲每次从昏迷中醒来的第一句话就是催促女儿回到工作岗位上去，要她对得起组织的信任，不能辜负国家和人民给予她的荣誉。为了边防事业，为了千家万户的安宁，为了国门的安全，她不仅自己献出了青春和热血,她的家庭、她最亲爱的父母也在她的身后默默地做着牺牲。

从海南调回家乡连云港后,滕莹从熟悉的工作环境进入到一个陌生的边检领域,她能从一个生瓜蛋子成为技术竞赛的标兵,付出的心血可想而知。随着年龄的增长和照顾父母的需要,她不得不考虑自己的婚姻大事了。她像每一个女孩子一样,曾无数次在梦中憧憬着浪漫的爱情,期待着白马王子来到身边。可后来的她已不再抱这种想法,只要能找个帮她照顾父亲、支持她工作的伴侣就满足了。就这样,她经熟人介绍,与见面不到三次的男朋友结了婚。因为没有相互深入地了解,而且结婚后她一心扑在工作上,总想多学习多努力,遇到竞赛就想参加,遇到"红旗"就想拼,忽略了小家庭。再加上她对自身要求高,工作压力大,结婚四年也没要孩子,男方无法理解和容忍,于是两人不得不结束了四年的婚姻。刻骨铭心的痛苦之后,她产生了独身的想法,为了父亲、为了事业和荣誉,她只能选择与爱情再见,况且她也不想再连累另一半。人生也许就是这样在有所得、有所失中度过。但造化弄人,就在她对爱情婚姻绝望之时,遇到了一位追求她的男士,这也许印证了那句话:每一个努力奋斗把大爱奉献给世界的人,都会收到爱的回报。

这位男士话不多,很平凡,但却支持她的工作,对要不要孩子也没有过多要求,还愿意倾听她工作中的烦恼。滕莹当时心情非常低落,从没想到自己的第一段婚姻会处理不好,但是遇到他,整个人一下子变得很轻松。志同道合的人走到一起才能获得真正的幸福。接着,他们领证结婚,并很快有了宝宝,她感受到了小家庭的幸福快乐。在享受家庭生活的同时,她也热爱着自己的事业,她对自己是一名移民管理警察充满自豪感,而她的丈夫则毫无怨言地支撑起了家庭这个温暖的港湾,成为她坚强的后盾。很多时候都是他在照顾孩子和她病中的父亲,承担起了陪护父亲去南京化疗、手术的重任。她从心底感谢他,没有他的支持,她就不可能全身心地投入到工作中去，军功章也有他的一半。

砥砺前行的滕莹，也有她的烦恼。以前边检属于现役军人，部队改革转隶划归国家移民管理机构后便成了公务员。因为现役军人的子女就学还可以享受照顾，她也就没把孩子入学的事情放在心上，可划归地方后就没有择校的权利了。要让孩子上教学条件好的学校就必须买学区房，而学区房价格昂贵，她根本就买不起。眼看孩子就要上学了，这件事让她头疼，成为折磨她的心事。还有为父亲治病也是她最大的负担。虽然有医保，但有许多药物是不在医保名录上的，而且往往都是很昂贵的药。父母的退休金少得可怜，保证日常生活都很勉强。她和丈夫的工资也是仅够日常开销，根本就存不住，抚养孩子已经让这个小家庭自顾不暇了。在这种窘迫之下，她只能尽可能地节省每一分钱。自从父亲患病后，她没有用过化妆品，从来都是素颜示人。当别人问起她时，她只能调侃说是为了保持人民警察的本色。她穿的便装没有一件超过百元，穿的警服也一眼就能看出已经洗得泛灰陈旧。她去菜市买菜，总是在傍晚黄昏时分，因为这个时间的菜最便宜……

在采访中，滕莹没有说一句抱怨的话。她知道她身边的战友大都和她差不多，有的甚至经济条件还不如她。但他们作为人民警察，不能太多地考虑自己，国家已经给予他们很多，也是人民群众在养活着他们，他们只有为百姓和国家尽职尽责的义务，没有要求高待遇享受的权利。

就在采访结束之际，公安部又一次表彰滕莹所在的执勤队为全国公安系统优秀集体。我向滕莹表示祝贺，但她似乎并不在意这些，只说了一句："我只想做个有用的人。"

是的，做个有用的人，这也许就是滕莹平凡人生价值所在吧。

（文中涉案人员均为化名，照片由江苏出入境边防检查总站提供）

"全国公安系统二级英雄模范"、全国移民管理机构首届"十大国门卫士"安石林（中）

平安是福

——记"全国公安系统二级英雄模范"、全国移民管理机构首届"十大国门卫士"安石林

衣向东

开篇的闲言碎语

通常，我在采访一个先进人物之前，习惯全方位研读这个人。应邀采访国家移民管理局首届"十大国门卫士"之一的安石林，我便向有关部门索要他的事迹材料，并在网上搜索跟他有关联的事件，然后零零碎碎拼凑在一起。然而全部文字只有两三千字，而且没有一个感人的故事，甚至没有一个让我心里一暖的细节。我很诧异，凭这点儿事迹，他就能获得那么多的荣誉？安石林荣立个人一等功一次、个人二等功一次、个人三等功五次，被国务院评为"全国民族团结进步模范个人"，被中共中央、国务院、中央军委授予"庆祝中华人民共和国成立70周年"纪念章，被公安部评为"全国优秀人民警察"……

难道这些重量级的荣誉，可以通过讲人情、走关系获得？不可能。安石林，1982年12月出生，2005年军校毕业后被分到吉林边检总站延

边支队珲春边境管理大队三家子边境派出所，从驻村民警到派出所所长，一干就是十六年。这似乎是他最大的亮点。不过也算不上什么，我采访过的派出所民警，有许多人一干就是二三十年，而且有的派出所位置比三家子边境派出所更偏远、更艰苦。

我满心疑惑。安石林获得的荣誉，任何一项都闪耀着明亮的光环，"全国优秀人民警察"、全国公安系统"二级英模"、首届"十大国门卫士"……对于一位普通民警来说，一辈子能获得其中的一项荣誉，从警生涯就很完美了。如今，我手中安石林的事迹材料，平凡得不能再平凡了，这些荣誉的背后有着怎样不平凡的故事呢？

带着这些疑问，我从北京飞抵延边，吉林边检总站延边支队政治处副主任李翔宇到机场接我。李翔宇身材胖乎乎的，显得十分憨厚，接到我之后，距离午饭时间尚早，他提出带我去参观延边博物馆。

延边博物馆距离机场很近，五分钟车程就到了。天空辽阔而蔚蓝，宽阔的马路两边是整齐划一的绿化带以及新建的小区，看上去洁净而安宁。延边地区是革命老区，从抗日战争到如今的社会主义现代化建设，各民族人民始终团结在一起，用汗水和鲜血在这片土地上谱写了诸多壮丽的诗篇。"山山金达莱，村村烈士碑"，这是真实的写照。

珲春是满族、朝鲜族和汉族杂居的边境地区，地理位置非常特殊。在延边博物馆，我很注意搜集有关珲春的资料，因为我要写的人物安石林，就职于珲春边境管理大队。遗憾的是，我在博物馆里没有找到自己想要的资料。

我跟李翔宇闲聊时，有意将话题转移到安石林身上，李翔宇颇为自豪地说，安石林的事迹材料是他一手整理出来的。我仔细询问，发现他说的事迹材料，就是已经提供给我的那些。我坦率地说："你提供的材料太简单了。"李翔宇没有生气，反而很坦诚地点点头："是，确实很平凡，我们得知上边派您来采写安石林，特别高兴。您写的许多文章，我们都看过，很佩服您的文笔，这次就劳驾您深入挖掘安石林的先进事迹，写出感人的文章。"

午饭时，我见到了延边支队政治处主任孙熙江，迫不及待地向他探寻安石林的事迹，孙熙江说："如同材料上描写的那些，很平凡、很零碎。"过了一会儿又告诉我，吉林边检总站很重视这次采访，总站政治处宣传工作负责人齐晗同志专门打电话叮嘱他了。为此，孙熙江委派副主任李翔宇陪同我去珲春采访，并提醒李翔宇，去珲春也就两个小时的车程，今天是难得的好天气，下午到达目的地后带我去防川转转，让我感受一下"雁鸣闻三国，虎啸惊三疆"的意境。

前往珲春的路上，警车沿着边境线行驶，蜿蜒的图们江就在公路一旁，边境沿线是两米高的铁围栏，围栏的另一边就是朝鲜。五月中旬，眼前的山丘上没有茂盛的树木，甚至没有多少像样的植被。李翔宇介绍，珲春的春天平均时间比北京要晚一个半月。珲春作为沿边开放城市，在吉林省县级城市中经济发展水平较好，外贸产业发达。

下午五点，我们到达了珲春边境管理大队，三家子边境派出所所长安石林，早已在这里等候我们了。他个头儿很高，身材却瘦瘦的，典型的瓜子脸，见到我没说话，只是略带羞涩地笑了笑，算是打了招呼。我跟珲春大队的领导寒暄的时候，他站到了领导后边，成为了"边缘人"。李翔宇看了看天色，说去防川还来得及，回来再去住处，于是我换乘珲春大队的车辆，前往防川。

防川位于珲春东南部，归珲春敬信镇管辖，是中、俄、朝三国交界地带，是著名的国家级风景区，素有"一眼看三国"之称。恰逢夕阳西下，橘红色的余晖给眼前的景色涂抹上了一层暖调。我站在略带寒冷的风中，放眼眺望，秀丽的景色一览无余。远处是日本海，一片蓝蓝的海水，海天相接处像是蓝色的彩笔画出的一道美丽的天际线，中间连接着中朝界江——图们江，形成了一个"T"字形，图们江的右边衔接朝鲜，左边挽着俄罗斯国土，俄罗斯和朝鲜隔江相望。天气晴朗，可以清晰地看到俄罗斯小镇中市民走动的身影。李翔宇说，疫情前来这里的游客登上"观景楼"饱览美景后，还可以乘小船到图们江对面的朝鲜小镇游览。这个小镇非常漂亮，对朝鲜来说，就像改革开放的深圳。疫情之后，这条旅游线就关闭了。

李翔宇不停地介绍周边情况，显得非常热情。而与他相比，安石林却像一个隐形人，沉默寡言。我主动跟他搭话，我问一句，他答一句。我让他讲一个感人的故事，他不加思索地说："真没有，都是些很平常的事。"

我心里乱乱的，无心欣赏眼前的美景。这次采访，十有八九要栽跟头。

返回的路上，安石林突然冒出一句话："清末民族英雄吴大澂的巨幅石雕像，就在附近，衣老师要不要看一眼？"

我愣了一下。

李翔宇介绍，在"一眼看三国"地界，有一块国土界碑，上面写着"土字碑"。这块界碑是吴大澂用身体背了数公里，背到这里的。我对吴大澂不了解，当时也就没放在心上。

"既然顺路，那就去看看呗。"我说。

吴大澂石像位于防川风景区沙丘公园北侧，一座山丘下面的平地上，矗立着一尊高大的石像。吴大澂左手背在身后，右手摁住身前的石块，石块上用篆书写着"龙虎"两个大字，周边再也没其他设施。我绕着石像匆匆地转了一圈，正要走开，安石林仰望着石像突然开口了："我踏入军营的时候，连长带我们外出参观的第一个地方就是这里。"

安石林对吴大澂这个人物很熟悉，他讲述了吴大澂的生平事迹，最后说："没有吴大澂就没有今天的敬信，这片国土是吴大澂从沙俄嘴里掏出来的。"

我有些奇怪，一路隐身的安石林，这时候突然打开了话匣子，而且说话的时候，用手抚摸着石像，露出一脸的敬仰。最让我吃惊的是，他熟练地从石像底座的缝隙中，摸出了几枚硬币。在游客心目中，吴大澂是他们的守护神，这些硬币是游客用来向吴大澂祈求平安的。

回到宾馆，我特意上网查了"吴大澂"。吴大澂，1835年出生，1902年去世，此人不仅是一员武将，而且精通书画。1880年，吴大澂出任吉林边务督办的时候，发现清政府和沙俄签订《北京条约》和《瑷珲条约》后，当时的清朝官员被沙俄的狡诈所蒙蔽，沙俄将部分界碑向中国境内大幅度偏移，侵吞了珲春的黑顶子地区，不仅使我国失去了几百平方公里的土地，而且剥夺了我们在图们江一带的出海权。此时距离签订条约已经过去了二十多年。吴大澂经过一年的实地勘察，拿出铁证跟沙俄交涉，沙俄态度蛮横，不但不归还侵占的领土，还以武力相威胁，气焰嚣张。吴大澂见状，于是在当地招兵买马，创建水师，修筑炮台，打造了一支边疆劲旅。两年后，他觉得自己有实力跟俄国人掰手腕了，再次去跟他们谈判，表现出决一死战的雄心。最终，沙俄将黑顶子地区三百多平方公里的土地归还给了我们，差不多就是现在的敬信镇。

阅读完吴大澂的资料，我陷入了深思。安石林如此敬仰吴大澂，必有其缘故，或许他也想做守卫疆土的"英雄"。

我需要深入"挖掘"安石林。

古城村的"小安子"

安石林是从古城村"起家"的，他从警校毕业后，被分到了三家子边境派出所，负责古城村的户籍管理、治安管理和巡逻防控任务。要"挖掘"安石林，必须从古城村入手。

古城村是三家子乡八个村之一，历史文化厚重，著名的温特赫部城和裴优城遗址，都在古城村。村里总共一百八十八户居民，只有一户是朝鲜族，其余都是满族。朝鲜族居民男主人叫李龙玉，被村民推选为村支部书记，一干就是十几年。

我去拜访李龙玉的时候，他不在家里，但屋子的门并没有上锁。安石林给他打电话，四五分钟后，他开着一辆小轿车赶了回来。我问他："大门敞开，你不怕屋里的东西丢光了？"李龙玉看了看安石林，笑了笑。安石林替他回答："古城村很多年没有发生刑事案件了，小偷小摸之类的治安案件也没有，村民外出从来不锁门。"

我立即夸赞道："你这个书记当得好，古城村街道横平竖直，村容村貌太好了。"

李龙玉看我摆出了聊天的架势，于是靠在门框上，点上一支烟，跟我唠起了家常："你问问小安子，当初我们俩挨了多少骂。"

我愣了一下，没想到村书记叫安石林"小安子"。

古城村房屋建筑很有特色，雕梁画栋，搭上前后花园，犹如别墅般精致，很漂亮。村民家的院子都很大，种了蔬菜和果树，还有各种鲜花。街道笔直而宽阔，没有杂物，很洁净。从李龙玉口中得知，以前村子又脏又乱，街道狭窄，家家户户在街道旁堆放着柴草，极容易发生火灾。安石林担任驻村民警后，决心整改村容村貌。

首先清理杂物，扩宽街道。然而，村民的生活习惯很难一朝一夕改掉。古城村子牌楼右侧第一户人家，是一位独居老大爷，柴草就堆放在街边，村里的干部上门做老大爷的工作，让他把柴草挪走，他死活不答应，还对村干部骂骂咧咧，说谁要挪走他的柴草，他就把柴草点着，把自己烧死。

安石林去做老大爷的思想工作，跟他磨了两三天，最后老大爷急了，说柴草搬走了，做饭很不方便，你要我挪走柴草，也不是不可以，每天做饭的时候，你来帮我搬柴草吧。安石林一听，爽快答应了。

第二天，老大爷给安石林打电话："小安子，我做饭没柴了。"安石林忙去给老大爷拿柴草，一次拿的柴草够做两天饭。两天后，老大爷又打来电话，说柴草没了，安石林二话不说，又跑去拿柴草。村干部看见了，都很生气，说不用管他，这种人容易得寸进尺。安石林摇摇头说，柴草堆放的有些远了，老人去拿确实不方便。就这样，安石林坚持了一个多月，老大爷被他的热情感动了，对他说："小安子，以后你不用帮我拿了，没想到你说话真算数。"其他村民见安石林这么实诚，都不好意思再为难他了，主动挪走了街道旁堆放的柴草。村里的街道拓宽了，安石林又组织村干部清扫街道，美化环境。只要有空闲，他就收拾旮旯里的垃圾。

村里有位叫牟方林的大爷，被安石林的行为感动了，每次看到安石林清扫垃圾，就主动跑过去帮忙。在牟大爷的带动下，村里很多空闲老人加入到清扫垃圾的队伍中，后来在安石林的引导下，村里成立了一支以党员为主的"义务卫生清洁队"，担负起古城村监督和清扫垃圾的任务。

李龙玉说："现在的古城村是远近闻名的卫生先进村，街道最宽，房子最好，环境最美，老百姓说这都是小安子当初整改村貌的结果。"

安石林在民族团结进步工作站开展"村民说事"活动

　　"义务卫生清洁队"的成立，极大地发挥了群众积极性。安石林将"枫桥经验"全方位运用到村里的各项建设中，先后成立了"村民说事"、"义务巡逻队"、"乡音广播"等群众组织，建立起全方位服务体系。针对村里年轻人少、老年人偏多、文化水平低、安防意识差、法律知识匮乏的情况，安石林利用"乡音广播"，以案说法，给村民介绍发生在身边的各种案例，提高村民的法治意识。

　　对于乡村来说，最难解决的事情可能就是邻里之间的矛盾纠纷。安石林发挥"村民说事"的作用，定期组织村民"研判"村里的大小矛盾纠纷，听取村民的意见。通过"村民说事"，安石林得知，居住在古城村裴优城遗址内的二十一户村民，由于受文物保护政策影响，无法修缮破损的房屋，一旦遭遇强风暴雨天气，危及人身财产安全，存在着很大的安全隐患。一位叫老张的村民组织三十余人，准备手持条幅到珲春市政府上访。安石林立即找到当事人，向他讲述利害关系，劝他克制情绪，并带领他和群众代表去相关部门协商。经过一个月的奔波，珲春市政府同意将二十一户村民整体搬迁至珲春市合作区，一场风波终于平息了。

但是，这二十一户居民中，有一户人家却与大家背道而驰，死活不肯迁出"裴优城"。安石林感到奇怪，按说从破旧的土房子搬进漂亮的楼房，是一件好事，他为什么不同意呢？安石林给他做了多次思想工作，没有任何效果。有的村民很生气，建议切断这户人家的水电，安石林不同意。既然这户村民不肯搬走，那就要确保他的住房安全。为此，他特意检查了这户村民的房屋，查找安全隐患，帮他更换了门窗，加固了屋顶。

我对于这户独自生活在"裴优城"的村民有些好奇，就提出要采访这户居民。安石林愣了一下，不明白我的意图，不过还是开着车带我去了。

"裴优城"遗址，只剩下几段土围子。三家子乡在珲春属于平原地带，四周群山环抱，形成了天然屏障。在一片农田当中，有一条土路，土路的尽头，就是这户独自留守在"裴优城"的居民，三间房子非常扎眼。我隐隐约约觉得，这户坚守在这里的村民，或许跟"裴优城"有关系。

我们刚走进村民的院子，突然传来一阵狗吠声。说是院子，其实就是用树枝围起来的一大片菜地。听到狗叫声，屋内走出一老一少两个男人，年龄大的七十多岁，年轻的大概也有四十多岁了。老人见到安石林，满脸堆笑地迎上去说："哎呀，小安子，什么事啊？"说话间，他不停地用眼睛瞟我。

安石林说："没事，过来转转。房子还好吧？"说完安石林围着房子转了一圈。我注意到眼前的土房子，房顶加了一层彩钢瓦，门窗是铝合金的，跟房子的风格很不协调。

我笑着问老人："听说居住在这里的人都搬迁到市里了，您怎么不搬走？住城里的楼房，不比这儿好吗？"

老人警惕地看着我，问："你是谁？"

我忙回答："我是老师，到裴优城搜集写作资料的。"

老人松了口气："住楼房，能种菜吗？"

我看了一眼菜地，无言以对。这时候，我偶然发现院子的竹席上，晾晒了许多蘑菇，有的已经晾干了，有的是新采摘的。我问老人这是什么菌类，老人惊讶地说："你不认识吧？羊肚蘑，野生的，这东西可贵了，网上一千多块钱一斤。"

"你从哪儿采来的？"我说着，眺望远处，在平原的尽头，隐隐看见连绵的群山。根据我的猜测，这东西只能在深山老林中采到。

老人神秘地说："很远的地方。只有我知道那个地方。这东西很怪，只有那个地方有，每年五月份需要去采半个月，过了这个时间就没有了。"

我问："你今天没去采摘？"

"我儿子去了。太远，我走不动了。"老人说。

后来我才知道，老人的儿子在一家公司开长途货车，为了帮老人采蘑菇，专门请了半个月的假。

我好奇地问："你一年能卖多少钱？"

老人说："两万多吧。"

一边的中年人此时开口了："这老头儿鬼精呢，他不搬走，就惦着那片羊肚蘑。"

我惊讶地看着老人："原来你死活不搬走，是这么回事啊！"

老人"嘿嘿"地笑了。

中年人突然盯着我，问："你是从胶东来的？"

我愣了一下。尽管我在北京生活了四十年，还是一口胶东话。不过，能够准确听出我是胶东人，应该也是山东人。我点点头，说自己是山东栖霞人。他一脸惊喜，说："老乡，我一听就知道是老乡，我是莱西人，到这里二十多年了。"

回到警车上，安石林感慨："我的工作还是不够深入。我当时只是想，只要他在这儿住得平安，那就让他住吧，没想到还有这秘密。"

我笑了。其实老人"赖"在这儿，不全是因为这片神秘的"羊肚蘑"，更重要的是，他在这片熟悉的土地上，活得自在。我心里很佩服安石林，他不但没有强行将老人迁走，而且还给老人提供了很多帮助。警察为群众服务的初心，就是让群众生活得平安幸福。

安石林在古城村一待就是十二年，大好青春都留在了这里。他在古城村成立了"安石林警务室"、"民族团结进步工作站"，积极协调珲春市民宗局，出资一百五十万修建了满族历史文化墙，让满族村民寻根认祖，有了自己的精神栖息地。古城村先后被吉林省政府评为"美丽乡村"、"边境社会治安综合治理先进集体"，被民政部、司法部联合命名为"全国民主法治示范村"，安石林被国务院评为"全国民族团结进步模范个人"。

2017年，安石林将管辖古城村的责任移交给所里的新民警刘天宇，不过作为所领导，他仍旧分管着古城村。后来我跟刘天宇交谈，他感慨地说："我太'难'了，现在村民有事情还是喜欢找安所长，不'信任'我。"

安石林早就是古城村的荣誉村民了，只要有空闲，他总是要去古城村转转。村民们见了他，仍习惯称呼他"小安子"，再忙也要跟他唠上几句家常。古城村原妇女主任邰淑清，前些年被儿子接到深圳生活，虽然深圳的生活条件很好，可邰淑清和老伴儿心里始终惦念着古城村，三天两头给安石林打电话，询问村里状况。儿子后来明白了父母的心思，干脆把家里的老房子重新翻修，前后花园，旁边还有一块大菜地，让父母回村里居住。

我去邰淑清老人家拜访的时候，被她家的房子惊呆了，这完全是一座"大豪斯"，相当壮观。邰淑清见到安石林，很高兴，说去年11月就回到村里了，还是回来住得踏实，古城村最适合养老了。邰淑清说："延边州人大副主任退休后也回古城村养老了，还有珲春市政协主席也回到了村里。"

我特意去看了看他们的院子，院子里有很多花草，还有好多果树。安石林说："树上的果子熟了后，村民可以随便采摘。"

安石林陪我欣赏政协主席院子的时候，有两位老太太从街道走过来，看到安石林，老远就喊："小安子来了。"

安石林朝两位老太太挥挥手，然后小声对我说："下午还有事，咱们快走，她们聊起天来可是很缠人。"

我心领神会地笑了。

贫困家庭的"好管家"

安石林告诉我，他当所长后，同当驻村民警的感觉完全不同，身上的责任明显重了许多。早先，三家子乡没有经济支柱产业，村里的群众大都只是做小本生意。大多数村民在自家院子种些蔬菜。他们天不亮就起床，在菜地里采摘新鲜蔬菜后运到城里，在路边摆摊售卖。这一天下来，除去了路费，挣不了几个钱，遇到刮风下雨的天气，对于他们来说就是一场灾难。

安石林看在眼里记在心里，他多次去城市的各大超市商场，跟那些负责人商谈合作，然后组织村民成立"蔬菜协会"。村民把他们零散的蔬菜集中起来，统一卖给超市和商场。

致富缺门路、缺信息，是村民的普遍问题。安石林每天翻阅书籍、上网浏览、查找资料、向人咨询，为群众收集致富信息，组织成立"草莓种植协会"，谋划举办特色"采摘节"，让三家子乡成为远近闻名的"草莓之乡"。2012年以来，他争取珲春市民宗局"兴边富民"专项资金五百二十万元，帮助群众筹办蔬菜大棚，黄牛养殖基地，草莓、油桃种植基地及药材温室大棚基地等项目。2019年，安石林还主动对接并协助东岗子村委会招商，争取到八百万天顺百旺果蔬生产基地项目，村民年人均收入由一万三千二百元上升到一万五千五百元。在安石林的带领下，二百余人实现了再就业，实现了致富梦，辖区内各个村屯一改贫困面貌，成为远近闻名的平安村、富裕村。

安石林深入田间地头了解村民春种情况

去年疫情期间，辖区农户种植的草莓大量滞销，群众心急如焚。安石林与草莓种植户共同研究制定了"线上"销售计划，建立了"田园乐"草莓销售微信群，开辟了线上销售草莓的新渠道，得到了乡党委和珲春边境管理大队领导的支持，乡里的干部、派出所民警及家属积极参与到推广活动中，掀起了消费助农的热潮。安石林还积极联系大型超市落实订单采购，帮助果农销售草莓三千多斤，使其增收五万余元。

安石林对"空巢"老人特别关注。我去古城村原妇女主任邰淑清家采访的时候，她给我讲了安石林照顾村里孤寡老人王桂兰的故事。邰淑清说："小安子烧火做饭的，什么事情都帮她做，直到王桂兰八十六岁去世。小安子给她养老送终，比亲儿子都孝顺。"

安石林解释，王桂兰老人岁数大了，身体又不好，做饭不方便，于是他经常给她做好饭，劝她吃几口。王桂兰老人让安石林想到了，有必要给全乡的"空巢"老人建立"档案"。他逐户走访，详细记录了二百零六户空巢老人及留守儿童的居住位置、亲属联系方式、实际困难等信息，根据不同的情况制定帮扶措施。其中有六户行动不便的老人，安石林为他们专门购买了老年人手机，设置的第一个电话号码，就是负责该辖区的派出所民警。

派出所新民警肖峰，分管东岗子村和永丰村。他告诉我，永丰村有四百多户，但常住人口才一百多人，因为村民都是朝鲜族人，大多数人都去韩国打工了，村里的"空巢"老人特别多。"我们安所长反复叮嘱我，一定要把村里的老人照顾好。于是，安所长亲自带头，空闲时候就去帮他们劈柴、扫雪、送药、取快递、修理家电……总之，事无巨细，只要能想到的，他都认真去做了。"

派出所教导员赵占强，跟安石林一起来到派出所参加工作。我让他讲几个安石林感人的故事，他想了半天才说："安所长没什么特别的故事，他干了许多事，于点滴平凡中显露伟大。"

不过，提及照顾"空巢"老人，赵占强突然想起一件事。每年的 8 月 15 日，是朝鲜族的"老人节"，这一天，家家户户的餐桌上都很丰盛，儿女们给老人敬酒，最重要的是跳舞给老人祝寿。去年，立新村的太莲子老两口，因女儿在韩国打工，节日将会孤单度过。安石林得知后，跟民警们商量，所里不值班的民警，去陪老人过节，最好按照朝鲜族风俗，给老人敬酒，为老人跳舞。大家都愣住了，敬酒可以，可没人会跳朝鲜舞啊！安石林说没关系，可以找一位朝鲜姑娘教我们。这时候距离午饭只有两个小时，大家连连摇头，说来不及了。安石林笑了，说又不是专业演出，不用学得很好，差不多就行了。

当即，安石林请来一位朝鲜族姑娘，教民警们跳了一段朝鲜族舞蹈。午饭前，安石林带着几位民警，穿上了朝鲜族服装，拿着准备好的美食，赶到太莲子家中。太莲子老两口愣住了，差点儿没认出安石林，好半天才反应过来。

安石林说："大叔、大娘，我们来陪你们一起过节。"

太莲子老两口特别激动，忙把自己做的"打糕"分给安石林和几位民警吃。安石林和几位民警按照风俗，给老两口敬酒后，展示了他们刚刚学会的舞蹈，尽管他们的舞姿并不优美，但两位老人却笑出了泪水。

赵占强说："朝鲜族人非常尊重老人，如果有谁对老人不尊敬，就会遭到很多人围攻。陪太莲子老两口过节这件事，很快在村里传开了，朝鲜族群众觉得我们民警很尊重他们，从那以后，都主动配合我们所里的工作。"

对于辖区内的贫困户，安石林建立了"重点帮扶对象档案"，想尽办法帮助他们走出经济困境。古城村村民朗景发患有乙肝，安石林得知后，立即去探望他。他发现朗景发三岁的儿子小天赐，蜷缩在"露馅"的被

安石林主动担负起教育郎天赐的工作

子里，竟然还不会说话。朗景发的妻子患有精神病，呆坐在一旁。当时安石林眼睛就湿润了，决定与郎家建立帮扶关系，长期对他们家进行帮助，不仅给他们送钱送物，还帮其办理了低保，给小天赐办理了幼儿园入园手续。后来，安石林主动担负起教育小天赐的工作，为小天赐买书包、文具等学习用品。安石林平日里对小天赐嘘寒问暖，学习上悉心辅导，并带头自掏腰包，号召派出所民警每月为朗景发家捐款，减轻其生活压力，就这样坚持了十二年。如今，小天赐已经上了中学，变成了一名阳光少年，他每次见到安石林都会跑上前，亲切地叫他"安爸爸"。

"没有小安子，就没有天赐的今天，他是我们家的恩人！"每次提起安石林，郎景发都会热泪盈眶。

安石林自主发起的"戍边关爱基金"，十六年来先后为三十七名群众办理了低保，并与六个贫困户建立长期帮扶关系，持续多年帮扶资助两名困难儿童。

东岗子村村民关金林，家庭生活困难，家中唯一的女儿常年在外打工，他和妻子王淑珍都患有残疾，只能靠低保维持生计。一个雨天，安石林去关金林家进行家访，看到破旧的房子漏雨，他心里明白，关金林根本没有经济能力修缮房屋。回到派出所后，安石林立即召集民警开会，介绍了关金林家中的情况，提出筹资帮他修缮房屋的想法，得到了全体民警的支持。

安石林用大家的捐款帮助关金林选购了装修材料，然后带领所里的民警忙碌了四天，刮大白、贴瓷砖、装门窗……将关金林家的房子修缮一新。房子修好后，他又送去米面油。去年5月春耕的时候，关金林用来插秧的水稻苗生病了，农时不等人，这可愁坏了老两口。安石林得知此事后，立即在全乡为关金林筹集秧苗。

"本来我以为今年要颗粒无收了，没想到你帮我解决了这么大的难题，谢谢你小安子。"当时，关金林看着眼前的一盘盘秧苗，激动地哭了。

我去东岗村采访的时候，特意去关金林家看望了两位老人。天空下着小雨，关金林家门口泥泞不堪。从外面看，修缮后的房子确实很漂亮。安石林带我走进屋内，我一时有些进退两难了。屋里的地板上铺了白瓷砖，上面沾了一坨又一坨的泥巴。土炕前放了两双鞋，也沾满了泥巴，完全看不出鞋子的模样。关金林和妻子王淑珍坐在土炕上，看到我们进屋，关金林一个弹跳，下了土炕，抓住安石林的手说："小安子，你来了，快来炕上坐，你看，我这屋子多亮堂。"

安石林很自然地坐在炕边，我实在无奈，也跟着小心翼翼走过去，站在土炕边。安石林跟关金林聊起了家常，关金林的语速很快，而且发音不清，大多数语句，我没怎么听懂。我把目光落在一边的王淑珍身上，发现她目光呆滞地看了我几眼，然后独自把玩手中的一副扑克牌。她的玩法像三岁的小孩子，把一张张扑克牌摆成一排，欣赏着，然后收起来，再重新摆开。

安石林跟关金林聊得很火热，时不时发出笑声。我的心里一暖，这个家庭如果没有得到安石林和派出所民警们的照顾，真不知道他们现在的生活会怎样。

突然间，关金林穿上鞋子朝屋外走去，对妻子喊道："拿玉米，拿玉米！"

我愣了一下。安石林忙给我解释，去年关金林家里不知从哪里跑来一头野公猪，跟他饲养的一头母猪交配，然后跑掉了。后来，母猪生下一窝小野猪，周边群众听说后，都跑去参观。野猪仔长到三十多斤时，安石林建议他一头一千五百块钱卖掉，只留下一头小公猪仔。关金林当时很吃惊，一头猪仔能卖这么贵？安石林说，不贵，你就按照我说的价钱，肯定有人买。果然，几头野猪仔很快卖光了，关金林得到了一笔"意外之财"。安石林叮嘱关金林，一定把那头小公猪仔养好了，等长大后，再跟母猪交配，生下二代野猪仔。

"他告诉我，野猪仔长大了，让我们去参观一下。"安石林边说边带着我走出屋子。我这才发现，关金林房子旁边，有几间猪舍，猪圈的围墙很厚很高，是用水泥加固的。

在一间猪舍里，我看到了那头又高又壮的野公猪，两只大牙龇在外面，差不多一尺长，像是两只象牙。猪圈显得太狭窄了，只够野猪调转身子。关金林感到很幸福、很自豪，用手去抚摸野猪的头。这时候，王淑珍拿来了玉米棒子，关金林接过玉米棒子并塞到野猪嘴里，野猪咔嚓咔嚓吃了起来，关金林趁机抓住野猪牙，朝我喊："快拍照，拍照！"还说，"这家伙，力气大，你看那堵墙，多高多厚，半堵墙都快被它拱翻了。"

安石林瞥了一眼，看到旁边猪圈里的那头老母猪，有些生气地问：

"你怎么还没卖掉这头母猪？我跟你说了，你卖掉后，再买一头小母猪，跟野公猪配种。"

关金林说："好好，听你的。"

回到警车上，我问安石林："为什么让关金林卖掉这头母猪？"

安石林解释："这头母猪已经长到极限，只吃不长了，养着是一种浪费，不如再养一头小母猪。有一年，关金林养了几头肥猪，价格高的时候他不卖，落价的时候却卖了。我知道后替他惋惜，从那时候起我决定帮他。我发现有很多贫困户像关金林一样，文化程度不高，我们不仅在生活上要帮助他们，还要当好他们的管家。眼下，要利用好这头野公猪，多生几窝野猪仔，帮他多挣些钱。"

我心里一暖，被安石林感动了。他能够想到为文化程度不高的群众当"管家"，这份细致、这份责任，实乃人间大爱！

边境线上的"守护神"

安石林在给我介绍三家子边境派出所的时候，特意强调了"边境"二字，说他们跟其他派出所的最大区别，就是肩负着"固边"任务。公安边防部队 2019 年 1 月 1 日正式换装，他们到现在心里还不适应，一直怀念着那身"橄榄绿"。"过了好长一段时间，仍然感觉不真实，像做梦。"安石林说。

教导员赵占强和几位民警，也向我表达了同样的感受。不过，从橄榄绿到警察蓝、从边防军人到移民管理警察，他们变装不变色，改制不改心。至今，安石林和所里的民警，仍旧保持着出早操的习惯，宿舍的被子还是叠成"豆腐块"，工作标准不但没有降低，还"更上一层楼"了。

三家子乡坐落在图们江与珲春河交汇的平原上，是一个满族自治乡，也是一个多民族杂居地，其中 37% 的满族人，33% 的汉族人，30% 的朝鲜族人。安石林把主要精力放在社会治安综合治理上，确保当地和谐稳定。

安石林说："从帮扶贫困对象，到化解社会矛盾，所有的目的，都是为了打造平安社会。只有群众富裕了，社会平安了，我们的边境线才能稳固。"

三家子乡跟朝鲜有 16.5 公里的边境线，两国关系比较亲近，边境线上没有剑拔弩张的气氛。但是由于边境线附近有些人受利益驱使，依然有人铤而走险，从事走私活动。2017 年，有人跨越图们江，走私海产品。安石林说："三家子乡距离珲春市只有十多分钟的车程，而且分布着五条纵横交错的公路，路口太多，路况复杂，很难控制，只有第一时间在边境线上抓获走私人员，才能有效控制走私犯罪活动。"

安石林陪我沿边境线查看时，走到西崴子村，指着一条通往村外的小路，说这条路是走私人员的常用路线。我的目光顺着小路朝远处看去，前面是茂盛的树林，看不到尽头。安石林曾经在这里抓获了一伙走私螃蟹的不法分子，缴获螃蟹四十多箱，价值四十多万元。"像这样的走私路，西崴子村至少有五六条，很难防范。"他说。

前几年，吉林省边防委在边境线扯起了三米多高的铁丝网，并在沿线安装了摄像头，有效地防范了走私、偷渡等违法行为。同时，派出所加大了打击力度，现在很少发生走私和偷渡事件。

"还有偷渡的？"我有些惊奇。

安石林说："有啊，过去每年都发生一两起，现在没有了。"

十多年前，安石林在古城村担任驻村民警时，就很注重对边境线的管控。2007 年，古城村安装了二百多个门磁报警器，投入使用"边境 110"联动报警系统，组建了一支"义务巡防队"，在村里构建了人防、物防、技防相结合的警民联防体系。他当所长后，又在全乡推行这一做法，每个村都组建了"义务巡防队"。

在古城村村委会，我遇见值班的村干部陶立君。安石林介绍，陶立君是村监督委员会主任，也是护边员，每月却只有一千多元的补贴。我问陶立君，兼职做义务巡防员特别辛苦，冬季每周要巡逻四五天，这么少的补贴，你为什么还愿意做？陶立君说："这又不是给别人干的，边境线安全了，村里人和我的家人也就安全了。"

我问陶立君："你们在巡逻中，发现过异常情况吗？"

陶立君说："有啊，发现过一起火灾，被我们及时扑灭了。"

"还发现过一个疑似偷渡者。"安石林在一边补充说，"当时，派出所民警接到巡防员的报告，立即赶到现场，在巡防员的指引下，在桥洞下找到了一名穿着脏兮兮的男子，经询问才知道他是沙坨子村的村民李学彦。我问他为什么住在离村子很远的荒郊野外，李学彦说邻居都恨他，想偷偷害死他。"

安石林觉得蹊跷，立即去沙坨子村找村干部了解情况，原来李学彦是单身汉，无亲无故，最近几年有些心理问题，总是跟邻居发生一些小矛盾，因此说邻居想要害死他。

村干部对安石林说："他脑子有毛病，你甭管他。"

安石林说："脑子有病，我们更要好好照顾他。"

安石林带着村干部去做李学彦的思想工作，让他回家，李学彦耍起了牛脾气，死活不肯回去。最后，安石林跟村干部商量，在离村子不远的农田里，给他盖了两间小房，左哄右劝，李学彦最终答应住了进去。

我专门去拜访了李学彦，发现他在屋后种了一些韭菜和苦菊。李学彦看到安石林，立即迎上去。安石林询问他的生活情况，他说挺好的，就是心脏不好，前天起床的时候，差点儿猝死。

我有些担心，对李学彦说："你一个人住在这儿，出点儿事没人知道，还是回村子里住吧。"

李学彦突然激动起来，歇斯底里地吼道："我回去住的话，早被他们害死了，那些人太坏了，我院子里种的菜，都被他们用毒药毒死了。"

安石林小声跟我说："这么多年，我调解了很多起群众矛盾，只有这一起，怎么也解决不了。"

我从李学彦说话的表情和动作上看出，他确实有心理疾病，但他却认为自己没毛病，有毛病的是那些邻居。

安石林说："要想让边境稳定，必须及时化解群众矛盾，做好风险防控工作。"

立新村的村民许相义，朝鲜族人，女儿在韩国打工，家里只有他和老伴。许相义的邻居是汉族人，有一次邻居在菜地里打除草药，由于刮风的缘故，一些除草药被风刮到了许相义的菜地里，致使他家的蔬菜第二天都蔫了。许相义很生气，跟邻居吵了起来，并报了警。安石林赶到后进行调解，许相义一口咬定，让邻居赔偿三千元。安石林再三劝解，提出给二百元的补偿，许相义死活不答应，他和领居就这样结下了梁子。

没过几天，正好是六一儿童节，许相义的女儿带着孩子回来了。小孩儿在院子里玩耍，误喝了农药，许相义情急之下，抱起孩子朝派出所奔跑。派出所距离立新村不远，十分钟就到了。安石林觉得情况紧急，立即开警车将小孩儿送往市里医院。一路上，安石林拉着警笛，并不停地从车窗朝外喊叫，让行人闪开。"群众很配合我们，自动闪开一条通道，平时去医院需要开二十多分钟，那天只用了八分钟。"由于送去及时，小孩儿在医生的抢救下最终安然无恙。后来，许相义找到安石林，对他深表感谢，并且主动跟邻居和解了。

古城村的铁家和郎家是前后邻居，铁家在屋后种了七棵树，十多年来，越长枝叶越繁茂。最初，这七棵树并不碍事，可最近郎家重新翻盖房子，将原来的房屋地基朝一边移动了几米，正好挨着七棵树，繁茂的树冠遮挡了阳光。郎家希望铁家砍掉七棵大树，铁家不答应，就这样双方争吵起来。姓朗的村民性格比较内向，平时很少说话，但只要喝了酒，就会借酒跟铁家吵闹。

安石林得知后，分别找铁家和郎家沟通。铁姓村民曾得过脑梗，身体很不好，安石林就让郎姓村民平时多帮铁姓村民干一些农活。安石林对铁姓村民说："远亲不如近邻，你身体不好，有个紧急事，邻居是最好的帮手，何必因为几棵树，弄僵了关系？再说了，这七棵树也长成材了，可以砍掉了。"在安石林的耐心劝说下，铁姓村民最终同意砍掉七棵树，两家关系和好如初了。

安石林在三家子派出所一干就是十六年，在他的带领下，三家子边境线从未发生重大案情。我在派出所采访其他民警的时候，有一位新民警偷偷告诉我，他还没分到三家子派出所的时候，就听了很多关于安所长的故事，在他心里，安所长是神一样的存在。他说："我们所长姓安，有他在，我们的边境线就平安无事。"

我忍不住笑了，打趣道："是，他天生姓安，是边境的守护神。"

赵占强向我介绍边境线的时候，特别提到了安石林，说："安石林一直把稳固边境作为所里的头等大事去抓，总是提醒全体民警，边境线上无小事。冬天冰面结冰，走私活动就比较猖獗，安所长晚上经常在江边蹲守，他的头颅做过大手术，受冻后特别疼……他真的很拼。"

我愣了一下，这才知道2009年安石林被诊断为颅内占位性病变肿瘤，做过一次大手术，为此差点儿跟未婚妻分手。我追问安石林是怎么回事，他却摆摆手，说："没什么，就是跟死神打了个照面。"

安石林避重就轻，反倒让我觉得这里面一定有故事，于是跟他提出，当天晚上去他家中采访他的父母和妻子。安石林犹豫了一下，说："好吧，也没什么采访的，他们都不太会说话。"

过去，我采访先进人物时，多数被采访者会主动给我讲一些他们最感人的故事，或是向我展示他们最大的亮点。安石林却是个怪人，在我采访他的几天中，他从来不主动给我提供采访线索和素材，我提出去哪里，他就陪我到哪里，我问什么问题，他就回答什么，似乎在考验我的采访技巧和智商。

采访安石林，像挤牙膏，挺累的。

老安家的"平安符"

安石林的妻子张磊和两个孩子，同他的父母并没有住在一起，晚上他特意让妻子带着儿子和女儿，去了父母家。我到安石林父母家里时，客厅的餐桌上摆放着许多水果，安石林的父母和妻子已经在客厅等我许久，两个可爱的孩子在打闹玩耍。

我的采访，从两个孩子开始了。我首先问安石林的儿子安珈铭："爸爸经常陪你玩吗？"安珈铭摇摇头，说爸爸很少回家。我又问："你最希望爸爸陪你去哪里玩？"安珈铭回答说："最想去大森林里玩。"安石林的妻子在一边笑了，对儿子说："你想都别想，别说去大森林，能陪你去咱家旁边的小花园玩就不错了。"

"爸爸没时间陪你玩，你是不是很讨厌他？"我挖了个坑，安珈铭却没"上当"。"爸爸是警察，为民除害，我长大了也要当警察。"小男孩儿的话，把大家逗笑了。

安石林笑得有些不自然，看了一眼儿子，对我说："我陪他的时间确实很少，最后悔的是他第一天上幼儿园时，我应该去接送他。"

小孩子第一天上幼儿园，对于一个家庭来说，算是一件大事，很多家庭中的爷爷奶奶、姥姥姥爷和父母，甚至是姨姨和姑姑们都会去幼儿园送送孩子。安石林在派出所工作没时间，张磊在市政府上班，也很忙，是安石林的母亲送安珈铭去的幼儿园。放学后，各家的父母都站在门口接孩子，安石林和张磊仍旧没时间，又是安石林的母亲去接的。当时，安珈铭不肯走，执意站在门口等父母来，安石林的母亲有些生气，劝说了半天，最后安珈铭哭着去了安石林的母亲家。晚上十点多钟，安石林和张磊才忙完手头的工作，一起去父母家看望儿子。此时，安珈铭已经睡着了，安石林和张磊也就在父母家睡下了。睡到十二点多，儿子在睡梦中哭醒了，看到身边的父母，立即要求回家。

安石林说："当时我发现他的眼神里充满了恐惧，似乎害怕被我们丢弃，因为他还有个小妹妹，我们忙不过来，大多数时间由我父母照顾他，女儿留在了我们身边。我当时心里很不好受，对妻子说，'走，我们回家'。"

深夜，安石林和张磊带着安珈铭，穿过空荡荡的大街，回到自己家中。说到这里，一边的张磊补充说："从那以后，我尽量把两个孩子留在自己身边，但我一个人照顾两个孩子，确实很累。有一次，两个孩子同时病了，我背着一个抱着一个，赶忙去医院，急得都哭了。"

"当时你心里责怪安石林吧?"我插了一嘴。

张磊摇摇头："从来没有怪过他，虽然有时候心里很委屈，但没有恨过他。我爱他，也理解他工作的辛苦，恨不起来。"原来，张磊从小也有一个警察梦，遗憾的是至今没实现。

我又问她："当初你跟安石林恋爱，是不是就是因为他是警察?"

"一点儿关系也没有，他当时还没转警察，仍在部队服役，我也很喜欢军人，不过跟这个也没关系，就是缘分呗！他在部队的时候，很少回家，成为警察后，我当时非常高兴，心想这样好，两个孩子都上学了，他可以回家帮我一把。可没想到的是，他转警后，跟过去一样忙，见他一面太难了。"

安石林尴尬地笑了笑，解释道："我每周至少有三四天值班，这是在正常情况下，但派出所的'正常'日子很少，因为各种安保备勤、外出学习培训等，我经常要留在所里坚守。其实其他民警也一样，嘴上说着哪天能休息，可有几个人能休息？"

我很理解地点点头。采访公安民警二十余年，我对这个职业太了解了，不说偏远地区，就是北京的公安民警，也几乎不可能正常休息。回想我在武警的一些战友，转业后进了北京公安队伍，见面后都跟我"诉苦"，说他们一不小心"投错胎了"。

我对安石林的母亲说："大姐，辛苦您了，您肯定没少帮他们。"

安石林的母亲又摆手又叹气："前些年还能帮上忙，这些年不但帮不上忙，还给他们添乱了。"说完，她瞥了一眼身边的老伴。

其实，当我走进客厅的时候，就发现了安石林的父亲行动不便，站起来跟我打招呼的时候，显得很吃力，后来一问才知道，他在2010年时得了脑梗，至今已经有十多年了。

去年下小雨的一天，安石林的母亲去学校接两个孩子，走到半路摔倒了，没敢告诉安石林，给一位邻居打了电话，让邻居送她去了医院。医生检查后，说她腰椎受损了，建议做手术，她不同意，回家里躺了好几天，对家人谎称自己身体有点儿不舒服……

张磊责怪地看了一眼母亲，说："她怕说了，给安石林添麻烦，我们家里人，都护着安石林，知道他工作上的事情多，怕分散他的精力。"

安石林很生气地说："什么添麻烦啊，耽误了治疗，这是添更大的麻烦。"

安石林母亲也有些急了，怼了一句："告诉你有用吗？你能回家吗？"

安石林愣怔一下，沉默了。确实，就算告诉他，他也帮不上忙。

张磊说："父亲因脑梗住了五次医院，安石林从来没在病床前陪护过。去年，安石林过生日，父亲听说他要回家吃饭，拖着僵硬的身体忙活了半天，饭菜都上桌了，却突然得到消息，安石林不能回家了。当时，父亲很失望，竟然像孩子一样哭了。"

此时，客厅内鸦雀无声，气氛有些紧张。好半天，安石林才艰涩地开口："这几年，妻子很辛苦，现在家里是小的不懂事，老的拄拐棍。"

张磊在市政府分管党建工作，确实很忙，加上两个孩子还小都不懂事，不知道母亲的辛苦，衣服经常是穿一天就脏兮兮的，张磊照顾孩子吃完了饭，检查完作业，把打打闹闹的两个孩子哄睡了，再熬夜给孩子洗衣服。前些年，安石林的母亲身体好时，父亲就由母亲照顾，自从母亲腰椎受损后，张磊就两边跑了，毅然扛起了照顾两位老人的重任，经常是照顾两个孩子和父母吃完饭，自己却没时间吃口热乎饭。父母每天吃什么药，怎么吃，她都详细地记在小本上，以此提醒父母。她总是按时给父母买药、按时带父母去体检、按时为父母购买各种生活用品。她本来不会做饭，为了让父母吃好喝好，她从网上学会了做多种家常菜。

我问张磊："安石林会做饭吗？"

她说："他呀，没结婚的时候，到我们家去，主动抢着做饭，饭菜做得可好了。结婚后，饭菜越做越差，没到两年，就不进厨房了。"

安石林在一边"嘿嘿"笑了。

张磊爱怜地看了安石林一眼，补充说："其实吧，他整天累得够呛，回家后往床上一躺就睡了，他就是想做饭我也不要他做。他不能熬夜，熬夜会头疼，可他这工作，三天两头就要熬夜。只要他熬夜，我就能看出来。"

我追问："你怎么能看出来？"

"眼珠子突出，眼皮耷拉呗！"她说。

我顿时明白了，安石林为什么不能熬夜，肯定是因为那次手术。于是，趁机问她："听说安石林做了一次大手术，当时你们还没结婚，你得知后第一反应是怎样的？"

"第一反应？第一反应是我感觉自己被骗了，他生病的事，家里人都知道了，却对我隐瞒，我是最后一个知道的，心里很不舒服。"安石林妻子说话很直率。

2009 年 2 月，张磊经朋友介绍认识了安石林，两个人交往了一段时间，彼此感觉很好。双方父母也很满意，协商在 2009 年 9 月为他俩举办婚礼。然而 9 月初的一天，安石林去村里走访的时候突然晕倒了，送医院检查，诊断为颅内占位性病变肿瘤，急需做开颅手术。安石林同家人商量，确定手术后，才告知了她。

安石林在长春一家大医院做手术，张磊请假去医院陪护他，安石林成功做完手术后，她立即返回了工作岗位，因为她知道工作离不开她。安石林在医院住了半个月，身体稍好一点儿就出院了，他没有回到珲春，而是独自去了乡下的姥姥那里。

"也不知道为什么，那时候就想去姥姥家，可能从小在姥姥家生活，觉得那里最安全。"安石林说。

刚出院时，安石林走起路来很费力，而且走不稳。医生告诉他，要多活动，多运动，才能好得快。于是他坚持走，起初最多走二百米就坚持不了了，后来越走越远。

姥姥家那里，虽然条件艰苦，但环境很清静。那些日子，是安石林人生重要的时光，他思考了很多事情，尤其是他跟张磊的关系。他不知道自己的病情，以后会不会稳定，尽管医生说是良性肿瘤，可万一出现恶化，就会耽误她一辈子幸福。

安石林想明白后，返回了珲春。一天晚上，张磊陪他散步，走到一个安静地方，他突然停下来，看着张磊说："我得的病很严重，请你认真考虑一下，如果心里不踏实，现在可以分手。"张磊愣了一下，反应过来后，非常生气，喊道："你这是在考验我，还是什么意思？如果你想借此理由跟我分手，那就直截了当说出来，没必要这么拐弯抹角的！"说完，转身就走，把安石林一个人丢在马路边。

我问张磊："后来你们是怎么和好的？"

她朝旁边的安石林看了一眼，说："你问他。"

安石林尴尬地笑了笑。

张磊说："他就是在考验我，看我是不是对他真心的，让我怼了几句，他再也不说这事了。"

安石林在一边提醒张磊说："那时候，你父母不太同意我们的事了。"

张磊立即纠正他："我爸爸一直没反对，我妈妈确实犹豫了，提醒我别感情用事，闹不好就会把自己一辈子搭进去。作母亲的，这么想不对吗？遇到这种事，哪个当妈的不替女儿担心？"

张磊瞪圆眼睛，盯着安石林，安石林没有吭声，只是微笑应对。

这时，安石林的母亲接上了话："换了我，也会替女儿担心的。"

"我妈见我铁了心，也就不再犹豫了，反而叮嘱我说，既然你决定嫁给他，那就尽快举行婚礼，可以好好照顾他，而且结了婚，不管以后出了什么事，你都要照顾好他。"张磊心里仍然有点儿不舒服，追着安石林问，"是不是这样？我妈是不是这么说的？"

安石林认真地点了点头，说："你妈是这么说的，你也是这么做的。"

2010年3月，安石林和张磊在亲友们的祝福中，举行了婚礼。

安石林的病情稳定后，他去找大队政委，要求回到工作岗位。政委不同意，觉得安石林至少要休息半年。最终，经不住安石林的软磨硬泡，还是让他回到了派出所，他知道每年年底，都是派出所等级评定的时候，他负责的辖区不能出问题。安石林回到工作岗位后，加班加点把落下的工作处理完毕，对古城村新出生的人口和死亡人口重新核对登记。

安石林离开古城村两三个月期间，村民们都不知道他去哪儿了，问派出所的民警，都说安石林休假了。安石林回到古城村后，村民们才得知安石林经历了一场大手术，刚出院回来，于是自发看望他，你一百我二百的，给他捐钱。安石林说："当时村民的经济条件都不太好，几乎每人都拿出一百块钱，让我很感动，他们的钱我不能要，当时我心想，以后更要好好为他们服务。"

我离开安石林父母家的时候，特意问张磊："如果允许你给安石林提一个要求，你想说什么？"

张磊看了一眼安石林，说："希望他保重身体，希望他平平安安。他好，我们全家都好。"

安石林的妈妈很赞同儿媳妇的话，连忙点头："他是我们家的平安符，他平安，我们全家都平安。"

我和安石林走出屋子，安石林母亲和张磊都走出屋子送我，安石林的父亲也在他们的搀扶下出来送我。我朝他们挥挥手，催着安石林快走。上车后，我靠在座椅上，半天没说话。车子驶过寂静的街道，我看着马路两边的楼房，内心很不平静。我知道，每一个亮着灯光的窗户背后，都是一个温暖的家。

安石林妻子的话，说得很好。安石林是边境线上的"守护神"，也是家庭的"平安符"，他对派出所很重要，对家庭更重要。

结尾的狗尾续貂

采访完安石林，我终于弄明白为什么安石林获得了那么多荣誉。的确，他的事迹很平凡、很零碎，但我回想起每一个细节，感觉安石林身上的光环，就是用珍珠串起的项链发出的光芒——

称呼他"安爸爸"的郎天赐，如果没有他细心的照顾，不但不能顺利上学，也不可能在阳光下健康成长；孤寡老人王桂兰，因为有了他的爱心陪伴，风烛残年才不会孤寂，离开人世的时候才不会凄凉；因为有了他并不优美的舞蹈，立新村的朝鲜族"空巢"老人太莲子老两口，才会在老人节这天得到了满满的祝福和快乐；他让关金林和王淑珍住上了漂亮的房子，还主动给他们当"管家"，用一窝野猪仔铺开了致富路……

他照顾了很多困难群众，却从来没有在病床前好好陪伴自己的父母，他给很多人送去了幸福和平安，自己却成为了父母和妻子心中最大的"不安"！

是的，安石林很平凡，他不像因突发事件而成就的英雄那样壮烈，也没有刑警、特警、缉毒警命悬一线的生死经历，他像雷锋一样，只是默默无闻地做着一件件为人民服务的小事，坚守着自己的初心。这样"平凡"的先进典型，是广大普通民警很好的学习榜样，颇具典型性、代表性。

每个民警只要坚守自己的本职岗位，努力工作，都能达到安石林的这种精神高度。然而，真正能做到像安石林这样"平凡"的人，又有多少呢？就如同我们生活中的"雷锋"，恐怕是凤毛麟角。

采访完安石林，我也终于明白了安石林为什么推崇清末民族英雄吴大澂。他虽然没有吴大澂那么伟大，但他跟吴大澂坚守的是同一片国土，秉承的是同一种精神气质——"固守边境，福佑群众"！

（文中照片由吉林出入境边防检查总站提供）

全国移民管理机构首届"十大国门卫士"何守卫

守卫国门的人

——记全国移民管理机构首届"十大国门卫士"何守卫

何向阳

他就坐在我的对面，这是第几次了？区区可数的几次会面，我面对着他，再一次打量他低下头去专注于一件事的神情。这种神情，我不陌生，可以说很熟悉。在见到他之前，就熟悉了。

可以这么说吗？我稍稍有些走神，但还是很肯定这点。依据是，在见到他之前，在与他面对面地坐下来谈话之前，我就见过这种神情。

那是一种凝神专注的神情。在那幅照片中，他就是这种神情，他的对面是一架经他的手创造出来的小小的仪器，仪器上面放的是一本小小的护照。

他讲起了小时候的事。而在儿时的往事还未被说出之前，我一直在想，面对一个你完全陌生的人，而他又从事着你全然陌生的领域，可以说如果不是特意去了解他，你和他的生活是完全不交叉的。当然，在你出入境时，也许你见到过他，也许没有，但你的证件一定要通过他设计的检测仪。他或者会给你一个温暖的笑，一个冷静的眼神，但他在你的生活中，是无名的。通过了那扇国门，你跨了进来，或者跨了出去，他为你留下的只是一个背影，你不可能深究每一个人，而他，就是这每一个人中的一个。

那么，写作是为了什么？是深究他人生活中的真实，还是另有其他？比如，在他人的人生中找到自己工作的意义？

就是说，我面前的这个人，如果不是要去书写他而了解他，那么，他之于我，即便我们同姓，而且我们的出生地还是同一个省份，即便我们也许在出入境的检测程序中可能曾有过一面之交，或是在现在我们共同生活的城市共享相似的空间、有着相对一致的节奏，我们出门前关注同样的天气，或者，我们关注这座城市中正在举办的展览，或者某一天的地铁站，我们曾经在上下楼梯的间歇擦肩而过，但他之于我，仍然是"熟悉的陌生人"，或者就是一个"陌生者"。

那么，写作的意义，也许还在于一种联结。

联结与我不一样的人生的认识，联结同为人之共同体一分子的我们。作为人的，他的思想，他的情感，他的创造，他的与众不同的那一个方面，他之所以成为了"他"而不是任何别人的背后的东西，他之所以为"他"的独特的那一层面。

怎么说呢？我很少谈到工作以外的东西。

我知道，他指的是他很少对人说起工作以外的他自己。

这反而激起我的好奇。也许，我们今天可以从童年开始。

工作只是我们成人之后的一部分。也许在那个我们溯源而上的地方，藏有我们现在已经淡漠或者忽略了的秘密？

我小时候生活的地方，叫周口，是河南东南部的一个城市。而我生活在这个城市的外围——一个小乡村。

故事就这样开始了。

我是父母的第三个孩子。前面有两个姐姐，我的爷爷兄弟三个，但三个爷爷后代的男丁只我父亲一人，就是说到我父亲这一辈只有我父亲一个男孩儿，我们那里，对于家族里有一个男孩儿——他停顿了一下——是非常看重的，从老的习俗和传统上讲，也许是传宗接代吧。所以，父亲一直想要一个男孩儿，就这样，我出生当天就上了村里的"新闻"，村里的大喇叭广播，广播员兴奋地宣布："何绍福终于有儿子了!"

何绍福是我父亲的名字，他是一名小学老师，很受村里人的敬重。我的出生，的确很隆重。村子里的人都为此事欢喜，而最欢喜的还是我父亲，他终于盼来了一个他心心念念的儿子——我。

犹如坐在拍摄素材的剪辑台上。一个男婴，出生时的啼哭，划破长空。剪。声音接。村广播的大喇叭。特写。传来这样的"通知"，更是"喜报"——

"何绍福终于有儿子了。"

切换。田野中忙于劳作抬起头来相视一笑的邻里。

切换。一直守护在妻子身边的何绍福，他小心翼翼地捧起已经安静下来的婴儿，笑了。

想到这里，我也默不作声地笑了。

对面的讲述者，也笑了。窗外依然是阴天，下过小雨的地面刚刚被风吹干。他的笑一闪而过，但是单纯。我虽然没有见过他的父亲，但从他的笑容里，透过时光的隧道，可以看见他父亲的影子。他还没有自己的孩子，但他的年纪应该和当年他的父亲差不多了吧。

那是哪一年? 你出生那年。

1982 年。

那么他今年有 39 岁。

从他直视人的眼睛看，他的外表年龄要更年轻一些。

嗯。1982 年!

1982 年，在我的记忆里，改革开放刚刚开始，所有的禁锢和不快都如阴霾一般被风吹散。城市刚刚步入正轨，并大步地向前行进，而乡村，在改革开放之初的"包产到户"的时代实验中，农民享受到了他们与土地的至为密切的关系，那是血缘一般的关系，这种关系的确认使得农村改革大规模地铺开，农民的积极性得到了极大的点燃。再不是粮食不够吃的时代了，饥饿的记忆真正成了记忆，它在被上一代以生命的成本体验之后再无重来的可能。而 1977 年恢复高考后的第一批大学生，在这一年迎来了毕业，他们正要或已经奔赴了各自的岗位，准备为"四个现代化"大干一场了。从过往岁月中走出的一代知识分子，也逐渐抛掉过去的阴影，在阳光下舒展才华的羽翅，天高地阔，他们的能量正在得到新的释放。无论是乡村、都市、学校、机关，都是一片复苏之后欣欣向荣的景象。

1982 年。你接着讲。

我是家里出生的第一个男孩儿，受到家里的关注挺高的。

那就讲讲小时候。上学以前，对自己最深的记忆是什么？

是系鞋带。

系鞋带？

嗯，是这样。小时候受宠，出去玩都是奶奶和姑姑给我系鞋带。他粲然一笑，不好意思地说。

的确，在我眼前浮现出一双鞋子。有鞋带的，应该是球鞋吧。我小的时候也是有过不止一双球鞋，绿色的、白色的。绿色的，我们叫军鞋；白色的，我们叫球鞋。那时候，如果有一双球鞋，对于一个小孩子来讲是再欢喜不过的事情。上小学时，我因第一次有一双军鞋而高兴的心情至今仍然记得，那时我已随父母从乡村回城。而更小时候，上学之前我穿的鞋子只是布鞋，黑色的。有的是布面，有的是灯芯绒。那是二十世纪七十年代。而到了八十年代，对于坐在对面的这个当时还是小男孩儿的讲述者来说，有一双白色的球鞋，应该已是司空见惯的事情。

系鞋带？

系鞋带。

这种当时仍有一种奢侈含义的动作，对于一个孩子而言，又意味着什么呢？

没那么复杂，我只是，从她们两个人给我系的鞋带的松紧度上判定谁对我更好一些，或者更体贴一些。小孩子的脚是非常娇嫩的，如果鞋带系得过紧，跑一天会勒出印子，很疼；如果系得过松，又会散掉，跑起来会绊着自己，摔跤。

一个系鞋带的动作有这么复杂，我从未考虑过，不禁对眼前这个人的心细如发且敏锐无比暗自发出赞叹。

这不是大人的感觉，这是一个穿了他心爱的带有某种"进步"或"文明"标志的鞋子、在我们眼中可能都认为是少不更事的孩子的细密感觉。我相信，有过这样细密的区分心理的孩子也有，但过了这么多年，当一个孩子长大成人之后，他会经由人生世事的消磨而遗忘掉许多感觉，那种看似非常不易被感知和发现的边界。总之，他会被磨平，他会失去，他也会遗忘，有意识地无意识地，他会把也许会影响他成长的一些非常细腻的感知，在时光的筛子里让它们漏下去，从而只剩下粗粝。但对面坐的这个人不会，他说话的样子更像一个刚刚从野外回到书桌前、坐在一张摊开的白纸前的诗人。

我眼前一闪而过的是无垠的原野之上——豫东平原的土地平坦而广阔——一个孩子穿着军鞋奔跑的样子。望着他跑远了的背影的亲人，手上也许还留有抚摸过他的余温。但无论是姑姑还是奶奶，或者是从出生起就抱着他不肯松手的父亲，还有为生他而忍受过疼痛的母亲，还有那些在秋天的田间地头听到宣告他出生的广播的全村子的人，他们，会想到这个穿着军鞋奔跑的男孩儿，他跑成了今天的样子吗？

"经过我们细致的采样分析，已经可以得出比较确定的结论：这批假护照使用的是热熔印刷技术，并不是之前大家认为的雕刻凹版印刷，作为核心防伪手段的雕刻凹版印刷机并未被造假集团盗用，我国证件和钱币安全依然有保障。"

他们，会想到从田埂上跑来的今天的他，站在那里有理有据、侃侃而谈、一锤定音吗？协助公安部物证鉴定中心对某专案中查缴的伪假护照进行鉴定，这只是他所经历的无数类似案件中的一个。

在这样的镜头中，应该打上这样的字幕：何守卫，1982 年 11 月生，河南太康人。毕业于解放军信息工程大学，印刷工程专业硕士。曾任世界 500 强某特大型印刷企业高级主管，现为北京出入境边防检查总站证件研究室科长，警务技术二级主管。

其实我小时候并不是一个一味敏感的人。

我知道他其实想说，敏感只是他性格的一个侧面。

我是一个——怎么说——小时候淘气，也是让家里人有些不放心的孩子。我们村子里有条河，叫涡河，可能地图上都查不出来，但它在我们孩子的眼中是足够大、足够宽的，水流也足够湍急。毕竟，它是淮河的一条支流，所以它也有着和淮河一样的性格。

淮河，这条流经我父亲出生的安徽中部城市的河流，那是他的母亲河。小时候经常听父亲用乡音讲，那座城市的路都是石板铺就的，从淮河跳上来的鱼，每年都供养着这座城市中的人，遇到丰年，爸爸会用安徽话说："鱼多得压弯了街。"而其中的"街"字，发音则是"gai"，有一种唱出来的调子，婉转悠扬，自豪与骄傲都包含在里面，令人听了不由得想象，能够"压弯"了那些大石板铺成的马路的，该是多么多、多么大的鱼啊。

原来，他儿时生活的地方，与我父亲儿时记忆的地方，虽然不在一省，但因有河流的贯通，原也是有喝一条河的水的缘分在啊。淮河是父亲的母亲河，而出生于郑州的我从小喝黄河水长大，黄河是我的母亲河。淮河、黄河都是古时候以来所讲的"四渎"之一，它们的性子平时也许是温顺的，但母亲也有不逆来顺受的性格，当她发起火来，则是比一般的烈性还要炽烈。水的性子烈着呢，只是平常不作声罢了。这是我的母亲告诉过我的。

面前的这个生于淮河支流涡河岸边的、当时还是家中唯一的男孩儿的人，小时候却爱上了游泳。

可以想见，正像他讲述的那样，小男孩儿不知什么时候就跳下了河，往往是，男孩儿在水里畅游，岸上跑着他的小脚的奶奶。她在岸上奔跑喘息，唯恐小孙子一扎猛子看不到了。所以家人就告诫他，不能下水。而这个已爱上与水嬉戏的男孩儿，哪里听得进去。越是不让，越要去做。我明白了在他细密性格的核心里，藏着的是倔强。而谁又能强得过一个天不怕地不怕的男孩儿的倔强呢？所以就用打的方式来禁止。

小男孩儿爬上了树，不下来，叫嚣着："打死和淹死是一样的。我不！"

但也是这个上学经常找不到书包的人，小学时，成绩年年第一。也许是倔强的性格在起着作用吧。

到了高中，性格大变。

文气了？

文气了。以前一直是第一名，到了高中，发现周边学习好的人很多，火气便消了不少，知道山外有山，单靠聪明不行，还得刻苦。三年高中，中间一度成绩不好，但努力后不一样了，从1998年到2001年的三年，"太康一高"让我完成了"质变"。我变成了一个冷静、沉稳的人，就是人们说的"文气"吧。

2001年，我顺利考上了解放军信息工程大学。当时还叫学院，后来几家学校合并统称为大学。我成为一名大学生，而且又是军校。我想我在高中养成的冷静性格是一个铺垫，一切都是有前提的，在你不知道的时候，条件已经被创造。而成功，也许就属于已在各方面打下了基础的人。

对，成功总是属于有准备的人。

他再次笑了。

其实到了我六岁的时候，弟弟就出生了。我不再是家里唯一的男孩儿，心里又轻松又沉重，自己不再是家里特别关注的对象了，自由一些，但也矛盾过一阵子。小时候，我一直想要一个弟弟。

为什么？弟弟一出生，家里不就不宠你一个人了吗？

我倒没想。只是想有个同伴，一起玩、一起游泳、一起爬树，我带着他跑。

我望着他。这么小就有团队精神的孩子不多见。

我当时想要弟弟，想到了哪一步，你知道吗？小时候，我听说孩子都是捡来的，我就一直在地里找啊找。可找不到啊。为什么别人都能捡到弟弟，而我捡不到？冬天的时候，我就跑到干了的河床上，趴在河床的裂缝上往里看，看我的弟弟是不是就藏在那里。有一年收麦子的时候，大人们在地里忙着割麦，怕天气不好了误了工，而我不知为什么大闹，缠着父亲要弟弟。父亲第一次打了我。打我，我也要弟弟。我就又爬上了树，这次是打麦场上的树。我越爬越高，后来也忘了为什么爬树，看到树梢上有鸟窝，就又有了新的目标。"下来、下来"，这时候下面已经围成了一团。

我小时候的确淘气。不让游泳，还偷偷去游，游完后在草棵子上晒干衣服再回家。大自然给我力量，我喜欢这种感觉，初中、高中、大学，即便是工作之后，我还是喜欢有空就到郊外去，在那里，乡野给我的自由，是工作间隙的一种放松。

毕业后你去了广州？

2005 年，双向选择。其实，在大学时期的后两年，我就以"文书"身份边学习边工作了。我们学校早六点出操，晚十点熄灯，所以我养成了规律生活的习惯。这个习惯，让我后来受益匪浅。

第一个工作是外企，艾利公司，当时的世界排名 500 强，从香港搬到广州南山开发区。初工作时，我在大学里有规律的生活帮助了我，就是不觉得累。那时还是十点休息，第二天六点起床，工作之外，就学习英语和跑步，有使不完的劲儿。与我同住一起的另一个学校的毕业生总是熬夜，我们生物钟不一样，作息时间也不一样，他就总是上班迟到，后来因不适应而离开了。

在这家公司得到了最大的锻炼，源于现在看来当时一个非常正确的选择——就是我不想只坐办公室，不想只做管理，而主动要求去车间。

我是印刷工程专业嘛，坐办公室也发挥不了我的专业特长。所以哪怕是加夜班，我也愿意到车间去，与工人们一起工作。技术、体力我都没问题，就是辛苦一些，五天白班，五天夜班。

多亏当时我的选择，在车间的几年让我没有荒废专业。新世纪的印刷技术更新很快，那几年没有掉队正源于这一选择。因为在车间面临的问题不一样，这样一直与技术、与工人打交道，在第四年，我做到了车间的高级主管。

由于业绩突出，第五年时，广州一家私企聘我做厂长兼外贸部经理，月收入五到六万，在当时是比较高的，我记得那年广州的房价也就每平米八千吧。

没有买房子吗？

没有，因为心不定。做了一两年，业绩也不错，但感觉没上来。

怎么？

应酬太多，接触面也杂。而我规律惯了，不太喜欢场面上的热闹。其实根本原因还在于眼界较窄，那家企业的印刷业务多集中于出版社教材，产品相对低端，从专业上讲不具挑战性。这可能是我离开它的原因。

我走后两年，那家私企也倒闭了。

放弃五六万的月薪还是要有些勇气的。

是的。但有一个可作衡量的标准，就是所学与所用对接与否。不对接的话，拿再高的薪资，也不快乐。当然如果只从改善生活的角度看，那另当别论。但生活上的满足只是人的一个层面。

所以，你不后悔这一选择，如果在广州做下去，再跳槽，可能在广州很快就买房安定下来了。

是的，那也是一种生活。

可能是很多年轻人都向往的一种生活。

也许，我还是放不下自己的专业吧，和钱相比，潜意识里它更重要些。在人生价值的实现上，我不甘心于那一个物质的层面吧。

一阵风吹来，树叶在风中起舞。阳光点点投射进来。

一个爬树的孩子。

他要更高的实现。

所以，你宁肯舍弃那些已经得到或者唾手可得的东西，而到北京重新开始？

我说不清楚。

也许命运已过，再追究它，答案也不是那么清晰吧。

北京星球地图出版社招人，这是一种从乙方（印刷厂）到甲方（出版社）角色的大转换。照例是印刷业务主管。但待了一年，仍是在工作之外，还想有些什么。是什么呢？一时也说不清楚。反正现在回头看那几年，是进入了工作"实验"期，也是价值实现的"寻找"期。

还好，没有浪费更多的时间。

其实，每一个人在青年时期，在求学与工作的过程中，都有一个长短不一的"寻找期"，只不过有的人能够很快地找到自己的位置，而有的人可能会慢一点儿。但这样的一个"时期"几乎每个人都无法跳过，尤其是那些确立了人生目标或者需要实现自我价值的人。

所以，在不同的工作间进行比较、选定是必要的过程。

2013 年 7 月，我参加了国家公务员考试，专业正是印刷工程。笔试、面试顺利通过，这就是我现在的岗位。但刚一上班，我被分配到首都机场 T2 入境口，负责出入境盖章。两年的基础工作，充满乐趣。

充满乐趣？那不是与你一直向往的印刷工程专业相距甚远吗？

我不这么看，我至今都非常感谢那两年的工作经历。

为什么？

可以看人，各种各样的人。他们的职业，他们的性格、态度。我在车间里可从来没看到过这么多不同的人，不同肤色、不同状态。

你不只是看人吧？

当然，我不只看人，更重要的是看证。经我手盖了多少护照的章，我已经记不清了；经我手查出的伪造的护照有多少，我也记不清了。这是一种辨认真伪的工作，充满挑战。

哦。我以为只是在真伪辨认后盖章即可，没想过这么多。如果是出入境盖章，2013 年 7 月之后，我应是从他执守的地方经过过的，从冰岛参加国际笔会回来；应邀去加拿大、美国的两所大学讲学回来。还有一次是 2015 年 10 月。两年时间，如果通过那个窗口的话，应该是见过他的，或者与他擦肩而过？

说话和气，态度温婉，乐于助人，解人之困，从人出发。

这都是他。

但又不全是他。

2015 年 9 月，我调入了证件研究室。

那么，真的是擦肩而过了？

在一线时，同事多是转业军人。在研究室，更多的是各有专长的人。

那，你不觉得在一线待的时间长了一些吗？我是说盖章。它在我眼里，更多的只是一个机械的动作。

不！不是你想的那样，绝非那么简单。

是吗？

是的，幸亏有那两年让我观察。

观察什么呢？人吗？

不，证件。

证件？

各种各样的证件，各国的证件。护照上用的各种印刷技术。

嗯。

都是最先进、最顶级的印刷技术。

这真是一线的好处。你接触得越多，就越有把握。我理解，就像一个外科医生一样，他做的手术越多，他的医术就越精湛。

是这样，是这样的。

各种各样的技术，各式各样的印刷。一线的好处就是，不出国门，

何守卫与证件研究室同事共同进行业务研究

你就能见识到各国最先进的印刷技术。同时，我也发现，我们原来的检测仪器体量过大，把护照放进去时要低着头仔细看，人的脊柱是弯的，仪表仪容不好，如果能发明一种手持的检测仪器，不用弯腰驼背，一方面保持了警务工作者的仪容仪表，一方面又能更清晰地检测护照真伪，就再好不过了。你看，如果不是在一线的两年，我哪里能生出这样的想法。

的确。

新的技术来源于实践。如果没有实践，则不可能有新想法，如果没有新想法，又哪里产生新技术。

这是一个正向的链条，一个良性的循环。

实践出真知，真就是如此。

于是，在他的手下，先后诞生了小型文检仪、小型证件采集仪。

终于可以挺直腰杆检测证件了。

我知道，他所指的不单是仪容仪表，还有技术上的支撑——那是我们真的可以挺直了脊梁的。

2016 年和 2017 年，独立执勤后的何守卫查假证量均在第一。一班十二小时，一天鉴别五六十份，业务熟练。但他怎会满足于此，新的想法总是闪出来，而一旦灵感造访，他就一定会实施。

其实，最大的刺激，还是源于一次技术交流会上德国专家的话。

什么话？

他的眼睛亮了一下，又黯淡下去，仿佛回忆此事会引起不快的情绪。

嗯，也好。事情往往就是这样，人家瞧不起你都是有原因的，更多的还在咱们的技术，技不如人的时候，你就不能只责怪别人的看法，而是要从自己着手，努力改变别人的看法。

我明白他所说的是什么了。

一次高端证卡票签安全技术展会上，他偶遇一位欧美知名印务公司的工程师。好学的他将提前准备好的问题提出来，虚心向工程师请教。工程师也做了解答，但解答后又说："其实你们没必要了解这么清楚，中国护照也用了不少我们的技术，有需要的话买就可以了。"

中国护照使用的防伪技术和专利大多掌握在国外大公司手中，这就是事实。

我们把出入境口岸比作国门，出入境证件就是门上一把至关重要的"安全锁"。但是这把锁竟然是"舶来品"。

这就是一个技术人员、一个研究者不得不面对的现实。

这个现实，从内心里讲，他是不能够忍受的。

无法忍受，就一定要改变它。

锁的生产，必须掌握在自己手里。这一点至关紧要，也不容置疑。

2016 年，北京边检总站证件研究室成立技术国产化替代研发组，任研发组长的人就是现在坐在我对面的人。

国产化防伪技术攻关的重任在肩。这次他所承担的，已经不是一个车间、一个工厂、一本杂志，甚至不是单纯的印刷业务，他承担的是代表国家水平的高端技术。

高等级防伪技术研发一直被欧美大企业垄断，中国那么多企业、研究所都没做出来，区区一个总站证件研究室能做出来吗？

怀疑当然是正常的。

正如没有刺激就没有动力一样，没有怀疑，也就激发不出证明自己的能力。

研发过程的艰难不是一两句话能够说明的。

一次次的失败，一次次的研究、实验，甚至最接近成功的一次，仅因为几微克的油墨比例误差而导致前功尽弃。

行吗？我们能做到吗？

有些人想撤退了。

坐在我对面的这个人，一个倔强地要在河中游向前方的人，在他的字典里，没有"撤退"二字。

几乎是一边学一边干，一次次走访中国安全防伪证件研制中心、中科院化学所等科研机构，两年的失败样品摞起来有半人高。

最终成功了。

如果还是失败，怎么办？

还是失败，就还继续干，直到成功。

要是一直不成功呢？

我从来不那么想。

就是你一直相信肯定能成。

他凝视着我的眼睛，他坚定的眼神已经把答案给了我：我相信！

2018 年 2 月，第一张样品从印刷机中缓缓而出。

紫外光下，一幅幅色彩鲜亮的图像展现出动人的光彩。

上级领导在北京边检总站调研时，提出希望："在这儿好好干下去，将来成为工程院院士也不是不可能的！"

对于这样的赞扬和肯定，他心存感激。他知道，领导和同事一直在默默地支持着他，是他们的助力，让他站在了舞台的聚光灯下。

终于成功了？

还不能说，只能是阶段性的成功。

足见他对自己的要求。

过往，企业的薪水固然可观——这对于一个正值成家立业的年轻人来说，不可能完全没有诱惑。但坐在对面的这个青年，与众不同。他的想法是，企业的工作，可以是一种谋生手段，可以是一份职业，成功者也大有人在。但难成为他个人的一种理想事业，更不是他想投入一生的事业。

放弃它并不可惜，因为我找到了更能发挥自己能力的工作、真正热爱的工作。我的专业知识能够为国家争来一份尊严、一份光荣，还有比这更值得让人坚持的事情吗？

一切过往，就让它成为过往。往前走，才能走到目的地。

像水一样，支流必然要汇入主流之中。

我的面前，出现了我没有见过的涡河，我见到过的淮河，阳光下，一个奔跑着的孩子，一跃跳入水中。时光荏苒，那溅起的浪花，还是湿润了我的脸颊。

我相信。

还有比一颗相信着的心更有底气的吗？

抱有这样的信心，拥有这样的自信，是可以粉碎一切困难的。

成为今天全国移民管理机构中年轻一代的证研领军人才，对于他，绝非偶然。

学习、研究、培训、授课、指导。

2016 年至 2017 年，他又去读了北京印刷学院的在职硕士。

是觉得自己的印刷工程专业知识不够用吗？

新的岗位，要求不一样。再说，印刷技术日新月异，护照的印刷技术更是高精尖的，学习是一辈子的事。

2020 年，他因工作出色被国家移民管理局授予个人一等功。

他已经停不下来了。

新的想法，新的实践，接踵而来。

他如一只永动的陀螺，进入了高速的运转。

尽我所能做吧。

他低着头，轻轻地说。

好一个尽我所能。

我知道，那"所能"指的是什么，那是他带领着小组成员们不断探索、攻坚克难而达到的一个个阶段性目标。

随着证件制假手法的不断翻新，伪假证件的查验难度越来越大，传统的眼看手摸方法已经落后于时代，无法适应当前需要，民警在查验护照时需要借助专业的仪器设备。很多边检站为民警配备了"光电检测鼠"，但使用时需要将证件和设备举到眼前，操作不便，更重要的是，这是一杆"洋枪"，定价权和技术竟掌握在国外公司手中。

为解决这一问题，我们认真调研、反复推敲，联合企业设计开发了这款新型"便携式多光谱电子文检仪"。

他从随身携带的袋子里拿出一个小黑盒子，不过巴掌大小，可以一手掌握。

这就是你们发明的啊，我以为是一种特别大的仪器呢，需要搬抬的那种。原来不是庞然大物，这么精致小巧。

他笑了一下。小，便携，更便于检测，也更精密。

新设备具有证件查验所必需的常用功能，配备多种光源，可一键操作，高清显示。

与国外同类产品相比，好用、实用。

最关键的，它是我们自己的。

它是我们自己创造出来的。

目前这一设备已获国家专利，并获得了全国公安基层技术革新奖。

这只是其中之一，他的"所能"远不止于此。

工作中，我看到很多假证上印有紫外荧光图案，有些甚至能够以假乱真。于是我就想，能不能开发出一项"易识别、难伪造"的新型紫外荧光防伪技术呢？我查阅了大量资料，向行业专家请教，找中科院化学研究所开发新型荧光材料，联系制证企业进行印刷测试、调整。经过两年多的研究，最终成功研发出"荧彩紫外荧光防伪图像"。你看，图上就是使用该技术印刷出来的荧光图像，自然光下，它是一张白纸，但把它放到紫外光下，就会呈现色彩丰富、效果逼真的彩色图像。

在他的示范下，我看到小手电光束照过的地方，有美丽的彩色花纹和图案开放在纸上。

它的印制工艺和防伪效果目前在国际上处于领先地位，这项技术我们也已申请国家发明专利。这次的成功激励我们开展了更多研究，随后，我们又开发出多色潜影、彩虹波纹等防伪技术。

喏，这就是多色潜影的防伪效果，变换角度可以看到多种颜色的文字。

嗯，真是神奇。这种技术简直是隐身印刷啊。

我不由得为纸上的绚丽世界发出感叹。

还有。

中国护照所使用的纸张、防伪油墨，甚至装订线都是进口的，关键技术专利大部分都是国外公司的，可以说我国的护照安全并没有真正掌握在我们自己手里。只有让中国护照真正实现中国造，我们才能不受制于人，也才能真正实现护照安全。为此，我们又把新目标锁定在护照国产化上。这不，我们联合中国安全防伪证件研制中心设计制作了"北京边检总站模拟证件"，该证件的材料和技术完全实现了国产化。

你说，和成功比，这是不是更让人高兴？

当然。

国门安全无小事，自力更生、自主创新才是硬道理。有一天别人对你亮出底牌，你却发现自己手中无牌，还谈什么国家尊严？

这是坐在对面的人讲的话。

大型文检仪的功能集成在一个小盒子里，便于操作、快速精准，但还得让更多的人认识它。

2018年10月，国家移民管理局会同国际移民组织在昆明举办"查验伪假旅行证件最佳实践和创新技术研讨会"。活动现场，大家对这个"小盒子"的直观、便捷、准确发出惊叹，来自欧盟边防局，荷兰、德国、法国、葡萄牙的专家对它给予了高度评价，表示希望进一步合作，将设备推广到欧盟边防检查机关。

"锁"的任务解决了。

"钥匙"也拿到了我们手里。只有拿在自己手里，才有绝对的主动权。

任何事都是如此，这是不言而喻的。

经过自己双手创造出来的，才是真正安全的。同样，经过自己创造了的，也才是真正有价值的。

这个人真的让我刮目相看。

六年专业知识学习、六年印刷工厂工作经历，决定了我在印刷防伪技术上的优势。去伪存真，没有什么技巧，只能靠刻苦钻研，熟悉各种防伪技术的外在特征、形成原理，才可能将之一一破解。

同事们戏谑地称他为理化实验室的"钉子户"。

证件鉴别研究就是一个没有硝烟的战场。

就是靠着这种刻苦钻研的笨功夫，才造就了他对极具迷惑性的造假手法和鉴别难度极大的伪假证件敏感异常的"火眼金睛"。

是的，火眼金睛。

如果你注意观察他的眼睛，你会发现那里面有绝对的冷静，他好像一直都在观察并对观察到的事物进行甄别和判断。

何守卫对证件进行检测

这是不是一种职业习惯？

可能吧。

如果你注意观察他，他会觉察到你的观察。

警觉、冷静、一丝不苟。长期的真伪辨认，使他有了一种客观的态度和求真的作风。

关键是，他的字典里，已经容不下"伪造"二字。

坐在他对面，有时候我会想，对某种"真实"的追求，应该称得上是人类的一种美德。因为唯有真实，才能距离事物的本质最近，才能在这本质之上长出令人信服的善和美。如果有一天，人类连真实都做不到，或者真实得不到人类的维护，那么善和美的事物，会不会受到难以估算的损伤？

求真意志，曾经是哲学范畴的概念，如若只是概念，而不是态度，那么任何哲学都是遗憾的。好在求真的人们一直都在，一直都在护卫着这个世界的本真，使真与伪相区分，让人知晓真伪问题的区分对于人类的重要性。

所以，也许我并不能从专业的角度去更深地阐释面前的这位青年，他的追求、他的创造、他的发明，但我非常尊重他对于"真实性"的维护。他设有底线，他对于人类的看法正是人类应该持有的看法，人类，也正是因为有这样的人，才促成了人类的进步。

当然这进步，不止于技术意义上的。

于此，我尊敬这位"发明者"。

我尊敬他的原因，还在于他的发明，使假的事物无处藏身。

我尊敬他，是他不只将真伪之辨视为一种职业工作，在他的内心深处，他视其为一种道德理想。

牵头联合中国安全防伪证件研制中心，设计制作"北京边检总站模拟证件"，实现防伪技术上的完全国产化替代，为我国护照安全技术创新研发积累了宝贵的经验和技术储备。

创新是无止境的。

因为你的创新，也许就是别人学习之后找到的突破口。

所以创新无终止。

你只有比他更快。

比造假者吗？

包括造假者。你只有比他更快、更好、更强，你才能战胜他，并一直处于不败之地。

这是一个永不自满的人。

对于他来说，刚刚创造出来的东西，仍要不断完善，这也是一个求真的过程。

他的团队研发出了新型紫外荧光、多色潜影等防伪技术。

紫外荧光防伪技术是几乎每本出入境证件都用得到的技术，它材料特殊、隐形效能好，但就是这种技术也面临着被造假者攻克的可能。从以往的案件看，有的伪假证件上的荧光图案达到了以假乱真的程度，威胁国家安全。所以，探索创新、潜心钻研、测试实验就是常态。目前，易识别、难伪造的"荧彩紫外荧光防伪技术"在国际上处于领先地位。

但他的目标还不止于此。2018 年北京边检总站证件研究室成立的以他牵头的专项工作室，已经开始工作，他的印刷专业技能得其所用，证件安全的一个最基本点就是实现完全国产化替代。

他的目标还在一步步地实现之中，或者说他在科研工作中一步步地实现着自我价值，更确切地说，他的个人自我价值的实现，已经融入国家科学尊严、国家技术创新的大道之中。

被评为"十大国门卫士"，是对我的激励，也是对我的要求啊。

我的梦想还有很多！

近年来，边检工作经历了从人工查验，到计算机辅助查验，再到自助通关的巨大飞跃。大数据、人工智能、云计算等新技术的迅猛发展进一步推动了国家治理能力的提升。我想，未来边检工作将会向后台精准管控方向调整，警力部署也会逐渐向小前台、大后台模式转变。在证件领域，区块链技术和生物特征识别技术深度融合，将推动数字证件、虚拟证件的产生，从技术上分析，实现"无证通关"、"无感通关"完全可能。

既要大胆设想，又要小心求证。

技术创新是重要的，而掌握技术的人更重要。

2021年9月中央人才工作会议召开，习近平同志在讲话中强调，要坚持面向世界科技前沿、面向经济主战场、面向国家重大需求、面向人民生命健康，深入实施新时代人才强国战略，全方位培养、引进、用好人才，加快建设世界重要人才中心和创新高地，为2035年基本实现社会主义现代化提供人才支撑，为2050年全面建成社会主义现代化强国打好人才基础。

而加快世界重要人才中心和创新高地建设，必须把握战略主动，做好顶层设计和战略谋划。

我们的目标是：到2025年，全社会研发经费投入大幅增长，科技创新主力军队伍建设取得重要进展，顶尖科学家集聚水平明显提高，人才自主培养能力不断增强，在关键核心技术领域拥有一大批战略科技人才、一流科技领军人才和创新团队；到2030年，适应高质量发展的人才制度体系基本形成，创新人才自主培养能力显著提升，对世界优秀人才的吸引力明显增强，在主要科技领域有一批领跑者，在新兴前沿交叉领域有一批开拓者；到2035年，形成我国在诸多领域人才竞争比较优势，国家战略科技力量和高水平人才队伍位居世界前列。

的确，何守卫赶上了一个好的时代，一个新的时代，一个高速发展的时代，一个更为完善的制度保证、更为坚实的物质基础、更为主动的精神力量在不断把中华民族伟大复兴的历史伟业推向前进的时代。

深化人才发展体制机制改革被提上日程。

人才兴国战略的画卷正在展开。

大力培养使用战略科学家，坚持实践标准，在国家重大科技任务担纲领衔者中发现具有深厚科学素养，长期奋战在科研第一线，视野开阔，具有前瞻性判断力、跨学科理解能力，大兵团作战组织领导能力强的科学家。

打造大批一流科技领军人才和创新团队，发挥国家实验室、国家科研机构、高水平研究型大学、科技领军企业的国家队作用，围绕国家重点领域、重点产业，组织产学研协同攻关。

坐在对面的这个青年，你准备好了吗？

记得你最爱说的一句话是："我叫何守卫，守卫祖国的守卫！"

而这个守卫，更多的是靠智慧。

守卫，最后一个问题。他黑黑的眼睛里闪着光泽，我忽然觉得在哪里见过。

在哪里见过呢？

这样的青年。

这个青年。

这一代青年。

你的问题是？

你是哪一年入的党？

2005 年 4 月。

明白了，那一年，他刚大学毕业。十六年前。

我们从桌前起身，往外走的时候，我问他住在哪里，他说还在刘家窑租住着一套小两室一厅的房子。

租金贵吗？

一个月四千。

希望他能早日住上自己的房子。一间自己的房子，对一个研究者的创造，他创新的灵感，他安定的心理，他专注的思考，都相当重要。当然，也许他的境界已然越过了这些，但享受着他的创造的我们所能够给他的，比他给予我们的，要更简单和容易得多。

离开时，桌子上有两杯茶，它们仿佛仍在继续着对话。

下次到你家里喝茶啊。我说。

他默许，腼腆地笑了。

（文中照片由北京出入境边防检查总站提供）

全国先进工作者、全国移民管理机构首届"十大国门卫士"姚宇

一个非典型的先进典型

——记全国先进工作者、全国移民管理机构首届"十大国门卫士"姚宇

余 耕

接受采写任务

接到采写姚宇的任务时，北国的樱花刚刚开始凋谢。我站在青岛中山公园的樱花树下，接通了《啄木鸟》杂志主编邀约的电话，在广场舞嘈杂的音乐节奏里，我听到"警察、戍边、国门、英模人物"等几个关键词，出于对英雄人物的崇敬之心，我愉快地接受了这个采写任务。

一阵春风拂过，几片樱花花瓣落在手机屏幕上，白花黑屏分外醒目。想到这个季节的花城广州已经进入初夏，正是一年当中最好的季节，我不禁对此次采写充满了期待和憧憬。

在接下来的两周时间里，我陆陆续续收到几篇关于姚宇事迹的报道素材。看完素材之后，略感失望，因为没有看到我期待中惊心动魄的力挽狂澜，更没有看到荡气回肠的金戈铁马。图片里略显儒雅之气的姚

宇，只是一名边防检查站的普通民警，坐在玻璃围挡后面检查各种护照及盖章。

工作照无法突出他的个人特长和性格特征，只能让人确定，他的确是一位兢兢业业的边检警察。而此前关于姚宇的报道，突出的成绩无非是恪尽职守，十几年如一日地查验出入境人员的通关证件，先后有 60 万人次的前台验放量并做到零差错、零事故、零投诉，还有 300 余宗案件查处……

看到"300 余宗案件查处"，让我眼前一亮，终于有我感兴趣的话题了。于是，我想通过这"300 余宗案件查处"背后的故事，从中找到抓人眼球的素材。然而，经过我进一步了解之后，"300 余宗案件查处"也不过是非法居留、逾期滞留、伪假护照和冒名顶替之类的案件。一时间，我对采写姚宇这个人物的热情锐减，并在心里不断纠结：如此不温不火的典型人物事迹，又如何能够写出彩来呢？

对于广州这座屹立在祖国南方的一线大城市，我十分熟悉，也有着充分的好感。我深知广州人的热情与质朴，敬业与勤奋。从这一点来说，倒是与姚宇这位看似平凡、实则不凡的英雄有了不谋而合的特征。

于是我迅速调整一下心态，决定从姚宇的荣誉入手。既然组织上能够给予他这么多荣誉，那么姚宇就一定有他的过人之处：一次一等功、一次二等功、五次三等功；全国边防检查机关 2010 至 2013 年度提高边检服务水平先进个人、广东省直机关 2011 年度"青年岗位能手"、2011 至 2012 年度广州边检总站"文明使者"、2016 年第二届全国边检机构"文明使者"；2016 年 4 月获评广东省五一劳动奖章、2016 年 12 月被公安部记个人一等功、2017 年 5 月被公安部授予"全国优秀人民警察"称号……

从我得到的资料来看，以上荣誉还是基于姚宇十三年来的工作成绩。而且，我笃定姚宇在这十三年期间没有轰轰烈烈的壮举。这就是我即将要去采写的优秀典型人物——姚宇。

见到姚宇

出发去广州那天是周二，我特地订了这个时间段的机票，因为想着客流量相对会少一些，飞机应该不会晚点。可好事总是多磨，待我到达青岛机场后，才接到飞机晚点三个小时的通知。闲来无事，我忽然心血来潮，打开笔记本电脑，在百度里面输入"姚宇"这个名字。随后电脑界面上出现了无数"姚宇"，直到我翻到第十个页面，也没有找到我想看到的姚宇。

后来我试着在"姚宇"的名字前面加上"广州白云边检站"的前缀，才出现我想要的内容：广州出入境边防检查总站白云边检站执勤九队一级警长、首届"十大国门卫士"、政法系统全国先进工作者、"姚宇速度"、边检民警树起验放标尺、疫情之下用更好的服务减少旅客"滞感"……电脑界面上还出现了姚宇的照片——一个算不上英俊、却也长相周正的青年民警。

感谢互联网，让我在之前素材的基础上，又增加了一些对姚宇的侧面了解。虽然都是新闻通稿，但不同事件同一个人物，都在用自己的角度来描述一位英雄的履历。

姚宇的简历上显示，这是一个来自内蒙古通辽市、身上有一半蒙古族血统的北方男子。可是，如果我不事先做功课，凭面相直觉我更愿意相信姚宇是一个土生土长的南方人。姚宇的眉宇宽阔，给人的第一印象是一个心胸豁达的人。略微卷曲的头发，似乎是来自母亲蒙古族血统的暗示。除此之外，我便再也无法从他的外貌上找出属于北方人的特征。

一边在电脑上浏览姚宇的事迹，我一边在采访本上做记录，三个小时的等待倒也不显得有多漫长。终于等到广播通知登机，在我乘坐摆渡车的时候，才回想起来把采访笔记本落在了机场的座位上。还好里面只做了一些简单的笔记，并没有什么重要信息和内容。但我不由在心里暗自忖度：此行怕是未必一切顺利。

果然，我乘坐的 787 大型客机在万米高空颠簸异常，以致于无法读完一份《广州日报》，更不可能歇息入睡。

日落时分，飞机终于安全降落至广州白云机场。一抹雨后的红霞透过玻璃窗映进廊桥内，纾解着旅客们的疲惫之色。与我设想的有些不同，此刻的广州已是盛夏，闷热潮湿的空气无孔不入地包裹着人体的每一寸肌肤，宣示着属于岭南特有的热情。

前来接机的是广州边检总站负责宣传的池琳瑛科长，还有白云边检站的杨晓峰主任。经过几句简单寒暄，话题便自然而然转到了姚宇身上。

杨主任快人快语："采访姚宇可能有点儿困难，因为他的言谈远不如他的工作那样出色。"

我做过十年记者，不善言辞的采访对象的确令人挠头。因为工作关系，我去过三次通辽。在我的印象中，通辽男人与东北男人的性格几乎一致，很健谈也很能喝酒。一个不爱讲话、又身背诸多荣誉的内蒙古汉子，究竟是一个怎样的人？这给了我很大的想象空间。

吃晚饭的时候，姚宇终于来了。他的身高接近一米八，身材略显单薄，面色白皙红润，与网上的照片高度吻合，周身上下丝毫看不出草原汉子的痕迹。我与这个面带谦和笑容的男人热情握手，因为近一段时间一直都在关注他并看他的材料，此刻竟一点儿不觉得陌生。姚宇背着一只中号帆布背包，身着一件黄褐色短袖衬衣，从着装到长相再到气质，可以被简单归纳成两个字：质朴。

的确与广州这座低调内敛的国际化大都市的气质十分相似。

果然，姚宇的话很少。晚饭持续了半个小时，其间我们俩以茶代酒相互致敬，他笑容谦和，言辞上却只是淡淡（简单）地说了一句："余老师辛苦了。"

当天晚上，正值姚宇当班，晚上九点上岗，第二天上午九点下岗。我提出要去姚宇值班的口岸现场看看，感受一下他的工作环境。沉寂片刻后，姚宇说道："这个班只有两个入境航班，现在国外新冠疫情这么严重，入境口岸要求所有人员穿防护服上岗，余老师这个时候进去不安全，还是等出境检查时再说吧。"

我想起下飞机时穿着清凉的夏装依然感受到的扑面而来的热空气，再设想一下在这种天气中穿着防护服坚守十二个小时会是什么滋味，心中不由生出了一股崇敬之意。

姚宇的同事们

第二天上午，简单吃完早餐后，在白云边检站邓潮和林圣敏两位老师的带领下，我去了白云国际机场口岸现场。时值新冠疫情期间，出境大厅异常冷清，一直到十点钟，才有几名旅客拖着行李箱过来做出境安检。

我有些失望，问邓潮："如果没有新冠疫情，这里是什么状况？"

邓潮反问道："你见过春运吗？如果没有新冠疫情，这里天天都是春运。"

我有些疑惑："有那么多出入境的人吗？"

邓潮说："中国有三大出入境口岸，北京和上海主要面对欧美旅客，包括非洲在内的第三世界国家的出入境大都放在广州白云机场。白云机场这些年来每年递增旅客大约在 200 万左右。2019 年春季广交会期间，便有超过 100 万人次的出入境记录。"

林圣敏接着补充道："2020 年新冠疫情暴发后，联合国将人道主义救援枢纽放在广州白云机场，边检站的工作压力陡增，我们承担了所有货机的清仓检查。受疫情影响，2020 年全球各大机场吞吐量均有明显下滑。得益于国内疫情防控有力有效，包括广州白云国际机场在内的中国民航较快恢复。2020 年 11 月，白云机场国内旅客量超过疫情前水平，单月客流量超过 500 万人次。在此期间，我们的警力比较紧张，姚宇本来计划春节回内蒙古老家探亲也放弃了，义无反顾地加入了'党员突击队'，投身疫情防控第一线。"

我问道："姚宇有疫情防控经验吗？"

邓潮说："有！2014 年埃博拉出血热疫情期间，姚宇在第一时间递交申请书，奔赴阻隔疫情警戒区，协助埃博拉工作小组查验疫区人员 3000 多人次，转送留观病例 12 人，积累下不少疫情防控经验。"

面对这场持续一年多的新冠疫情，那些身穿防护服的逆行者，让我们这些平凡人感受到了最真实最震撼的感动，也给我们带来了温暖坚实的安心。因为他们为我们筑起一道防护堤坝，姚宇便是其中之一。他的位置处于国门这道最大堤坝上的一线，这是职业本身带有的悲壮感。而身处防护堤坝一线的姚宇，能够在危险时刻主动承担责任，英勇无畏，这才是英雄气魄。

先前对于姚宇的那些疑问，此刻正在我的心里慢慢瓦解。因为设身处地思考后，我恐怕没有姚宇的勇气。

临近中午时分，我们在 T1 航站楼一处小食堂吃工作餐，白云边检站在 T1 航站楼当班的民警大都会在这里用餐。食堂很小，就餐的人也一目了然。林圣敏指着一位五十多岁的民警对我说："那个是罗队长，也是姚宇的师父。"

我顺着他的视线看过去，罗队长个头儿不高，一副干练的中年男性模样。几位年轻警员正在与罗队长交流，说的好像是下午国际航班进港的事情。

我问邓潮："午餐、午休期间，大家不聊一点儿生活八卦吗？"

邓潮笑着说："白云边检站的氛围很好，大家平时的主要精力全都在工作上，这也是让我们引以为豪的地方。"

草草吃完午餐，邓潮介绍我认识了罗队长，我们说了几句客气话后，便聊到了姚宇。

罗队长很是谦虚："我算不上姚宇的师父，只是 2008 年姚宇他们入警培训的时候，赶巧碰上我为那批新警员做管理。"

我问罗队长："您能谈谈对姚宇的最初印象吗？"

罗队长沉思片刻，说道："他的性格偏内向，不怎么爱说话，性情沉稳，学习领会又很快。我当时就觉得姚宇很适合这一行，没准能干出一点儿成就。"

说到这里，罗队长又爽朗地大笑起来："令我没有想到的是，姚宇做出了这么大的成就。"

我问罗队长："作为同行，作为一个老边检警察，您如何看待姚宇做出的成就？"

罗队长说："非常了不起！作为一个普通的、正常的人，都有疲倦、懈怠或者情绪起伏的时候，这种事情就很少发生在姚宇身上。"

我问道："您如何确定姚宇没有懈怠和情绪起伏呢？"

姚宇在研究伪假证件

罗队长没有丝毫犹豫，回道："用数据说话呀！十三年验放出入境旅客 60 万人次，做到零差错、零事故、零投诉，还能把 45 秒的标准验放时间缩短到 35 秒，这不是一般人能做到的事情。"

我继续问道："零差错是如何知道的？如果有人成功持假护照出入境，在谁都不知情的情况下，数据显示会不会也是零差错呢？"

罗队长摇了摇头，说道："现在是互联网大数据时代，我们的系统后台会处理并杜绝你说的这种情况，我们在工作上如果有纰漏，肯定逃不过大数据信息处理。"

我接着问道："您对姚宇以后的工作还有什么样的期待？"

罗队长斟酌片刻，由衷地说道："我希望姚宇能把验放旅客的经验传授给更多新来的边检人员，让他们以他为榜样，继续为祖国守好国门。"

一个非典型的先进典型

姚宇的徒弟们

李明方是个90后，长相俊美、身材高挑，祖籍山东枣庄，是姚宇的女徒弟。说起自己的恩师姚宇，李明方的眼神里满是自豪。她对我说："我是我们那批新警员里面拿章最快的人，没别的，就因为我师父业务过硬！"

我对李明方说："关于你师父的工作成就和荣誉，我看到的、听到的已经很多，你能不能跟我讲一讲他的生活？八卦也行。"

李明方愣了一下，大概没有人采访一位英雄人物会询问他的生活八卦。虽说戴着口罩，但我从李明方的眼角眉梢能够看到，她已经堆起满脸坏笑。

李明方说："您知道吗？我师父有个绰号，叫'姚姥姥'。"

我摇摇头："这个真不知道，为什么管他叫'姚姥姥'？这个绰号是褒义还是贬义？"

李明方说："应该是褒义。我师父表面看上去有些严肃，其实，他是一个特别细心的人，工作方面自不必说，生活中他也会像个姥姥一样絮叨。我们之所以称呼他'姚姥姥'，其实就是把他当作家人，而且是个具备母性魅力的家人。"

"你能说得具体一些吗？"

"有一年，我在工作上遇到一点儿小困难，整个人的状态有些低迷。我师父大概早就看出来了，那天叫我去他家吃饭，此前我只知道我师母做饭好吃，那天是我师父亲自下厨，做出来的菜居然一点儿不比我师母差，我的心情当即就好了很多。吃完饭，我师父有意无意说起工作上的事，他的一句话让我受用至今，他说要努力地喜欢上自己的工作，并且在工作中找到乐趣，要不然几十年如一日的重复性工作怎么坚持下去呢？"

我的心头微微一震：姚宇的这句话很实在，也很有道理。这个世界上绝大多数工作都是重复且乏味的，除了少数的艺术创作之外，芸芸众生大都要忍受工作对人的消磨。是啊，如果不能喜欢上自己的工作，甚至是对自己的工作心生厌倦和排斥，几十年的职业生涯又如何撑得下去呢？

李明方接着说道："姚姥姥在生活中是个大暖男，他与师母的感情非常好，追剧的时候，姚姥姥也会拉着师母一起看剧，《乡村爱情故事》《武林外传》《开心麻花》，一部部追剧。师母喜欢旅行，师父便会在假期陪伴师母走世界，他们俩去过欧洲旅行，还跑到西藏拍了婚纱照，他们两人都是热爱生活的人。尤其是师父，不仅热爱生活，他还很有爱心，喜欢养猫。"

没错，能够饲养宠物的人，大都是肯付出爱的人。我很喜欢狗，可我一直没有勇气养一只狗，因为养一只狗意味着要喂狗、遛狗、给狗洗澡、给狗看病，还要忍受与狗的生离死别……想到这里，我忽然觉得"姚姥姥"这个外号，其实饱含了边检站的同事们对他深切而真挚的理解与喜欢。因为从本质上而言，他真的是一个内心充满了爱与阳光的暖男。

张海林是个小个子，湖北人，小伙子人不算很帅，但特别精神。他是白云边检站的研究员，也是姚宇的徒弟之一。张海林在大学里学的专业是小语种意大利语，他当初进入培训班的时候，姚宇眼前一亮，以为张海林肯定会是意甲联赛的球迷。可张海林对足球压根没有兴趣，让身为 AC 米兰队球迷的姚宇小小失望了一下。

但是，在接下来三个月的新警员上岗培训中，张海林被深深地触动了。对于培训的教员来说，经过三个月培训后，所有的新警员都会成为朝夕相处的同事。因此，教员名为师父，却都跟"徒弟"们客客气气。独独姚宇不一样，在进行业务培训时，他甚至会对新警员发火。用张海林的话说，姚宇发火这件事当时不太能接受，直到工作后才知道他那次发脾气意味着什么。

张海林的感受没错，姚宇发脾气并非私愤，而一个没有私心的人也必将赢得团队的信任。

我问张海林："你能用一句话来概括一下你师父吗？"

张海林沉思了一会儿，说道："我师父姚宇，是一个非典型的先进典型。"

后来我总结了一下同事们对姚宇的概括，虽然有男性和女性不同的思维视角，但相同的是，他们对姚宇都充满了尊敬和爱护。而这种深厚的感情与肯定，是建立在他十几年如一日，对人对事始终如一的态度的基础上的。

此时我也渐渐明白，为什么他会入选"十大国门卫士"。随后，通过考察组谈话这一环节，再次确定了我的推断。

考察组谈话

2020年9月中旬，国家移民管理局考察组进入白云边检站，他们此行的目的只有一个：考察姚宇是否有资格入选首届"十大国门卫士"。接连几天看材料、听汇报之后，考察组开始接触白云边检站的警员，进行一对一谈话。

据内勤陈英豪回忆，考察组谈话那天是周日，参与谈话的同志们很多，一直从上午持续到下午五点多，谈话结束后还要进行民主测评。

陈英豪说："我当时很担心，因为好不容易到了周日，大家牺牲休息时间来等待谈话，谈的事情还跟自己无关，是同事的荣誉，心里会不会有一点儿小情绪。尤其是到了民主测评阶段，60多人熬了一整天之后，我看到大家一脸倦容，心里开始替姚宇忐忑，我想他这回悬了。可是，令我没有想到的是，姚宇以一边倒的实力通过了民主测评。"

我问陈英豪："出现一边倒的局面，会不会存在姚宇事先跟同事们打招呼的现象呢？"

陈英豪笑了笑，说道："绝对不存在这样的事情，姚宇不需要打招呼，他的入选完全是靠业务实力，如果还有其他因素存在的话，那只能说是他的人格魅力了。"

我问道："姚宇都有哪些人格魅力？"

陈英豪说："我们有一个工作群，我每次在群里下达通知的时候，从来看不到姚宇有任何抱怨，甚至在别人抱怨的时候，姚宇还能及时提出合理化的解决方案，包括一些极小的事情。例如，有一次我们通知要求办理一张中国银行的卡，同事们便在群里抱怨银行卡太多了。当时姚宇找到我，说是据他了解中国银行只要有一张主卡，再办理其他卡的时候都可以捆绑成副卡。说到卡，我们有一张补助卡，每个人每月有几百块钱的伙食补助，需要每月清一回。到了月底，姚宇经常会把自己的补助卡交给经济有些紧张的同事，还要悄悄对同事讲，帮个忙，请帮我把卡清掉。"

陈英豪端起水杯，喝了一口水，润了润嗓子接着说："我们一线上岗的班12个小时，在航班少的时候，大家可以轮换休息，可姚宇很少休息，他基本上会干满 12 个小时。姚宇的身体很好，即便是这样的工作强度，他几乎没有生病，更没有请过病假。领导们只要看到是姚宇当班，心里就会觉得踏实。我想，这些都是构成他人格魅力的因素。"

了解到这些信息后，我感觉自己对姚宇的内心世界和性格都有了一个全面的认识。其实作为成年人，每个人都有自己的压力。所以我一直深信那些有着过人毅力的人，其实都是通过内心深厚的修养来实现的。

而姚宇就是这么一个人，他传递给人的人格魅力，其实正是他内心世界的展现。所以，正常人很难不被他吸引，也难怪他这么沉默寡言的交流习惯，却能够赢得大家一致的赞赏和推崇。

姚宇的选择

约到姚宇采访的时间是下午四点，因为他上午九点刚刚下班。时间是我定的，我想让他多睡一会儿。通过几天的外围采访，姚宇的形象在我心里渐渐清晰生动起来，正如张海林说的那样，这是一个非典型的先进典型。

他养猫，喜欢听五月天的音乐，甚至二刷《武林外传》，工作中的绰号是"灭火器"，生活中的绰号是"姚姥姥"。是啊，这才是一个形象立体的人。

待我来到酒店大堂的时候，姚宇已经坐在酒店大堂的沙发里，看到我便站起来相迎。我们俩要了两杯咖啡，我要了美式咖啡，姚宇要了加了奶的咖啡。我翻开采访本，上面是我列好的三十多个问题，第一个问题就涉及工作。突然间，我觉得关于姚宇的工作，我已经了解到很多。

其实，我更想通过姚宇来了解他本身，把我这几天采访堆砌起来的姚宇和他本人加以印证。

于是，我合上采访本，开始跟姚宇随意地聊天。

我问道："当年，能从通辽的农村考入中山大学法学院，你肯定是当地的学霸吧？"

姚宇憨笑道："我不是学霸，读初中的时候学习成绩还可以，到了高一高二的时候喜欢上了武侠小说，那两年几乎读遍了所有武侠小说，一直到高三要考大学了，才开始重视起来，恶补前面落下的功课。"

我说："金庸、古龙、梁羽生，你喜欢谁？"

姚宇说："我开始喜欢金庸，后来喜欢古龙。"

我说："我喜欢金庸的《鹿鼎记》和《笑傲江湖》。你最喜欢金庸的哪部作品？哪个人物？"

姚宇说："人物里面我最喜欢令狐冲，作品我更喜欢《射雕英雄传》，可能因为这是我读过的第一部武侠小说吧。"

我说："到了高三为什么就突然刹住车，把心思放到学业上了呢？"

姚宇的眼神有些飘忽，思绪似乎已经回到高中时代。

姚宇说："我的父亲是老师，他很要强，希望自己的子女都有出息。我有五个姐姐，其中三个姐姐当时都在读大学，我也不想让我的父亲失望，所以就毅然决然地放下武侠小说，开始学习功课。"

在我以往的采访中，我会找到一些与被采访人的共通点，拉近我们的距离也有利于进行下面的话题。而且，我还习惯把阅读者分为两类：读过武侠小说的和没有读过武侠小说的。我发现喜欢阅读武侠小说的人偏感性。感性的姚宇能够清晰地认识到最高需求，而且还能理智地改变行为，他应该是那种感性和理性高度重合的性格类型，这种人少之又少。

姚宇最终考入中山大学法学院，他说填报志愿时，只想着就读的大学能够离家越远越好，所以就来到了广州。姚宇的这个想法是感性占据上风，因为每个十八岁的男孩子都想去勇闯天涯。从满是沙丘荒漠的通辽到郁郁葱葱的南粤，姚宇开阔了眼界，也拓展了视野，他很快爱上了这座城市。

大学毕业后，在他回到通辽陪伴生病的父亲一年后，姚宇最终还是选择了广州，参加了公务员招聘考试，进入了白云边检站。对于一个具备超强学习能力的人来说，熟练掌握边检站的工作不在话下，姚宇很快成为 2008 届那批警员中最突出的一员。

姚宇坦承，工作的新鲜感也就保持了半年，半年之后才发现，这就是一份平平淡淡的工作。而在入警后不久，故乡传来噩耗：父亲去世了。

说到此处，姚宇的眼里闪动着晶莹的光亮，他最终也没有让眼泪流出眼眶："父亲自从中风后，生活无法自理，全靠母亲一个人料理操持，前前后后七八年时间，不管是父亲、母亲，还是我们这些子女，都经历了一场漫长的心灵和身体的双重煎熬。所以，当父亲去世的消息传来那一刻，我竟然没有太多悲伤……那种感受很奇怪，仿佛是因为早有预料，就是突然间全身心轻松了，眼泪冲出眼眶的那一刻，心里一直提着的一口气也终于散了。因为我知道，父亲终于解脱了。父亲从病痛中解脱，母亲从劳累中解脱，我们从煎熬陷入了悲伤和缅怀……但在此后的工作中，我一直谨记着父亲对我的期待。他希望我们所有的子女都能有出息，那么我就不能出错给他丢脸。我想，这应该也是一种怀念他的方式吧。"

说完，姚宇难得地流露出一种带着悲伤的思索，也在别过脸时，不经意地让我看到了他眼里的些许泪光。

姚宇的工作

凭姚宇的学习能力，他做任何工作都会很出色。而像姚宇一样具备出色学习能力的人很多，最后只有有韧性的人才会成为佼佼者。道理很简单，实际做起来也不难，核心问题是把这份工作十几年如一日地坚持下来，自始至终都能保持注意力高度集中，利用掌握的技能堵住工作中的漏洞。用姚宇的话来说，工作的新鲜感过后，每天都要叮嘱自己：别出事！在姚宇看来，自己所从事的就是一份普通平淡的工作，没有什么特别之处。在姚宇的内心里有一个特别朴素的认识：我们的工作越是平淡，祖国和人民就越是安全。

我喝完杯子里的咖啡，问姚宇："既然是一份平淡无奇的工作，为什么还要把验放旅客的标准化时间从 45 秒提高到 35 秒？速度加快之后，就不怕出差错吗？"

姚宇笑了笑，说道："根据我多年的观察，再甜美的微笑，再动听的问候，都不如让旅客快速通关及减少等待时间更实惠、更有效，尤其是像我这张微笑起来不怎么好看的脸。另外，提速不等于马虎，这是在业务娴熟的基础上科学合理地分配时间。"

我接着问道："通关效率提高后，人文关怀服务是不是会降低呢？"

"取舍之间会有轻重缓急之分，在缩短通关时间后，尽量能够再多一些语言沟通，旅客就会非常满意。"

"哪些语言沟通？给我举个例子吧。"

"例如遇到意大利旅客，在你把护照递交给他的同时，可以顺便问一句，喜欢国际米兰还是喜欢 AC 米兰，为了进一步缩短时间，你只给他两个选择，不会造成任何停滞。"

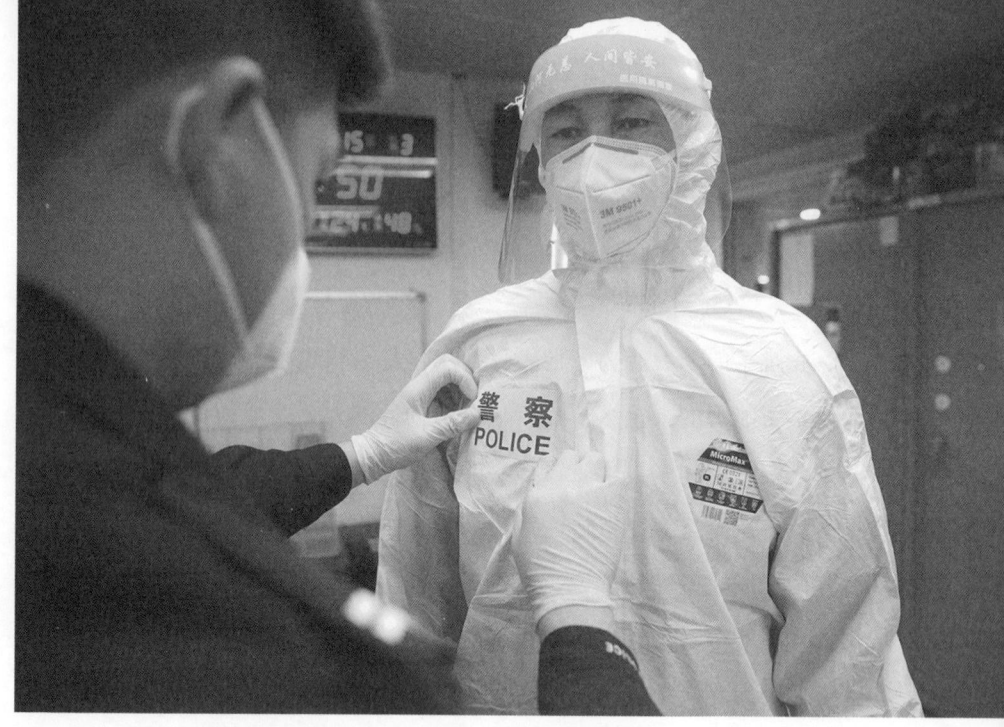

疲情期间，姚宇穿上防护服，做上勤前的准备

　　接下来，我们又聊到新冠疫情。姚宇坦言，新冠疫情刚刚暴发的时候，内心也是很紧张的。尤其是去年 3 月份韩国疫情蔓延的时候，因为广州有很多韩国企业，姚宇和他的战友们穿戴全密闭防护服上岗，最长的一次工作时间长达八个小时。没有穿过防护服的人是没有体会的，那种全密闭的感觉非常难受，甚至会产生窒息感。

　　姚宇是一个举重若轻的人，此刻说到防疫，他依旧显得风轻云淡："特殊时期，防疫是头等大事，以前每天验放旅客千八百人，现在一天验放二三十人，工作看上去轻松了，但是内心却不敢有半点儿马虎，甚至比以前还要紧张。还有，今年以来展开国际反诈行动，我们的工作又多了一项识别、劝返上当受骗人员。"

　　关于工作方面取得的成绩，姚宇的客观和谦卑不是装出来的。在采访过程中，他不止一次说到组织上给予他的荣誉太大了、太多了。姚宇觉得荣誉越多，自己内心的压力就会越大："我很感恩我现在得到的一切，我是一个实在人，我觉得我一直保持着简单朴实的初心，那就是踏踏实实地把我的工作干好。"

后记

一直到采访结束，姚宇在我心里的形象才逐渐清晰起来，也恰好印证了我此前的猜测：一个有血有肉有灵魂的优秀人民警察，平凡而不平庸，普通却不简单。可以说，姚宇改变了我对英雄模范人物的看法。这种平凡岗位上的典型人物事迹的社会示范，要远远超过传统意义上的英雄壮举。

时势造英雄，英雄往往在紧要关头脱颖而出，力挽狂澜。而在和平年代，持之以恒地不断努力，兢兢业业地奉公克己，基本上可以看作是一个人的品格，拥有此等品格的人便是时代的英雄！

在我写作这篇文章的时候，闲来也会浏览微信朋友圈，恰巧看到姚宇发了一张猫的图片。图片中，姚宇一只手握住猫的前爪，他似乎正在逗猫。我打开姚宇的微信朋友圈，往前面翻看，他的朋友圈发布的几乎都是《一分钟党史微课堂》。加上他刚刚发的这一条朋友圈，只有两张关于宠物猫的图片。

这或许就是一个真实的姚宇，有信仰，有坚守，安于平淡，也不乏对生活的一点儿小情趣。我记得姚宇还说过一个生活细节，他每到一处地方旅游，都会去那个地方的博物馆。他喜欢参观博物馆，因为那里面陈列着这座城市的历史，而历史是需要时间沉淀和积累的。

如果将城市拟人化，我们每一个人的内心都是一座城池。如何让这座城池安宁自在，这是需要靠自己去把握的。

在古希腊神话里，所有的神都是具备七情六欲的，他们像普通人一样自私，或开心或愤怒，像凡夫俗子一样阴险，或快乐或嫉妒，甚至像人世间的痴男怨女一样地谈情说爱。而古希腊神话里的人类英雄，反倒是大无畏气魄盖世，为了国家或城邦的安危不惜牺牲自己的生命。

在我看来，一个真正的英雄应该是人与神的合体，他们的身上既有神性的伟大，也有人性的平凡。

姚宇恰好符合我对英雄的审美，他身上的人性甚至更多一些。正如姚宇的徒弟所言，他是一个非典型的先进典型，一位生于平凡，却能超脱平凡的时代英雄。

（文中照片由广州出入境边防检查总站提供）

"全国公安系统二级英雄模范" 李庆峰

在那桃花盛开的地方

——记"全国公安系统二级英雄模范"李庆峰

侯国龙

在省道丹集线长甸镇入口处，有一道简易门楼，上面写着：在那桃花盛开的地方。

采访返程时，我禁不住再次驻足拍照留念，回味着那段美丽的故事。

一、矿上长大的孩子

荧屏先是闪了几下，然后那台熊猫牌黑白电视机就毫不客气地下起了"雪花"。看得正入迷的李庆峰哥儿俩，这才注意到电视柜、桌子、门窗都在咣咣响，整个家都在摇晃。

矿上又放炮了！

这样的经历每隔一两天就会发生一次。时年不满九岁的李庆峰，对这响动早已习以为常了，走上前将电视机关掉，然后静静地等待"地震"结束。

不放炮的二道沟，总是充满着严肃和沉默。

"你最好是同意搬家！不同意那也得搬！"一阵炮响过后，倒是母亲的这句话打破了家里的沉寂。

母亲是冲父亲说的。关于搬家的争论，在这个家里就没有停止过。但那一天，母亲的语气格外不一样。彼时的李庆峰还想象不出，母亲这个搬家的决定将会对他的人生之路产生怎样的影响。

父亲的忧虑，母亲其实也理解。三间新房才盖没几年，如果搬家，什么都要重来，这么多年的辛苦不就白费了吗？这些，母亲怎能不知道呢。大山已经给母亲出过太多难题了，但母亲总可以变出法子，一年四季里都能挑些新鲜的果蔬送到街上卖。而懂事的李庆峰哥儿俩，跟着父母铲地、锄草，力所能及地帮父母干些农活。

母亲执意要搬去丹东，自然也有她的道理。

家对面就是辽东地区第一大矿区青城子铅矿场，本地人习惯叫它二道沟矿。这里矿藏资源丰富，素有"铅锌打底、菱镁点缀、黄金遍身"之称。从李庆峰家到二道沟矿场，直线距离不过两百来米。那时的李庆峰每天都能看到载满矿石的磨电车从竖井里"爬"出来。磨电车像长了两个脑袋的大毛毛虫，又能前行又能后退，一节一节地把矿石从地下运出来。

儿时的李庆峰曾偷偷跟伙伴们一起溜进矿场捡过铅块。矿石从竖井里出来都裹着泥浆，从色泽上分不出好坏，只能靠手掂量。富矿就特别沉，鸡蛋大小的就有一二斤重。每天放学回来，作业写完了，李庆峰就去捡矿石，运气好的话，能捡到一两块。第二天上学的时候，顺道卖给专门收矿石的点。一斤质量好的铅富矿能卖个五毛钱，一个月攒下来，零花钱差不多也就有了。买冰棒解馋，买小本儿、蜡笔，从未找大人要过钱。

这个矿上长大的孩子是知道的，矿区的苦和累都刻在大人们的皱纹里。而母亲对他们哥儿俩未来的忧思就落在额头上。看着渐渐长大的哥儿俩，母亲额上的皱纹是越埋越深。

母亲管教很严，她不希望哥儿俩将来与矿沾上半点儿关系。有一次，李庆峰作业没写完，就跟着小伙伴们去捡矿石，母亲知道后，狠狠地罚了他跪。

"你现在的任务是好好学习，将来才会有出息，才能走出这个二道沟！"母亲的训斥让他猛然想到了一个现实。

生活在矿山之下的人们，命运似乎已经被安排好了。在这个只有两万多人口的小镇，十个人里面就有八个人是矿工，剩下的也只有当农民的份儿。自家的两个叔父就是矿工。叔父们平常总是灰头灰脸的样子，先前下过井，后来得了尘肺病。像叔父这样的家庭在当地很常见。父亲是因为母亲的坚决反对，才没有落入命运的安排。

母亲的那句话像一束光，一下子照亮了少年李庆峰的视野。是啊，我一定要走出二道沟，去外面的世界看看！

然而，某次课堂上，他的一个回答，却惹得同学们哄堂大笑。

"上小学那会儿，老师问我们的理想是什么，同学们都抢着回答说当解放军、警察、医生，轮到我的时候，我说想当一名卡车司机。同学们都哈哈大笑……当时在我们那儿，如果有某种职业能够走南闯北的话，那就只有卡车司机了。因为，当司机是走出二道沟最直接的方法……"

若干年后，当李庆峰回想起那一幕时，他憨憨地笑了。

1989年秋收农忙之后，母亲毅然决然地做出了举家搬迁的决定。李庆峰一家从凤城市青城子镇搬到了丹东市振安区浪头镇。离开的那天，李庆峰还是哭了。他舍不得那里的小伙伴，舍不得家门口的那片梯田、果林，还有每天都会"跳舞"的房子。

在那里，大山给予了这位农家少年生活的艰辛，同时也磨炼了他吃苦耐劳、踏实肯干的品格。

时光回溯到那场父母间关于搬家的对话，也许母亲并没有想到当时的决定真的会起到"孟母三迁"的作用。虽然新家浪头镇也只是一个镇，但感觉就是进城了。马路上开始有了红绿灯，学校也比先前的大了很多……

搬到"城"里后，农活相对少了一些。母亲操持了几亩菜地，父亲在家附近跑建筑，做木工活。寒来暑往，母亲种了一茬儿又一茬儿的菜。李庆峰心疼母亲，一放学就想着怎样帮母亲做家务。母亲总是先要问"作业做完了吗"，如果做完了，才允许他搭把手。

母亲唠叨最多的一句话就是：无论干什么，都要用心学习。

但那次中考又让这个家掀起了波澜，李庆峰并没有如愿考上重点高中。那个时候，正流行打工，父亲想着让李庆峰早点儿学门手艺，哪怕跟着学装修，将来好歹也能当个木工。母亲坚决不同意，坚持让李庆峰上了普通高中。然而幸运依然没有降临这个家庭，三年之后的高考，李庆峰又失利了。

李庆峰捏着381分的高考成绩通知单，不知所措地站在母亲面前，眼泪吧嗒吧嗒地掉落下来。这个分数线只够上丹东师范专科学校。

"去念师范，回来当一名老师，那也挺好啊！"母亲这样寻思着。

"唉，念几年师范，回来那也不一定能当老师！"父亲的话是有根据的。有个熟人家的孩子念完师范回来，别说当老师，连个合适的工作也没找到。父亲的想法还是让李庆峰早点儿去学门手艺，起码将来自己可以养活自己啊。

李庆峰既不想去读师专，也不想跟着父亲跑建筑。

"孩儿啊，那你想干啥？"母亲叹了一口气，着急起来。

"妈，我不甘心，我从小到大就没走出过这个镇子！我想出去闯一闯！"李庆峰抹着眼泪回答。

对于当时大多数年轻人来说，"闯"就意味着出去打工。父亲摇摇头，也着急起来。

"孩儿啊，去当兵吧，到部队锻炼锻炼，长长见识！"这是母亲最后的希望了。

对啊，我可以去当兵，部队也是我向往的地方。李庆峰的眼前一亮。当年冬天，李庆峰赶上了招兵，在沈阳当上了边防兵。

接兵的那天，李庆峰回头看见人群中的母亲，不停地朝自己挥手。他嘴角动了动，一句话也喊不出来。母亲啊，母亲，我一定要闯出个样子再回来！

到了部队，李庆峰很快找到了努力的目标——考军校。第一年，没考上。母亲在电话里安慰他："孩儿，既然选择了当兵，你先把士官签了，然后再继续考军校。"又是母亲的一番话，让李庆峰豁然开朗。

功夫不负有心人，第二年李庆峰如愿考上了军校。分数出来后，李庆峰立即给母亲打电话。

"考得怎么样啊？"电话那头，母亲激动地问。

"妈，我又没考上。"在母亲面前，李庆峰顽皮得像个孩子，故意把声音压得很低。

"没事儿，没考上就没考上……孩儿啊，你尽力了就好。既然你签了士官，在部队就好好干。期满了，咱回家，找个事儿做，我就满意啦！"信以为真的母亲一个劲儿地安慰着他。

"妈，我考上啦！"听到这里，李庆峰再也抑制不住内心的激动。这句迟来的回答是他欠母亲的。

得知消息后，母亲高兴坏了。李庆峰却偷偷抹起了眼泪。

2003 年 9 月 1 日，李庆峰迈出了他人生最坚实的一步，成为呼和浩特边防指挥学校的军校生，翻开了他人生崭新的一页。

虽然一次次不如意，但生活从来没有打垮过这个想要闯一闯的农家少年。无疑，李庆峰是成功的，他的母亲也是成功的。

多年以后，李庆峰回想起母亲决定举家搬迁的那个夜晚，感慨地说："母亲是一盏灯，虽然没多少文化，但她身上那股不服输的劲儿时刻都在感染着我，指引着我！"

他已经完全读懂了母亲当年那个搬家的决定。

母亲的这个决定是李庆峰人生航道上不起眼的"小浪花"，却推着他走向了更宽阔的未来。

二、河口"活地图"

2005 年 7 月 22 日傍晚，一辆悬挂着武警车牌的汽车沿着鸭绿江畔的盘山道，从丹东市一路扬尘直奔河口而来。

在这辆警车上，一位身着军装的毛头小伙儿即将拉开他人生新的序幕。

他就是李庆峰。这是李庆峰第一次走盘山道，一路颠簸摇晃，自己像个被抽晕了的陀螺，弄得有些晕头转向。

两个多小时后，随着嘎吱一声，警车稳稳地停在了一个小院子里。李庆峰有些晕车，他稳稳神，仔细打量了几眼门口的标牌：丹东市边防支队大江口边防派出所河口警务室。

他的目的地到了。

这就是河口？这里也是山沟沟嘛。刹那间，一阵莫名的失望、焦躁涌上心来，他默不作声地使劲踢了一脚院子里的土疙瘩，一只鸡被吓得扑腾着翅膀跑远了。

那天晚上，李庆峰卷着被子在警务室的土炕上怎么也睡不着。自己从农村出来，现在又回到了农村，这是老天在捉弄他吗？他不知道他要面对怎样的一个明天。

第二天早晨，他醒得格外早。他绕过警务室的后墙，屋前屋后地转了转，很快被熟悉的乡村气息吸引住了。一片连着一片的桃树正挂着果，不远处就是著名的河口断桥，江面上烟波浩渺……

哇，好美！他不由得赞叹道。虽然这里也是山沟沟，但美好的一天不就要开始了吗？

着手工作后，他遇到的第一个大难题就是容易"迷路"。

大江口边境派出所辖区长甸镇山路很多，大部分村组都是以"沟""岭"命名的。正如那句河口童谣"九沟十八岔，岔岔有人家，隔山能说话，握手得半天"描述的那样，千余户人家就如同繁星般点缀在这片大山的沟壑里。

每天早晨，院子里总会响起一阵清脆的自行车铃声。同事们知道，李庆峰一天的走访又开始了。

长甸镇河口村是李庆峰的主要辖区，也是他去得最多的地方。一开始，他怕迷路，走访一家就在笔记本上画一家。哪家是红屋顶、红门，哪家养羊，哪家养鸡，过了谁家再往南翻过一道坡又是谁家……然后根据这些比较显眼的标识，再来辨方向。

但他很快意识到，为什么不能绘制一张地图呢？不仅自己可以用，同事们出警，甚至村民之间想要串个门、问个路，只用看一眼这张地图，就能按图索骥，那该多好啊。

说干就干，李庆峰念军校时有画军事地形图的功底，像水库、河流、公路、房屋建筑等标识，对于他来说一点儿问题都没有。他的走访笔记本上的标注越来越复杂，越来越详细。如果是孤寡老人、残疾人就会用不同的颜色标注，重点人口就用三角形标注……

经过一段时间走访、画图，李庆峰手上有了一二十张草图。本以为有了这些"家底"，再有村民报警，出警就不怕迷路了。然而一次发生在田间地头的警情再次引发了他的思考。

有一天下午，村民刘大叔报警说自家的林地被人占了。李庆峰知道，村民们是靠山吃山，靠水吃水，这占林地的事，哪怕是占了别人一棵桃树，那在村民眼里都不是小事儿。等他信心满满地找到刘大叔家里时，发现刘大叔并不在家。再打电话，刘大叔的电话无法接通。这可糟了，难不成出了什么意外？

眼见天色将晚，李庆峰愈发着急了起来。会不会刘大叔已经去了自家林地，那里没有信号？对，应该是这个情况。可是刘大叔的林地在哪儿呢？

放眼望去，山是一样的山，水是一样的水，庄稼是一样的庄稼，这可怎么办呢？

几经打听，这才找到了刘大叔的林地。刘大叔正在地头上跟人争得脸红脖子粗。李庆峰顾不得喘口气，赶紧把双方拉开。

后来，刘大叔的事情倒是完美解决了，但李庆峰的心里却又犯起了一个嘀咕。

以后再遇到类似的情况，我的地图还能不能发挥作用？望着这些草稿，他又陷入了沉思。

在大中小城市，行政辖区图并不少见，几乎每个警务室的墙上都有一张。在这靠边境的大山里，怎样才能把码头、小溪、岔路口，甚至每一户人家的林地、窝棚、庄稼地等情况都装进这张地图呢？

自己提出的问题，必须自己去解答。他就像一个寻找完美答案的人，一次次地把自己逼上更加艰辛的路。

李庆峰就像一个寻找完美答案的人，一次次地把自己逼上更加艰辛的路

去往村民家的路，不少地方连自行车都难以过去。多数是没有路的三户、五户人家零零散散地挨在一起，然而这并不是最难"画"的，更难找的是住在山腰、坡底、林间等偏远地区的一两户人家。为了逐一核实，弄清楚情况，他必须得进这些人家的家门。走访时有的居民在地里或船上干活，有的外出打工，为绘制一小块图，标注一个三角符号，甚至是画个"点"，常常要跑好几次。

若是冬天去走访就更添了几分危险。大雪把沟壑、河桥都填满了，一脚踩下去就可能跌到沟里。路上唯一陪伴他的是那辆破旧的二八自行车。

李庆峰后来发现自行车反而是累赘。上坡推着，下坡拽着，过沟扛着，这哪叫骑自行车呢，明明是自行车骑他啊！

李庆峰索性就靠一双铁脚板走家串户。经常是好不容易绕山弯路走到村民家了，往往已经是中午了，吃饭就成了大问题，回所里吃饭又得大半天时间往返，在村民家里又不合适。遇到村民邀请，他都连忙推脱说吃过了。就这样一直饿到下午三四点，等走访完才回所里吃饭。实在饿得发慌了，他就悄悄吃一两口饼干又接着走访。

一开始，李庆峰的走访并不顺利，闭门羹可没少吃。除了要克服山路难走以外，他还要过村民这一关。

在村民看来，派出所的人都找上门来了，那肯定是无事不登三宝殿。是自己犯了什么法，还是谁家犯了事儿来打听什么？要不然，他费老大劲儿地过来干吗？要么就是这小子是来走个过场，装个样子吧？

"我没犯啥事啊，你到我家来干啥啊？"

"我要下地干活，没时间！"

"我什么都不知道，要问你自己去问吧！"

不管村民怎么说，李庆峰总是耐心地推介自己："我是辖区派出所警务室的民警小李，过来串个门，相互认识认识。"

面对村民的质疑和异样的眼光，李庆峰没有灰心。他说："这说明咱河口民风淳朴，村民心里不舒服，立马就表现出来了，这是好事儿。有质疑，那是村民跟咱还不熟，还不了解。"

李庆峰的办法就是"常来常往"。山里通往外面的路难走，李庆峰就主动问村民们需要代买点儿什么东西，走访的时候就捎过来。在他的走访笔记本上，没有什么大理论，记的都是谁家缺袋洗衣粉，谁家盐快没了，哪家孩子急需练习本儿……他都一一做好记录。下次回访时，他准能把这些物品送到村民家里。

就这样，李庆峰一次、两次、三次地上门，靠点点滴滴地拉家常，遇到难事主动帮，慢慢地，他的亲情牌越打越起效。

有一次在走访的路上，李庆峰遇到了上河口的村民张大哥。打完招呼，张大哥把李庆峰拉到路边，悄声问："坐过牢的人，没有身份证怎么办？"他这一问，倒是把李庆峰问得一愣。奇怪，张大哥一家本本分分的，怎会有此一问呢？张大哥用手指了指右手边的一户人家，"那王家的老幺，不是坐过牢嘛，从吉林过来投靠他二哥，一直没办身份证，他又不敢到派出所去找你，就向我打听这事儿……"李庆峰了解情况后，立马来到了王家。原来王家老幺几年前因为盗窃坐了几年牢，出来后，不好意思回老家，就来投靠他二哥了。李庆峰问清了情况后，一边给他讲政策，一边拿笔写办理身份证的流程。走的时候，李庆峰宽慰他说："早点儿办身份证，有任何困难可以随时找我。相信你有了新身份证，也一定会是一个新的开始。"王家老幺第二天就带着李庆峰给他开具的相关证明，回老家办好了身份证。让李庆峰没想到的是，过了一段时间，王家老幺在河口找到了媳妇，把户口也落在了河口。

有知情的人说，这是王家老幺托了李庆峰的"吉言"。李庆峰连忙摆手说："那是他人踏实了，才有了好的开始。他踏实了，我也就踏实了。"

李庆峰用十六年的踏实坚守书写了一方的平安，河口警务室也被村民们亲切地称为"家门口的派出所"。

从 2005 年起，从辖区第一户人家下河口村民刘景波家，到最后一户上河口六组的张雅生家，从东头走到西头，李庆峰走遍了 156 平方公里上的每一户人家。他用三年时间，手绘了 28 张辖区图，一张张 A4 纸上画满了特殊标记，就是这样的一张张小图汇聚成一张大图，而这张大图也跟随着李庆峰的脚步，每年仍在继续补充修改……

村民们看到这张图时，第一反应都是惊呆了："这是我家，哟，还有咱地里头的窝棚也上榜了！""那个张瘸子原来住那儿啊！""咱家的鱼塘也在上面啊！"

李庆峰靠着一双脚走出了一张地图，也走出了入户走访率、双向熟悉率、群众满意率等多项社区工作指标 100% 的好成绩。那些年，李庆

李庆峰用十六年的踏实坚守书写了一方的平安

峰磨掉底的鞋能装满一篮子，一个外乡人就这样变成了"本地通"，成了名副其实的河口"活地图"。

几年前，村民王立海家进了贼，被正好进门的王立海两口子发现了。这贼一个鹞子翻身，从窗户跳出去，跑了。王立海媳妇儿一眼就瞅见了小偷怀里抱着的红木盒子，这红木盒子里头装的可都是她陪嫁的金银首饰。两口子拔腿就追，可哪里追得上呢，贼早就没了踪影。王立海媳妇儿气得跺着脚骂他："人追不上，还像根木头杵着，还不报警！"挨了媳妇儿一顿数落，王立海这才反应过来。

"对对对，报警！"王立海立刻从兜里摸出手机，在通讯录里翻找着"李庆峰"。

说到报警，村民们都知道报警电话是110，但大家遇到急事儿，打的都是李庆峰的电话。在大家眼里，李庆峰就是110，110就是李庆峰。

那天也是巧了，李庆峰还接到了河口村王海的报警电话。王海家也是金银首饰被盗，小偷也是破窗而入。

李庆峰回忆:"王立海和王海的名字只相差一个字,所以记得特别清楚。我当时接到报警电话,心里咯噔了一下。我的直觉告诉我,这专门偷金银首饰的贼肯定不一般,多半是个老手。"

李庆峰的直觉很快得到了验证。说起这起案子,李庆峰说:"也是得亏了我熟悉地形,小偷没咱熟悉,所以他就先输了。"

李庆峰判断,小偷肯定没走远。李庆峰知道,小偷无论是从王立海家还是王海家逃窜出来,肯定会经过一条道。他便心生一计。

记住了受害人报警提供的嫌疑人的外貌特征,李庆峰带着警务室的两个人,穿便衣蹲守在路口。

果然,不一会儿,李庆峰远远地看见一个人骑着自行车往路口这边来。

红色连帽衫!帽子压得那么紧实,有问题!

"哥们儿,你哪里人啊?"一同蹲守的热心村民杨云胜也觉得这人不是本地人,便拦住问了一句。

"我从丹东来的,来买鱼。"对方随口答了一句。

"那你是从哪边过来的?"李庆峰抢问道。

"我从……"对方稍思索了一下,又马上改口说,"拉古哨过来的。"

李庆峰心里有底了,从丹东到河口怎么会经过拉古哨呢?方向都不对,肯定有问题!

嫌疑人见露出了马脚,骑着自行车就向村民冲过来,李庆峰迎面上去一脚把自行车踹倒在地,嫌疑人一骨碌爬起来就跑。小偷万万没想到他遇到的对手是个喜欢跑步的人。李庆峰平时就爱跑步,跑个五公里是常有的事儿。李庆峰一个箭步跟上去,不出几米远就追上了嫌疑人,反手控制住了他,说:"你跑啊!我看你往哪儿跑!你跑到拉古哨我也把你逮回来!"

人是抓住了，可一翻布口袋，啥也没有。王立海媳妇明明看见小偷抱着红木盒子，难道还有错？

不对，这人肯定是个老手。李庆峰不紧不慢地问："身手不错啊，看你这架势，对派出所也不陌生吧？"几轮问话下来，嫌疑人就交代了藏赃物的地方。

无论是办案还是服务村民，李庆峰的很多工作都得益于一个"熟"字。

2020年4月的一个晚上，正值疫情防控期间，村民报警说有三名外地游客不肯接受劝离。接到报警电话后，李庆峰立刻赶到了现场。

为避免人员聚集，李庆峰立即通过视频连线镇防疫办、司法所人员进行线上调解。防疫的相关要求，法律的相关规定，游客想要的答案，每一个都现场解答，仅三分钟，李庆峰就成功完成了劝离。

这是去年新冠肺炎疫情期间，李庆峰结合新时代"枫桥经验"创新推出的工作法，实现了不见面就能快速解决纠纷。

近一年来，这一机制成功调解涉及劳资雇佣、土地山林、邻里关系、人身损害等大小矛盾纠纷百余起，由纠纷引发的治安案件同比下降了30%。

李庆峰说："路熟了，人自然就熟了。人熟了，工作也就熟了。"

如今，在河口警务室二楼警情研判室的墙上，张贴着一张长2米、宽1.5米的辖区居民分布图。警务室的民警换了一茬儿又一茬儿，而这张"作战图"成了警务室的"传家宝"。在这张地图上，每一户人家都对应着一个房号。一千多户人家，一千多个数字。

而这一千多个数字，在李庆峰心里对应的却是一个个深深的标记，和一串串动人的故事。

三、经常不回家的人

辖区的路，李庆峰走了一遍又一遍，可回家的路，他却走得很少。村民的林地、窝棚，他都能说个明白，可孩子吵着让他去街对面新开的店铺买东西，他却经常迷路。

李庆峰的家在丹东市内，但对李庆峰来说，丹东却是一个陌生的城市。

按照规定，李庆峰每两周可以回家一次。可规定是规定，李庆峰很多时候无法按时回家。有时是碰到临时任务，不能回家。赶上有安保任务了，一两个月回去一次也是常事儿。最长的一次连续三个多月没回过家。

2010年8月中下旬，丹东地区连续遭遇特大暴雨，宽甸满族自治县则是受灾最为严重的地方之一，多处发生泥石流，致数人死亡。

在一份抗洪抢险的工作总结材料中，有这样一段记录：强降雨造成中朝界河鸭绿江河道水位持续上涨，8月21日9时30分，鸭绿江丹东水文站测得洪峰流量达每秒2.8万立方米，水位再次突破警戒线。鸭绿江此次洪峰流量仅次于1995年的数值，系新中国成立以来鸭绿江发生的第二大洪水。

电力、通信中断，部分桥梁路基被洪水掏空，洪水淹到了老百姓家里的炕沿儿……军民齐心，及时转移安置群众3.79万人，疏散群众4000余人，救出被困群众414人，抢修疏通道路18000余米，加固堤坝38处，一身身橄榄绿在暴雨中筑起了一道道防洪墙……

下河口二组79岁高龄的马玉宝大爷，老伴患有脑瘫卧病在床，全家唯一的经济来源就是山上六百棵桃树。

好不容易等到丰收季节，不料洪水却无情冲毁了路、冲垮了桥，也冲走了老人脸上的笑容。眼看着六千多斤的桃子红扑扑地挂在树上就是运不到村外，冯大爷和其他五户桃农心急如焚。李庆峰顶着瓢泼大雨，和村委会一起，用铲车把一根根空心的水泥管子铺进沟里，再用石头垫出一条路来，硬是把农户的桃子都运了出来，挽回了近百万元的损失。

这一仗，李庆峰和战友们战斗了整整一个月。李庆峰因抗洪抢险工作突出，荣立个人三等功一次。这也是他军旅生涯中的第一枚军功章。

李庆峰把军功章交给妻子时的对话，他至今难忘。

"媳妇儿，不管歌里咋唱的，但我这军功章，是真的有你的一半！"那一天，李庆峰顾不上疲惫，一进门就抱起了刚满三个月的儿子。

"你工作这么拼命，常年住在所里，要注意安全，照顾好自己。"妻子接过军功章，看了又看，端详了好久。

"嗯，知道。"李庆峰只顾着逗儿子，却没有觉察到妻子的声音有些不对劲儿。

"知道你们是部队，但这儿也是你的家！"一向要强的妻子，此时泪水夺眶而出。

"嗯……"李庆峰含泪回答着，却多说不出来一个字。他知道，妻子是担心自己的安危。

如今，李庆峰家里的书架上堆满了奖状，全国最美退役军人、全国优秀人民警察、辽宁省"人民满意警察"、首届"十大国门卫士"提名奖、全国最美基层民警……一张比一张珍贵。而家里大大小小的事务、照顾一家老小的重担就落在了妻子那瘦弱的肩上。

累和苦，妻子从不对李庆峰说起。每次听到电话里妻子故作坚强的声音，李庆峰就猜得到妻子带孩子一定又遇到难处了。

2015年5月，李庆峰在沈阳参加某工作封闭培训学习。在电话里，李庆峰问起儿子，想要和儿子视频。妻子总是找各种理由，推说孩子睡了或是在洗澡，没让李庆峰看到儿子。等李庆峰回来后，才知道儿子生病住了半个月的院。

在一篇报道中，李庆峰的妻子曾这样说道："我一手推着婴儿车，一手拎着几大袋子菜，突然孩子哭闹，挂在婴儿车上的鸡蛋打翻在地，手里的青菜也撒了一地；雪夜里背着发烧的孩子赶往医院，我们母子摔倒在大雪里……我也有很多无助、慌乱的时候，但我是军嫂，必须扛下来。"

虽然只是只言片语，但句句都是妻子对他的理解和支持。李庆峰说："每个边防军人的身上都有很多这样的故事，但真正发生在自己身上的时候，心里真的很难受。"

对于这群"国门卫士"来说，每一次不能回家都有着不尽相同却又很充足的理由。

有一次，李庆峰执行重大安保任务，两个多月没回家。儿子给他打电话，问他想吃点儿什么。李庆峰说想喝丹东产的汽水。儿子挂完电话，就拿彩笔画了一瓶"汽水"，然后拍照发给了李庆峰。儿子在视频里乐开了花，李庆峰却怎么也笑不出来。

儿子曾经央求李庆峰："别人都知道我有个军人爸爸，可是从来没有见过，就当是帮我证实一下，行不行？"

李庆峰接送孩子的次数只有两次，而两次都是因为孩子生病。他忘不了孩子那渴望的眼神，但是却没有办法。

李庆峰"弥补"的方法就是在家做饭。一回家休息，李庆峰就围着灶台转，给儿子做他喜欢吃的可乐鸡翅、小鸡炖蘑菇。看着儿子狼吞虎咽的样子，李庆峰的疲劳便一扫而光。

"有一次，孩子说，爸爸，虽然你很少回来，但是你做的饭菜比妈妈做的好吃！可把我媳妇儿给气着了。"李庆峰说，"虽然累，但心里乐。家人给我的快乐、幸福越多，我越觉得亏欠他们。"

2016 年 11 月 26 日，李庆峰被提拔为大江口边境派出所教导员。因为有些工作需要交接，李庆峰有好几天没回河口警务室。村民们不知从哪里听到了"庆峰升官了"的消息，去警务室一看李庆峰果然不在，这个消息一下子在河口炸开了锅。

"庆峰真调走了？"

"小李子还管我们吗？"

"这官是该升，但他人能不能不走啊？"

很多电话打到了村委会，也打给了李庆峰。李庆峰赶紧抽空回了趟警务室，耐心解释："只是原单位就地提拔，警务室的牌子上，责任民警的名字还是我呢。"看了门口的公示牌，村民们这才安下心来。

是啊，"李庆峰"这个名字在河口警务室的公示牌上已经写了 16 年了。

李庆峰是有机会调回市里的。他的军龄长，在基层干的时间也长，上级部门主动征求过他的意见。但李庆峰选择了继续干下去。

这个"内情"是村民们所不知道的。李庆峰舍不得村民，舍不得这里的一草一木，舍不得挥洒在这里的汗水。

有一年正月十五的晚上，李庆峰刚到家，饭还没吃两口，手机就响了。电话是河口村瓦房店二组赵峰的媳妇儿打来的。

"赵峰打人了，你管不管？"电话那头一边哭一边说。

"这是咋的啦，发生啥事儿了？"李庆峰听得晕头转向。

"这个日子没法儿过了，我要离婚！那个人，你得抓了关起来！"电话那头又是一阵声嘶力竭的哭喊。

一阵哭哭啼啼之后，李庆峰才弄清了事情的原委。赵峰两口子吵架了。赵峰的媳妇儿知道李庆峰跟赵峰关系处得好，电话就直接打到他这儿来了。

这一家子，李庆峰太熟悉了。李庆峰第一次去赵峰家是 2005 年 8 月，那时，李庆峰刚来河口不久，赵峰是辖区的重点人口。

李庆峰两天一上门、三天一电话地问赵峰在干吗，赵峰总是有一句没一句地答着。

"你现在已经回来了，把情绪都放下来，慢慢来，找个合适的事做……"李庆峰宽慰的话说了一遍又一遍，但赵峰还是没有行动。

过了几天，李庆峰又上门了。

"有个工地上的活，一天几十来块钱，你要是愿意的话，就先干着。"

"那行，免得你老是盯着我，生怕我跟人打架惹事儿。"

赵峰说的都是实话，他年轻的时候跟人打架，坐了三年牢。他在工地上做小工，李庆峰的电话又三天两头地追到了工地。

"干活累不累啊，多吃点儿饭，完了多注意休息啊，咱现在挣这个钱，不管是 30 还是 100，咱这是辛苦钱，心里头踏实……"

用赵峰的话说，李庆峰的关心有点儿热心过度。赵峰后来一想，人家是个警察，和自己非亲非故的，也没有义务帮自己，不感激别人总得领这个情吧。

赵峰在工地上的活干完后，李庆峰又给他介绍了一个丹东搞建筑的朋友。让赵峰没想到的是，因为这次介绍，他的人生发生了翻天覆地的变化。

赵峰遇到了贵人，但他知道这都是李庆峰做了担保。那几年遇上了大发展，赵峰也能吃苦，赚了些钱，生活慢慢好了起来，这才说了媳妇儿，结了婚。

李庆峰的电话又响了，是赵峰打来的。

"哥啊，我媳妇儿回娘家了……"

"不管弟妹说啥，你现在一不能动手，二不能还口，我马上赶过来！"

这大过年的，要是不劝劝这两口子，这一家子还咋过年啊。李庆峰挂了电话，发现妻子正望着他。

"那，我回河口一趟，这事儿，大过年的……"才回家不到一个小时，李庆峰实在有些说不出口。

"大过年的，你咋去？"妻子问。

"我打个车呗。"李庆峰不会开车，出门全靠叫车。

"行了，我拉着你，你早点儿处理完了，我再拉你回来！"

"孩子咋办？"

"一起去！"

妻子虽然有些不高兴，但她提出的方案是最暖心的。就这样，妻子开着车，带着孩子，把李庆峰送到了河口赵峰家。

"行啊，赵峰，动手打起媳妇儿来了！"

李庆峰拖着赵峰直奔他丈母娘家。这一去不打紧，李庆峰全家都忙上了。这边李庆峰忙着批评赵峰，那边妻子忙着做赵峰媳妇儿的工作，儿子懂事地拉着赵峰的孩子在屋里玩儿。等把赵峰一家人劝和，李庆峰一家人回到家已经凌晨一点多了。

回去的路上，妻子感叹地说："平时，你说你工作累、事儿多，今天和你一起出这个警，我算是领教到了。"李庆峰挠挠头，有些不好意思。

儿子问他："今天，我和妈妈陪着你一起工作，有没有幸福感？"李庆峰乐了，借着夜色笑了。

2019 年 1 月 1 日，根据中共中央印发的《深化党和国家机构改革方案》，丹东边境管理支队举行了集体换装仪式。

队伍中，李庆峰一身藏蓝色，缓缓举起右手宣誓："我志愿成为中华人民共和国人民警察。"从橄榄绿到藏蓝色，心中有不舍，也有期待。李庆峰把军装常服、迷彩服、皮鞋、胶鞋全部保留了一套，整整齐齐地挂在衣柜里，珍藏着。

村民见了他，打招呼："小李子，转业了啊！"

儿子对他说："爸爸，你穿警服，和以前一样帅气，就是，变老了。"

妻子知道李庆峰的边境管理工作性质摆在那儿，守护国门的职责变不了，但她还是忍不住问了一句："能不能经常回家？"

李庆峰吞吞吐吐半天，回答不上来。妻子明白了，李庆峰换不换装，还是跟以前一样。

四、桃农警官

1980 年春天，著名歌唱家蒋大为来到丹东某边防部队采风，当他看到巡逻的边防战士穿过桃林花海时，顿时被鸭绿江畔这一美景所陶醉。他演唱的《在那桃花盛开的地方》，描绘的就是丹东市宽甸满族自治县长甸镇河口村的景色，唱出了边防军人坚守边疆、保家卫国的深情，而且唱红了大江南北，也唱红了河口村。河口村因而被誉为"桃花源"。

但几十年前的河口村并不富裕。全村农用地中耕地面积不足 3%，其余全部是山林，桃树都是毛桃树，也没有经济作物，大部分村民只能靠外出打工养家糊口，日子过得紧巴巴的。

说起河口的桃园经济发展，艳红桃产业是怎样做大的，那就不得不从挂在村民嘴边的"老李"和"小李"说起。

"老李"就是河口的老农业技术员李景和，上世纪八十年代，他在外地开会学习时，带回来了几根艳红桃树枝，然后在自家桃园里成功嫁接。这便是河口艳红桃的由来。

"小李"就是李庆峰。除了社区责任民警，李庆峰还有一个身份——河口村党支部副书记。李庆峰刚到河口时，河口的艳红桃还没有成片种植。一些有规模的桃农因种桃的周期长，投入精力大，商品率又比较低，一度想改种板栗、人参等作物。2012年春季，一场倒春寒让桃树大面积死亡，更是严重挫伤了桃农的积极性，不少桃农打算砍了桃树，改种其他经济作物。

可这桃林不光是河口的景色，更是村民们的主要经济来源啊。这树，砍不得！

为此，李庆峰跑到宽甸县农业局请来果树专家，与专家和村民一道爬山坡、钻桃园查看受灾情况，又协调地方政府下拨专项资金，为桃农们购置农药、肥料和种植器具，这才拦住了桃农们砍桃树。

李庆峰知道，这只是权宜之计。河口村是靠山吃山，要想拔掉"穷根"，彻底改变面貌，让桃农们稳住收益，那还得找准方法和路子。

李庆峰走进了低保户陈保富家。陈保富幼年时因为一次意外失去了右胳膊，父母早年又都去世了，只留给了他三间瓦房。他家进门就是一口大锅，家里连个像样的板凳都没有。李庆峰白天走访，晚上就在他家住，这一住就是半个多月。晚上李庆峰给陈保富打下手做饭，两人没事就唠嗑。慢慢熟络了，李庆峰就问陈保富："你为啥不出去找个事儿干呢？"

李庆峰是话中有话。村里人对陈保富有些不待见，看他每天游手好闲的样子，能躲多远就躲多远。

陈保富叹了口气说："我一个残疾人，上哪儿找事儿干啊，谁要啊？"

李庆峰说："咱们这儿有桃儿，你先做个代售点，就算是论筐卖，一筐的代售费至少也有一块钱，一天装几车下来，也是不少钱。只要你愿意做，我来帮你搭线。"

陈保富抱着试一试的心态就做了，结果仅仅二十来天的销售旺季，就赚了两万多块钱，这可相当于从前忙活一整年的收入啊。

这次尝试让陈保富尝到了甜头。可贩完桃子后，到了销售淡季，总不能闲着啊，于是他又在李庆峰的建议下做起了有机肥料生意。

一年、两年、三年……贩桃、做有机化肥代加工，陈保富慢慢富了起来。

陈保富先后在辽宁鞍山海城、大连设立了两家有机化肥工厂，雇佣工人三十多人，每年可生产有机肥 8000 至 10000 吨，平均年收入 100 余万元。

2018 年 6 月 8 日，陈保富成立了农家肥产销有限公司，公司的肥料成了吉林人参、山东寿光蔬菜、福建海南水果的"口粮"，当年纳税280 余万元。这位重点脱贫对象不仅提前脱贫摘帽，还成为镇里家喻户晓的企业家、慈善人士。

忆及致富之路，陈保富感慨万千地说："没有庆峰，这样的日子我想都不敢想。是他在关键时候，推了我一把，让我成为有用的人。"

陈保富富了。但李庆峰要帮的何止是一个陈保富？在带领村民脱贫攻坚的路上，一个也不能少！

李庆峰又提出成立桃农合作社，扩大艳红桃生产规模，拓宽销售渠道。很快，在长甸镇政府、河口村村委会的帮助下，2013 年底，艳红桃合作社正式成立。

合作社的成立，让河口的桃园经济有了飞跃性的发展。春秋两季的桃林，不仅成了河口景区的一大景观，艳红桃也成了村民们致富奔小康的支柱产业。整个河口村仅靠艳红桃平均每年就能带来七八千万元的收入。一个艳红桃的平均重量能有 350 克到 450 克，个头儿大一点儿的能有一斤来重。有一年，最大的"桃王"达到了 900 来克。价格好的年份，一个桃儿就可以卖到十块钱。桃农们尝到了甜头，种植热情也就高涨起来了，几乎家家都有桃林，少则上百棵，多则几千棵。从上河口到下河口，河口艳红桃的种植面积已经接近 2 万亩。最大的种植户洪岩，他有 40 多亩桃林，仅他一家的年均利润就有 100 万元。

艳红桃属于晚熟桃，果实成熟在 8 月下旬至 9 月中旬，那是河口村最忙碌的季节。最忙的时候几十家快递公司、上百个销售网点都忙不过来。

每年 9 月初，忙碌的河口村都会举办一次备受游客和桃农期待的活动——"桃王"大赛。

"桃王"评比是重头戏。专家们先是通过目测海选，再通过重量、果形、整齐度、色泽、品相等硬指标，用专业评定仪器精确测评。选出来的"桃王"不仅要色泽好、个头儿大，还要味道好、水分足。获胜的"桃王"主人不仅能获得由政府颁发的奖杯，还有 2000 元的奖励。

让李庆峰最服气的是张新平这个"桃王"。

在种桃技术上，有套袋和不套袋之分。所谓套袋，就是在桃子还未长个儿前套一个特殊的纸袋，这样养出来的桃子无虫害、品相好。不套袋的却说套袋后影响桃子的口感。两大技术"门派"明争暗吵，销售的时候难免有些过激的互掐，矛盾就闹到李庆峰那里去了。怎样从根本上解决这个问题，李庆峰为此也头疼不已。

张新平家的桃子不套袋，也不施化肥，所以，他家的桃子成熟得要比别人家晚十来天。不管张新平每年参不参加"桃王"评选，能不能当上"桃王"，他家的桃子总是很受欢迎，卖的价格也很不错。

有了张新平的例子，李庆峰就好劝和了。毕竟品桃会上的"桃王"只有一个，但客户口碑上的"桃王"才是真"桃王"，这个道理一说大家就明白了。

明白归明白，到底要怎么做呢？李庆峰二话不说，拉了个桃农群。

看到桃农们收完一季了，李庆峰就去县里请专家改善下一季的土壤；桃树快要结果了，他就请人来教怎样科学打药；看到有种植方面的书籍、讲座视频了，他就去县里给买回来，在群里@所有人领取。就连警务室的办证窗口、接待室，他也放了不少种植方面的书……时间长了，李庆峰也成了半个桃农。他的目的只有一个，同样的专家同样的方法，至于套袋、不套袋可以自由选择，但不能互掐，更不能砸了河口艳红桃的牌子。

李庆峰还把很多收购商也拉进群里，组织一些信誉好的团队驻村收购。

他非常清楚，艳红桃就是"桃花源"的根，也是建设平安、和谐河口的根。

看着村民们一家家富起来，李庆峰打心眼儿里替他们高兴。村民们夸他有点子、有魄力，说他是个"带枪村书记"。但在李庆峰心里，他早就是村民们中的一分子，自己只不过是个"桃农警官"。

他算了一笔治安管理账。经济发展起来了，老百姓的思想也跟上来了，偷鸡摸狗、坑蒙拐骗的事儿少了，寻衅滋事、打架斗殴、游手好闲的人少了，这管理不就事半功倍了吗？

事实也确实如此。从初来河口时，一年百余起治安案件到现在年发案不到十起，更是创造了"两抢一盗"案件发案率全县最低的平安奇迹。

"桃花源"守住了，更好的消息也传来了。

河口村在2014年度中央电视台举办的"寻找中国最美乡村"活动中，以边境风光、满族和朝鲜族民俗风情、红色旅游、万亩桃园为特色，被评为"中国十大最美乡村"。同年，河口村凭着矛盾纠纷高化解率、连续数年零发案的好成绩，被评为"全国道德与法制示范村"。

河口村再次轰动了全国，知名度飞速提升。2015年，艳红桃销售量创了历史新高，桃农的人均年收入突破10万元大关。

借此势头，李庆峰又有了新打算。

河口村坐拥好山好水，有发展旅游业的地理优势，但毕竟是新开发的旅游区，相对于特色景点还处于"贫血"状态，河口的这场脱贫攻坚战，不能仅凭一次两次的"输血"，而是要提升河口村的"造血"功能。

这些年来，李庆峰一直在琢磨：家有山地的村民可以发展什么产业，家有渔船的怎么进一步致富，家有场房的能做什么买卖……

李庆峰通过走访，对河口的经济现状摸了个底。近年来，艳红桃的种植有了大发展，但一些相关旅游配套设施还没有搭建好，比如农家乐就还有很大的发展空间。

河口村依山傍水，就在鸭绿江边，根本不用重新建民宿，村民们把自家院墙打开，就能开农家乐。可是对于不少村民来说，打开自家院墙是需要勇气的。拆了院墙，扩建改造需要花钱吧？如果没有生意，进了小偷怎么办？那岂不是得不偿失。

李庆峰再次为村民鼓劲儿。河口应该是全市的重点景区，有这么好的旅游基础，只要服务做得好，发展前景不可估量。

"郎大嫂农家院"的经营者程淑华，一开始对开农家院比较抗拒。

那时候她想，要是第一年能赚 6000 块钱就行。于是她咬咬牙，抱着试一试的态度，打开了自家的院子。让她没想到的是，第一年就赚了一万多元。2015 年十一假期过后，她借了九万元盖新房扩建，接待能力从两间房扩大到五间。第二年，她不仅还清了外债，还盈利三万多块钱。见了李庆峰，程淑华高兴地说："没想到我这个天天围着锅台转的农家妇女，还能赚这么些钱。"

有一次，李庆峰看到村民刘明明正在用自家铁锅烘桃干"解馋"。李庆峰尝后便说："这么好吃的东西，你可以引进设备生产啊！肯定挣钱。"但刘明明却觉得要投资几十万元，成本太高，销路也不明晰。李庆峰说："一年 100 多万的游客，这不就是送到自己门口的买家吗！"在李庆峰的鼓励帮助下，刘明明筹集了 70 余万元资金，由李庆峰帮着联系从南方购进了一套水果烘干设备，日产可达 200 余公斤。不到半年时间，刘明明就还清了欠款，还盈利 20 余万元。

一个又一个成功的例子，一家又一家富了起来。很多外出打工的人也留在村里开起了农家院，办起了加工厂。经过几年的发展，河口村的农家院从最初的 17 个增长到现在的 200 多个。一到旅游旺季，农家院外彩旗招展，村里好不热闹。

发展的猛势头也随之带来了些小问题。每年的 5 月上旬，河口村便成了一片粉红色的花海，一年一度的桃花节也会在此时盛装开幕。仅 2019 年，河口景区的游客接待量就达 120 万余人次。游客一多，难免就会产生各种意想不到的纠纷。

有一次，李庆峰接了一个警，游客说受了本地人欺负。到了现场，李庆峰马上就明白了。

原来游客进桃园赏花，一高兴便站在树杈上拍照，把树杈给劈开了。桃农要求赔偿，游客说已经买过赏花的票了，劈了一根树枝凭啥还要赔。

李庆峰把游客拉到一旁，对他说："你不是桃农，不知道桃农的辛苦。这一棵树上，一朵花就是一个果，一家人的收益都靠这几分几亩的桃树……"说完，李庆峰又打开相关网站，给游客介绍河口的艳红桃情况。游客这才恍然大悟，原来这桃树不仅是用来赏花的，结的桃子还这么值钱。

最后，双方各让一步，纠纷才得到妥善的解决。还有因为插队打架的，因为堵车超车吵架的……李庆峰因为劝架，手臂、手背被抓破过好多次。

大家都说李庆峰搞调解有两把刷子。说到他的"调解真经"，李庆峰说调解工作既要"调"又要"解"，没有巧，要设身处地地帮老百姓，学会换位思考的时候，就"能说会道"了，也就会"调"了。但是只会"调"还不行，要搞清楚问题的根源在哪里，根没解决，肯定还会打架。虽然有些打架确实够拘留了，但是"根"没有解决，拘留了以后呢？问题还在那儿，这个疙瘩就不算解开了。

李庆峰不仅在调解上积累了很多经验，对乱丢垃圾等不文明行为，也下了一番苦功夫。

这一点，在江边经营民族饭店的老王深有感触。每天游客高峰过后，老王面对的就是被游客随手丢在路边、江边的各种垃圾。

怎样把环境治理好，纠正这些不文明行为，老王和李庆峰想到了一起——成立环保志愿服务队。2019 年 5 月 20 日，河口村首支环保志愿服务队成立了。成员有农家院的业主，有村民、桃农，也有公务行政人员。人数从最初的 40 多人，慢慢发展到 100 多人。大家约定每周搞卫生活动、文明宣传不能少于一小时。除了打扫环境卫生，成员们还参加义务巡逻，发现有情况，第一时间就会反馈到李庆峰这里来。

李庆峰说："最美的风景是淳朴的民风，最大的底气是良好的治安环境。为这两个'最'做点儿事，都是应该的。"

如今，河口打造了一条四季旅游线，春赏桃花夏戏水，秋品鲜果冬捕鱼，既有本地民俗表演，也有红色旅游。不仅明星产品艳红桃、河口鸭蛋、三文鱼销售火爆，手工旅游纪念品也上线销售了。

一个几十年前的偏僻渔村，摇身变成了"塞外江南"。来河口村赏桃花、买桃子的人多了，体验农家院、吃地道农家菜的人也多了。李庆峰也越来越忙了。

忙着排查风险，调解游客村民纠纷；忙着帮助村民开网店，协调困难村民到农家院打工；忙着24小时边境线上的巡逻，打击走私活动；忙着带队伍……

身在美丽的"桃花源"，却无暇欣赏近在眼前的美景。但他说，他是幸福的，因为他是一名守护风景的人。

那句"为了你的景色更加美好，我愿驻守在风雪的边疆"，早已深深地融进了李庆峰的心里，而他的足迹也深深地印刻在了这片桃花盛开的地方。

（文中人物除李庆峰外，其余皆为化名，文中照片由辽宁出入境边防检查总站提供）

"全国公安系统二级英雄模范" 蔡奕平

爱满国门

——记"全国公安系统二级英雄模范"蔡奕平

冯金彦

　　54万，对于我们仅仅是一个数字，一个看上去冰冷的数字。然而，对于蔡奕平，54万却是一种温暖，一种亲情，是一张张生动的脸与幸福的微笑，是手指在键盘上的无数次敲动。

　　54万人次，是蔡奕平一个人一年的旅客验放量，也是国内一座中型口岸一年的客流量。这个身材单薄却不失干练的女警官，在2002年创造的全国出入境边防检查系统单警年度验放旅客量全国第一的纪录，至今无人能破。

　　作为纪录保持者，蔡奕平现任珠海出入境边防检查总站高栏出入境边防检查站办公室主任。她是山西原平人，1974年11月出生，1993年12月参加工作，1995年11月加入中国共产党。

　　这些年，她先后荣获全国特级优秀人民警察、全国公安机关爱民模范、全国三八红旗手、全国巾帼建功标兵、全国边检机关"文明使者"等荣誉称号，两次荣立个人一等功，四次荣立个人三等功，先进事迹被中央广播电视总台、新华社、《人民日报》等媒体专题报道。

一

海风吹过，珠海宁静而美丽。

阳光抚摸着珠海拱北口岸古朴的建筑，涛声从远处滚动而来，一点一点打湿绿色的叶子与朴素的日子。

拱北是全国的口岸重地，"拱北"两个字的由来是当时该地区的标志性建筑拱桥的"拱"字和北岭的"北"字。早在 16 世纪中叶，这里就设关闸门；1887 年 4 月 2 日，拱北关（洋关）正式成立；1950 年 1 月 28 日，拱北关更名为"拱北口岸"。

作为全国最繁忙、客流最集中的口岸之一，自澳门回归祖国后，口岸出入境客流量连年增长，最高超过年 1.5 亿人次，拱北边检站每位民警年验放旅客量超过 25 万次。

在拱北口岸这部庞大的机器上，蔡奕平是一枚螺丝钉。

每天，蔡奕平只要走上验证台，就开始飞快地处理证件，为旅客办理边检手续。她的目光只是轻轻一瞟，一份证件与一个人就清清楚楚，一份印记无声地落在证件上。

天天如此。月月如此。年年如此。

蔡奕平有两件秘密武器让她快而不乱，那就是——规范的查验程序和精湛的业务水平。

核心是一个"快"字。

每天早上 9 点到 11 点是旅客出境高峰期，蔡奕平不是在外国人专道，就是在旅行团通道，无论什么样的环境，只要进入工作，她的两只手就像轮子一样飞快地运转，同事们都称她"双枪蔡"。

这天，一个 400 多人的河南旅游团要过关，带队的是一名外地导游，之前不了解拱北口岸的客流状况，看到满大厅都是人才慌了。他心急火燎地找到指挥台，说该团要赶午后的飞机。

值班领导一看，9点多了，时间很紧张。

找蔡奕平。

于是，蔡奕平坐镇旅行团通道，她一个人一个小时不到就验放200多人，其他几名民警也加紧验放，旅行团终于顺利通过检查，赶上了飞机。

重点是一个"准"字。

当初，口岸还没有使用电脑，人脑就是电脑，几百个相关人员的信息与相貌，都一一刻在蔡奕平的脑子里，心中有数才确保不该进的一个人都不能进，不该出去的一个人都不能出去。

这只是其一。

世界上有200多个国家与地区，各种出入境证件多达上百种，每一种蔡奕平都要烂熟于心，证件一拿到手就能分辨出真伪。有些国家的证件精美，有些国家的证件却相对粗糙，甚至连签名都是外交官手写的，潦草而不好辨认，录入时如果错了一个字母都容易出大问题。

但这些从来没有难倒蔡奕平。

扎实的基础，让她练就了属于自己的绝活，不管何时何地，她都能做到流畅、敏捷，一直保持着零差错的业务纪录。

她说："又快又好是我要追求的！快，是为了让旅客减少排队等候时间；好，是为了让旅客感受到亲切的服务。"

在口岸，大家都知道蔡奕平喜欢笑，她的微笑常常让旅客倍感亲切，给人一种家的温暖。很多人问蔡奕平："每天验放那么多旅客，你怎么做到始终微笑着面对每一位旅客的？"

她说："对我来说，可能是微笑了一百遍、一千遍，但对每一名出入境旅客来说，都是第一遍。"

蔡奕平说，对每一名出入境的旅客来说，我的微笑都是第一遍

于是，她像阳光一般温暖地普照着每一个人。对经常过关的赴澳劳工，她会说："哎呀，你都变瘦了，在澳门工作很辛苦吧！"对刚买完菜回去的澳门主妇，她会说："市场什么菜好啊？今天打算炖什么汤给老公喝呀？"天气冷了，遇到年长的旅客，她会说："早点儿回家吧，多穿些衣服，别着凉了。"

这些经常过关的旅客都在这一句句嘘寒问暖中记住了笑声爽朗、喜欢与人聊家常的边检民警"蔡蔡"。

二

生活是平淡的，工作亦是平凡的。

每天，蔡奕平都要经受各种各样的考验。不管出于什么目的，边检台前总有人想尽办法投机取巧，蔡奕平便要面对他们的挑战。

最难处理的是双胞胎证件混用情况。双胞胎长得太像，对于一般人来说，想要一下子区别开，不是一件容易的事情。蔡奕平除了苦练基本功，还把经常过关的双胞胎照片复印了下来，没有事时就拿出来比较、分析与判断。

在拱北口岸，对于怎样区分双胞胎，每一个民警都有各自的高招：有人看眼睛，习惯从眼中看出两个人的不同；有人愿意看鼻子，善于从鼻子上找出区别；还有人则看眉毛……而蔡奕平，她习惯看神情。双胞胎无论怎么像，气质上一定有差别。每个人的神情一定是不一样的，抓住神情的特征，就容易鉴别。

当一本证件大家都拿不准、没有办法确定时，就来找她解谜。蔡奕平往往能根据证件人的气质，果断作出判断。

这天，蔡奕平查获了一起相差七岁的姐妹恶意互换证件出境的案件，嫌疑人为一对姐妹，姐姐故意使用妹妹的通行证和身份证过关。

事后调查发现，这已不是第一次。姐妹俩在需要出示身份证的场合经常调换证件用，比如此次乘飞机来时，姐姐也是故意拿妹妹的护照登机，看到机场工作人员没有识破，她还表现出不屑的神情。

冒用他人证件的行为违反了出入境边防检查相关规定，属于非法持有他人证件，是要接受处罚的。根据《中华人民共和国出境入境边防检查条例》：冒用他人证件将受到相应罚款及没收证件的处罚。

姐姐这个时候才意识到自己违法了。

还有人投机取巧，打着自己的小算盘。

年前，一家三口过关。蔡奕平核对时发现，丈夫的证件明显不对，上面有涂抹修改的痕迹。妻子却不相信，说证件一直保管在她手里，怎么可能涂改？但是，被改的痕迹明显摆在那里。最后丈夫认账了。原来，他曾一个人偷偷地去了一趟澳门，怕妻子发现，就对证件做了加工与修改。

机关算尽，却是黄粱一梦。一家三口，只能原路返回。

让蔡奕平心痛与无言的另一件事是，一本证件上用钢笔清清楚楚写着十个字：沉迷赌博，等于倒钱入海。

而证件上，是不容许留下任何字迹的。

蔡奕平询问当事人是怎么回事。

当事人低下了头，好久才说，是他儿子写的。因为儿子不想让父亲去澳门赌博，就在父亲的证件上写下了这样的字，但是一个儿子的心愿与期望，也没有拉动一个不负责任的父亲。蔡奕平决定帮孩子一下，就对当事人说："护照的封底有说明，不得对护照进行涂改、损坏。如有这种情况，根据《中华人民共和国出境入境边防检查条例》规定，你将被处以 500 元以上 2000 元以下的罚款或者依照有关法律、行政法规的规定处以拘留。"

来人缴了罚款后，无言地走了。

蔡奕平希望他不要再回来。

这些年，这样的人，蔡奕平看得多了；这样的事，蔡奕平也见得多了。企图持用伪假证件过关的人、冒名顶替他人过关的人、故意涂改证件企图蒙混过关的人、偷越国境边境的人，一个个美梦都凋落在拱北口岸。

拱北口岸是坚固的堤坝，护卫着祖国的安宁。

蔡奕平和所有的边检人一起，护卫着国门，重重的国门是他们用爱与责任铸造的。

三

在拱北口岸，蔡奕平有不少粉丝。

蔡三婆是数十万澳门阿婆中的一员，她每天来往珠、澳谋生计。旧时口岸大楼破旧，过关繁琐，放关速度较慢，有人甚至事先带好盒饭，怕排队中途饿晕。

即便难过，阿婆还是天天过关。阿婆战乱年代去了澳门，广东家乡已无亲人。丈夫在码头运货，为了节省家用，她避开节假日等高峰时段，利用闲时赴拱北买些蔬菜、肉类等生活用品。

面带微笑、快速通关，这两大法宝让蔡奕平成了阿婆眼中的明星，阿婆每次都要找警号为"048305"的蔡警花通关，顺便聊上几句。

蔡奕平虽然不知道阿婆的名字，但那张笑脸却印在她的心中。

爱仙婆婆年逾65岁，按规定，可以走特别通道节省候检时间，可每当在大厅里看到蔡奕平，老人家却总是放弃走"专道"，特意来到蔡奕平所在的通道。

爱仙婆婆说："我没有儿女，一个人住在澳门老屋，大家嫌我、躲着我。只有过关时，你会对我笑、会问一声好，我心里早已把你当成我的亲闺女。"

"这种阿婆粉丝蔡姐有很多。"拱北边检站二队民警说，经常会有旅客向他们询问"048305"在哪里。

阿婆们十分关心蔡奕平，对她的情况了如指掌。一天，一个阿婆过关，突然问蔡奕平："孩子应该有五岁了吧。"

阿婆还记得她五年前怀孕的细节。

新春之时，阿婆们还会递上"利是"封。来自陌生人的关爱像一阵和煦的春风，总是能够吹到心灵最隐秘的角落。

阿杜是一个歌手，居住在珠海，工作在澳门，每天出入拱北口岸，渐渐地也成了蔡奕平的崇拜者，他觉得，从蔡奕平的通道过关，那是一种享受。

出于职业的特点，阿杜每次见了蔡奕平，都夸张地抒情，仿佛每天从蔡奕平身边走过是他精彩生活的一部分。有一次，因好久没有见到蔡奕平，他一下子飞奔过去，给了蔡奕平一个很隆重的拥抱。

大家都笑了，阿杜自己也笑了。

这样的朋友，蔡奕平不止一个，还包括外国友人。

一个菲律宾人，他是什么时候开始关注蔡奕平的，蔡奕平一点儿也不知道。因为逗留期的缘故，他需要一个月出入境一次。有一天，这个菲律宾人经过她的工作台，悄悄地把一张黄色的小笑脸图片放在她面前。而在蔡奕平的印象当中，他从来没有开口和自己交谈过。

蔡奕平先是一愣，然后是一暖。一个静静的"笑脸"躺在她的工作台上，像是一枚小小的勋章，无言地诉说着什么，又无言地表达着什么。

从此之后，每次这位菲律宾人经过，都会无言地放下一张黄色的笑脸。也许，对他来说，这是一种对心目中英雄表达感激的方式。

时间长了，人们都知道了这个送笑脸的菲律宾人，也都好奇地关注他。蔡奕平把"笑脸"当作珍贵的礼物拿回家，把它奖励给孩子，孩子也知道"笑脸"的故事，高兴地收下。

蔡奕平一直珍藏着小学时佩戴过的一条红领巾，在红领巾上别着两件东西，一枚是她当年做少先队队长的胸牌，一枚是父亲立功的勋章。这次，她将这枚黄色的笑脸别在上面，这成为她职业生涯中幸福、难忘的印记。

并不是所有的记忆都是难忘的，也并不是所有的故事都值得铭刻。蔡奕平感怀这份过关者的肯定与鼓励，把它作为自己永远的鞭策。

四

口岸，每天都有故事，有时甚至是事故。

故事之一：

一位老人在办事大厅行走，身子却不断摇晃，眼看就要倒下去。蔡奕平迅速跑过去，扶住要摔倒的老人。正当大家松口气时，轰的一声，蔡奕平自己倒在了地上，老人的身子重重地压在她的身上。原来，她扶住了老人，却没有承受住老人的重量。

此刻，老人昏迷不醒、口吐白沫。蔡奕平立即将老人放平，双膝跪地，左肘撑地扶住老人头部，用手掐住其人中。老人嘴里流出的液体顺着她的手、沿着她的小臂流下去，浸湿了她的警服。过了一阵子，老人舒缓过来，蔡奕平才感觉到自己胳膊与膝盖处传来的痛楚。

故事之二：

大厅里，一个小女孩儿正哇哇大哭，嘶哑的声音引起了蔡奕平的注意。她赶紧跑过去，把小女孩儿搂在怀里，像对待自己孩子一样抚摸着她。

茫然无助的小姑娘顿时感受到了一种温暖与希望，只见她紧紧地抱住蔡奕平不松手，害怕地说："妈妈丢了，妈妈丢了。"

蔡奕平一面安慰着惊恐的孩子，一面联系孩子的妈妈。一个多小时后，孩子妈妈才出现。原来，粗心的妈妈自己走自助通道过关，却让孩子排队过关，而且过了关还自己一个人走了，完全忘了还有孩子。

故事之三：

晚上 7 点，夜色浓了，灯光开始明亮。

督导台前 9 号通道里传来了婴儿的哭声，是撕心裂肺的哭声，蔡奕平急忙跑去。

旅客是来自香港的一家五口，其中一位女士的证件找不到了，大人们乱成一团，宝宝好像意识到发生了不愉快的事情，号啕大哭。

蔡奕平忙把他们引导至台后，帮他们一起找。在把所有的地方都找遍后依然没有找到。多年的经验告诉她，必须从源头找。

原来，一家人是专程来珠海海泉湾享受温泉的。她快步回到督导台，经过查号台找到这家酒店电话，确认了证件遗落在酒店。四十多分钟后，酒店工作人员把证件送了过来。

故事之四：

一个游客拿着团队旅游的证件想出关。他不明白团队旅游的手续只能和团队一起走，个人走是不行的。

见游客从老远的地方来一次不容易，蔡奕平就领着他去口岸外补办了手续，然后回到口岸。她暖心地告诉旅客，他已经站过一次队了，这次可以直接通关。

制度是冰冷的，蔡奕平一直努力让自己变得温暖。

各种突发事件常常在拱北口岸发生，蔡奕平就想办法与所在党支部同志和口岸派出所民警搭成一条互助线，随时进行信息互通。

有一次，蔡奕平正在休息，电话响起，是派出所民警询问口岸是否有走失的孩子。一对年轻父母报案说，孩子丢了。蔡奕平马上与当值的出入境检查队取得联系，他们也正在为一个孩子找父母，而且正是派出所民警所说的那个小孩。在孩子父母报警后的几分钟内，蔡奕平帮助一家人团聚。

这天，从拱北口岸出入境的人发现，央视新闻频道纪实栏目《真诚沟通》出现了一张他们熟悉的面孔，正是拱北边检站民警蔡奕平正在以淳朴的笑容、真诚的语言阐述服务出入境旅客的心声。

如果说，拱北口岸是一个名词，那么，来来往往的游客就是一个动词。

拱北口岸，每天几十万人进进出出，像海水涨潮一样澎湃后又消失，遗落在口岸的证件与物品可不少。

口岸有一个通用的做法，捡到东西就交给相关部门。如果游客发现自己丢失了东西或者觉得东西是在口岸丢失的，就给口岸打电话，有关人员会在丢失的物品中帮助查找。失物招领，似乎所有的部门都是这样做的，也应该这样做。

蔡奕平不这样想。游客丢失了东西，特别是证件，一定是非常着急的。如果是一般的游客证件还好，如果是去澳门打工者的证件丢失了，重新补发需要一周的时间，这一周，他就没有办法出境工作，只能是旷工了。

蔡奕平给自己定了一条规矩：遗失在她这里的所有证件与物品，她都要以最快的速度找到失主，把东西还回去。

说得容易，做到很难。

首先，找到失主就不是一件容易的事情，有的人有电话，有的人一点儿线索也没有。蔡奕平就登录后台，从后台查阅丢失物品人的相关资料，有时候找到了亲属，有时候找到朋友。后台查不到的，蔡奕平就调阅录像，一点一点地抽丝剥茧，从中发现蛛丝马迹。

查到后，近处的人一般会赶来取走证件，离得远怎么办？蔡奕平也有办法——自掏腰包给人家寄回去。

一个人忙不过来，蔡奕平就抓爱人当劳工。丈夫丁晓俊成为她的义务快递员，帮助她跑邮局发证件。帮的次数多了，耳濡目染，丁晓俊也成了蔡奕平的同行者，一旦在工作岗位上捡到遗失的银行卡和物品，也学妻子给人家寄回去。

一个住在中山市的台湾老人，证件遗失后，因为不知道证件遗失在什么地方，就没有打电话询问。蔡奕平从证件上发现了一个物业公司的名字，于是，她查找物业公司，知道了这家公司在中山市，并通过物业公司联系上了老人。

老人非常感动，专程从中山赶到拱北口岸，一定要见见蔡奕平，一定要对她当面说一声"谢谢"。

见到开朗的蔡奕平，老人当场要认她做干女儿。蔡奕平谢绝了老人的好意，老人不死心，又一次来到珠海。最后，蔡奕平和单位的同事一起到老人家做了一次客，算帮老人偿了心愿。

之后，老人一直写信与蔡奕平保持着联系。

这样的感谢信，究竟收到了多少，蔡奕平已经记不住了。但每一份感动都留在她心里。

五

蔡奕平生命的精彩与绿色军装有关，作为军人的女儿，她的心中一直有一个梦想，只是等待一个时机。

高中毕业后，蔡奕平曾在一个书店里打工。暖暖的午后，妈妈推开办公室的门，把她喊出去。

"去当兵吧。"妈妈说。

"好的。"

"广东很远。"

"行。"

很简洁的对话，一个事关蔡奕平命运的决定就这样作出了。

命运是一个神奇的词。命运的意义，其实许多时候需要反过来去读。谁也不知道生活会把你丢在什么地方，或是山谷，或是绝壁，或是雪地，或是沼泽，走不过去的地方就爬过去，趟不过去的地方就游过去。反正，无论使多大的力气，也要把"命"运出去，送到一个阳光明媚的地方。

蔡奕平的命运在那一刻发生了改变。事后，她也曾经想过，如果没有走进军营，而是在那座小城，她生命的色彩或许会单调一些，事业与爱情或许是另一种颜色。

之后是紧张的体检，然后出发。

对蔡奕平来说，部队的概念并不陌生，从一个旁观者到成为一名战士，她的感受完全不一样。烈日下的挺立，阴雨中的锤打。一次次坚持，一次次忍耐，她一次次地突破自我。

她性格里天生有一种"倔强"。

新训队结训后，组织上安排她去打字室工作，而她之前连电脑都没摸过。工作后，她天天拿着写着字根的小纸条，经常"缠着"师傅，不懂就问。经过刻苦地练习，她的录入速度达到了每分钟60字以上。

后来，又让她带兵，她去当新兵连的班长。

带兵是一门艺术。

有一次，队里组织新兵们坐车去体检，车上竟然没有一个兵起来给她让座，但她没有生气，而是从自己身上找原因。平时无论做什么她都以身作则，休息时，把自己的水分给士兵；吃饭时，不时地往士兵的碗里夹菜；士兵的衣服纽扣松了或掉了，她就利用休息时间帮她们缝改；头发长了，她就亲自动手边学边帮她们剪；晚上兵都熟睡时，她又起床看她们有没有盖好被子……新兵们渐渐地被用心的班长打动，内务和会操的红旗一直留在她们班。

一般来说，新兵在第三年才有资格报考边防指挥学校，但是第二年，蔡奕平就开始准备考试，学习室里总能看到她的身影。她常说："鲁迅先生说过，他是把别人喝咖啡的工夫都用在学习上的。"

蔡奕平也是如此。

当兵三年，她一次也没有回过家，只有第三年的春节，才给家里打了一个电话，这是三年来的第一个电话。在电话里，她倾诉了三年来所有的思念与牵挂，那天，她和母亲在电话两头痛痛快快地哭了一场。

蔡奕平所处的环境一直比较艰苦，即便是1993年她到了拱北边检站也是如此。那时候，拱北边检站的新训队设在斗门。除了简陋的营房，到处都是鱼塘、菜地和猪圈。按照新训队的值日生制度，每天洗

烈日下的挺立、阴雨中的锤打，让蔡奕平成长为铿锵玫瑰

碗、打扫猪圈、浇菜都是责任到人的。

伙食也不尽如人意，馒头就是个四方块，拿起来特别沉，可用手一捏就再也起不来了。新训队期间总是觉着饿，几毛钱一包的方便面是最让人垂涎欲滴的美味。另一个给人留下深刻印象的是，那儿的老鼠特别多，而且胆大，白天会袭击新训队养的猪，队员们甚至要布电网来保护猪。蔡奕平每次上洗手间前都要先跺脚，因为冷不防就会遭遇一群大大小小的老鼠攻击。

现在想起来，这些难忘的经历都成为往事了。但往事并不如烟，记忆深处，这些往事仿佛是放在书架上的一本书，尽管落上了灰尘，但书里是满满的故事。

六

蔡奕平从来没有停止过挑战自己。

2013 年 3 月，蔡奕平被提拔为拱北边检站资料预录队队长，新岗位给她和她的"五心"服务提供了更为广阔的空间，她身上所承载的基层奋斗精神也从一个人传导到一支队伍，她的作用也从独自燃烧变成点燃一支队伍。

星星之火，如何燎原？

这支女性占 87%、平均年龄 45 周岁以上、多名民警罹患病痛或遭遇家庭变故的队伍，在蔡奕平的带领下，向科技要警力，既要有发现问题的眼睛，也要有解决问题的能力，年均办理旅客自助查验系统资料采集手续 12 万起，办理"一站式车辆查验系统"资料备案 6 万宗，整理归档外籍旅客出入境资料 117 万份，为旅客提供出入境记录查询 2000 多次，为拱北口岸每年 1 亿多人次客流、300 万辆次跨境车辆、95%以上的供澳鲜活产品顺利出入境提供了坚实保障。

蔡奕平创新工作机制，仅仅过了半年时间就实现了跨境司机"一站式车辆备案"和"自助通关资料采集"两项手续合并办理，一年为5万多跨境车辆司机节省办理时间近5万个小时。

为了方便旅客，蔡奕平克服困难，将拱北口岸自助通关采集地点从1公里外的办公楼改迁到口岸入境大厅，方便旅客在入境时"顺道"办理手续，使得港澳居民使用自助查验通道人数同比增长了2.2倍，有效提高了口岸疏导能力。

2019年，蔡奕平带领的这支队伍被评为"全国巾帼文明岗"。

新冠肺炎疫情突如其来，蔡奕平逆行而上，活跃在疫情防控战场上。她主动加入抗击疫情党员先锋队，坚守在口岸战"疫"第一线。为了降低涉疫风险，她将粤港澳跨境车辆"变更颜色、变更车牌"等四项业务办理"搬到"网上办，让群众足不出户在家就能办理。同时，她号召姐妹们戴上"党员志愿服务"红袖章，积极投身驻地疫情防控工作。

2020年疫情期间，拱北口岸的进出人数占全国所有出入境人数的70%。这样的压力之下，拱北口岸依旧保持着从容与坚定。

蔡奕平依旧保持着从容与坚定。

2020年的"三八"妇女节这天，蔡奕平和队友们战"疫"的靓丽身姿，在广东省一千多处标志性建筑的屏幕上同步亮相，她的最美风采成为了一座城的风采，甚至是一个历史时刻的风采。

七

夜色低垂，月光依旧明亮。

在明亮月光与柔和灯光的交相辉映下，珠海这座美丽的城市斑斓而宁静。

蔡奕平静静地站在医院的窗口，眺望远处的灯火与建筑，城市陷入一片静寂之中，蔡奕平的内心却无法平静。

这天，正在执勤的蔡奕平突然晕倒，仅仅一个瞬间，世界的斑斓就在她眼前消失，她无力地倒在验证台上。同事马上把她送到医院，检查后才发现，她的颈椎早已经严重变形且压迫了神经，致使脑部供血不足引起昏迷。

后来，蔡奕平又因为甲状腺肿瘤住进医院。

手术前，医生告知蔡奕平的丈夫丁晓俊，蔡奕平术后需要进行病理检查，结果可能是良性也可能是恶性，要他做好心理准备。丁晓俊是珠海边检总站屈指可数的"武教头"，擒拿格斗、处突排爆都身手敏捷的他，在听完大夫的话后，出医生办公室的门下楼梯时，恍惚中一脚踩空摔在地上，警裤膝盖都摔破了。

腿疼，心更疼。十五年的相知与相爱，彼此已经成为对方生命的一部分，且是最重要的一部分。

好在病理化验为良性。

这几年，蔡奕平做了两次手术。每次手术，蔡奕平都是和爱人悄悄地住进医院。单位的人不知道，蔡奕平的父母也不知道。父母关心女儿，挺长时间不见女儿，便问丁晓俊，蔡奕平出差了吗？

丁晓俊隐瞒老人，说她出差了。

蔡奕平对爱人说，老人年龄大了，受不起折腾，无论是好事还是坏事，都别让老人知道了，让他们平平静静地生活，别大起大落。

做完手术没几天，带着仍发红发痒的伤口，蔡奕平又上班了，拱北口岸又响起了她清脆的笑声。

自己的事不麻烦别人，别人的事她却件件挂在心上。

同事小菊是来自辽宁葫芦岛的姑娘，风华正茂。工作刚刚开始，爱情也刚刚开始，却不幸患上了白血病。

小菊万念俱灰，蔡奕平也感觉五雷轰顶。她十分喜爱这个聪明又善良的孩子，却无能为力，只能眼看着她在绝望中一点点地沉没。

她主动煲汤给小菊喝。上班陪着她，下班也陪着她。陪她逛街，陪她吃饭，给她支持的力量。

然而小菊病了五年，还是去世了。

小菊去世时，蔡奕平给她买了里里外外所有的衣服，并给她细细地洗澡，像是照顾自己的亲人一般。

那也是蔡奕平第一次经历身边人的生与死，第一次在悲伤之外感到惋惜与疼痛。

送走小菊后，蔡奕平上班时在单位的走廊里看见了一只蝴蝶，像梨花一样洁白的蝴蝶。不知道它是从什么地方飞来的，但是，蔡奕平那一刻心一动。她觉得这只蝴蝶一定是小菊，她舍不得这里要回来看看。

小菊走了之后，蔡奕平依旧与小菊的父母保持联系，并一直安慰和照顾两位老人。老人到珠海，蔡奕平还陪着他们办理了女儿的所有后事。

蔡奕平告诉老人，不管什么时候，你们在珠海都有一个女儿。

单位的另一个同事，体检时发现肺上有一个结节。同事的母亲得的就是肺癌，一知道体检结果，蔡奕平就挂在了心上。

同事自己却不当回事，请了假，要回家去看母亲。蔡奕平制止了她。她要求同事放下所有的事，马上住院治疗。怕同事不听，蔡奕平又和爱人一起去了医院，为同事办了住院手续。

最终，同事住上了院，也顺利做了手术，手术之后的效果非常好。

但是，就在同事刚刚出院的第三天，她的母亲就去世了。

同事说，蔡姐救了她一命。如果当初不住院治疗，而是回家，遇上母亲去世这样的打击，她不一定有勇气下决心做手术。

同事的事情，就是蔡奕平的事情。

队里一位大姐，心脏不好，一个人生活，难免多一些困难。她从心里把蔡奕平当妹妹，无论有什么事情，总是第一时间想到蔡奕平。

半夜，蔡奕平接到电话，大姐说她的心脏病犯了，蔡奕平拉起丈夫就走，开车把大姐从家里送到医院，并且一直陪护着。

之后，蔡奕平只要接到她的电话，无论什么时间，都马上赶到大姐家。蔡奕平的电话就是大姐的"110"和"120"。

后来，大姐退休了，还是把蔡奕平当作自己的知音，没事的时候，就去蔡奕平办公室坐一坐、聊一聊。

对于蔡奕平来说，同事的事情，没有大与小，也没有轻与重。每一件事情、每一次疼痛与艰辛，都是一粒沙子，放在了蔡奕平的心上之后，她就睡不着。

这就是蔡奕平的大爱与胸怀。

八

一个成功女人的身后，一定有一个支撑、一种牺牲、一种责任。对于蔡奕平来说，这种支撑来自于爱和理解。

丈夫丁晓俊是蔡奕平的同事。

生于1974年的丁晓俊，十八岁入伍，离开家乡江苏南通来到广东。在部队时，丁晓俊与蔡奕平是战友，在军校时是同学，军校毕业后，他们俩又分配在了一个单位工作。命运似乎在许久之前，就把这两个年轻人连系在一起。

说起对丈夫最深刻的印象，还是那场大火。

1994 年 6 月 16 日 16 时 30 分，前山纺织城 A 座厂房因工人违章使用冲击钻，在将电线接头拉脱后，短路引燃棉堆而发生火灾，大火整整烧了 12 个小时才得以控制。然而，当消防人员与职工在库房内扑灭残火时，大楼因结构严重受损，9000 多平方米的厂房轰然坍塌，将百余名职工及消防队员埋在了废墟之中。

正在训练的边检站一中队的官兵，迅速组成四个战斗小组，丁晓俊所在的一组为冲锋组，负责先遣救援。

到处是残垣断壁，雨天给救援工作加大了难度。而且，抢救幸存者，不能只靠铁铲，还要用手，只有这样才不致让伤员再次受到伤害。

现场散发着刺鼻的焦味儿，大家戴着口罩，口罩上洒着风油精。面对家属无助的眼神，丁晓俊和战友们整整奋战了一夜，手上都是伤痕，腰也直不起来。

那次，丁晓俊和战友们用自己的行动为边防检查站在社会上树立了良好的子弟兵形象，也在蔡奕平的心中树立了伟岸的形象。

那时，丁晓俊是一班的副班长。蔡奕平是九班的班长。大学毕业后，蔡奕平与丁晓俊分在一个单位工作。丁晓俊在基层工作，每次去总站，都是坐公共汽车往返。蔡奕平从他的身上看到了勇敢之外的朴素。

第二年的中秋节，丁晓俊邀请蔡奕平去和老乡聚会过节。在 BP 机上只是发了一个数字，蔡奕平给传呼台回电话，总台说，对方只是留下了一句诗：海上升明月，天涯共此时。

后来，在总站对面的照相馆，两个人有了第一次合影。丁晓俊说："多洗几张照片。"蔡奕平问他："洗那么多张照片干什么？"丁晓俊说："寄给家里。"那一刻，两个人的关系落在了地上。生于 1974 年的两只老虎，并没有山中之王的争与斗，而是互相取暖。

因工作的性质，丁晓俊与妻子蔡奕平在一起的时间很少。自2001年结婚后，丁晓俊在横琴出入境边防检查站从事机要工作，三天值一个夜班。蔡奕平则在拱北出入境边防检查站旅客检查队工作，两天也得上一个大夜班。就这样，他们俩经常一个人出门去上班，一个人下班才回来。

细心的丁晓俊做了个排班表，方便掌握两个人一起休息的时间。渐渐地，丁晓俊发现，排班表也不管用了，遇到拱北口岸客流高峰，一个电话蔡奕平就得奔赴口岸支援，尽快疏导旅客出入境。再回来时，往往一身大汗、一脸疲惫，丁晓俊能够做的就是不声不响地为她做上一碗暖和可口的面条。

一次，蔡奕平上夜班，女儿却哭闹着要找妈妈。丁晓俊用尽所有办法，也没有哄好孩子。慈父心软，他不忍心责罚女儿，又怕打扰老人休息，只好开车带女儿来到拱北口岸。

蔡奕平正在工作。丁晓俊抱着女儿，远远地站在口岸大厅门口，指给女儿看验证台上的妈妈。验放出入境证件可不是盖个章那么简单，短短几十秒里要经过人证对照、资料核实等多个步骤，检查员必须高度集中精神，丁晓俊知道，此刻的妻子不能分心。

女儿止住了眼泪，聚精会神地盯着妈妈看。就这样，父女俩躲在大厅一角，专注地望着蔡奕平，直到女儿渐渐沉入梦乡。而蔡奕平却一直没有发现不远处的爱人与女儿。

丁晓俊太了解蔡奕平，了解这个山西妹子。他们18岁一同入伍，一起在新兵连想家、哭鼻子，23岁同时提干，骄傲地穿着四个口袋的干部服拍照寄回家。24岁，随着北京、上海、珠海等九个出入境边防检查总站职业化改革，他们一起默默地脱下青草绿的武警制服，换上橄榄绿色的警察制服。27 岁，她成为他的妻子。

无论是在工作上，还是在事业上，夫妻俩的节奏总是一个频率。

2008 年 5 月 23 日，横琴口岸出境大厅的男卫生间内惊现一个神秘的黑色旅行箱，放置许久都无人认领。相关人员实地查看，认为有爆炸物的嫌疑，下令启动应急预案进行处置。接到命令，丁晓俊以最快速度赶到事发地点，动手布置隔离带，铺设防爆毯，防止无关人员靠近，在专业排爆人员到来前做好先行处置工作。

此刻所有的行动，都是在危险的笼罩之下。一旦发生爆炸，后果将不可想象。

这些，丁晓俊没有和家人说，更没有告诉爱人。蔡奕平后来才从同事口中知道了丈夫的惊险经历，深深的牵挂让爱笑的她瞬间泪流满面。

"我必须是你近旁的一株木棉，作为树的形象和你站在一起。"舒婷《致橡树》中的诗句正是他们爱情的写照。丁晓俊是一棵树，蔡奕平也是一棵树，站在对方的生命里，彼此都是对方的风景。

蔡奕平父母退休后到珠海与她同住，但她一直匆匆忙忙，也没有时间陪伴他们。老人们知道女儿忙，一般的事情就很少打扰她，就这样，有一件事成了她无法愈合的疼痛。

那是一个注定难忘的夜，口岸的客流量突破 30 万。人，到处都是人，像凝固的夜色等待慢慢融化。

这时，母亲打来电话说，父亲肚子一直痛，刚喝了庆大霉素好些了。但蔡奕平不放心，半夜下班回去后坚持送父亲去医院急诊，谁知道还是晚了，药物副作用已造成听力损伤，父亲失聪了。

蔡奕平十分内疚，带着父亲四处治疗，依旧没有任何效果，从此，父亲只能生活在一个无声的世界里。

面对蔡奕平的内疚，父亲却安慰女儿："耳聋没有事，只要心明就行了。你要相信你父亲，不要担心一个老党员的晚年。"

从那以后，短信与文字就成了她和父亲沟通的平台。这让蔡奕平觉得手机很轻又很重。

蔡奕平的母亲曾经是一名赤脚医生，人缘非常好，这一点，她和母亲十分相似。她清晰记得，母亲骑着自行车带着她回村里，只要到了村头就必须推着车走，因为路过的每一个乡亲都热情地和母亲打着招呼，母亲单调的车铃声宛如乡间路上斑斓的花朵。

后来，家里从农村搬到了城市，家里就成了村里的办事处，每一个到城里治病的村里人，都住在自己的家里。每当这时，母亲既要做饭，又要带着有不同需求的人去医院挂号、看病、付医药费、陪床，母亲从来不厌其烦。在家乡人的心里，母亲永远是一位医生。

蔡奕平继承了母亲的热心。女儿上初一时，学校有一个西藏班，学校号召大家与西藏的同学结成帮扶对子。蔡奕平第一个报名，家里也多了一个来自西藏的孩子。每逢休息时间，蔡奕平就把孩子领回家，让她和女儿一起学习一起玩，节假日更是让孩子住在自己家里，像家里人一样。

丈夫姐姐的孩子考上大学，四年所有学习的费用蔡奕平都承担了，一直供她到大学毕业。蔡奕平妹妹在贵州工作，外甥的学习环境不好，蔡奕平就把孩子接到珠海，幼儿园、初中与高中，都吃住在自己家里，直到考上浙江传媒大学。

结婚后，蔡奕平把公公婆婆和父亲母亲都接了过来，一套110多平方米的房子，住了三代7口人，却没有一点儿矛盾，四位老人相处得像是好朋友。今天，你做一顿家乡菜；明天，他做一顿家乡菜，整天热热闹闹，快快乐乐。

在蔡奕平看来，幸福就是你惦记着我，我记挂着你。

蔡奕平的母亲，把党组织关系转到了珠海社区，还报名当了义工，不但自己报名，给女儿和外孙女也都报了名，一家人都成了义工。

一次，同事告诉蔡奕平，刚刚在街上看到她母亲，戴着袖标，正和其他义工一起搞活动，脸上是阳光般灿烂的微笑。同事说，你们娘儿俩，不知道是你遗传了母亲快乐善良的基因，还是你的善良与快乐感染了老人。

蔡奕平什么也没有说，只是会心地一笑。她深深地知道，爱，就像阳光，能温暖世间，能融化一切。活着，就要活在爱里。

尾声

现在，蔡奕平的工作发生了变动，职务也发生了变化，她成为高栏出入境边防检查站办公室主任。

从城市到了偏僻的地方，从熟悉到了陌生的环境，一切都是一次新的开始。在高栏出入境边防检查站，她的工作对象也发生了变化，每天不再面对汹涌的人流，而是进进出出的货船。

不同的环境，给了蔡奕平不同的挑战。

这些年，蔡奕平也曾经一次次表达自己的愿望，去援疆去援藏去扶贫，她不想让熟悉的生活迟钝了自己、安逸的生活平庸了自己。梅花香自苦寒来，一个有价值与意义的生命也是如此。

无论在什么样的地方，无论面对怎样的工作，蔡奕平始终保持自己的初心，锋芒依旧，热情依旧。

2021 年 7 月，她离开了珠海，如愿来到新疆，开始她的援疆之行。

新疆很辽阔，生命也很辽阔。

无论在什么地方，蔡奕平使命依旧、责任依旧，作为一名忠诚的卫士，国门，永远是她生命的诗与远方。

远方，并不远。

（文中照片由珠海出入境边防检查总站提供）

全国优秀共产党员、全国移民管理机构首届"十大国门卫士"刘伟强

心和武汉一起跳

——记全国优秀共产党员、全国移民管理机构首届"十大国门卫士"刘伟强

田 天

一、我是党支部书记，我不上谁上？

2020 年 1 月 21 日，也是农历腊月二十七，距离即将发生的震惊中外的武汉市"封城"，还有两天；小年刚刚过，距离普天同庆、万家团圆的大年除夕，满打满算也不足三天了。

那天，窗外的天气阴沉沉、冷飕飕的。

上午，刘伟强还在陪六岁的儿子刘思远玩耍，到了中午，手机突然响了。一看来电，他心中一紧，电话是湖北出入境边检总站武汉边检站政治处主任陈卫打来的。

陈卫问他，腰椎间盘突出的老毛病，这几天是不是好了一点儿？刘伟强说："没事，谢谢领导关心，自从前天开始休假就没怎么疼了，好多了。"实际上，他和儿子玩游戏时只能哈腰曲背，一低头一伸腰就感到隐隐作痛。

陈卫的语气突然严肃起来，他告诉刘伟强——

昨天，武汉疫情形势骤然升级，习近平总书记对疫情防控工作作出重要指示，强调要把人民群众生命安全和身体健康放在第一位，坚决遏制疫情蔓延势头！当晚，湖北出入境边检总站党委连夜召开党委会，组织起草防控方案，一直工作到天亮，一夜未眠。今天上午，湖北边检率先启动战时机制，宣布成立疫情防控指挥部，下设四个工作专班，全部由党委班子成员牵头负责。武汉边检站也要立即成立指挥部，站党委正在紧急起草防控方案，除了总方案、子方案，还有三个执勤队的战时工作预案……

"明白！这个年假我不休了，立刻回站！"刘伟强脱口而出，他的声音不大却饱含激情，"我家距离站部只有二十分钟车程，我马上就到！"

"别急别急，"陈卫说，"我打电话只是想听一听你对起草执勤二队工作方案有什么好点子，并不需要你'御驾亲征'。"

刘伟强笑了："主任倒是提醒了我！我是执勤二队主持工作的副队长，同时也是执勤二队党支部书记。新冠肺炎疫情火烧眉毛，眼看咱们大武汉接近'城门失守'了，湖北边检都进入战时状态了，我这个党支部书记还能在家待得住吗？"

"我马上给站领导报告！"陈卫激动地说，"领导担心你的身体，去年一个安保任务接一个安保任务，整个 2019 年你都没怎么休假，加上你的腰病，春节期间确实需要好好休息一下……"

"没事，戴上护腰就没事了，"刘伟强低头看了一眼儿子，悄悄说，"只是现在……就我和儿子在家，我把儿子安顿好了就来！"

可是，儿子刘思远却不是那么容易安顿的。别看他人小，爸爸的电话他可听明白了。只见他小脸涨红，气鼓鼓地质问道："爸爸，你不是答应我，过年一直陪我玩吗?"

刘伟强看着生气的儿子，立即蹲下身子，一边解释一边安慰:"我本来打算春节休假天天陪你玩，跟你一起把这一千张拼图拼完，可爸爸是警察……"

"你就是不想跟我玩了，我知道……"刘思远瞪着面前那一堆花花绿绿的动漫拼图板，豆大的泪珠瞬间涌出眼眶，"哼! 你老是说话不算话! 骗人!"

刘伟强两手放在儿子腋窝下，试图把他抱起来，但小家伙软硬不吃，拼命挣脱刘伟强的手，两条小腿又踢又蹬，大喊道:"妈妈，爸爸不爱我了……我想妈妈……你给妈妈打电话!"

刘伟强一时手足无措了……

刘伟强回忆说:"我在家只待了两天，没想到第三天风云突变，湖北边检迅速进入战时状态，生死攸关的时刻，我还能待在家里坐等过年吗? 严峻形势迫在眉睫，我要立刻到一线去! 一到站部，我就写了'请战书'，我说，我是党员，我是人民警察，我不上谁上?"

当时，六岁的儿子堵着门哭闹，刘伟强只好给妻子王静打电话"求援"。

可妻子王静此时也正在上班，她手头上还有一堆没有做完的工作。

于是，刘伟强拿湖北边检总站党委发出的致全体民警、职工、辅警和家属的"慰问信"说事——

"我们身上肩负着服务出入境旅客、维护口岸安全稳定的重任，我们的民警、职工、辅警身上担负着父母、儿女、丈夫、妻子的责任，绝不能让任何一位战友和家属受到疫情的侵袭……"

经不住刘伟强的思想工作，妻子王静答应立即请假回家。

妻子回家"解救"了刘伟强，还带回了几大包口罩，当场就给儿子戴上了漂亮口罩，儿子终于停止了哭闹，还跑到镜子前自我欣赏了一番。

就在刘伟强戴上口罩走出家门时，儿子竟然拿了一只粉红色儿童口罩追出来，说这是他送给爸爸的"新年礼物"！

刘伟强接过口罩，故意问他："你这儿童口罩，我怎么戴呢？别人看了会笑话！"

"不是给你戴的！"

儿子的意思是当刘伟强在抗疫一线，想他了，就可以拿出儿童口罩看一眼，就等于见着儿子本人了！儿子人小鬼大，在刘伟强的脸上亲了一下，笑嘻嘻地说："妈，你看我爸是不是有点儿苕（傻）啊？"

目送刘伟强匆匆离去的背影，既不伟岸也不高大，可以说还有点儿矮小、瘦弱，妻子回过头教导儿子："你爸爸一点儿都不苕，他像他的名字一样，伟大又坚强，你可得记住了！"

二、强哥在，就有主心骨

刘伟强居住的小区距离天河机场不远。从小区驶入机场高速，二十来分钟左右，就能抵达 T3 航站楼附近的武汉边检站。站部大楼并不算高大，自然不敢和高达一百一十五米、被武汉人称为"鸭脖子"的航空塔台比高，但站部楼顶"中国边检"四个庄严大字，也颇能吸引中外旅客驻足仰望的目光。

2020 年 1 月 21 日，刘伟强主动停止休假，怀揣六岁儿子赠送的"新年礼物"——粉红儿童口罩，急急忙忙返回武汉边检站，回到工作岗位上，回到党支部书记的"党内战位"上。

"那天已感觉和平常不大一样，"刘伟强说，"一是大街上人流骤减，戴口罩的人明显增多了；二是武汉边检站已经启动战时机制，站部实施'全封闭管理'，大院入口处开始严格测温，不管是谁，都要接受测温。"

1月22日清晨6时，刘伟强带班上勤。

只要一上勤，他就像个陀螺一样转个不停，现场调整勤务组织、处理疑难问题、解答中外旅客各种疑问……

此时，全国出入境口岸正在同步开展"温暖国门　迎您回家"主题活动，这个活动是国家移民管理局在1月17日启动的。天河机场口岸装饰一新，似乎到处洋溢着喜庆祥和的节日气氛。一走进候检现场，灯笼、春联等传统节日元素立刻映入眼帘，在许多温情以待的检查台旁，你都能看到那耸立的"国门"以及那红彤彤的背景板，人们仿佛能听见"温暖国门迎您回家"的真诚问候……

天河机场口岸还设置了"国门驿站"咨询台，还有"国门同框"合影墙及"家国情怀"留言板……

如今，刘伟强脸上表情十分严肃，看着留言，感觉心里沉甸甸的，情不自禁地泪湿眼眶……

1月23日凌晨，武汉市新型冠状病毒肺炎疫情防控指挥部发布第1号通告：

"自2020年1月23日10时起，全市城市公交、地铁、轮渡、长途客运暂停运营；无特殊原因，市民不要离开武汉；机场、火车站离汉通道暂时关闭……"

机场离汉通道暂时关闭？

是的，天河机场已在几小时内取消当天四百一十二个航班，到上午10时，离港航班正式停运，出港旅客霎时归零。刘伟强怎么也想不到，一个日均航班达六百多架次、每天进出港旅客超过八万人的全国重点枢纽机场，会瞬间中断运行。昨天还是二十四小时不打烊的繁忙的飞机跑道，转眼之间就变得空空荡荡……

23 日上午 10 时来临，刘伟强和执勤二队按照上级指示行动。他认为，就算机场离汉通道暂时关闭，商业航班暂停，但民航之外的飞机即将到来，比如货机、包机……

1 月 23 日下午 2 时，武汉站党委在研究完抗疫部署后，党委书记、政委率全体党委成员来到机场口岸边检大厅，不握手，不敬礼，拿起话筒就开始重温武汉边检站精神，实际上就是发布"战时动员令"！

武汉"封城"这天，刘伟强下勤回到站部驻地已经很晚了。这一晚，他辗转反侧，难以入眠，于是，他打开执勤二队微信工作群，写了这么一段话——

"我们必须切实做好疫情防控工作，天河机场口岸就是武汉的城门，守好了城门，就守好了国门！这道防线，就是我们的底线。"

工作群里马上有人应和：对！说得好！强哥在，我们就有主心骨！

另一个"直冲云天"的点赞大拇指后面写道：强哥是队长，是书记，是我们的主心骨，有你坐镇，我们只管往前冲！

执勤二队战友接连点赞。刘伟强心想，在这个特殊时刻，失眠的人可真不少啊！

2020 年 1 月 24 日，大年三十，刘伟强在黎明时分发出战斗号令，宣布以他自己为队长，立即组建党员突击队。这一号令立即得到所有战友的响应。除了在家休假的，执勤二队二十七名党员全部报名参战，他们都是自愿留队的民警。这是湖北出入境边防检查总站组建的第一支突击队，也是参战人数最多的突击队。

1 月 24 日上午，刘伟强将执勤二队二十七名留队警力（党员突击队成员）编成两个梯队，一梯队先执勤，二梯队待命，十四天为一个轮换周期；如有人被感染，第二梯队立即顶上，从而确保工作不断档。

与此同时，执勤二队有十三名民警申请参加站里组织的"疫情防控应急处置小组"，随时应对各类突发警情。还有七名留家警力，随时等待召集命令，确保能第一时间回站。

他在工作群通知：执勤二队所有人员必须保持二十四小时通信畅通，每一个人都要做到：召之即来、来之能战、战之必胜！

三、口岸就是武汉的城门

刘伟强是吉林人，1982 年出生在延边朝鲜族自治州延吉市的一个偏僻小山村，在他读小学三年级时，随同家人搬到延吉市小营镇东新村三组，算是从山里迁到城乡接合部了，离城市稍稍近了一点儿。

2001 年，刘伟强考入延边大学朝鲜语系，尽管他不是朝鲜族人，但居住在中国最大的朝鲜族聚居地，学习朝鲜语非常方便。大二时，他还到韩国釜山大学留学了一年。2005 年，刘伟强大学毕业，恰逢湖北边检总站招人，他就考到武汉站来了。

刘伟强跟武汉这座城市十分有缘。后来他和武汉姑娘王静结了婚，在汉口安了家，算是"半个武汉人"了。

刘伟强对王静是一见钟情。当初和王静谈恋爱，她对边检工作很好奇，有一次她笑着问："武汉有边境吗？请问武汉市和哪几个国家交界？"

他非常专业地介绍道："武汉虽然没有与外国接壤的'实体边境'，但有口岸，武汉有天河国际机场航空口岸和阳逻港内河口岸，理论上把口岸称之为'拟制边境'，口岸就是武汉的城门。"

王静继续问："武汉四通八达，哪儿来的城门？据说历史上曾有过，但是都被战争损坏或者城市扩建拆掉了……"

刘伟强说："武汉九省通衢，是中部地区最大的水陆空枢纽，口岸就是武汉的城门，也是国门啊。所以说，咱们天河机场的边检民警，就是为武汉守城门的人，为国家守国门的人！"

"那么，边检工作除了'啪嗒'一声盖一下验讫章，还有什么内容吗？"

王静这样问刘伟强，许多人也这样问过他。刘伟强都不厌其烦地进行解释："边检民警的主要职责，就是要在口岸拦住违法出入境人员，简单说就是，让违法人员一个出不去，一个进不来！"

2013年8月29日，在执行香港飞往武汉的KA854次入境航班的边防检查任务时，一名持有加拿大护照的年轻男子引起了刘伟强的注意。年轻男子在台前递交护照时，眼神有一丝闪躲，神情有一丝紧张，这一细节被细心的刘伟强捕捉到了。

刘伟强接过该男子的护照，顿时感觉手感不对，又仔细查看护照，进行色彩比对，发现该护照有伪造嫌疑。于是，刘伟强再三询问该男子，男子的回答吞吞吐吐，含糊其词，对行程解释前后矛盾。于是，该年轻男子被刘伟强带走做进一步调查。后经进一步鉴定，该男子所持加拿大护照确系伪造。

刘伟强说："三尺验证台就是我们的战场，国门安宁是我们的使命，出入境检查是维护国家安全的第一道'过滤网'。"

作为一个多年工作在前台的资深检查员，刘伟强认为，一个合格的边检民警，人证对照是最基础的技能。"我们平时'刷题'训练，一般是六十组相似的照片，内含双胞胎，需要判定每组照片是不是同一人，五分钟内做完，只允许识别错一组。"

刘伟强在长期实践中发明了"五纵三横面相分离法"，用它可以迅速捕捉一个人的面部特征，比如观察面部，注意看形状、距离等；双胞胎的区分也有技巧，比如注意观察面部的痣，等等。

刘伟强认为，分辨人脸和证件照还不是最难的，最难的是能不能分辨出真假证件。

2015 年，一名被国内通缉的男子逃到缅甸，通过当地政府购买了一套真护照。他以为用这本"真的假证件"能蒙混入境，于是乘机飞回武汉，以外国人的身份试图蒙混过关。

刘伟强说："当时我感觉，这个人的外貌和举止，与缅甸人差距很大。于是进行详细盘查，发现这个'缅甸人'既不会当地语言，又对缅甸风俗一窍不通，这下疑点更大了。"

通过后台查证，刘伟强和同事发现，该男子与一名逃犯高度相似，但男子一口咬定自己不是中国人。

单凭长得像，不能确定他的身份。刘伟强记得，当时他们的压力很大，该男子口口声声要立即向缅甸驻中国使领馆投诉。

放不放他入境？压力之下，刘伟强凭着多年的工作经验果断拍板："不放，继续查！"

后来，刘伟强在该男子内衣夹层里发现一张写有银行卡号的纸条。经过查询，发现这张银行卡正是这名逃犯以其国内身份办理的。

最终，这个手持缅甸护照的男子，不得不沮丧地低下头，承认自己的真实身份。

武汉边检站领导对我说："刘伟强从事边检工作十五年来，验放旅客近二十万，累计破获偷渡类案件十七起，查获网上追逃案件三十起，处理违法案件三百零三起，是公安部全警实战大练兵第一批部级'训练标兵'，先后荣立个人一等功一次、二等功一次、三等功一次。"

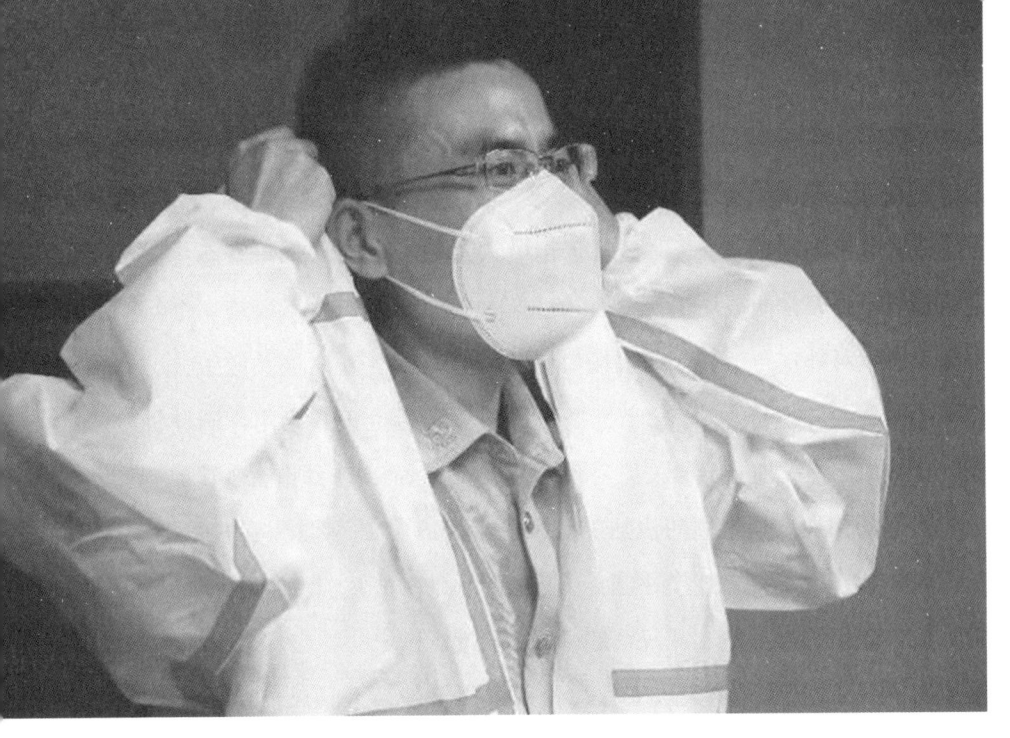

刘伟强总是身先士卒，冲在急难险重任务一线

四、跟我上！

武汉边检站领导对我说："武汉边检站执勤二队党支部，是站党委最放心的基层战斗堡垒！"

刘伟强正是这个党支部的书记。

"刘伟强是个不折不扣的行动派，无论日常带队上勤，还是在新中国成立 70 周年大庆、第七届世界军人运动会等重大安保工作中，他总是身先士卒，冲在急难险重任务一线……"

刘伟强不善言辞，不会讲空话、套话，也不愿说大话。开会时，他就事论事，有话则长，无话则短。每逢大事临头，需要大家和他一起工作、一起冲锋陷阵时，他总是说："跟我上！"

只要在站里，刘伟强就不会闲下来。熟悉他的人都知道，不管什么时候，只要办公室的灯亮着，准能看到他的身影。有时他就睡在办公桌上，因为腰病疼痛难忍，他就躺着读书、看文件资料。

他总是笑呵呵地说：“我能力不足，就得多加班啊。'加班常态化'，通宵执勤已是家常便饭！记得2019年元旦，我们站长就在武汉市一个新闻发布会上对外宣布了，天河机场口岸实行'7×24'小时通关政策，二十四小时全天'不打烊'！二十三条自助通关通道也正式启用，刷登机牌、证件，按指纹拍照，通关！全部过程下来，只需要十到十五秒！”

对于刘伟强和他带领的执勤二队来说，2019年是不同凡响的一年。从元旦开始，他们就在通宵执勤，一年到头都在忙，忙得他们废寝忘食，忙得他们脚不沾地，武汉话叫“忙得飞起”！

新中国成立70周年大庆安保，是武汉边检站转入移民体制后面临的第一次大考。

刘伟强带领执勤二队，探索建立预审查机制，通过“预先筛查、见面核查、落地协查”的全方位管控体系，将口岸管控重心前移，将疑点信息向一线推送，重点关注的旅客提前锁定，坚持每日勤务倒查，直到确保没有一丝一毫纰漏后，他才离岗下勤。安保期间，刘伟强带领同事，共抓获四名非法出入境人员，执勤二队被湖北总站记集体嘉奖一次。

建国70周年大庆之后，接着就是第七届世界军人运动会。2019年10月18日至27日，第七届世界军人运动会在武汉盛大举行。这是自2008年北京奥运会后中国承办的规模最大的国际体育盛会。

在来自一百零九个国家的近万名运动员中，朝鲜代表团倍受媒体关注。他们抵达当天，机场内聚集了大量媒体，当朝鲜代表团身穿军服头戴军帽，排着整齐的队伍走进边检大厅排队候检时，个别外媒向他们提出刁钻的问题，导致大量人员围观。朝鲜代表团有人感到尴尬，有人显得拘谨，甚至有人带有一丝愤怒。

此时，刘伟强正在现场负责维稳。他看到这种情况后，立即笑容满面地走到朝鲜代表团队伍的前面。首先提醒他们准备好证件，接着热情地、真诚地和身边多个朝鲜军人运动员友好互动，并且送上军运会吉祥物"兵兵"公仔。令围观者惊讶的是，这名中国警察，竟然说着一口流利的朝鲜语！

随后，朝鲜军人运动员脸上的不悦逐渐消失了，露出了微笑，纷纷向刘伟强点头道谢，现场气氛立刻变得轻松融洽起来……

事后，刘伟强得意地说："在武汉，没想到我学的朝鲜语派上了用场！先是迎接朝鲜、韩国代表团，九天后又热情送别他们。"

这一幕被一个本地记者抢拍了下来，刊登在《湖北日报》头版醒目位置。画面上，国门为背景，刘伟强露出真诚的笑容，这是他身穿警服热情服务的动人瞬间！

可以说，这是一张难得的"国门名片"。它告诉我们，什么叫"国门似铁"，什么叫"宾至如归"。它向世界传递了武汉人的热情，展示了"止戈为武"的中国形象！

在军运会专项勤务工作上，刘伟强专门制定了专项勤务保障方案，并根据各位同事的特长，提前定人定岗。总之，事无巨细，他都记录在随身携带的"安保专用笔记本"上，事事想在前、安排在前。他每天带领勤务预审查小组，对航班及旅客信息进行提前深度审查，还抽调会外语的骨干组成志愿服务队，引导服务军运会人员，并为泰国公主及其代表团成员提供礼遇通关服务……

为期九天的军运会，刘伟强带领执勤二队全体成员，优质高效地查验旅客二千余人次，查验军（包）机十五架次，连续四十二天留营备勤，其间没休过假、没回过家！

刘伟强告诉我："2005年，我刚入警，当时一个星期才验放十多架次航班，那时的武汉比较'冷清'；经过十五年发展，我们拿着验讫章，一个一个盖下去，如今一周验放航班六百多架次……"

"没想到，2020 年才过了二十几天，武汉要封城了。"刘伟强无比沉重地说，"除了救援货机和包机，从 2020 年 1 月 23 日上午 10 时起，天河机场口岸，一架正常航班也没有了！"

五、在天河机场口岸"守岁"

2020 年 1 月 24 日，大年除夕。

上午天气阴冷，寒风冷冽，天河机场没有起飞一架飞机，空荡荡的跑道显得格外空旷、寂静……

按照武汉边检站在 1 月 20 日对外公布的春节期间武汉天河机场口岸出入境流量：除夕当天将是客流高峰，出入境航班和人员将分别达到 74 架次和 1.1 万人次；而整个春节假期（1 月 24 日—1 月 30 日），天河国际机场口岸将迎来总量约为四百二十架次的出入境航班，约七万人次，预计日均将达九千八百余人次！

然而现在，一架飞机都没有！千山鸟飞绝，万径人踪灭！

此时，在武汉边检站站部，有九十五名民警自愿留营、七十六人写下请战书并申请加入应急处置小组、五十名共产党员申请加入党员突击队。在执勤二队，二十七名自愿留营民警已全部加入党员突击队，十三人加入了应急处置小组……

刘伟强既是执勤二队的副队长，又是党支部书记，身兼二职。他所在的党支部下面有八个党小组，同时也是执勤组，党小组组长也是执勤组组长。于是，党小组成为了疫情防控前沿阵地的最小作战单元，如果说党支部是基层战斗堡垒，那么党小组，就是堡垒中带头冲锋陷阵的尖刀班！

在党小组之外，还有一支由九位党员组建的"生命线"宣传小分队（其中六人留营），他们将跟踪聚焦抗击疫情的荆楚国门一线……

刘伟强事后激动地说："我们的'生命线'宣传小分队队员个个都是好样的！特别是六名留营同志，执勤间隙还拍摄、写稿，二十四小时处于待命状态，随时都在关注每一条航班勤务计划和预警信息。他们冒着被病毒感染的风险，直面艰巨的抗疫勤务，奔走在寒冷严酷的环境下，跟踪拍摄了众多感人画面，第一时间制作出新媒体视频《疫情即警情——荆楚国门守望者》……"

除夕当天下午，刘伟强分别和几个小组长视频连线，叮嘱大家每日午后、晚饭前，各测量一次体温，并做好登记。若有发热迹象，立即就地隔离，进行医学观察，安排专人送饭、量体温，待确认其没有感染后，才能重获"自由"。当时还缺乏核酸检测手段，只能由人眼观察，测量体温，来分辨是否被感染。

刘伟强和几个小组长视频之后，又打电话和检查员温成聊了聊年夜饭的问题。

温成说："我本来在餐馆预订了年夜饭，但被迫退了，餐馆还收了我二百元押金，疫情一来计划都泡汤了。现在我和妻子分居两地，一个执勤、一个回娘家……"刘伟强叮嘱他，今天晚上务必通过视频和家人联系一下，让家人放心。

刘伟强和温成多年来以师徒相称，感情深厚，就像十五年前师父把刘伟强带上检查台一样，温成也是由刘伟强带上检查台的。温成和刘伟强一直以师徒相称。

2019 年 12 月 6 日，刘伟强和温成师徒联手，一举破获了一起毒品走私大案，共缴获 3165.8 克麻果毒品。刘伟强因此荣立个人二等功，温成荣立个人三等功。

除夕傍晚，武汉边检站接到紧急通知，一位湖北籍旅客高度疑似感染新型冠状病毒肺炎，将乘伊斯坦布尔至武汉的急救包机回国治疗。

武汉站第一时间召开专项会议，启动口岸新型冠状病毒肺炎疫情处置机制，决定成立特勤小组，立即开通绿色生命通道，简化通关手续，方便病患旅客紧急入境。

除夕之夜，是一个不眠之夜，刘伟强和武汉站所有人都在焦急等待飞机的降落。

刘伟强说："我们中国人过年，不是有'守岁'的传统习俗吗？据说，'年'是一种怪兽，每到年三十晚上就要出来作祟，等到鸡鸣破晓之时再返回山林中。于是，人们把这一夜视为恐怖的'年关'，想出了种种招数来对付这个'年'，比如通宵守岁、燃放鞭炮、给孩子'压岁（祟）钱'等，以此辟邪驱鬼。因此每到大年三十晚上，家家户户都要躲在屋里吃'年夜饭'，熬夜守岁，通宵达旦，灯火不灭，祈求祖先的神灵保佑，期盼新年黎明的到来。"

2020年，这个特殊的"年"，这个"怪兽"，这个恐怖的"年关"，不就是肆虐武汉、横行天下的新冠肺炎疫情吗？

因此，刘伟强在"守岁"，在全封闭的武汉边检站"守岁"，在天河机场口岸"守岁"！

六、我给兄弟们打个样

和刘伟强谈起他第一次与新冠肺炎确诊患者面对面的情形，他说："哪能不紧张？当时很紧张……当时大家对这个病毒认识不深，我也是第一次近距离接触确诊患者，说不怕是假的。但是，艰难时刻，我必须顶住！"

当时发现这名确诊患者后，需要立即进行入境边检，谁到流调区进行人证对照呢？刘伟强当然可以安排别人，但他说："我先上！我给兄弟们打个样！"

刘伟强经常这样对待工作，尤其是面对急难险重的任务，他从来不会说什么"给我上"，而是以身作则，向前一步，说："跟我上！"

流调区是什么地方？其实就是严格管控的"红区"——那里的空气中可能漂浮着看不见的病毒……

实际上，当检查员近距离对患者进行"人证对照"时，他就已经算是"密接者"了，面临着巨大的感染风险。

刘伟强说："疫情早期，特别是武汉封城之后的抗疫第一周，武汉站的防护物资奇缺。口罩倒是有一些，急缺的就是防护服，站里只储存了十四套防护服。用政委的话说就是，'上一次勤务都不够！'"

直到 2020 年 1 月 28 日，武汉边检的一线民警才开始穿上防护服执勤。刘伟强说："武汉作为新冠肺炎疫情防控的主战场，也是全球抗疫的焦点，天河机场口岸始终处在疫情防控的最前线。2020 年 1 月 23 日，武汉封城之后，天河机场的客运航班全部取消，但救援货机、同胞归国、多国撤侨等特殊航班从未间断，而且都被安排在夜间。由于旅客成分复杂，'潜入潜出'风险大，查验流程随之增多，每名警察每小时最多只能查验二十名旅客，比如一架载客二百余人的航班，平时检查只需要一个多小时，疫情期间却延长了三至四倍，几乎每趟勤务都要持续一个通宵……"

在疫情之初那些最紧张、最艰难的日子里，武汉天气极冷，连续多天阴雨绵绵，有时还夹杂着雪花、冰粒子，甚至还降下了暴雪。

在天河机场口岸出入境大厅，刘伟强带领党员突击队队员认真做好护照检查、签证检查、出入境登记卡检查、行李物品检查、交通运输工具检查等工作。他们经常连续工作八九个小时，一个通宵连着一个通宵……

由于腰椎间盘突出，加上连日来长时间缺乏充足睡眠，刘伟强时常犯病，有时候痛得直不起腰来，只好在防护服里多戴一个护腰……

2020年2月1日，在傍晚上勤之前，刘伟强带领几个当班的党员突击队员走进武汉边检"党员之家"，举起拳头，面对鲜艳的党旗宣誓……

宣誓完毕，立即登车上阵，一场通宵大战开始了！勤务开始前，大家严格按穿脱程序，各自穿上厚厚的防护服，刘伟强和队员们互相在背后写下名字。"大家穿得都一样，谁也不认识谁，写上名字方便辨认，一眼就能看出谁在哪儿！"刘伟强说，"这种方式也是为我们自己加油鼓劲儿，说不定家人、朋友能在电视上看到他们熟悉的名字。"

这一趟勤务从晚上8点开始，需要查验包机十六架次、人员一千七百二十名，工作一直持续到第二天早上9点。

刘伟强说："疫情暴发初期，武汉是'风暴中心'，而我们是驻守在武汉口岸的移民管理警察，必须做好这个城市的守门人。那时候确实很忙，穿着防护服，不吃不喝连续工作十个小时是工作常态。工作间隙，只要能在沙发上躺一会儿，执勤的小伙子们就会说'好享福'呀！"

刘伟强的执勤岗位是勤务督导，办公地是四米长的督导台，一百米长的执勤现场。作为带班队长，他的职责是负责值机区域、执勤现场、候机大厅、机坪等重点部位的指挥调度。因此，现场状况、监控镜头他需要时刻关注，互联网、公安内网他需要多次查阅，他的电话、对讲机总是彻夜工作……

刘伟强说："当时由于防疫物资极度紧张，我们民警都有节约使用防护服的意识，能省则省，省下来留给医院等更需要的地方。所以，我们一旦穿上防护服，就少喝水，甚至不喝水，尽量减少上厕所的次数。除非渴到不行，才会喝一小口水。因为喝多了想上厕所，就要换新的防护服了，那就会浪费一套防护服。"

武汉边检站领导对我说："在武汉疫情最为严重的时期，刘伟强总是第一个穿戴好防护装备，走在队伍最前面；到了执勤现场，登机检查疑似病患时，他不顾危险仍然冲在最前面，布置勤务、安排工作，他主动啃下硬骨头；他经常连续工作八九个小时，一个通宵连着一个通宵，而等到完成最晚的航班检查回站时，他却是走在最后……

"在去年抗疫期间，刘伟强带领的执勤二队和党员突击队，顶着二十摄氏度的昼夜温差，转战五个场地，接连承担境外救援物资入境、重点国家包机出入境和湖北籍同胞归国等特殊执勤任务，全队民警闻令而动，乐观应战，他们不畏艰难、无私奉献，用自己的实际行动坚守在天河机场口岸国门一线，高效圆满完成了党和人民赋予的神圣任务。他们共查验出入境人员 7.6 万人次、航班 739 架次，武汉站全体留站民警没

在抗疫期间，刘伟强（左一）带领的执勤二队和党员突击队，
没有出现一例勤务差错，没有一人感染

有出现一例勤务差错，没有一人感染。"

七、武汉胜则湖北胜，湖北胜则全国胜

在武汉，只要提起 2020 年那场惊心动魄、感天动地的"武汉保卫战"，有两个特殊的日子就不得不被提起：一个是 1 月 23 日，武汉市"封城"，另一个是 4 月 8 日，武汉市"解封"。

其实，4 月 8 日，刘伟强并没回家。那一天，湖北边检总站启动了民警团聚补休计划，刘伟强本来在第一批名单上，他却请求武汉站领导把机会先给其他有困难的同志，自己要留在站里继续坚守。

他给妻子王静打电话，解释了推迟回家的原因。王静一听，顿时气不打一处来："我和儿子还在你心里吗？反正你是边检站的人，你就守着边检站好了！"其实，王静早已习惯他这样了。刘伟强又和儿子刘思远通话，问他："一千张拼图完成没有？"刘思远说："早拼完了，我和妈妈一起完成的。要是等您回来，黄花菜都要凉了。"

放下电话，刘伟强缓缓坐下，从办公桌抽屉里拿出儿子送给他的粉红色儿童口罩，不禁落下了眼泪。刘伟强对我说："这次抗疫，我全程封闭在站里，儿子和妻子在家，一直不能外出，大概两个多月没出过家门。他们怎么度过这段日子的？真不敢多想……"

4 月 8 日，刘伟强送走同事，留站继续工作。直到 4 月 14 日，傍晚下勤后，他瘫坐在椅子上，才给家里拨去了电话："今天回家！"

这一天，妻子和儿子，还有岳父岳母，还有远在东北老家的父母，整整盼了八十二天……

刘伟强刚刚回到家，"湖北边检公众号"的工作人员就找上门来采访他："4 月 8 日，您本可以回家的，却仍然留站坚守，坚持在一线上

勤，这是为什么呢?"

刘伟强回答："每个人都想回家，能早一天是一天，能早一秒是一秒，毕竟两个多月没回家了。我也很想回家看看儿子又长高了多少。但我是队里的老大哥啊，还是队长、书记，自然要让年轻人先回家看看。"

工作人员又问他："在抗击新冠肺炎疫情的各项重大勤务中，您需要直面那么多的'高危旅客'，您有没有考虑过自身的安全?"

刘伟强不假思索地说："当时也没有想那么多，一接到任务，就带队上去了，因为武汉胜则湖北胜，湖北胜则全国胜! 现在想想还真的有点儿后怕，但我不后悔。"

武汉"解封"之后，为了助力复工复产，大量滞留外地的湖北籍旅客返汉，通宵执勤再次成为武汉边检民警工作的常态。

刘伟强主动要求承担最晚、最难、最急的执勤任务，带领执勤二队积极策划"一机一方案"，推出口岸闭环管理举措……

转眼，夏天来了。武汉是著名的"火炉"，刘伟强已经在武汉生活了十五年，但他仍然没适应武汉夏日的高温气候——他怕热!

2020年8月31日上午，武汉边检站收到某航空公司发来的协查信息，刘伟强带领一个执勤小组，提前准备好各种工作。

刘伟强说："下午1点，我和同事按照该航空公司发来的机组人员信息，花了半个小时对某航班进行了预审查，然后直奔口岸。我们穿戴好口罩、防护服、防护面罩、脚套，并在防护服上贴了警察标志，还是像平常一样，我多带了一个N95口罩，作为备用。13点45分，我们一行四个人带上设备和对讲机，从凉爽的航站楼室内走进酷热的廊桥，坐进摆渡车，提前进入指定地点，等候飞机落地。"

炎炎夏日，如蒸如烤，武汉当时的最高气温是33℃，停机坪上的温度高达50℃，防护服不透气，被烈日一晒，又闷又黏，站在烈日下没一会儿，四个人就汗如雨下……

刘伟强说："自 4 月 8 日武汉'解封'以来，天河国际机场出入境口岸已相继开通多国货运航线，为了武汉复工复产、疫后重整，湖北边检总站立即向社会公开'边检承诺'：国际货运航班抵达武汉，机组人员不需下飞机就可完成边检手续，边检时间比 2019 年同期缩短 50%……机组人员不下飞机，边检民警就要上飞机。飞机刚停稳，我们便快速登上飞机，在机上完成对机组全部人员的人证对照工作，然后收取证件……十五分钟后，边检手续全部办理完毕，证件交还到机组人员手中时，机上货物已卸下三分之一。"

下午 15 点 30 分，刘伟强和三名同事回到航站楼，首先互相脱下防护服，只见四人的双手，都被汗水泡得皱巴巴的，发白了。

此刻，刘伟强打起精神，和同事说笑起来，实际上，长时间闷在防护服里，他感觉呼吸困难，很难受……不过他没有对同事说出这种感受，今后也不会说！

（文中照片由湖北出入境边防检查总站提供）

"全国公安系统二级英雄模范"、全国移民管理机构首届"十大国门卫士"陆卿

国门叙事

——记"全国公安系统二级英雄模范"、全国移民管理
机构首届"十大国门卫士"陆卿

程小莹

国门，旧指国都的城门，也指守护城门的小神，也指边境。

——百科词条

念及"小神"，想陆卿的故事，内心随喜。

港为城用，城以港兴。上海，东海之滨，黄浦江畔，"襟海带江"的地理优势，使上海在 1949 年新中国成立时，就已成为中国最大的进出口贸易口岸；新中国成立后，逐渐成为国际往来、贸易进出口最繁忙的口岸之一；上海浦东国际机场口岸出入境人员数量连续十八年位居全国空港口岸首位；上海港的集装箱吞吐量连续十一年领跑全球。

国门屹立。上海出入境边防检查总站，担负着上海国际机场口岸、上海港口岸以及上海铁路口岸的出入境边防检查任务——名副其实的国门安全守护神。在国家移民管理局的领导下，上海出入境边防检查总站（下文简称"上海边检总站"）面对近年来复杂多变的国际、国内安全形势，在保障口岸安全方面，以大数据、人工智能为抓手，深度聚焦反

恐维稳、查控查堵工作，逐渐建立起口岸智能化管控体系。如今大数据、人工智能、"互联网+"等科技成果被广泛应用，勤务指挥决策系统也实现了视频全覆盖、数据可视化、远程可操控……从有形到无形、从人力到科技，从筚路蓝缕到方兴未艾，以智慧边检为引领，在保障上海口岸安全的道路上，上海边检总站，正砥砺前行。

在弘扬践行"忠诚为民、担当奉献、专业文明、公正廉洁"的移民管理警察职业精神上，上海边检总站上海机场边检站执勤十七队民警陆卿，是其中突出的一员。

陆卿，籍贯上海，2008年入警，在上海浦东国际机场守卫国门十三年。

2015年，"天网行动"启动。时年，中央追逃办从国际刑警组织发布的红色通缉令的人员中，重点挑出一百名，以"百名红通"的醒目形式，于2015年4月22日向全球集中曝光。

"百名红通"公布的当晚，上海机场边检站主动融入国家反腐追逃追赃战略，迅速成立专项排查小组，连夜展开排查工作，陆卿作为一个已经积累了一定排查经验的骨干民警，主动请缨，第一时间加入了这个专项排查小组。

"绝对是与时间赛跑。"陆卿回忆道，"根据积累的工作经验，我们初步判断，名单上肯定有隐藏了身份在国内活动的人员，如果能够第一时间挖出来，那就是抓了一条大鱼，而抓大鱼，动作必须要快。"

当时，人脸识别技术刚研发出来，专项排查小组连夜将这一百人的照片与数据库里的资料进行人像比对，同时对有价值的信息进行追索查询。

那时候，陆卿所在的十五队，已经开始进行信息排查的初期探究，在实践中积累了一定的经验。一百人的名单被摊上桌面。看着这些名字，陆卿和队友逐一进行分析研讨。专项排查小组的"攻坚战"是从会议讨论开始的。每个小组成员发表了自己的见解，互相交换工作方法、思路，各自明确责任，迅速形成合力，这便是整体作战、协同作战。"攻坚战"的核心是如何运用好现代化的大数据和信息技术。一百名"红通"人员的信息，放在海量的信息库中，颇像将一盆鱼倾倒进茫茫大海里。这些进入大海里的鱼儿，印证了"物以群分"，同类之间互相靠近，互相纠缠，你中有我，我中有你。

陆卿和同事梳理一百人的基础信息，确定这些人的基本情况，再对这些人的社会关系、活动轨迹等信息进行研判和整合，继而逐一建档。此时，一些已经成熟且实战效果较为明显的技战法得到了充分运用，诸如"身份信息模糊匹配法"、"生物信息比对法"等，对相关人员进行全要素、全方位分析、排摸、研判。这些技战法，推演于无形中，盘旋于电脑与人脑之间，这是一个没有硝烟的战场。陆卿和同事的思路，多路迂回，从几个方向汇总到一个方向，然后进一步去探究、去摸索、去寻找这一百名外逃人员的蛛丝马迹。

回想六年前首度亮剑，提及在"红色通缉"行动中逮捕的"百名红通"首个落网嫌疑人，陆卿的兴奋之情溢于言表。"戴学民并不是通过系统排查出来的。"陆卿说。

几万条数据信息，在几个小时内被陆卿逐一梳理排查，功夫不负有心人，他最终发现了多个重要线索，其中有一条线索指向一个持 A 国护照名叫"乔弗瑞·戴"的人，此人于 2014 年 10 月入境，他的某些信息和第九十号在逃对象戴学民高度相似。而且，没有查到其再出境的记录。陆卿判断，他很可能还在国内！上海市追逃办将上海边检总站发现的这条重大案件线索紧急上报中央追逃办。

戴学民,"百名红通"人员第九十号人物,中国经济开发信托投资公司上海证券营业部原总经理,涉嫌挪用公款三千三百万余元,于2001年8月出逃。经调查发现,他经中国香港辗转韩国,最终逃到中美洲东海岸的一个国家。2004年,他通过投资移民获得某国籍,身份得以"漂白"。然而,这里不是戴学民真正的目的地,因为他最终落脚地是A国。在A国,他谋职并不顺利,生活不如意。与此同时,国内民警对他的追逃抓捕工作也不顺利。这是当年侦破外逃案件面临的普遍难题,违法犯罪人员一旦出逃到了国外,就如同石沉大海,信息线索全断了,想要从茫茫人海中找到他们、抓住他们,犹如大海捞针。

参与当初案件侦破的办案人员回忆:"因为当时的条件限制,我们并不知道他到A国了。我们通过公安部办理了一个红色通缉令,但是始终没有他的下一步消息了。"

2009年,潜逃在外的戴学民,已经是一个合法持A国护照的"乔弗瑞·戴"了。多年来,他利用漂白后的身份多次出入境。2014年10月,"乔弗瑞·戴"再次入境后,在老家安徽安顿下来。

2015年4月22日,"百名红通"人员名单发布。当晚,A国人"乔弗瑞·戴"得知自己进入红通名单后,变得十分焦虑,觉得国内不是久留之地,却又不敢在此时贸然出境,陷入了进退两难之地。

而另一边,天网已经铺开。4月25日下午,在中央追逃办协调下,上海、江苏、安徽等地民警通力协作,在安徽合肥将戴学民成功抓捕,戴学民成为被收入"天网"的"百名红通"第一人,其落网速度之快,令人惊叹。

说到抓大鱼,陆卿很来劲儿。"那天熬了一个通宵,简直是跟时间赛跑,就怕案犯听到风声后再次潜逃,要是到了眼前的鱼儿被它逃掉,那就太可惜了。我们绝不允许这样的情况发生。"陆卿接着说,"尽管当时我们所有人已经非常疲惫，但通过努力，我们用自己的方法去摸索，快速地找到这么重要的犯罪嫌疑人，而且有关部门通过我们提供的信息成功抓捕到了第一个'百名红通'人员，那一刻，我们觉得自己特别牛。"

是的，的确是"牛"，这一仗不仅打响了中央反腐追逃追赃的第一枪，而且还有力震慑了其他在逃人员。

一、形象

都说陆卿的样子有点儿呆萌，我却没看出来。我脑子里的他是"国门卫士"，形象高大。第一次看见他，感觉他很严肃。那天，我看他穿的警服和同事穿的不一样。他告诉我，他们平时在现场工作执勤，一律穿执勤服，只有在重要会议、重要场合上，才会打领带穿常服。"今天因为要跟老师您见面，所以穿常服来见您，显得更精神一点儿。"他说。

他的样子有点儿憨厚。

他"更精神一点儿"的想法，旁人都看出来了。他的同事——执勤十七队女民警张波说："他的确很有精神，不过他还有另外一面。平时我们看到的陆卿更多是呆萌的形象，但是他在工作上有较真、细致、耐心的一面。"

她说话直率，让我感受到她和陆卿之间深厚的同事情谊。

于是，我们先讨论移民管理警察的形象。我一向仰慕人民警察，关于制服，有很多青春和激情的幻想。

我问陆卿："你第一次穿上警服是什么时候？"

"那应该是十三年前的事。"

"关于人民警察、警服、国门卫士……这些概念，你是怎样看待的?"

"没什么特别看法。第一次穿警服,是 2008 年的夏天,那年我 24 岁。我是通过国家公务员考试考入上海边检总站的。"

"那时候怎么会选择报考上海边检总站?"

"招的人多啊,招三百人。上海边检总站是当年招聘公务员名额最多的单位。说老实话,招的少,我还真怕自己考不上呢。"

他的回答这么"实诚"。

入职前,是为期两个月的新警培训,然后是配发警服的仪式,对于这样一个庄重的仪式,陆卿记忆犹新:他说当时内心非常激动而且充满憧憬。激动的是,培训终于结束了,他也算是正式入警了;憧憬的是,踏上工作岗位,前面有许多新的事物在等着他。

这是一个全新的开始,他充满了期待。在陆卿内心,也起过波澜。他回忆,在进单位前,他其实并不知道"边检"究竟是干什么的,更不知道移民管理警察的特殊性。那时候,他只知道自己将成为一名国家公务员,甚至曾幻想,公务员是不是像网上调侃的那样:一张桌子,几份报纸,一坐就是一天。

陆卿是在正式踏上工作岗位后,才对"国门卫士"这个角色有了真正认识。他说:"现实和想象之间有着天壤之别:看报纸、喝茶水、混下班?不存在的。值守在出入境一线,时刻绷紧脑子里的那根弦,干到凌晨三点是常态,这才是现实。"

我问陆卿:"人民警察,就是正义的化身,惩奸除恶,匡扶正义,为人民服务。这些都是正面、很正能量的评价。你怎么看?"

陆卿的回答是:"这些正面的东西始终激励着我,后来的从警生涯里,我就向这些目标不断前进。在大多数人的印象里,警察的形象可能更多的是那种外在的辛苦,比如有日晒雨淋的交警,有风尘仆仆、铁血丹心的刑警，有走街串巷、扶危助困的户籍警察、治安警察，他们在危难时刻奋勇前行甚至流血牺牲。相较于他们，我们移民管理警察就显得与众不同了。我们更多的是代表国家对外开放的形象，彰显中国进一步融入世界交流的自信。当普通老百姓出入国门，看到我们时，会感到一种家人般的温暖。在老百姓眼中，我们是一种迎来送往的热心执法者形象，他们看见的是平和与泰然，其实背后是我们移民管理警察十年磨一剑的功夫。一个合法公民接受出入境检查只需要短短几十秒时间，但在这短短的几十秒背后，是我们练就的扎实执勤技能以及火眼金睛般的辨别能力，还有确保国家口岸安全的勇气和决心。"

警察的形象总是需要通过一个个故事来展现。陆卿的故事是一段国门叙事，既有外在的戏剧性，又有内在的诗性。虽无"大动作"，但沉思默想间，诗意盎然。陆卿有这样的说法："我们靠这种不动声色的本领，牢牢守护国门口岸的安全；用我们的脑力和眼力，在口岸扎牢无形的守护网。我觉得自己就是一个很普通的移民管理警察，和大家一样，工作在第一线，每天驻守国门，是为国家做实实在在的事情，当然希望自己的付出和守护能让这个社会多一点儿安全。"

自豪感是永恒如一的。想象一下陆卿工作的画面：一块显示屏和一个键盘。这上面发生了很多重要的事情，一般人是看不见的。故事就是这样不胜枚举，跌宕起伏：出现过经细致搜索而如获至宝的线索，也有线索中断陷于迷茫的怅然。键盘上面是一些固定的数字、字母与字符，通过智慧与技术的组合，十个指尖轻触键盘，演绎出一段段故事。

我问他："你内心怎样评价自己，很高大吧？或者努力往高大上发展？"

陆卿坦言："不是很高大吧，我就是一个普通人，有优点也有缺点。只能说遇到事情、遇到困难、遇到问题，自己会尽力处理好。"

我给了他诸多豪言壮语的提示，他都轻描淡写地避开了。有一点可以肯定，他人生最好的时光，是在显示屏前度过的。数据越来越多，在这些大数据面前，陆卿便是一个独特的存在，他的梦想照应、陪伴他，让他可以静静地一连好几天分析这些数据。

陆卿说："其实我也不是一个独特的存在，因为我的同事和我一样，只不过大家所处的部门或者岗位不同，但是用自己的付出默默守护国门安全的使命是一样的。"

关于陆卿的文字资料是这样描述他的：一个边检尖兵，一个扎根边检一线工作十三年的基层民警，也是一个年纪"奔四"的"80后"。他凭着敏锐的数据分析能力，持之以恒的攻坚克难劲头儿，以及"与时俱进思考、脚踏实地工作"的工作准则，逐渐成长为全国移民管理警察队伍中的一名尖兵，被评选为全国移民管理机构首届"十大国门卫士"。

二、集体

2021年3月10日，我到上海浦东国际机场，先后进入机场边防检查待检区域和边防检查查验区域。平时坐飞机到浦东国际机场，我都会从这里经过。但这一次不同，我进入到办公区域了。

执勤十五队办公室，隔壁就是执勤十七队办公室。几天前，陆卿奉命调离执勤十五队，履新担任新组建的执勤十七队副队长。我从十五队办公室到十七队办公室，仿佛从陆卿的过去看到陆卿的现在。这段路，短短几米之间，陆卿走了九年。

陆卿的师姐、十五队女民警李琳告诉我："我们刚进单位，都是从旅检工作做起的，其实就是出入境旅客的窗口检查。看证件，看脸，查验，敲章。这样一干就是好几年。每个人入职，基本都是从这样的工作做起的。"

陆卿也不例外。进入边检岗位,从"旅检"工作做起。2008 年至 2012 年,陆卿在上海边检总站上海机场边检站十队从事前台验证工作。那时候,陆卿有过这样的困惑——儿时的梦想就是当一名人民警察,但警察难道就是这样每天坐在窗口看人脸、敲一个章吗?工作伊始,陆卿觉得自己从事的这份工作,和自己大学所学的专业没有什么联系;长时间高强度的工作,让他产生了懈怠心理,他一度怀疑这看似单调乏味的岗位究竟有没有职业前景和发展潜力。然而,随着工作渐久,他竟与手中的验讫章建立了战友般的友谊,对"窗口查验"工作也有了更深的理解。出入国门无小事,起落皆有大文章,就在那章起章落之间,他渐渐明白了"国门似铁"的真正要义。

正当陆卿准备在验证台上"咬定青山不放松"、"撸起袖子加油干"的时候,2012 年底,他被调至上海机场边检站执勤十五队,也就是审查队。

这是他的人生转折点。

上海浦东国际机场,是国内最繁忙的空港口岸之一。这里开通了一百四十五条国际客货运航线,货物吞吐量连续多年位居全球前三,年出入境旅客数量连续十八年位居全国空港第一。上海边检总站上海机场边检站是这个大型空港口岸安全的重要守护者,上海机场边检站执勤十五队更是一支守护国门安全的精干力量。执勤十五队,现有民警、工人和文职人员七十余人。他们肩负着边检行政案件办理、打击非法出入境活动、境外遣返人员审查、出入境证件研究与真伪鉴别、出入境数据分析研判等诸多重要职责。

陆卿成为这个光荣集体的一员,感到很幸运。从此以后,陆卿与十五队，与时任十五队队长高波这一位被大多数上海边检民警视作精神支柱的传奇人物，并肩作战。他对陆卿的人生产生了重要影响。陆卿所在的执勤十五队，是上海出入境边防检查总站从事"上海边检大数据排查"工作的一张闪亮名片。

十五队战功彪炳，其成绩背后，有一制胜法宝——大数据排查。大数据排查，需要用非常严格的方法，在数据的大海里辨认出隐藏的敌人。机场边检查验窗口、边防检查待检区域和边防检查查验区域，很可能是他们的必经之路。这里是国门，有共和国国门卫士，他们负责辨认出隐藏的敌人。他们的专业知识，转化成职业技能和敏锐的"第六感"，令人惊叹。

那时，如果你看见十五队办公室里有一个人对着电脑屏长久在发呆，那个人一定是陆卿。

陆卿常说，在他的意识里，经常会将某个犯罪嫌疑人分成两个人，一个是"过去"的他，另一个是"现在"的他。破案的时候，陆卿就把这两个人"请"来，"过去"的坐在这一侧，"现在"的坐在另一侧。过去的与现在的，总会有一些东西将他们联系起来，也许是反常的行程轨迹，也许是异常的身份信息……这就是线索。陆卿总能发现其中的联系。

陆卿的思维迅速而果断。他有一双发现"假"的眼睛。

范某，曾担任某证券有限责任公司保定营业部总经理，任职期间涉嫌非法吸收公众存款5800万元人民币，还因涉嫌挪用公款3.1亿元人民币、涉嫌贪污公款8700万元人民币，于2005年2月6日被保定市人民检察院立案侦查。案发后，范某携家属潜逃至境外。9月20日，公安部以范某涉嫌贪污公款罪、挪用公款罪对其发布A级通缉令。

时隔十年，这个案子辗转来到了陆卿手上。陆卿发现，有个叫

"FAN××"的外籍人员,不仅与范某名字拼音一致,还与他有着千丝万缕的联系。这个发现过程可以看出陆卿敏锐的思维能力,他的思绪总会停留在一些关键信息点上——在逃人员的国内户籍、证件签发使用、亲属关系、出逃方向、出入境轨迹等,结合新的分析技术,进一步进行甄别。

陆卿发现这个范某与"FAN××"同年同月同日出生。随后,陆卿运用各工作平台搜索信息,发现"FAN××"使用基里巴斯护照,这个国家名字很少见。越是少见,越是可疑。这是出逃者惯用的伎俩——先进入一个不知名却容易取得合法身份的小国家,然后再移民最终目的地。"FAN××"的护照使用记录,与范某国内户籍所在地及案发时活动范围等信息完全吻合。据此,陆卿初步判断外籍华人"FAN××"与公安部A级在逃人员范某高度疑似。

嫌疑人身份被初步锁定后,陆卿并没有满足于此,他紧接着针对特殊领域展开分析排查,又结合范某在案发前的相关数据信息进行反复交叉比对,最终确定范某与"FAN××"即为同一人,陆卿的法宝——数据排查,如同是照妖镜,让那些魑魅魍魉现出原形。

将上述信息整理后,陆卿立即上报。上级部门获得此信息后,高度重视,相关办案人员多次就排查信息与陆卿沟通,陆卿将排查细节与办案人员一一进行深入交流。经过办案人员的深入排查,最终锁定范某在国内的落脚点。功夫不负有心人,2015年12月20日,"漂白"身份潜逃在外的公安部A级通缉犯范某落入法网。

陆卿酷爱发呆、发愣,其实是沉浸于自我世界,进行思考、冥想。

执勤十五队是一个充满智慧的集体。信息技术时代,如何主动拥抱大数据、提升智能化执法办案水平,既是推进执法规范化建设的有益尝

陆卿（右）正与同事开展入境人员涉疫数据信息排查

试，更是努力满足人民群众实际需求的积极探索。陆卿和十五队清醒地认识到这一点，近年来，他们不断将大数据应用融入证件研究、前台快速查验、非法出入境人员轨迹追踪等各个环节，倾力研究出一套服务实战的"信息排查+"新战法，让大数据成为执法规范化建设的有力支撑。在"天网"、"猎狐"、"百名红通"等专项行动中，捷报频传，十五队先后排查发现"漂白"身份的在逃人员一千七百余人，有力震慑了违法犯罪分子。

十五队队长高波对陆卿的影响很大，按陆卿的话说就是"长见识，提精神"。陆卿说："高队长的工作作风，他对工作忘我的投入，他那百折不挠的战斗力，令我将其奉为楷模，心向往之。"

2016 年，十五队负责侦破一起发生在浦东国际机场的偷渡案件。为破此案，陆卿前期工作准备得很充分。当天，现场警力调配充足，参战人员协同配合得很好，最终顺利将现场所有的涉案人员一网打尽。案件侦破过程从情报研判、推演谋划，反复推敲细节，部署警力，直到实战收网，连最后的讯问环节，都经过他们周密谋划。

"当时，结束讯问工作，我们已经达成既定目标，时间已悄然来到了晚上十二点。整个案件的来龙去脉也已经被我们掌握清楚，美中不足的是，由于偷渡者不能提供十分精准的线索，幕后组织者是谁我们尚不清楚。但就当时的技术手段和工作要求来说，此案已经处理得相当不错了。"

陆卿停顿了一会儿，继续说："我们大部分人都觉得这个案子可以结案了，高波队长却不满意，他觉得我们如果再努力一下，应该可以把幕后组织者找出来。"

于是，高波重新部署工作细节、要点。"我们着重从讯问、轨迹分析等环节再次进行仔细推敲，把许多细节进行重新研判。"高波说。

将案件信息重新捋一遍后，已是凌晨两点了。尽管发现了新的收获，但是这些线索，还不足以锁定幕后组织者。当时，办案人员都已经困得不行了，陆卿的第一感觉是，扛不住了。

"当时，其实我们大部分人都觉得，高队长的方法行不通，因为精准度不够，线索太模糊。但高队长认为，就是尝试，也要努力一下，争取最好的结果。"陆卿说。

直到第二天清晨六点，一片沉寂中，陆卿突然听见高波说了一句："应该就是他了。"

高波找到了一条很有价值的线索。后经偷渡人员辨认，确认此人就是整起案件的幕后组织者。

"我们所有人都非常钦佩高队长的这种执着精神。"陆卿感叹，"此后，每当我在长时间工作深感疲劳的时候，或者工作不顺利想要放弃的时候，我都会想起这个通宵破案的夜晚，想起凌晨三四点守在电脑屏幕前，眼睛已经泛起血丝，却依然在坚持挖掘线索的高队长，我就会受到鼓舞，激励我尽力把工作做到最好。"

陆卿端坐在电脑屏幕前，忽然安静下来，愣愣的样子，这是他的形象，也是他的工作状态。用他的话说，他的工作就是"大胆假设，小心求证，充分挖掘数据背后的线索"。

喝茶，喝水，喝饮料……陆卿不抽烟，不喝酒。

很多时候他不怎么说话，经常一个人静静地坐在电脑前，努力把思维集中在数据分析上。坐在电脑前久了，思路不清晰了，他会找人说话，活动下身子。所以，看到陆卿在办公室走来走去的时候，说明他心里有事。他认为，和人聊天，可以借鉴一下别人的想法、意见、思路和方法。陆卿喜欢思想、意识和行为上的变幻莫测，种种思绪如同涓涓细流，既是整体的又是零星的，最后由零星汇成整体。陆卿说，他们这个集体，便是一个思维与技术的完整拼图。

"我觉得我是一个幸运的人，不是庆幸自己获得了什么荣誉，而是在工作中遇到了很多优秀的同事，和他们一起工作，我能从他们身上学到不少东西。比如，高队长——他的工作热情、忘我的工作精神，深深感动了我；龚德荣，是我刚进审查队时的分队长，他善于捕捉细节，讯问技巧也特别厉害；谷有琪，我现在的同事，他的工作方法不拘一格，思维特别开阔、活跃……我的同事都是某个领域内的大神，有证件研究专家，有火眼金睛的人像比对大神，有思维缜密的破案高手，有出手成章的文字高手……在这个超级给力的团队里，我每天都能学到很多东西，慢慢地，我会把这些技能和自己的所思所想结合起来，转化为适合自己的工作方法或技巧。我想，这也许是我成功的最主要的秘诀。"

陆卿与十五队有着深厚的感情。尽管他如今离开了十五队，成为新组建的执勤十七队副队长，但十五队于他而言，是一股催人向前的动力，是一个精神支柱。

三、一决高下

2020 年 1 月，一对夫妇手持某国护照和签证，以赴中国旅游为由入境。在入境时，他们提供的行程单引起了检查人员的怀疑。疑点从前台流转到陆卿这里，"他们的行程轨迹很可疑，很可能是借道上海偷渡第三国！"这是陆卿的初步判断、大胆设想。

陆卿开始进行小心求证。"立即追踪二人的具体行程，等他们过几天出境的时候，咱们再来个瓮中捉鳖！"陆卿向领导建议。

果不其然，几天后，自以为瞒天过海的二人到边检窗口办理出境手续，被民警逮了个正着。铁证面前，二人对违法行为供认不讳。

陆卿遇到的案件，大都是难啃的硬骨头，这些案件才是对他持续作战能力的真正考验。

2016 年，陆卿参与办理一起公安部督办的外籍蛇头引诱我国居民非法出境的案子。

当年 10 月，上海机场边检站查获一起"调包"偷渡案，偷渡者当场被擒，但"蛇头"却已搭乘其他航班溜了。

讯问室内，面对偷渡梦的破碎，高某万分沮丧，被问及"蛇头"，高某自称见过"蛇头"，但姓啥名啥，一无所知。陆卿思忖片刻后说："你知道他穿什么衣服就行。"

"他穿了一件红色上衣。"高某说。

"穿红衣"便成为了唯一一条关键线索，陆卿立刻调看监控。从候机厅、国际出发口到边检通道，画面一帧一帧地看，几个小时后，陆卿锁定了一名东南亚籍身穿红衣的男子。高某指认，就是他！但陆卿还是迟了一步，此时的"红衣男子"已逃出境了。陆卿没有放弃，他反复

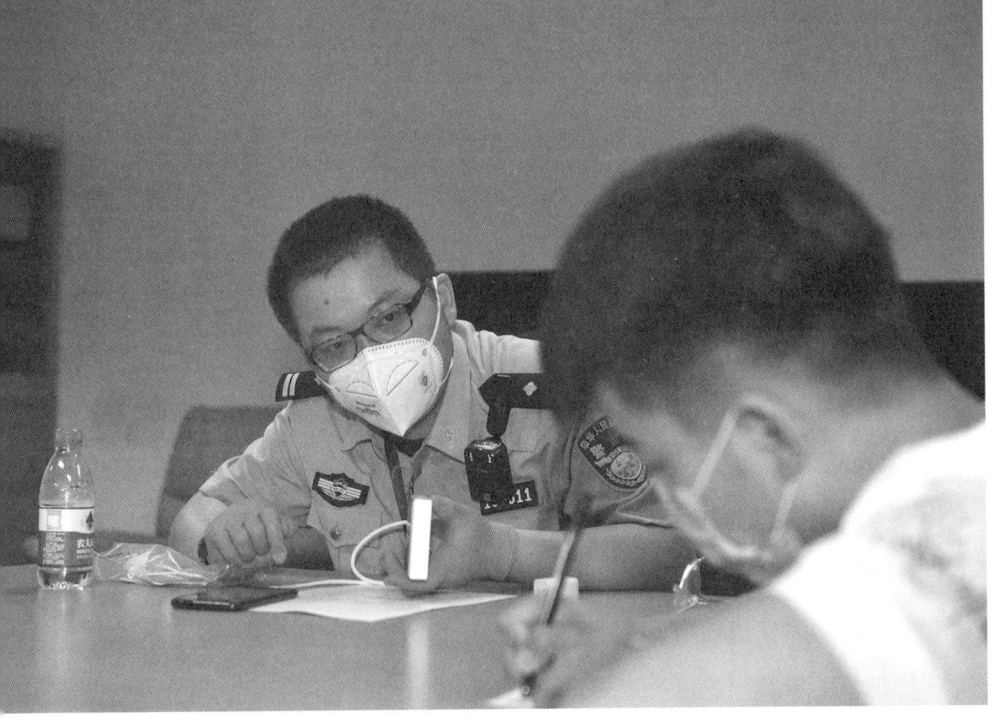

疫情期间，陆卿正在讯问非法出入境嫌疑人

分析该男子的轨迹，从其以往的出入境轨迹中研判，认为他极有可能一周内会再次入境。

布控！守株待兔！

陆卿相信，"红衣男子"会"自投罗网"。果然，没到一周，"红衣男子"从国外飞到香港，经香港入关南方某口岸时落网。

"红衣男子"到案后，得到的结果却令人失望——"这家伙其实也只是个小'蛇头'，他的上家真狡猾！"陆卿陷入沉思中，心想，那就一决高下吧。

"红衣男子"交代，其上家是一个外籍华人，六十多岁，他们之间碰过几次面，该人活动地主要在深圳，听他口音不像是广东人，更像福建人。

这些信息尚不清晰，陆卿细心地从里面寻找蛛丝马迹。他先是追问"红衣男子"，让他回忆该外籍华人案发前后的行程轨迹。他相信，雁过留痕，总会有蛛丝马迹显露出来。这时，"红衣男子"无意间说到的一个细节引起了陆卿的注意。

"那天，我和他上午在深圳碰了个头，然后我一个人从深圳飞往上海浦东。刚下飞机，他又来电说，让我在上海等他，他说马上坐飞机从深圳到浦东……"

这些零星的信息，总是在陆卿脑海里盘旋。据此，陆卿又排查了数百人，但还是无法锁定目标。

"还有没有其他细节，比如一起到了哪里？一起做过什么事情？"陆卿继续追问"红衣男子"。

"我住的酒店在机场附近。这家酒店是他帮我办理入住手续的。"

"那他住哪里？"

"他没跟我说。"

"入住期间，他有没有找过你？"

"给我打过一个电话，约我在我入住酒店附近一家小饭馆吃饭。"

"放下电话后，过了多久你们才碰头？"陆卿敏锐地捕捉到一点儿线索。

"十分钟左右吧。"

"你觉得他是怎么过来的？"

"我觉得他应该是走过来的，因为我们是在小饭馆碰头的，附近全是小路。"

陆卿的大脑在飞速运转：步行十分钟。酒店、小饭馆……也许会是条件更好一点儿的宾馆。陆卿立刻打开电子地图，搜索附近的酒店、饭馆、宾馆，经过反复查找、比对，终于在茫茫人海里将"蛇头"拎了出来！

2017年1月，幕后"蛇头"被捕。几个月后，专案组顺藤摸瓜，打掉了一个组织实施非法出境的跨国犯罪团伙。

"提高业务能力，没有捷径，最有效的办法，就是在办案一线摸爬滚打。"陆卿笑着补充道，"还得有一股钻劲儿、狠劲儿，要有一股犟脾气，一决高下的勇气。"

2017年，全国公安信息排查系统升级更新，新增了一些功能模块。这让陆卿来了劲儿，他先前就惦记着一件事情：所有工作的重中之重，是确认那些在逃人员的真实身份。他坚信，升级更新后的新系统，一定会成为一把锋利的追逃利器。

陆卿面对新系统，眉头紧锁，坐在电脑前，不吃不喝不挪地儿，一坐就是五六个小时。在他看来，这桩事情非研究透彻不可。只有这样，才可以理解"升级更新"后的系统。经过几十次尝试，他终于摸索出一套"搜索范围小+命中率高"的快捷排查方法。

"兄弟们，上啊！"他迫不及待地叫上同事，翻出之前整理的存疑档案，逐个分析比对，发现多名涉恐在逃人员，在"漂白"身份后，从上海出入境口岸潜入潜出……

陆卿立刻将获得的信息上报办案部门，不久后，这些在逃人员一一被成功抓捕。

捷报频传。陆卿舒心一笑。

陆卿刚进十五队时，带他的师傅是瞿向东。陆卿说："师傅是一个特别能钻研的人，并乐于将工作方法分享给大家，大家边总结边提高。"

那时候，信息排查工作刚起步，所有办案人员几乎将大部分时间和精力用于信息排查的分析、思考、总结、改进。对此，陆卿说："我也想过，工作中离不开的是'快、狠、准'的工作方法。有时候想起来，有点儿像足球场上的'抢、逼、围'。围上去抢，逼上去抢，要有这样一股劲儿。用上海话讲叫'硬碰硬'，北京话叫'死磕'。"

2014 年 6 月，中央"猎狐 2014"专项行动展开，信息排查在专项行动中有着重要作用，陆卿和他的同事认领任务后，迅速投入到信息排查工作中，在浦东国际机场口岸抓获多名犯罪嫌疑人，并协助地方公安机关抓获多人。

2014 年 6 月 17 日，山东某市警方来到上海出入境边防检查总站，他们要对"人间蒸发"的"红色通缉令"人员曲某涉及的大案实施攻坚，来此寻求支援。该市警方提供的初步情况是：2005 年 7 月 10 日，曲某已潜逃境外。同年 7 月 18 日，地方公安机关以涉嫌挪用资金对曲某立案侦查，并进行网上追逃。当时，经过数天调查发现，曲某如"人间蒸发"般消失了。

陆卿从地方公安机关获取了曲某的身份信息及案情后，立即进行数据分析排查，经过筛选、研判，他从海量信息中寻觅到一个叫"何为"的人，此人与曲某的外貌高度符合。何为于 2009 年秘密潜回国内，长期往来深圳、大连两个城市，同时陆卿锁定何为此时的落脚点。

仅靠这些信息还不能确定何为是不是警方想要找的曲某。案件沿着这个线索查下去，办案民警发现何为名下有两张银行卡，曾在短时间内分两次取走了 17 万元。同时，在曲某的手机短信中，有一条某证券咨询公司发来的短信。曲某喜欢炒股，这是陆卿在对案情做大量分析后发现的细节。据此，陆卿判断这条短信有重要价值。就从这里入手！

经过办案民警追踪调查，发现何为的电话号码在深圳曾以"曲某某"的名字开过户。通过进一步分析，办案民警对"曲某某"进行照片比对，发现其与何为的相貌简直一模一样。再通过调阅当事人的户籍信息、证件信息进行核实，确认何为就是曲某。

根据上述重要线索，2015 年 8 月 25 日，警方成功将"人间蒸发"十余年、涉嫌挪用资金 1500 余万元的逃犯曲某抓获归案。

陆卿获知曲某最终落网的信息，是在上海杨浦区的一家电影院里。当时，他和妻子正在看电影，手机突然弹出一条消息，他看到推送的消息——"红色通缉令"逃犯曲某被捕归案，此时，巨大的成就感涌上心头，他脸上泛起笑容。一旁的妻子问："看啥呢?"陆卿答："好人捉到坏人了，跟电影里的一样。"

四、荣誉

在陆卿的书柜里，他把"上海市五一劳动奖"、公安部"个人一等功"等奖章、证书，整齐排列开来。他没有想到会有这么多荣誉伴随自己。面对荣誉，他表现得很淡然，"这才刚过了十年，路还很长!"

陆卿希望在未来的十年、二十年、三十年，依然能不忘初心、牢记使命，继续为守卫国门贡献力量，交上一份无愧于心的人生答卷。

陆卿的一个同事这样评价他："他有点儿胖胖的，外表有点儿呆萌，看起来有些懒散，但面对数据的时候，他的思维异常活跃，和他的外形构成了强烈反差。"

王惠斌，十五队副队长，陆卿后来的师傅，实际上与陆卿同龄。他与陆卿共事近十年，看着陆卿一步步成长——从进队之初对数据排查的手忙脚乱，到今日的驾轻就熟。王惠斌说："陆卿的思路越来越清晰，工作方法越来越成熟，逐渐成为了独当一面的数据排查高手。他的战果越来越丰富，荣誉越拿越多，我有时候会调侃他是'主角光环加身'。"

陆卿将这种光环内化于心，光环与荣誉逐渐沉淀为他的自律与刻苦。"陆卿已成为一个和自己赛跑的人，他不断突破自己，诚恳谦虚地善待每一名同事，脚踏实地地完成每一个任务。更为可喜的是，在他的引领下，整个团队形成了积极向上、团结奋进的良好氛围，他也实现了从独行侠向领头羊的华丽转变，希望他继续发挥劳模头雁效应，带领他的团队在数据排查新征程中砥砺奋进、再立新功！"这就是同事眼中的陆卿。

陆卿的同事魏立群说："提起陆卿，我的脑海中会立刻浮现出一个动画人物——机器猫，对，就是那个有着圆圆的脑袋，大大的眼睛，身披蓝色铠甲，咧着嘴，整天笑呵呵的蓝胖子。可是，别看他头大如斗，却心细如发，面对海量数据，他总能从中发现蛛丝马迹，如同一个'哆啦A梦'似的机灵鬼。每次有什么复杂的排查任务或突如其来的加班，他总是第一个说：'我来吧！'或许正是这种耐得住寂寞、静得下心来、啃得了硬骨头的品性，造就了如今战绩赫赫的一等功臣。"

李永胜是陆卿的同事，也是陆卿带的徒弟。徒弟说师傅，很有文学性。李永胜说："如果问，上海边检人员中谁是最可爱的人，陆卿一定是其中一个。他吃苦耐劳、甘于奉献，他忠诚担当、尽职尽责，他不惧困难、坚强执着，一肩挑起数据排查重担，两眼紧盯海量数据。严谨的工作作风，幽默的为人处世，呆萌的性格，深得领导和同事喜欢。数据排查是他的舞台，他以数据为词排查为曲，唱出边检独特的歌；他以脚踏实地为足锐意创新为鞋，走出条条大案要案侦破之路；他以情感人，以数据服人，以经验助人，助力上海边检数据研判工作跨上新台阶。"

陈樑比陆卿年长几岁，是他的前辈。依陆卿说法，陈樑也是他心目中的"大神"，有一种"老同志"的范儿。陈樑的专业能力令陆卿啧啧称赞。有一次，大家看一本外国护照，看不出有什么问题，此时，陈樑背着一个大包，风风火火地走过来，拿过护照，看看前面几页，然后又倒过来，从后面几页翻看。他说，不行，里面的个人信息资料已经改过了，注意看身高一栏。在场所有人都忽略了身高这一点，而陈樑会特别关注这些容易被忽视的地方。

"就几秒钟，他看出了问题，是个'大神'，特别厉害。"陆卿说，"通常我们检验护照，主要看前面的信息，中国护照也不标身高。但有些国家的护照在后面几页会进行标注，此外还标注诸如眼睛颜色、头发颜色等信息。这个人的护照获得的渠道可能不正规，或者出护照的时候有些疏漏，护照里的身高一栏标得不准确，持护照者做了修改。这个改动被陈檩一眼看出来了。真厉害。"

陈檩，对陆卿也有着同样的叹服。

前几年，一个休息日，陈檩和陆卿赶到单位，他们要紧急完成几十人的信息排查任务。按老规矩，他们分工：陈檩负责人员初步排查的报告，以及排查过程中的人像比对；陆卿负责进一步全面、深入的分析。两人从一早开始工作，直到傍晚，尚有两个人的信息待排查。此时，他们已经连续工作了七八个小时，陈檩说："不行了，我要缓一缓。"他把最后两个人的信息交给陆卿，闭眼休息了。过了一会儿，陈檩睁开双眼，看见电脑旁边的陆卿仍然在聚精会神地工作。数据屏上，多个查询界面在不断来回切换。陆卿脸上毫无疲倦之色。突然，陆卿抬起头，说："檩兄，都处理好了，你看看还有什么问题吗？"

同事汝晓华，对陆卿头发蓬乱的样子印象极为深刻。这个印象，是陆卿吃苦耐劳、忘我工作的精神状态的准确描述。陆卿常常为了完成一项排查任务埋头工作，在电脑前几个小时甚至十几个小时，一动不动。"有时候我上早班，到单位看到他胡子拉碴、蓬头垢面的样子，就知道他肯定又是熬夜工作了。有一次，陆卿连早饭都顾不上吃，满脸激动地向领导汇报排查结果，提出他下一步的想法。我看到他额头上的汗珠已经顺着他的脸颊流下来，而他却浑然不在意，那种忘我的工作精神让我十分佩服。"

全国移民管理机构首届"十大国门卫士"称号，一个分量很重的荣誉。陆卿是怎么看待这个荣誉的呢？当陆卿获得这个荣誉的那一刻，他想到的是什么？我将这些疑问抛给陆卿。

"我觉得自己和大家一样，都是在自己平凡的岗位上兢兢业业地工作。能获得这个荣誉离不开优秀出色的团队和集体；离不开组织的培养，领导的关心，周围同事的帮助。只能说，我是幸运的，'国门卫士'这个称号不是给我个人的，而是给上海边检总站全体民警的，是他们对我的帮助使我在面对一项项任务、一个个安保工作、一次次考验时都能出色圆满地完成工作，荣誉是属于大家的！

"不管是入围还是当选，我都能以平常心看待这个荣誉，其实这个荣誉只是对我既往工作的肯定，也是对我今后工作的鞭策，促使我更好地投入到未来的工作中。"

我想知道："这个荣誉给你个人生活和工作带来了什么影响？有没有因为这个荣誉而产生更多压力？你如何面对这样的压力？"

陆卿回答："感觉在单位里有很多人认识或者知道我，而我却不知道对方名字。反正会有很多人关注我，所以我需要以一种更积极、更正能量的形象出现在大家面前。

"完全没有压力是不可能的，这个荣誉会让我不自觉地想要去做更好的自己。调整好心态，工作中继续有所追求、有所作为，希望能以自己奋发有为的工作态度、突出的工作成果来影响和带动周围的同事，一起守好国门。"

回顾自己的成长经历，陆卿颇有感触："我们国家在不断加快对外开放的步伐，上海也已初步建成亚太大型国际航空枢纽，空港通达性亚洲领先，越来越多的旅客选择从上海出境前往世界各地，越来越多的境外人员选择从浦东国际机场入境中国，出入境的大客流成为常态，不管是之前作为一线检查员，还是现在作为幕后的数据排查者，我都真切体会到祖国之强大、祖国之伟大，守护国门，责任重大。

"上海浦东国际机场的出入境旅客人数，已经连续十多年在全中国空港口岸保持第一。只有亲眼目睹、亲身经历国门之叙事，才会感同身受。站在国门前，会不由自主地对自己说一句：站直了。"

陆卿就站在那儿。我问他："你心目中，最想成为什么样的人？"

"我儿时的梦想是做个球星，足球明星。我最大的爱好，就是踢足球。除此之外，儿时还喜欢看科幻小说，看过凡尔纳的小说《海底两万里》《地心游记》《气球上的五星期》……因为这些小说里描述的科技，许多都实现了，我觉得不可思议。到了高中时，学业压力变大了，课外阅读就少了很多。现在业余爱好也不多了，无非就是刷刷各种APP，看看时政新闻，还有就是看球赛。"

"在你的阅读世界里，古今中外人物中，你最喜欢的人物是谁？"

"没有。"

"在实际生活中，从童年、少年到成年，你有没有自己崇拜的偶像？我想知道哪些人物对你产生了影响。"

"我喜欢《三国演义》里的张辽。他能文能武，既能施展策略计谋，也能冲锋杀敌。"

我心想，张辽，谈不上盖世英雄，但也的确不错，能做实事。

陆卿继续说："小时候，我对英雄更多的是感性认识，觉得那些经天纬地、运筹帷幄如诸葛亮、张良等智谋型军师是英雄，那种拯救万民于水火的帝王将相是英雄。等长大了，工作了，我渐渐觉得，其实现实生活中平平常常、有血有肉的普通人兢兢业业地工作，才是英雄。"

陆卿告诉我，有两个画面在他脑海中印象特别深刻：一个是他上学

269

时在一篇新闻报道中看到的画面。1998 年全国抗洪救灾，某江堤出现一个决口，几十个解放军战士跳入江水中，手拉着手，在水中筑起人肉堤坝，岸上的战士将装有沙子的蛇皮袋堵在决口上，堵住洪水。另外一个画面也是来自新闻报道。2020 年年初，武汉因为新冠肺炎疫情封城之后，各地组建以医务人员为主的逆行者队伍驰援武汉。普通老百姓还在惶惶不安时，他们已经枕戈待旦，写下了请战书和遗书，为了整个国家、为了整个民族，他们向着危险和未知勇敢前行，他们把危险留给了自己，把安全留给了其他人。其实，英雄就是身边的普通人，就像网上流行的一句话，"没有从天而降的英雄，只有挺身而出的凡人。"

五、战"疫"

旅客验证台，这里就是国门第一线。我从检查区域往外走，路经一个个查验窗口，不由得往外看去。2020 年年初，我出国旅行，从此经过，通过检查区域，便直奔安检口。此后，因为疫情，我还没来过浦东国际机场。

现在，我又一次来到这个区域，却是在里面体验到了别样的心情。往日里，这里人声鼎沸，熙熙攘攘。现在却是空空荡荡。偶尔，有全身穿着防护服的工作人员列队走过，他们缓慢、略带沉重的步履，依稀夹带着防范新冠疫情的肃杀之气。

出入境口岸是进入上海的第一道防线。身处大进大出、快进快出的上海出入境口岸，上海边检总站第一时间吹响了国门战"疫"的"集结号"。成立战"疫"突击队，亮身份、冲前线；组建疫情排查专班，擎起大数据战"疫"利剑；强化战时保障，倾情守护抗疫"大后方"……坚守国门的移民管理警察，用"温度"与"精度"跑出了疫情防控的"速度"与"力度"。

和疫情赛跑，每一分钟都很重要。面对每日数以万计的出入境人员，如何快速精准地锁定重点人员，如何全面细致地掌握重点人员的出入境轨迹？陆卿用实际行动回答了我们。

陆卿是浦东国际机场口岸疫情排查专班的一员，为精准有效地做好数据排查与统计工作，陆卿和他的同事"白+黑"、"7×24"连轴转，不分昼夜地排查、核实、报表。他深知，疫情面前，人员信息排查既要讲究时效性，又要讲究精准性与全面性，容不得半点儿马虎。

2020年3月20日，英国留学生许某乘坐的由新加坡飞往上海的航班飞抵浦东国际机场。许某当然不知道，很多人正等着他。为了他的到来，陆卿和同事做了大量的准备工作。

3月22日，上海市卫生健康委员会对外发布公告，3月21日0—24时，上海口岸新增十四例境外输入性新冠肺炎确诊病例。旅客许某便是其中一例。虽然许某不是从疫情防控重点国家飞抵上海，但是，陆卿和他的疫情排查专班丝毫未敢大意。数据排查工作在当晚航班抵达前就已经开始。"年龄、国籍、往来国、证件签发地……"一连串的信息在电脑屏幕上闪过。"疫情当前，每一名旅客的出入境信息我们都要认真对待，为大家也是为旅客自身的安全着想。"陆卿说。

数据的分析与整理，在旅客许某身上形成了一条清晰的数据链。"许某系英国留学生，3月19日从英国伦敦出发，经新加坡樟宜机场转机后于3月20日抵达上海浦东国际机场，许某属于有重点国家居留史的入境人员。"陆卿第一时间将排查结果经指挥中心上报给海关检疫部门，同时协助海关检疫部门提前锁定这名旅客，为后期处置工作争取提前量。许某刚一入关，即被隔离观察，经海关检疫部门检测，后经综合流行病学史、临床症状、实验室检测结果和影像学检查等程序，被诊断为新冠肺炎确诊病例。

国门战"疫",数据先行。据统计,疫情暴发以来,上海边检总站已累计向口岸检疫部门和上海市联防联控部门推送、共享重点疫情国家出入境人员信息数万条,海关和卫健部门从中发现输入性病例近百例。

"一条有价值的数据链的形成,往往需要几十条甚至上百条数据的收集、研究和整理,有时候方向不对,就会事倍功半。但是,每当看到新闻通报的确诊病例中有我们熟悉的人员,我就知道我们的工作没有白费。"陆卿这样说道。这份工作虽然枯燥乏味,但他和他的同事明白,国之所安,民之所安,家之所安,就在海量数据的分析与整理之间。

可以说是"大海捞针",也可以说是"按图索骥"。此次战"疫"中,上海边检总站疫情排查专班虽身在幕后,但他们用技术作"针",用数据作"线",在抗疫战场上做实绣花功夫,为紧张有序的全民抗疫提供了坚强的信息保障。也正是他们的坚守,确保了国门疫情防控工作精准有效地得以展开。

截至目前,上海出入境边防检查总站累计向市联防联控部门推送涉疫数据17.6万余条,为上海疫情防控工作总体决策部署发挥了重要作用。上海作为境外进京国际航班第一入境点,上海边检总站一夜之间搭建起临时入境口岸,妥善完成CA936等多架涉疫高风险航班入境查验工作。上海出入境边防检查总站完美展现了全民战"疫"中的上海边检力量。

六、上海男人

执勤十七队教导员张栋磊,引领我进入采访目的地——浦东国际机场边检指挥中心;外面是边检区域,随后依次为执勤十七队办公室、执勤十五队办公室。走廊墙上，写有大字"排查有广度 分析有深度 统计有精度 推送有速度"。

"这是我们的工作准则和基本要求。"陆卿说。然后，他用笔将这段话记录在一张白纸上，递给我。一个"80后"成熟男人，他在生活中是什么样子呢？也是如工作中那般执着、精细吗？带着这个疑问，我来到了陆卿家。

POLO 衫、短裤、运动鞋，换上便装的陆卿让人眼前一亮。他家布置得井井有条。陆卿一脸温馨，笑容灿烂。

"平时谁照顾家里多一些？"我刚问完，陆卿就不好意思地挠了挠头，看向妻子。

"我俩分工明确，他做饭，我收拾家。辅导孩子也是，他理我文，都形成固定模式了。"妻子很自然地把问题接了过去。

这种夫妻之间的默契源于多年感情的积累。两人高中、大学同校，她慢慢被他的阳光和体贴吸引，之后二人很自然地走到了一起。

在妻子心目中，陆卿这个警察，跟其他警察没什么不同：好人捉坏人。具体做什么，陆卿不讲，这是纪律，妻子表示理解。再说，就算陆卿说给她听，她也不一定听得懂，不如带她去看电影——好人捉坏人的电影。

我和陆卿妻子的交谈逐渐深入。令人感动的是，在这位警嫂的生活中，警察丈夫并没有缺席，甚至比她付出的还要多。"他把工作和家庭兼顾得很好，愿意为家里付出，从不说累。说实话，我很感谢他。"陆卿妻子不停地夸他。

疫情防控期间，陆卿妻子所在的单位复工较早，陆卿只要在家，就会接送妻子上下班。她问："你要送到什么时候呀？""你想到什么时候都可以。"陆卿说。

对于整天忙于"好人捉坏人"的丈夫来说，这可能是他说出的最温情的一句话。

陆卿的妻子跟我分享着他们生活中的琐事和幸福，点滴中勾勒出一名上海男人的典型形象——细致入微、温柔如水。

"我出生在上海崇明，是个土生土长的上海人。从小受的家庭教育是让我成为一个顾家的好男人。所以我还是很喜欢和自己妻子、孩子在一起的，能陪伴自己孩子一起成长、一起学习、一起进步，是一件很幸福的事情。因为现在小孩子喜欢的东西、玩的东西、面对的东西，还有学业上的压力，跟我们小时候完全不一样，陪伴孩子，能更好地理解他。我不仅仅是孩子的家长，更希望成为他信任的朋友和伙伴。这么说吧，我应该就是一个普通的丈夫、普通的父亲。"

我觉得陆卿身上的上海男人的特征越来越明显：低调、谦和、友善、实诚。陆卿对此颇有心得。

"低调。用上海话说，低调就是腔调，低调就是不显山露水，但不代表工作上没有几把刷子，不代表没绝活儿，不代表随大流，不代表没有自己的见解。

"谦和。我认为，就是谦虚、平和吧。有几把刷子的人，更应该懂得谦虚。无论在工作中还是生活中，总有自己不擅长、不精通的事情，谦虚能使你保持积极好学的态度，谦虚使人进步。平和，让你无论面对成功或者失败，都能保持一颗平常心，看淡结果，注重过程。因为很多时候，你完成一项工作，结束一个任务，结果不是你能控制的，你只需要在工作过程中兢兢业业，保质保量，做事但求无愧于心。

"友善。无论是并肩作战的同事，还是面对的工作对象，抑或是生活中遇到的各式各样的人，我们都要努力和他们友好相处。特别是并肩作战的同事，我们同处一个战壕，同处一个团队，同处一个集体，工作中难免发生磕碰，但我们始终要互帮互助，共同进步。不过这种友善也不能无原则，无底线，遇到事情需要坦诚相见，需要真诚交流。

"实诚。现在这个社会，普通人面对的压力已经很大了，工作上、生活上都要面对各种各样的压力。所以，很多时候，人与人相处时，需要真诚，这会让我们感觉更轻松。少一点儿装饰，少一点儿虚伪，多一点儿坦诚，多一点儿单纯，会让大家都不觉得疲惫。"

陆卿只想做一个真实的自我，做一个有血有肉、有优点有缺点的普通人。这就是我眼中的陆卿。

我问他："对未来有些什么打算？接下来的人生规划是什么呢？"

陆卿回答："没有什么特别的打算，希望生活上多一点儿时间和家人相处，工作中和同事相处愉快，最重要的是，多抓几个坏人。"

"回想自己走过的人生道路，令你印象深刻的挫折或坎坷是什么？"

陆卿坦言："没有什么特别大的挫折或者坎坷。我们这一代人，比起自己的父母，几乎是没有吃过什么苦，没有受过多少累。我是上海崇明人，一路通过学习考试上大学、找工作。从崇明岛，到把家安到上海市区，感觉一切都是按部就班，一步一个脚印，稳步向前。"

那天，我离开上海浦东国际机场，陆卿和执勤七队魏文亨副队长送我到机场专线候车点；因为疫情，机场线客流减少，还要等一个多小时，于是我们转往地铁站。偌大的浦东国际机场，他们一步一步陪我走到地铁站。我们握手分别。我伫立，默默望着两位人民警察远去的背影——他们是中国移民管理警察，是这个城市、这个国家的守护者。国门叙事里，有许多人民警察忙碌的身影，也有陆卿这样低调的身影……那些与国门有关的叙事，也许并非广为人知，但深入探寻后，就会从中寻找到工作的动感与节奏，寻求到生活的幸福与快乐。

　　我相信我会记住，上海浦东国际机场的无数个白昼与黑夜、喧嚣或寂静，都是陆卿和他的同事们在倾情守护。

　　这便是陆卿和他的同事，他们用自己的真实生活，给我们的平常日子打上了一个特殊印记。就像我们站在国门前，他们在我们的护照上盖上一个清晰的印章一样，沉重而深刻。

　　　　　　　　（文中照片由上海出入境边防检查总站提供）

"全国公安系统二级英雄模范"杜慧

岛城空港那双明亮的"慧眼"

——记"全国公安系统二级英雄模范"杜慧

董保存　周　钇

引子

2021 年 8 月 11 日上午十点，我们的主人公杜慧像往常一样，身着雪白的防护服，出现在青岛流亭国际机场出入境边防检查站的岗位上。

今天，在这里送走最后一批旅客，他们就要与朝夕相处的流亭机场说再见了。他们将转场至新启用的青岛胶东国际机场，到那里继续履行"国门卫士"的神圣职责。

离开流亭机场前，杜慧和战友们在"中国边检"的标识下拍照留念。

赶来采访的记者围上来。其中一位问杜慧："告别工作多年的流亭机场，你有什么话要说吗？"

"想过无数次该如何告别。当这一天真的来临时，心中万般不舍，难说再见……"

杜慧说的是心里话。

在历史的长河中，十五年不过匆匆一瞬，但在她的人生旅程中，却是难忘的芳华岁月……

2006年，她从中国人民武装警察部队学院（现中国人民警察大学）毕业后，分配到了成立于1990年6月的青岛机场边防检查站，成了公安边防队伍中的一员。他们担负着青岛机场口岸出入境人员和航班的查验管理、口岸限定区域管理、防范查处非法出入境活动的职责。在这个岗位上，她兢兢业业，恪尽职守，砥砺前行十五年，从一名检查员成长为执勤队教导员。

在这里，她经历了2019年1月1日的转隶。根据党中央统一部署和中央军委命令，公安边防部队全体官兵集体退出现役，转隶为人民警察序列，接受国家移民管理局垂直管理，成为新中国第一代移民管理警察。

在这里，她目睹了青岛流亭国际机场一步步发展成了连接亚洲、欧洲、美洲、大洋洲的二十三个国家（地区）四十条国际客、货运航线的空港，出入境人员连续十二年保持百分之十五的高速增长；经历了青岛机场出入境边防检查站重大安保勤务多、工作要求严，口岸反恐维稳、查缉管控压力持续加大的关键时期。

在这里，她和她的战友们一道，始终以维护国门口岸安全稳定、服务青岛经济社会发展为己任，圆满完成了北京奥运会青岛奥帆赛、上合组织青岛峰会、多国海军活动和跨国公司领导人青岛峰会等二百余次重大活动的通关保障和安保任务；为俄罗斯、巴基斯坦等十余个国家元首和政府首脑提供优质通关礼遇；成功高效地实施了中国公民出入境通关候检不超过三十分钟、一百四十四小时过境免签等改革新举措，为国家挽回经济损失数千万元……

在这里，她练就了移民管理警察的一双"火眼金睛"，能一眼辨认出一百五十多个国家（地区）的护照签证真伪，一口道出五十多种证件防伪技术特点。先后查获山东口岸首例"持用整版伪造加拿大护照非法出境案"、首例"骗领 APEC 卡非法出境案"、首例"口岸限定区域换持登机牌非法出境案"等重大案件二十余起，查获非法出入境人员一百五十余人次、在控在逃人员一百二十余人，核查发现涉恐重点国家地区人员三十余人，涉嫌跨境诈骗、赌博人员一百余人，确保了青岛机场口岸安全。上合组织青岛峰会期间，她带队查获"十五人持用骗取签证非法出境案"，得到公安部领导批示肯定。2019 年，她被全国妇联授予"全国巾帼建功标兵"称号。在抗击新冠肺炎疫情的伟大斗争中，杜慧被山东省委宣传部、山东省公安厅联合授予"山东战'疫'最美警察"称号，荣获国家移民管理机构首届"十大国门卫士"提名奖，荣获公安部个人二等功两次，被公安部授予"全国公安系统二级英雄模范"称号。她用自己的行动书写着"国门卫士"的英雄传奇……

一、"火眼金睛"篇

2012 年 9 月的一天傍晚，一架从韩国到青岛的航班落地后，旅客陆陆续续从廊桥走到了边检候检区域，排好队准备接受入境检查。正在台外巡视的杜慧扫了一眼排队的人群，忽然发现了一张似曾相识的面孔。

这人好像在哪里见过，但一时又想不起来。口岸出入境客流量大，在杜慧的记忆里，除了几位经常往返的旅客，她所熟悉的韩国人的面孔并不多。

职业的敏感性提醒她要提高警惕，于是她迅速向科领导报告。之后她一边按照科领导要求，通知所有前台检查员认真细致查验这个人的信息资料，一边在检查台后侧"把守"，密切观察这个人的动向。

看着盯着，走着想着。杜慧小跑几步，急匆匆地来到旅客查验通道内。

前台检查员把该旅客资料录入系统，没有异常提示。

杜慧接过护照仔细端详。

这是一本真实的护照。凭借多年的工作经验，她确认这本护照没有作假。这个人的资料显示，他是第一次入境中国。但是，为什么觉得有些面熟呢？

杜慧仍旧感觉可疑，于是把这位旅客带到了后台。

杜慧用韩语问："您是韩国人吗？"

"是的，我是韩国人。我叫朴灿勋。"对方答道。

"来过中国吗？"

对方不敢直视杜慧的眼睛，低头小声答道："没有。"

"不对吧？"杜慧好似不经意地说。

那人一口咬定："我没有来过中国。"

"请您稍等一下。"

杜慧转身回到查询电脑前——在青岛机场出入境检查，除了人工识别以外，还可以借助信息化手段进行人脸识别比对。多年来，查获过更改个人身份资料、变换身份的案件数十起。

经过一番比对，杜慧发现，这本护照上的照片和资料库里一个不准入境人员的照片相似度极高。杜慧忽然想起来，那是一个前段时间因为触犯中国法律被遣送回韩国的人。根据系统资料显示，他还处于限制入境的期限内。如果真是此人，就可以断定这本护照里的个人资料是假的！也就是说，他"改名换姓"了。

杜慧再次面对"朴灿勋"时，开口说的一句话让他大惊失色。

"金先生，你最近瘦了。"

"朴灿勋"略显慌乱，说："我叫朴灿勋，我一直是这样啊。"

第二句话让"朴灿勋"无话可说了。"你从这里'回国'的时候咱们见过面，你不记得了吗？你的名字改得不错呀。"

在铁证面前，金东泰只得承认使用"朴灿勋"的身份重新申领护照，企图瞒天过海非法入境的事实。

原来，一年前金东泰曾来过中国，因为触犯了中国的法律，被遣送回韩国，并且限制三年内不得入境中国。

根据金东泰交代，他急于回中国继续他的"业务"，回韩国后通过非法渠道，使用另一个韩国人的身份和自己的照片申领了一本新的韩国护照和中国签证。

然而，他煞费苦心非法办理的新护照和首次入境的假行程，没能躲过国门卫士的火眼金睛。

水落石出，这也是早期山东口岸查获变换身份偷渡案中典型的一起。现在，边检人员借助信息化设备和大数据精准的人脸比对，在国门一线布设了"天罗地网"。

杜慧请示领导后，按照中国边检的规定，及时遣送金东泰随原航班回国，从而维护了我国法律的尊严。

这件事情被传得沸沸扬扬，人们感到惊异的是，杜慧眼力如此厉害，简直就是"过目不忘"。杜慧却说："哪有那么厉害，这只是岗位责任使然。"

2021年5月15日下午五点多，青岛流亭国际机场出境检查大厅内，有三位年龄差异较大的女性旅客，前后进入了三条不同的查验通道排队。

接受检查时，她们的出境证件齐全，护照和古巴另纸签证均为真实有效证件。她们出行的目的地均为古巴，而且都是去探亲，但此时新冠疫情正在全球肆虐，出国探亲的人少之又少。她们要辗转三个国家才能到达古巴，互相又说不认识对方，这让杜慧觉得有些可疑。

杜慧把三人当中年纪最大的康某请进了询问的房间。康某来自武汉，证件年龄六十三岁，已经退休在家。

"请问您去古巴干什么？"杜慧问。

"我去探亲，我有个小姨在那儿。"康某神情自若。

"她什么时候出国的？"杜慧问。

"她出去好多年了，一直没有回来。"

"您小姨叫什么名字？哪一年出生的？写下来。"

"我记不清她的出生日期了。"

当问及康某的小姨是怎么出去的，在古巴以什么为生时，康某躲躲闪闪，含糊其词。

在杜慧的询问过程中，康某一直不敢和她的目光对视。问及在古巴的具体行程，康某只说不清楚，到了有人接。再问其他问题，她就声称自己年龄大了不舒服。

"我身体不好，有好几种病，我要休息一会儿。"

杜慧一边安顿康某休息，一边安排人对康某"小姨"的身份进行核实。同时，她转身到另一房间去询问来自四川的高某。

此人五十岁左右，能说会道，言谈话语之中很有点儿江湖气。杜慧改变战术，单刀直入，问她："您的签证是怎么办理的？"

"一个朋友给办的。"

"您的朋友叫什么名字？电话号码是多少？"

"我不知道他叫什么，我也没有他的电话。"她摆出一副"你们爱怎么办就怎么办"的样子。

　　时间一分一秒地过去，距离飞机起飞时间越来越近。之前核实的信息没有任何进展，杜慧再次"转场"，开始询问最年轻的刘某。此人和杜慧年龄相仿，杜慧用聊天的口气，问了她家里的情况。刘某家在河北大平原上，和丈夫离婚了，一个人带着两个孩子生活。老大已经十二岁了，老二刚刚上一年级。

　　杜慧说："你这负担可够重的，你去古巴，孩子怎么办？"

　　"老人先给带着吧。"

　　"你这次去古巴，到了联系谁？"

　　"联系我哥哥。"

　　"能用你的手机和你哥哥通个电话吗？"

　　问到这儿，刘某就不愿意再开口了。

　　杜慧拿过刘某的行程单，说："现在疫情这么严重，国外感染风险很高，你周转几个国家准备怎么防护啊？再说这时候出去，回来可不容易。"

　　她用充满了同情的眼神看着刘某，刘某听了这番话语，忽然打开话匣子，着急地问杜慧："怎么就回不来了？买票就能回。我就去几天，又不长住。"

　　杜慧说："现在国外疫情严重，在外面的人都想方设法回来，回来没有你想象的那么容易。万一回不来，两个孩子怎么办？父母能给你照顾一辈子？"

　　刘某欲言又止。杜慧趁热打铁，说道："现在有些人以为花钱找中介办出国签证，出去打黑工能挣很多钱。其实，没有正经工作，挣不到什么钱，家里有急事时碰上疫情还回不来，落个人财两空。"

　　听到这里，刘某喊道："人家正常渠道给我办的签证，我出去是合法的，没有人骗我钱。不会有人骗我的钱!"

此时，杜慧敏锐地察觉到已经戳到了刘某的弱点，判定她绝不是去探亲。但要探到事情的真相还要费一番周折。

"我的孩子跟你的差不多大，我特别能感同身受，离家时间长会很想孩子，出去了就不能陪他们了，况且你这一去啥时候能回来都不好说。谁挣点儿钱都不容易，给那些人的钱留给孩子们花多好啊?"

杜慧正在跟刘某交流，这时，刘某的电话突然响起，显示"爸爸"。杜慧对刘某说先不要接电话，好好想想有什么要说的。

就在杜慧组织人员紧张核查三人身份信息的过程中，刘某的手机一遍遍响起"爸爸"的来电。杜慧拿起手机来到刘某面前，轻声问道:"是不是孩子打来的?"刘某用带着红血丝的眼睛望向杜慧，眼看就要落下泪来。

"让我接一下吧，从我走了老二就一直哭，总是给我打电话。昨晚又在电话里哭，我昨天在宾馆也没睡。"

"我可以让你接，但你接这一下电话又有什么用?出国就真管不上他们了。国外疫情这么严重，这个时候抛下孩子不管可不是明智之举啊!"

刘某的心理防线在这一瞬间被攻破。"谁不想陪在孩子身边?如果不是为了给他们多挣点儿钱，谁愿意扔下他们不管?我不去了，我要回家看孩子。"

"你不去了钱怎么办?就把钱白白给他们了?我们能帮你把钱追回来，只要你配合我们……"

在杜慧一连串的追问下，刘某交代她是先到黑龙江，和一个叫伍海龙的东北男人碰头之后坐飞机抵达青岛的，在青岛的酒店她和另外两个女人第一次见面。但到底去黑龙江干什么，她还是有所隐瞒。

马上检查行李！杜慧立即安排人对她们的行李物品进行检查。经过细致全面的检查，在衣服和包里找到大量美金和墨西哥居留卡等证件。

面对搜查到的物品，三人交代都是通过网上发布的信息，和一个名为伍海龙的人取得的联系。她们此行是绕道中北美某国去美国非法打工，而且一旦出境成功，就转给伍海龙三十万元。

顺着这一线索，杜慧带队连续查获"5·15"和"7·24"涉嫌境外换持证件非法出境案件，成功打掉了一个借道多国偷渡的非法出境务工通道。

二、"疫情大考"篇

2020 年农历新年的脚步越来越近，然而，突如其来的新冠疫情让本应欢乐祥和的春节笼罩在一片阴云之下。

时值春运高峰，青岛机场边检站的客流量连创历史新高。特别是作为日韩门户机场，每天有大量的旅客来往韩国和日本。其中，有不少来自武汉的旅客正准备经青岛前往韩国。

1 月 25 日，农历大年初一，中共中央政治局常委会会议研究新冠肺炎疫情防控工作。作为执勤四队教导员的杜慧得知这一消息后，立即召集本支部党员开会，学习贯彻中共中央关于新冠肺炎疫情防控工作指示精神，进行思想动员，强调要开展特殊勤务准备和疫情防控演练。

会议一结束，杜慧就和二十五名党员一起，向边检站党委递交了请战书，并迅速组建了"党员突击小分队"。

"我们是党员，我们先上！"杜慧对站领导说，"我经历过禽流感、甲流、登革热、埃博拉病毒等疫情事件的处置，这方面我有些经验，我申请先上。"

然而，让杜慧没有想到的是，正月初一新冠病毒就给了他们一个"下马威"。在一片"过年好"的问候声中，有不好的消息传来：1月23日从青岛飞抵韩国首尔的航班中，有一位韩国旅客抵达后有发烧症状，经检查确诊新冠肺炎！这是口岸发现的第一例新冠肺炎疫情，执行此次任务的正是杜慧带领的执勤四队。

得到消息后，青岛机场边检站立即进行排查，通过大数据迅速找到了那位韩国旅客所走的通道以及相应的检查员，并第一时间通知当日值班队领导杜慧，让她了解当事人情况，安排隔离。

在通知当事人之前，杜慧先倒查了监控录像，了解当天情况。说来也巧，就在杜慧准备拨打这名检查员的电话时，他的电话却先打过来了："教导员，我有点儿发烧。"

杜慧的心一下子揪紧了，他会不会被传染了？

片刻紧张之后，杜慧迅速调整状态，对检查员说："你先自我隔离，不要跟其他人接触！有什么问题第一时间给我打电话。"

"我本来想下班去老人那边接孩子的，发现发烧了我就没去。"

"我马上安排人给你送药，争取今天给你做一下核酸检测。"

"为什么要给我做核酸检测？"

"我们刚接到消息，经过咱们口岸的旅客中发现了一例新冠肺炎确诊患者，需要你配合去做个核酸检测，排除一下。"

"那个旅客是我办的吗？我发烧是不是跟这个有关系？我的头也疼，我看新闻里报道的就是这个症状。这可怎么办？"

"你不要慌，我已经看了整个验证过程的录像，你办手续的动作很迅速，旅客没有过多停留，咱们防护得很到位，下检查台时也做好消杀了。我以前经历过疫情，大家做好防护是没事的。"

放下电话，杜慧迅速向边检站领导做了汇报。当即，站里安排将这位检查员送到了定点检测机构，并对所有工作场所进行消杀……

几个小时后，这个消息还是在站里产生了不小的轰动。这时的杜慧却异常冷静，在口岸工作十多年的经历告诉她，遇到突发状况，必须相信党和国家的决策部署，闻令而动。杜慧要求队里所有人关注自身身体状况，同时严格执行防控要求，不得有任何马虎大意！

同时，隔离的检查员也牵动着她的心。杜慧每一次跟这位检查员打电话或发微信前，都要字斟句酌，努力不给他带来心理压力，增强他战胜疾病的信心。

第一次检测结果呈阴性，第二次检测结果也是阴性，检查员的体温也降了下来，杜慧悬着的心才落了地。

一场虚惊，也是一场考验，更是一次抗疫的"实战"。

在这个过程中，以杜慧为代表的青岛机场出入境边防检查站的执勤人员，顶着巨大的压力坚守岗位，完成了青岛国际机场每天一万多人出入境边防检查任务。

杜慧后来说："这一场虚惊，实际上是给我们敲响了警钟！"

2020年2月下旬，新冠疫情在亚洲，特别是东亚呈暴发趋势。

3月3日上午十时，世卫组织更新的新冠肺炎疫情报告显示，世界确诊新冠人数，韩国和日本分别排在了第二和第三位。

此时，韩国、日本等国与我国还保持着正常的通航，青岛流亭国际机场一下子成了疫情防控的焦点，"外防输入"成了机场边检站的重中之重。

入境防疫压力增大，办理手续时间增加，作为带队负责人的杜慧只能连轴转，穿着防护服连续工作十个小时以上对她来说是常态。经常是刚送走上一个航班，又迎来下一个航班。疫情期间，航班经常有临时性变化，时间上的不确定性也给杜慧他们带来了巨大的体力消耗。

一天，杜慧带队从早上八点半接班一直工作到晚上十二点，正当大家都盼着最后一个航班正点抵达时，杜慧接到航空公司消息，称该次航班晚点，具体时间不确定。半小时过去了，没有动静；一个小时过去了，还是没收到航班信息。

凌晨两点多，这架航班才出现在青岛机场上空。飞机落地后大家才得知，是因为临时加装了从韩国发往武汉的防疫物资导致航班延误。杜慧内心充满了感动："咱们这也是为武汉抗疫出一份力。"

飞机落地后，杜慧带着检查员立即上岗，为这个航班上的一百多名旅客办理入关手续。当时大家都已经相当疲惫了，杜慧的护目镜也已经起雾模糊。但她还是细心地小声提醒检查员们："仔细、再仔细……"当完成所有工作脱下防护服时，杜慧抹了一把额头上的汗水，抬头望向

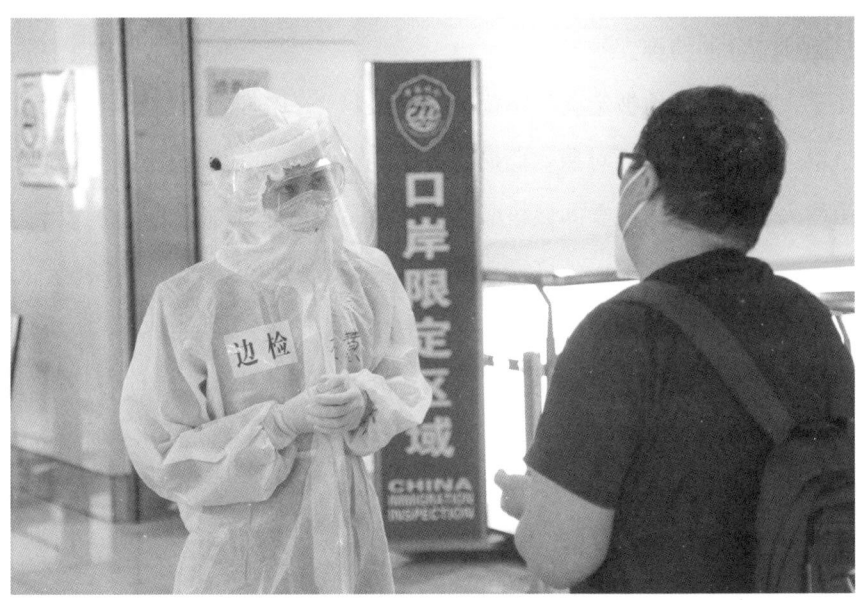

疫情期间杜慧（左一）在机场核查旅客信息

窗外，天边已经出现鱼肚白。

随着海外疫情蔓延，病毒出现变异，传播力增强，全球防疫形势严峻。而到"特殊旅客等候区"对有疑似症状旅客做人证对照查验，无疑是感染风险最高的岗位。

杜慧心里清楚，无论是年龄、身份，还是职务，她都是"大姐"，每次勤务，她都把进入专区办理特殊旅客查验当作自己责无旁贷的工作。

杜慧的举动，自然影响了队里的其他人，他们纷纷要求到专区执行"面对面"任务。

杜慧告诉他们，对待疫情防控，光有敢于亮剑的精神是不够的，还必须善于亮剑。她总是语重心长地对战友们说："防疫往大处说关系到国家大局、人民平安，落到咱们每个人身上，就是我们接触的旅客的安全和我们自身的安全都容不得一丝一毫疏忽。只要到了一线，大家就要打起十二分的精神。"

入境查验场地被定义为防疫的"污染区"，旅客到达后都必须摘掉口罩进行仔细的人证对照。此时，旅客与执勤人员的距离在一米以内，虽然入境旅客到达后立即做核酸检测，但无法当即判断是否为新冠肺炎患者，在这种情况下，入境检查必须是最高防疫等级。

一次，一位乘坐韩国航班入境的十七八岁的中国留学生，下飞机后申报自己发高烧。他本是在英国读书，由于很多航线停飞，他中转了好几个国家，用了好几天的时间才抵达青岛。在特殊旅客等候区为他做人证对照的正是杜慧。

当杜慧为他核实证件、请他摘下口罩的时候，这个旅客惶恐地说："这样可以吗？我发高烧了，我可能会传染给你的。"

"不要紧，这是我的工作。你回来了就一定要安心，相信我们。"

一句暖心的话，让小伙子热泪盈眶。他嘴唇颤抖地说出三个字："谢谢您……"

杜慧微笑着回复他："不客气，回来了就安全了。"

疫情暴发以来，杜慧共带队查验疫情重点国家地区入境人员五万五千余人次，航班八百余架次。每一次"向疫逆行"杜慧都清楚自己将要面临的风险，但是为了每一份平安和每一份理解，所有的付出都值得。

三、感恩成长篇

生于改革开放初期的杜慧，深切地感受到自己能成长进步、取得一些成绩，首先要感恩身处的时代。特别是党的十八大以来，在习近平新时代中国特色社会主义思想的指引下，各行各业干事创业的新局面，激励着杜慧爱岗敬业、忠于职守，在自己喜爱的工作岗位上脚踏实地地施展才华。

到青岛机场边防检查站工作以后，杜慧被分配到了一个有着优良传承的集体——女子旅检科。这是一个多年的先进集体，曾经荣获过"全国巾帼文明岗"、"全国青年文明号"等称号。女子旅检科的领导真心实意地为每个人的成长考虑，及时搭建平台、创造机会，培养锻炼了一批优秀人才，创造了辉煌的业绩。

杜慧清楚地记得，刚工作不久，有一天在机场执勤时，一位特殊的旅客——"全国劳动模范"、"全国优秀共产党员"、"最美奋斗者"青岛港许振超来到她们身边。他与女子旅检科的姐妹们进行了一次深入交流，同她们分享了青岛港的创业故事和他的工作及经历。

许振超平易近人的谈吐，一身正气的形象，让她感受到了原来英雄也是普通人，只要在自己的岗位上努力奋斗，就可以做出影响整个行业

杜慧说：时代的接力棒传递到我们手中，
要努力交出属于第一代移民管理警察的合格答卷

甚至整个时代的业绩。

边检站领导的统筹谋划、女子旅检科的积极氛围，带动和鼓舞着杜慧这样的年轻人，让她们看到榜样的力量，成长为榜样式的人物。

杜慧说："时代的接力棒传递到我们手中，每个人都能充分发挥自己的作用，大家拧成一股绳，踏实肯干、敬业奉献，就能够交出属于第一代移民管理警察的合格答卷。"

我们常说，父母是人生最好的老师。

杜慧的母亲是沂蒙山老区的一位小学教师，沂蒙精神在杜慧幼小的心灵里扎下了根。

杜慧上初中的时候，总听父母说起她生长的兰陵县下庄镇代村社区党委书记王传喜（中共十九大代表，2018 年被评为"时代楷模"）。为了改变家乡的面貌，他带领乡亲们发展沼气发电，建蔬菜大棚，把一个贫穷落后的村庄，建成了现代化的新农村。每一次父亲接送杜慧上下学，都要经过代村，每次父亲都要给她讲王传喜的故事。而杜慧也是亲眼见证这个村一步步走上了共同致富的道路，村民都住进了小洋楼，村里还建起了农业公园……在杜慧的心中，王传喜就是她人生的楷模。

父母的教育不断影响着她，杜慧在军校时就光荣加入了中国共产党。军校毕业分配到青岛之后，父母更是全力支持她做好工作，每当遇到难题，父母的关心、支持与帮助，都让杜慧能够迎难而上，全力以赴。

然而，随着年龄的增长，父母的身体都出现不少问题，父亲心脏不好，母亲患神经衰弱、高血压等疾病。有一年冬天，母亲因肠胃疾病连续两次入院治疗。第二次生病时突发急性钾流失，被送入重症监护室，生命垂危。无奈之下，父亲想让她回家一趟，却没有打通她的电话。当时，杜慧正在机场忙于一项公务机查验任务，直到晚上给父亲回过去电话才了解到情况，而彼时在重症监护室的母亲刚刚脱离生命危险。

每当说起这些，杜慧就不免心生愧疚。常年不在父母身边，她没能尽到一个女儿的孝心。

一家不圆万家圆。父母每次打电话都是鼓励她好好工作，不要惦记家里，从来没有抱怨过。面对父母的鼓励，杜慧心存感激，父母在关键时候默默地付出，是她不断前行的最坚强的后盾。她相信这是一种传承，她会把这种力量传递下去。

在杜慧看来，带出过硬的边检队伍，让年轻人成长为新一代合格的国门卫士，既是时代的要求，也是感恩党组织对自己的教育和培养的具体行动。

这些年来，很多年轻人进入到了移民管理警察的队伍，他们思想活

· 293 ·

跃、思维敏锐、思路开阔，给这支队伍注入了新鲜血液、增添了青春活力。然而，成长为合格的国门卫士，并不是一朝一夕就能够完成的。

担任执勤四队教导员后，杜慧坚持在实战中带队伍，在任务中培养人才，并且取得了明显的成果。

2018年8月，正是青岛旅游的黄金季节，"青岛机场边防检查站反恐实战技能竞赛"隆重举行。为了做好竞赛前的准备，杜慧和科长卞峰商议，这段时间由卞峰负责主要的勤务任务，杜慧担任竞赛队长，带两位"90后"男队员组队，投入到紧张的准备之中。

那些天，每天下了班后，杜慧就把自己关在办公室里，专心致志地备赛。简答题和案例分析，这些题题量大、类型多样，有的事件处理还非常复杂。杜慧主动扛起了这个"大头"，一道题一道题地"啃"，一个类型一个类型地攻关。

她与科长一起研究每一位参赛选手的优劣势，有针对性地指导选手强化备战。

备战冲刺阶段，杜慧一边参与勤务，一边牺牲大量休息时间研究特殊勤务问题处理。在高强度的备赛压力下，杜慧的颈椎病犯了，为了不耽误复习，她就用艾灸调理，不小心在脖子上烫起了一个大水泡。

一边是队伍的荣誉，一边是身体的伤痛。杜慧果断放弃外出就医，每天就靠抹烫伤膏继续坚持，怕大水泡被衣服蹭破，就用纱布裹上创面。同事们看着都心疼，劝她赶紧去医院，她总是笑笑说："过几天就好了，不碍事。"

杜慧的全情投入极大地鼓舞了两名参赛队员。钱海龙是军校毕业的"90后"，军事素质过硬，但有时羞于"露脸"。杜慧不断鼓励他、鞭策他。于是，钱海龙在各个平台上查阅近年来全国各口岸查获的伪假证件和验讫章，对证件防伪技术和快速识别方法进行重点研究，识别证件真伪能力飞速提升。

每次杜慧问他准备得怎样了，钱海龙总是笑着说："与你的刻苦劲头相比，还有很大差距。"

正式竞赛那天，他识别验讫章真伪非常准确，赢得了现场观众的满堂喝彩，评委们给他打了满分。与钱海龙朝夕相处的战友也被他的精彩表现给镇住了，有人问他："你这绝招平时为啥没有露露呢？"钱海龙自豪又诙谐地说："在教导员的带领下，我是'三年不鸣响，一声震天宇！'"

另一位队员徐放，是科里年龄最小、兵龄最短的检查员，入警不满一年。备考时，他的舌头刚刚做过囊肿微创手术，说话还不太方便。大家叫他休息两天再准备赛事，他比画着说："教导员的病痛比我厉害多了，都还在坚持，我这点儿小毛病算得了什么。"

在竞赛中，他主要承担"真真假假"人脸识别环节。在杜慧的带领下，徐放精心备战，最终以"零失误"的成绩交出了一份满意的答卷。

经过紧张激烈的比赛，以杜慧为队长的三人组最终摘得了竞赛桂冠。站上领奖台，当被问及夺冠的首要因素时，钱海龙毫不犹豫地回答——信任。

他解释说："是教导员杜慧做出了榜样，激励着我们奋力拼搏，正是她的信任，坚定了我们必胜的信心和决心，让我们发挥出了应有的水平。"

新一代移民管理警察在青岛机场边防检查站健康成长，让杜慧倍感欣喜。

杜慧所在的执勤队，有一大批优秀青年典型和业务骨干茁壮成长。有三人在总站全警实战大比武中荣获个人及团体第一名，先后八人荣立个人三等功，十余人获得省市级表彰，八人入选总站专家人才库，十人成长为证件研究、数据核查方面的专家骨干。她所在的党支部先后被评为"基层建设先进单位"、"上合组织青岛峰会边防安保工作先进集体"、"基层先进党支部"和"青岛市抗击新冠肺炎疫情先进集体"。

我们有理由相信，从青岛流亭国际机场转场到青岛胶东国际机场后，岛城空港的那双"慧眼"会更加明亮！

（文中涉案人员均为化名，照片由山东出入境边防检查总站提供）

"全国公安系统二级英雄模范"、全国移民管理机构首届"十大国门卫士"查中永

猎毒湄公河

——记"全国公安系统二级英雄模范"、全国移民管理机构首届"十大国门卫士"查中永

范玉泉　谢丽勋

查中永，男，1978 年 6 月出生，2002 年 7 月参加工作，现任云南西双版纳边境管理支队边境管理处副处长。四十三年人生沉淀，他赤胆忠诚，一心向党；十九年从警之路，他扎根边疆、无私无畏；十二年缉毒生涯，他行走刀尖、生死卧底。他先后参与指挥侦破贩毒案件 912 起，抓获犯罪嫌疑人 1046 人，缴获各类毒品 2.676 吨、易制毒化学品 219 吨、毒资 600 余万元，荣立个人一等功 2 次、二等功 2 次、三等功 4 次，2015 年 6 月被国家禁毒委表彰为"全国禁毒先进个人"，受到习近平总书记亲切接见，2021 年被授予"全国公安系统二级英雄模范"称号。

一、"绿三角"枪声

2020 年 10 月 5 日。

澜沧江湄公河两岸是密不透风的热带雨林，此时西双版纳的气温正

是一天中最高时分，这个季节每天的暴雨比闹钟还准时，"哗啦啦"冲刷着肥硕的芭蕉叶。

不到五分钟，太阳破雨而出，阳光越过原始丛林，投射到错落有致的吊脚楼上，落到了澜沧江边的勐养大金塔上，折射出万道光芒。

浑浊的澜沧水焦躁不安，席卷着各种漂浮物，一路滚滚向南而去，从这里再往下15公里便是"绿三角"——南腊河口，也就是中老缅三国的交界处。过了此处，澜沧江更名为湄公河，从南腊河口再下行100余公里便直通世界最大毒品产地"金三角"腹地。

湄公河全长4180公里，是我国和东南亚经贸的重要纽带，也是金三角毒品流入我国的黄金航道，称为南方的"鬼门关"。

此时，在"53901"号艇的甲板掩体内设伏的查中永透过垛口，盯着江面上一艘艘商船，豆大的汗珠从额头上一直滚落到晒得滚烫的甲板上，瞬间化为一股股热气。

那只紧握手枪的手心满是汗水，枪就像从河里捞出来一般。

"目标出现，所有人沉住气！"他对着对讲机悄声说道。

"53901"号艇发动机已经熄灭，被水冲着顺流而下。

那艘写有"中国思茅号"的商船却加足马力，逆流而上，两艘船越来越近，并靠近"绿三角"。

不远处，江岸边几艘摩托艇，跃跃欲试。

"各组注意，各组注意，大鱼出水，大鱼出水，行动！"查中永大声吼道。

四辆摩托艇的发动机声同时响起，一时间震耳欲聋，摩托艇犹如一颗颗出膛的子弹，冲向"中国思茅号"，将其团团围住。艇上的侦查员一个个手握95-1步枪，眼睛里透出如炬的目光。

"53901"号艇突然启动，艇身瞬间横了过来，犹如一个庞然大物横在了江面，查中永带着八名侦查员，伫立在甲板上。

枪帆长苏明转动着 12.5 毫米高射机枪，将枪口对准了"中国思茅号"。

"前面的'中国思茅号'，我们是中国移民管理警察，你们已经被包围了，请立即熄火，接受检查！"

喊声从"53901"号艇的喇叭扩音器中传来，回荡在江两岸。

眼瞅这阵势，看来今天是插翅也难飞了，"中国思茅号"发动机的声音渐渐熄灭下来，犹如一只斗败的公鸡，垂头丧气地败下阵来。

"跳帮！"查中永下达命令的同时，第一个从"53901"号艇上跳到了"中国思茅号"艇上。

说时迟那时快，梁钒、吴诚、洪帅三人几乎同时飞身一跃，跟着跳上了"中国思茅号"的甲板。

四人落地瞬间，整齐划一地向前滚翻，顺势出枪，一齐道："不许动！"

船舱内，一个男人慌乱中从操作台上抄起一把长刀，疯狂砍来。查中永瞅准时机躲过砍刀，并将其摁倒在船舱内，其余人见状，纷纷抱头蹲下。

"不许动！"梁钒呵斥道。

而另外一个男人狗急跳墙，他从床下掏出两个麻袋，准备向江里扔去。

"砰"的一声，洪帅的枪响了，子弹从男人的头顶擦过去，射向了江面。

男人愣住了，他没想到遇到狠角儿了。

"再动打爆你的脑袋！"洪帅怒吼道。

男人战战兢兢地放下举过肩头的麻袋。

“咔嚓……咔嚓”，随着几声清脆的金属碰撞声，四人都被反手上铐。

吴诚和洪帅拿起相机，对所有证据进行了一番固定。

四名嫌疑人并排蹲在船舱角落里，查中永用手枪轻轻掀开麻袋一角，看见里面一块一块的黄色“砖块”。

查中永拿起一块看了看，“嚯，标配，每块都有750克！”他自言自语地说道，用手抹去额头的汗水。

“53901”号、“中国思茅号”和几艘摩托艇已经掉头逆流而上，朝着关累码头方向驶去。

“货从哪里来的？准备运往哪儿去？”

四人低着头没有吭声。

江水“哗哗”作响，两岸丛林里传来鸟鸣兽叫声。

船舱内，四名嫌疑人耷拉着脑袋一言不发。

看着这些人一副死鱼样儿，一股怒火在洪帅胸膛燃烧，他想冲上去一脚飞腿，将这几个人踹到江里。洪帅看看查队一脸从容的样子，有些不好意思，渐渐压住了怒火。

“不说是吧！”查中永摆了摆手，示意其他三名侦查员把嫌疑人分开关押，立即开展突审。

船舱内只有两个独立房间，再加上厨房和驾驶舱，四名嫌疑人被分隔开来。

“别以为什么都不说，就拿你们没办法，盯你们也不是一天两天了！”查中永盯着蜷缩在角落里的男人说道。

眼前这个瘦小的男人，三十岁左右，颧骨高高突起，眼窝深陷，下巴尖而短，一件宽大的T恤显得非常不合体，筷子似的双腿蜷缩在笼基（缅甸代表性的服饰之一）内，显得有些滑稽。

"50 公斤冰毒是什么概念，你知道吗？"查中永指着麻袋里的一块块冰毒问道。

男人不敢正眼直视，呆滞地盯着他那一个个从人字拖里冒出来的漆黑色脚趾头，豆大的汗珠子顺着额头一直流到了下巴，再滚落到脚背上。

老练的查中永看出了他的情绪变化。

"还是无话可说？好吧，机会给过你了，自寻死路，菩萨也帮不了你!"查中永起身，准备走出船舱。

"大哥，我说，说完能放我回家吗？家里人还等着我回去呢!"男人抬起头，用祈求的眼神望着查中永。

查中永哭笑不得，无言以对。

他从桌子上的烟盒里掏出一支"黄果树"香烟，点着后塞到男人嘴里。

男人使劲吸了两口："我叫岩潘，家住关累镇基诺寨子，这些东西不是我的。"

"不是你的，那是谁的？"查中永急忙追问。

岩潘没有接话。

"他们三个呢？也是基诺寨子的？"

岩潘使劲吸了几口"黄果树"，点了点头，话匣子终于打开了。

四人曾经都是南疆贸易公司的水手，在这条河上吃"水饭"讨生活，日复一日，风里来水里去，收入不高，生活清贫。

"吃水饭的日子真的不好过，收入低不说，还时常面临风险。"

"什么风险？"

"你看这江面，暗流涌动，一不小心就会触礁翻船，搞不好就喂鱼了，再说'10·5'惨案前，还常常面临着被抢、被杀的凶险!"岩潘继续说道，"这碗'水饭'确实不好吃，后来我先是跑到缅甸大其力看看能不能找到发财的机会，可是我们当水手的，一没文化，二没技术，离开这条河啥也干不了，在那里不但花光了所有积蓄，还欠了一屁股债，染上了毒瘾！"岩潘的嘴角有些哆嗦。

"所以就干这事了？"查中永追问道。

"我真的走投无路，别无选择！"岩潘说，在染上毒瘾后，他几次想一死了之，但想到家里的老母亲和年仅九岁的女儿，他犹豫了。于是，和另外三人一商量，决定破罐子破摔，从此四人开始往返于缅甸大其力和中国之间，有时甚至会跑到泰国清盛港、满星叠以及老挝的万崩码头、孟莫码头一带替人送货。

查中永有些吃惊，没想到这几个小子竟然是混"金三角"的。

"老板呢？"查中永问道。

"大哥，我们只是跑腿的，你就别再为难我了！"岩潘的眼神有些游离。

微小的变化怎能逃得过查中永的鹰眼？

"到现在还不老实！"查中永有些恼怒，"给你自己赎命的机会你也不想要？"

"可是他知道我家人在基诺寨子！"岩潘急了。

"到现在你还把一家人的性命寄托在亡命徒身上？糊涂！"查中永对迂腐的岩潘又气又恼。

被查中永这么一提醒，岩潘彻底醒悟过来。他晓得自己这条烂命值不了几个钱，可四个家庭、十几个人的性命就在他们手中，眼前这个长得跟自己一般黝黑的警察，但愿他的心是红的，显然，查中永已成了他的救命稻草。

"那卡……"岩潘像挤牙膏一样挤出了这两个字。

"那卡?"查中永"腾"地站了起来。"从哪里又钻出这么一个人来?"

"哦,他的中国名叫乔山。"岩潘吞吞吐吐地说道。

查中永这才顿悟过来。

乔山,是金三角的后起之秀。糯康集团被铲除后,湄公河流域一度消停了下来。真正和他交手是三年前,查中永带领执法调查队兄弟们屡次查获从湄公河入境的毒品,从后来的讯问笔录中知道,毒品几乎都出自这些人之手。

查中永综合各种情报来源分析得知,乔山日渐成为糯康集团后金三角地区知名毒枭之一。

乔山曾放出过狠话,查中永断了他的财路,要花300万买查中永的命,并在西双版纳一带传得沸沸扬扬。

战友们有些担心,我们在明处,贩毒团伙在暗处,况且这些人个个心狠手辣,说一不二。查中永却不以为然,嗤之以鼻,还和战友们调侃:"没想到我老查竟然这么值钱!"

"就是他的货,去年疫情防控以来,边境上所有小路加紧了防控,我们已经在边境上来回绕了差不多20天,实在没有更好的机会,这才走的水路!"岩潘的话打断了查中永的沉思。

"不对,去年疫情以来,中国景洪港出入境边防检查站根据上级的疫情防控要求,关停了所有入境的航运船只,关累港已经成了'死港',这些不要命的家伙还想走水路把货带进来……"查中永这才意识到前几天获取的这条线索的重要性,看来乔山已经山穷水尽,不然他不会在此时出货。

狗急了果然要跳墙。

"53901"号带着"中国思茅号"停靠在了关累码头,两辆警车早已停靠在码头边，警灯闪烁、警笛呼啸。

吴诚、洪帅、梁钒押解着四名毒贩走下船去。

二、发小罹难

查中永起身准备下船，船舱里桌子上那本台历被江风吹得"呼啦呼啦"作响，查中永回过头来瞅了一眼。

只见那张台历页上赫然印着"2020年10月5日"。

"10月5日"，这个日子又一次刺痛了查中永的心，这个特殊的日子对于他们这些行走在刀尖上的猎毒人来说，格外特殊、敏感。

是的，"10·5"惨案已经过去整整十年了。

那段伤痛却永远地刻进了他的心窝。

他想到了自己的兄弟——郝强，悲惨地死在毒贩的枪口下，被残忍地抛进了湄公河里。两天后的中午，郝强的遗体第一个被发现浮在下游清盛港的水面上。他的双手被手铐铐着，整个人已经泡得变形。被抛入河中前，两颗9毫米手枪子弹已使其殒命：一颗从太阳穴穿出，另一颗从脖子左侧经锁骨穿过。伤口已经被河水淘白，可以想象，那淘走的血，怎样一丝一缕地盘桓在主人身边，然后在湄公河河水的撕扯下绝望远去。

郝强走了，丢下一同来西双版纳的查中永，再也回不到两人儿时戏耍的家乡——赤水河畔。

查中永显得黯然神伤，他走出船舱，从兜里掏出郝强生前的最爱——"黄果树"香烟，点燃后将其摆放在江边的石阶上。

从来不抽烟的查中永在郝强走后学会了抽烟，但只抽"黄果树"，那个味道让他觉得郝强就在他身边。

出生于贵州农村的查中永和郝强从小在赤水河边玩大，两人不是兄弟却亲似兄弟。

2002 年，查中永大学毕业后，入伍来到云南西双版纳边境管理支队，戍守在祖国西南边境线上，成为了一名边防战士。

同年，郝强从船运学校毕业，也踏上了南下之路，来到澜沧江湄公河上当了一名水手，后来成为船长。

查中永忙于戍守边关、保一方平安，郝强则经年风里来、雨里去地在湄公河上讨生活，平日里很难见上一面。但只要回到码头，郝强就一定会去看查中永，两人一起畅谈人生。

2010 年 10 月 5 日。

一大早，"华平号"在湄公河"哗哗"的簇浪中醒来，一夜的水声还在继续，河水不知疲倦地拍击着船体，冲刷着码头。

郝强走出船舱，小小的甲板已被晨光照亮，上面潮潮的，缝隙里透着清凉。这大概是湄公河上最凉爽的时刻。郝强举起双臂伸了个懒腰，便站在绞缆机旁点燃了一支"黄果树"，清早的一支烟能让他精神饱满地迎接新的一天。

河对面就是缅甸，岸上的丛林薄雾迷蒙，丛林中的鸟儿虫儿还纠缠在睡梦中。自打当了船长，只要出来跑船他就不敢睡懒觉，总是比丛林醒得还早。船员劳累了一天，可以睡个懒觉，但船长却不行。

从中国关累到缅甸梭累港近 80 公里，到孟巴里奥 180 多公里，到清盛港 260 多公里，要说远并不远，换成开车也就三个多小时。但每次船行至南腊河口 244 号界桩，经过中老缅三国交界的"绿三角"后进入老挝或缅甸水域时，郝强内心就感觉不同了。两岸的山一脉相连，河也还是那条河，但郝强却觉得像他小时候进城一样，多了些陌生与不安。

这里暗流涌动、危机四伏。

就在那天早上出发前，查中永还跟郝强通了电话，查中永在电话中反复叮嘱郝强行船要注意安全，千万别麻痹大意。

郝强有些纳闷，今天老查怎么变得婆婆妈妈，平常可不是这样。就在那天，两人还约好春节一起回贵州老家。

谁也不会想到这次通话竟成了兄弟的诀别。

同行的还有油船"玉兴号"，两条船一前一后顺江而下。郝强不曾料到，一场由毒枭精心策划、泰国不法军人参与的灾难正在一步步向他们逼近。

两船行至缅甸一个叫弄要的地方，被一伙驾驶长尾快艇的土匪劫持，然后被押至金三角旅游码头与清盛港之间的一个吊车码头，在一棵鸡素果树前停下。

一阵码头黑帮火并似的枪声让人感到心惊胆颤，枪声平息后，"华平号"上的 6 名船员与"玉兴号"上的 7 名船员全部被枪杀，13 名船员的遗体除一具丢弃在船上外，其余均被抛入河中。丢弃在船上的那名船员，被打得血肉模糊，连身份都无法辨认，最初竟被误以为是中枪的匪徒。

那天中午，端坐在泰国金三角旅游码头上的大佛，目睹着这血腥的一幕。她依旧保持端庄的姿态，注视着金三角繁忙的水域，佛光普照着湄公河上漂泊的众生。

"我佛慈悲"，这里的人们深信，血腥遮不住她的法眼，制造罪恶的人一定会受到报应！

三、牵出大案

警车一路呼啸着离开了关累码头，看着窗外一眼望不见边的原始密林，查中永满脑子都是郝强的身影，手中那根"黄果树"早已被搓揉成了碎末，撒在车窗外，被山风吹得无影无踪。

"查队，查队！"吴诚感觉查中永有些不对劲，推了推他，这才把查中永从记忆深处拉了回来。

很快，一行人回到了队里，急忙召开案情分析会。

吴诚将案情向执法调查队的侦查员作了通报，说道："现在边境管控非常严密，乔山的货很难入境，他手下那么多张嘴等着养活，所以他现在就是热锅上的蚂蚁！"

"但是乔山人在金三角，我们真拿他没办法啊！"梁钒觉得这是最大的难题，要是没有疫情还好说，可以通过与缅老泰警方开展联合执法，共同对他实施抓捕，但眼下的状况跨境抓捕很难在短时间内实现。

"必须想法子把他引过来。"洪帅说道。

"你说得轻松，怎么引？他是老板，哪会那么轻易亲自出马？"梁钒觉得洪帅说了等于没说。

查中永一言不发，手里的"黄果树"一直不停地冒着烟。

"查队，你说呢？"雨桐知道查中永一定是有他的思路，否则开了快四十分钟的案情分析会，大家都在唇枪舌剑，只有查队自始至终都在保持沉默。

三年前，雨桐入伍来到西双版纳边境管理支队，随着部队转改，20岁的她成了支队最年轻的女移民警察，别提有多让人羡慕。雨桐对打击毒品犯罪兴趣浓厚，去年，她在兴海查缉点连续破获了五起毒品案，荣立了一次二等功、两次三等功。查中永觉得，这是一棵难得的苗子，把她挖到了执法调查队，她成了队里年龄最小的侦查员。

查中永把"黄果树"使劲儿在烟灰缸里捻动着，"放线钓鱼，把他引进来……"查中永盯着投影仪上的乔山说道。

查中永清楚，乔山这只老狐狸会不会露面，就看诱饵的分量了。

"队长，您的意思是？"洪帅追问道。

"你以为他让岩潘带50公斤来，就是一锤子买卖？和他打了这么多年交道，你们还不清楚那只老狐狸葫芦里卖的什么药？一来他可能最近手头紧张，急于出货变现；二来陆路四处受阻，他肯定是想打通水路！"查中永将拳头狠狠地捶在桌面上说道。

"这家伙又想走糯康的老路？"梁钒说道。

"我看他是耳濡目染，受了糯康集团的启发，想步其后尘！"查中永的眼中充满了血丝，但目光却异常凌厉，他知道，铲除乔山团伙，作为猎毒人他责无旁贷；于个人情感，那是对郝强在天之灵最好的告慰。

"队长，接下来我们该怎么办？"雨桐问道。

查中永站起身来说："岩潘落网，说明我们的保密工作没有任何问题……"

"您的意思是利用岩潘做诱饵？"雨桐问道。

查中永没有接话，他目不转睛地盯着投影仪上的乔山。

"查队！"洪帅手里岩潘的手机"呜呜"地震动着。"看这个号应该是境外打来的！"洪帅急忙拿起笔记下这个号。

"快，把岩潘带进来！"查中永吩咐道。

岩潘证实了刚才打来的那个电话号码正是乔山的。

"如果他再打来，该怎么说不用我教你吧？你现在唯一的出路就是配合我们抓住乔山，这样才能救你一命！"查中永盯着岩潘说道。

岩潘没说话，从眼神里可以看出，查中永的话他听进去了。

在船上的讯问中，查中永发现，岩潘的另外三名同伙对该案的具体

查中永等人在召开案情分析会

情况并不知晓。乔山把货交到岩潘手中，岩潘为了顺利地把这批货带到境内，才拉上自己的三名发小铤而走险，几人临时租借了停靠在清盛港的"中国思茅号"。

此时，岩潘的翻盖摩托罗拉手机又响了。

雨桐早准备好了，她戴上耳机，手里操作着电脑，对电话进行定位。

"喂，岩潘，你他妈搞什么鬼？电话也不接，想死吗？"岩潘刚接起电话，那头儿就传来骂声。

"老板，雨太大了，我根本听不见，不信你听！"岩潘把手机对着窗外，暴雨声加雷声传了过去。

"这还差不多，你小子别跟我耍什么花样，你家的位置我可摸得一清二楚，要是老子的货出一点点差错，你就等着给全家收尸吧！"乔山在电话里恶狠狠地说道。

"老板，你就是借我十个胆，我也不敢！"岩潘唯唯诺诺道。

"那就好，差不多快到了吧，顺利把货交到他们手中，到时亏待不了你！"

"老板，下午应该能到，这一路东躲西藏，中国这边查得太严，我尽快！"还没等岩潘说完，乔山已经挂断了电话。

还没等查中永开口，雨桐已经站了起来，报告道："查队，大概位置基本锁定，就在湄公河流域，应该就是在孟喜岛附近。"

四、嚣张跋扈

乔山挂断电话，钻进散布岛的一处草棚里，面朝草棚口，双手交叉着垫在头后。草棚很低，和别处的小草棚一样，由一个三脚架扎起来，搭建在固定的竹排上，覆盖着茅草和树叶，看似简陋却非常结实。

散布岛距离孟喜岛两千米左右，紧靠缅甸一侧，蜿蜒的散布河在不远处流过，汇入了湄公河。虽然也处在令人提心吊胆的"魔鬼水域"，但中国船员没多少人叫得出它的名字。说是岛，却比孟喜岛差远了，不过是一片乱石头滩，散布着大大小小的礁石和沙包。河水上涨时，整个岛几乎被河水淹没，与大河融为一体，草棚会漂浮在水上。

这里曾是糯康的藏身之所，在糯康集团伏法后，便无人问津，变得更加荒凉。这些草棚也被笼罩上神秘而恐怖的色彩。乔山却把这里当作自己最为安全的栖身之所，每当有行动时，只要货一出手，他便搭乘快艇来到这儿清净几日。

今天雾浓，一天的燥热散尽，乔山总是感觉有些不大对劲，他拿起电话给岩潘打了过去，电话响了半天却没有人接。乔山瞅着湄公河里那一个接一个深不见底的漩涡，感到脊梁骨有些发麻，50公斤货对他来说不算什么，但这条水路是他自认为目前最安全的通道，他指望着岩潘把前站打好，改变自己眼下的窘境。

乔山认为自己比糯康聪明一百倍，他一心走自己的货，从来不会去打商船的主意，更不会去招惹帮派之间的矛盾。他知道今非昔比，湄公河上已经有了中老缅泰四国联合巡逻执法的队伍，往枪口上撞那是自寻死路，倒不如谁也不去招惹，安心做好自己的事情。所以，他要求他的手下，踏踏实实"走货"。

乔山不停进出草棚，那颗悬着的心始终不安。

好在第二次拨打过去，岩潘终于告知一切顺利，坐等交易收钱了。乔山有些小激动，从草棚里拎起一瓶啤酒咕咚咕咚将它全部倒入胃里。

远处的河面上传来快艇的响声，乔山机警地从草棚里钻出来，拿起望远镜望了望。确认是手下扎萨之后，他钻回草棚里，挥手将一只张牙舞爪企图落到枪上的黑蚊子赶走，然后又将枪放回到枕头下。他从衣兜里摸出几颗罂粟籽放到嘴里，一面嚼，一面将行动计划在脑海里捋了一遍。布满血丝的眼中露出的笑意，像河边石头上晃动着的水光，荡漾了一下又消失不见。

扎萨是乔山最信赖的心腹，大小事情都交给他打理。扎萨停好摩托艇，钻进草棚内，问道："大哥，岩潘那边什么情况？"

"应该快了，等好消息吧！"说完，乔山又将几颗罂粟籽塞进嘴里，津津有味地咀嚼起来。

"大哥，岩潘不会出什么问题吧？"对扎萨来说岩潘如果成功了，会威胁到他的地位，因此他有些羡慕和妒忌。

"呸！你这张乌鸦嘴！再他妈瞎说我打爆你的脑袋，把你扔到江里喂鱼！"乔山恼怒地从枕头下掏出枪来，对准了扎萨。

扎萨吓得直打哆嗦，只好跪地求饶。

"以后嘴巴给老子放干净点儿!"乔山也只是吓唬吓唬他,又收回了枪,"赶紧联系你那边下家吧,我估计,岩潘明早应该能到西双版纳了。"

"是是,大哥,我这就办!"扎萨掏出电话,给岩潘打过去,交代了一番。

之后,扎萨又跟下家谈了起来:"到时地点我来定,可别跟我们要什么花样,否则,怎么死你都不知道!"扎萨的眼里充满了杀机。

五、连环棋局

在西双版纳边境管理支队勤务指挥室内,查中永带着侦查员们还在研究案情,现在他们已经锁定了乔山的位置,鉴于人在境外,没法儿对其动手,但查中永并不急于动他,他有耐心等待。

那一个个"黄果树"烟头在烟灰缸里已经扎了满满一缸,桌上岩潘的"摩托罗拉"静静地躺在那里。

雨桐的目光始终没有离开过"摩托罗拉"手机。

"查队,都过去一天了,也不见动静,会不会走漏了消息,还是对方有所察觉?"洪帅着急地说道。

"岩潘一伙四人都抓住了,50公斤货也拿了,已经算很成功了,要不先放一放?"梁钒叹了口气说道。

"你这不是胡扯嘛,这么好的机会,就该把乔山团伙一举干掉!"吴诚着急了,他提高了嗓门,反对梁钒的意见。

"毒枭远在金三角,你说能怎么办?"梁钒也来劲了。

"虽远必诛!"吴诚跟他呛了起来。

查中永依旧不紧不慢,端起面前的茶杯,习惯性地清了清嗓子,说："沉不住气！你们都不是小孩儿了，最短跟着我也超过两年了吧，不成熟！"查中永喝了口普洱茶，语气有些生硬。

梁钒和洪帅有些不好意思，两人面红耳赤地低下头。

电话又响了，雨桐条件反射似的惊了一跳。

"摩托罗拉"终于响了，查中永一眼便看清楚这个号并不是先前打过来的号码。不是乔山？不可能，像这种情况都是单线联系、单线指挥，怎么可能换人呢？

查中永朝梁钒使了个眼色，梁钒心领神会，电话响铃还没结束，就把岩潘提溜了过来，岩潘接起了电话："喂？"

"你给我听好了，明天中午两点钟，赶到基诺寨垭口，把货交给两个人。"岩潘还没问对方长什么样、怎么联系，电话里已经传来"嘟嘟……"的响声。

岩潘站在原地一动不动。

"乔山吗？"查中永问。

岩潘摇摇头："是扎萨！"

扎萨，查中永知道这家伙也不是省油的灯，他可是乔山最得力的助手之一，也是警方一直想抓捕的对象。

雨桐紧锁着眉头，说："查队，信号还是在湄公河流域，跟上次打来的几乎就是同一位置，音频分析不是同一人。"

查中永默不作声，这些小伎俩早已司空见惯，出乎他意料的是，对方会把交易地点选在基诺寨子。他去过那个地方，山高林密，寨子四周是一眼望不到边际的橡胶林，山坡下是一条界河，不到 15 米宽，河对面便是缅甸。

看来，接货人早已进行了认真踩点。

查中永带着侦查员早早赶到基诺寨子，辖区派出所民警也赶来支援，查中永安排了一组侦查员在岩潘家蹲守，他带着另一组侦查员在乔山所说的交易地点——橡胶林里设伏，村口则设了观察哨。

整整一天一夜过去了，却没有丝毫动静，别说其他侦查员，就是查中永也觉得有些不大对劲。

"查队，岩潘不会有什么问题吧，亏咱们一直信赖他！"洪帅坐立不安。

查中永不说话，他反复梳理着这些天来岩潘提供的线索，他相信自己的判断，岩潘可以使用。

要真出问题，那只能怪乔山这只老狐狸太狡猾，一直在搞鬼。

"查队，村口进来了两辆摩托车，很可疑！"对讲机里传来梁钒的报告。

"各小组注意！没有我的指令，任何人不得行动！"查中永吩咐。

果不其然，两辆摩托车一前一后驶进基诺寨子里，朝着垭口这边的橡胶林行驶过来。

洪帅从腰间掏出手枪，将子弹推上枪膛。

眼看摩托车距离设伏点不到50米，"行动！"查中永一声令下，一马当先地冲在最前面，洪帅等侦查员紧随其后。

"砰！"查中永朝天开了一枪，怒吼道："停车，警察！"

前面的摩托车并没有丝毫停车的意思，只见骑手使劲往左猛打方向盘，朝着近60度的斜坡疯狂地冲了下去。

而后面一辆摩托车在犹豫的瞬间，已被两名冲上来的侦查员迅速控制。

查中永带着洪帅连滚带爬冲下坡去。查中永连开两枪示警，冲下坡的摩托车却加足马力冲进界河，摔翻在河水里。车上的男人爬起来撒腿就跑。

洪帅还想继续追，被查中永一把拽住："别追了，这是界河！"

"队长，就让这小子跑了？"

"他跑得了初一，跑不过十五！"

两人一屁股坐在界河河岸边，大口大口地喘着粗气。

好在没费多少工夫，抓获的那名嫌疑人便将所有情况作了交代："我叫王磊，我们俩是来接货的，逃跑的是我的同伙。为防不测，我们在这里接货后，如果一切正常，我们会把货带到景洪城里，交给'龙哥'。但现在这种情况，'龙哥'那边肯定会收到消息，他肯定跑了。"王磊说道。

"龙哥是谁？"查中永问道。

"张朝龙！"

"那货是谁的？"查中永继续追问。

"我们只负责取货，不过……"王磊话到嘴边又收了回来。

"不过什么？"查中永岂肯罢休。

"不过货应该是从境外来的，我听说，龙哥跟境外一个叫扎萨的人联系比较紧密。"王磊说道。

此时，"摩托罗拉"又响了，查中永早就料到乔山团伙不会这么轻易放过岩潘。

岩潘接起电话，对方一直在咆哮："岩潘，活腻歪了吧，你不要命也就算了，你一家子的命也不要了吗？"

来电话的人正是扎萨。

"老大，怎么回事呀？今天照你们的吩咐，我在基诺寨子等了一天，可就是没有人来接货！"

"你跟老子装！你是不是跟警察搞一起了？"

"给我十个胆我也不敢啊，那不是找死吗？老大，货就在我身边，你要不信，马上拍照发你！"岩潘用查中永教他的话回复道。

电话挂断了，岩潘坐在林子里，拍了一张他和那只蛇皮口袋的合影发了过去。

"查队，你说乔山会信吗？"洪帅问道。

"他别无选择！"

"你的意思是……他会选择相信岩潘？"

"他身在境外，且性命无虞，为了这50公斤货，他一定会让岩潘进行二次交货！"查中永笃定地说道。

抓捕张朝龙，对下一步捣毁乔山团伙至关重要。查中永带着洪帅、梁钒和吴诚开始全面搜索，经过摸排，最终查到了张朝龙的踪迹。

然而，张朝龙似乎有所警觉，不停地在景洪城里变换地点。

"张朝龙已离开了酒店。"梁钒报告，查中永从垃圾分类站里找了一套清洁工衣服穿上，手里拿着一把扫把，戴上一顶破草帽，像模像样地站在桥头，一边扫地，一边紧紧盯着张朝龙。

张朝龙登上一辆接他的车，查中永也快速开车跟上。一路追踪到边境路口，张朝龙的车在道路的尽头拐了一个弯，消失在夜色中。

关累边境派出所的巡逻车正好从路口的尽头转过来，与查中永的车迎面遇上。为了避免暴露，查中永快速驶过，进了关累边境派出所。

关累边境派出所的办公室里，查中永摊开一张人员关系图，两部手机静静地放在旁边。

岩潘的"摩托罗拉"进来了一条信息："今晚老地方，有人取货！"

查中永知道，这是扎萨发来的信息，大伙儿看着查中永。

"看来乔山还是继续选择相信岩潘！"查中永说道。

"但是上次王磊他们就是在边境小路失手的，你说这次他还选老地方，会不会有诈？为什么就不能将毒品运到景洪市或者勐海县进行交易呢?"雨桐提出了自己的观点。

"最危险的地方往往是最安全的,在市区里交易不是明摆着往'口袋'里钻吗?为了那 50 公斤,选择继续在老地方交易,完全有可能!"查中永分析道。

短暂碰头后,大家又消失在夜色中,来无影去无踪,好像什么都没有发生过。

夜,寂静如水。月,细如弯钩。

树影婆娑、高低错落的原始丛林,虫鸣声响成一片。风吹过的"沙沙"声,鸟儿们扑扇翅膀发出来的声音,让这里显得愈发阴森。

查中永在树影下静静地等待着猎物的出现。时间一分一秒过去,直到凌晨 4 点,两束灯光穿破丛林,汽车的声音在夜空中回响。

距离设伏地点还有一百米,车停了下来,熄火、关灯,紧接着,有人拿出一个反光仪器四处张望。

查中永发出行动命令,两辆警车从前后两个方向冲了上来,将可疑汽车堵在中间。

查中永带着几名侦查员犹如黑夜中的猎鹰,直扑猎物,嫌疑人被一举控制。

在勐海边境管理大队讯问室内,嫌疑人坐在椅子上打盹,查中永走进来,"啪"的一巴掌拍在椅子背上,嫌疑人被惊醒。

"谁的货?"

嫌疑人保持着沉默。

查中永清楚,只有想办法攻破他的心理防线,案件才会有进展。而这个人,从今晨查获毒品到临近中午,嘴里始终只有一句话:"我不知道,不要问我。"

细心的雨桐在嫌疑人贴身的衣服里搜出一个钱包,里面夹着一张国外的身份证，拼音为"SHAER"。根据经验判断，这个人的中文名很可能叫"沙二"。钱包内还有一张女孩儿的照片。

雨桐将这些东西递给查中永，查中永心里一亮，却完全没有表现在脸上。他把手中的"黄果树"摁灭在烟灰缸内，拿起小女孩儿的照片端详起来："长得真水灵，得有八岁了吧，跟我女儿差不多大，上三年级吗？"

沙二不说话，目光有些呆滞。

"女儿要是没有父爱，指不定得被多少人欺负呢！"查中永眼睛盯着照片，慢条斯理地说。

沙二那双戴着手铐的双手不停地揉搓着衣角。

"如实交代你所知道的所有情况，算立功表现，也许可以早出来几年，还能看到她。"查中永把女孩儿的照片放到沙二面前。

沉默了大约十分钟后，他举起一只戴着手铐的手，说："我交代，我什么都交代。"

原来，沙二就是查中永苦苦追寻的龙哥——张朝龙。

"货都是他的！"

"谁的？"

"那卡！"

"那卡是谁？"查中永明知故问。

"他一直在湄公河流域的金三角一带活动，在那边算得上这个……"张朝龙竖起一个大拇指。

"还有呢？"查中永盯着张朝龙问。

"近期，他可能还安排了其他人带货进来！"张朝龙低着头小声说道。

"你怎么知道的？他为什么会把这个消息告诉你？"查中永质疑道。

"我了解老板的做事风格，他出一次货都会分好几波，这样既可以分散警察的力量，并且，只要成功一单，就能赚很多！我用我女儿的命发誓，我所说的每个字都是真的。"张朝龙说道。

查中永心想，乔山这只老狐狸野心可真够大的！但这对专案组来说，是个好事。

查中永带着执法调查队八名侦查员，紧盯着边境线上的风吹草动。

一辆伪装的面包车，外加一箱泡面，就这样，查中永带着兄弟们一直死守着路口。

天黑了，一张纸板，一趴就是一夜。对于黑白颠倒、风餐露宿的日子，查中永和侦查员们早就习以为常了。

"沙沙沙……"丛林里传来细细碎碎的声响。

查中永一个箭步冲出去，洪帅、梁钒等人急忙跟上，瞬间将黑影制伏。

原来是一名偷渡人员。

几日蹲守没有收获，查中永决定先将张朝龙案件移送起诉，此时，另一个线索又来了：关坪查缉点执勤民警在物流车上查获一个包裹，包裹内藏有冰毒43公斤。

根据包裹的邮寄信息，查中永带队迅速赶到邮寄点进行查找，通过监控发现，寄件人是一个高高瘦瘦的男子。查中永带领侦查民警进一步搜索，在县城某出租屋内发现了该男子，并将其抓获。

经讯问，男子交代包裹准备寄往湖南常德，收件人是"表哥"，再与快递单号进行比对，快递单号确实只有一个电话号码和"表哥"两个字。

谁的货？贩运到哪里？案情重大，上下线不明，在报经上级同意后，查中永将侦查员分成两组开展行动，一组赶往湖南常德进行布控，另一组化装后跟踪包裹。

查中永穿上快递公司的制服，跟随快递车一同前往湖南。

"你有包裹到了，请取一下。"快递公司员工按照查中永事先的安排，拨通了"表哥"的电话。

两小时后，一辆小货车驶入快递公司来取货，另一辆轿车则停在不远处，看来两车是同伙。

情况紧急，查中永急中生智，在交接包裹时一把将犯罪嫌疑人摁倒在地。

此时，轿车内的嫌疑人察觉情况不妙，立即发动汽车，不顾一切地朝查中永撞了上来。

外围布控的侦查员立刻把油门踩到了底，加速冲撞上去，两辆车的车头撞在一起，零件散落一地。

查中永有惊无险地捡回一条命。

嫌疑车辆急忙倒车逃窜，但因车速过快，失控后撞上护栏。侦查员蜂拥而上，将所有嫌疑人抓获，其中一人正是"表哥"。

"表哥"很快交代了他是乔山安插在境内的马仔，负责在湖南常德一带分销毒品。他还交代乔山同时还发了一批货给另外三名四川籍男子，这些人目前很可能隐藏在当地一个老百姓家里。

把"表哥"从湖南押解回云南西双版纳途中，"表哥"和查中永套起了近乎。

"给你100万，放了我。"

"行啊，说说100万在哪儿？"查中永问。

"你只要放我了，三天之内保证摆在你面前！""表哥"笑着说。

"你要是跑了，我找谁要钱去？"查中永问。

"跑不了的，大家都是生意人，诚信是最起码的。""表哥"说。

"你们生意人讲诚信，讲不讲正义和良知呢?"查中永话锋一转。

"表哥"无话可说，沉默着低下了头。

回到执法队，查中永立即对几人进行了讯问，完善证据材料后直接将"表哥"送进了看守所，等待他的将是法律的审判。

乔山庞大的贩毒网络正在一个个被击破，查中永不愿放弃任何一个有价值的线索，继续对三名四川籍男子展开摸排跟踪。

不久，查中永发现了三名嫌疑人的行踪。他们开车在一家物流公司门口停下，业务没办完就驾车离去，并将车开进橡胶林，弃车逃跑了。

查中永带着侦查员搜查他们的汽车，找到一张尚未填写邮寄单的包裹。打开一看，包裹里有 20 块冰毒，重 13.5 公斤。

嫌疑人肯定是察觉到了什么，否则怎会仓皇逃跑。查中永拼命回忆在物流公司侦查时的场景，其中一人十分可疑。当时，就在他们进入物流公司时，一个戴着太阳帽的男人，坐在角落里静静地抽着烟，并不时用余光扫视周围的环境。

物流公司监控室里，查中永调取了视频监控，画面里那个戴太阳帽的男人正盯着洪帅的鞋子看。

查中永放下鼠标，看了看洪帅脚上那双"三接头"皮鞋，那是一双警用制式皮鞋。洪帅的脸一下红到了脖子根，羞愧和懊恼涌上心头。

"自责解决不了问题，就当一次教训吧。好在毒品已经查获，亡羊补牢为时不晚。"查中永没有责怪洪帅。

他急忙带领侦查员调取了监控视频，利用大数据对海量的人脸进行识别。坐在电脑前，一坐又是一整夜，累了点一支"黄果树"，困了喝一口茶，连续鏖战三天三夜。

查中永发现，在一起案件中嫌疑人与监控画面中的人脸有些相像，并且交易手法有些相似。

那是不久前，查中永带着侦查员潜伏在疑犯出没的甘蔗林里，静静地等待毒贩的到来。直到第三天，嫌疑车辆首次露面，查中永紧跟其后。当毒贩下车跑到勐遮镇取款机查看买家预付款是否到账时，查中永带领侦查员一拥而上，把毒贩控制住，并从毒贩的车上查获毒品35公斤。

就在这时，一个神秘人从不远处缓慢驾车离开，这个神秘人竟然向查中永做了一个鄙视的手势。

查中永通过对两张照片的截图进行比较，终于确定，两张照片中的就是同一人。

"就是他！"查中永起身，活动了一下筋骨，他知道，接下来还有更多的工作等着他去做。

茫茫人海去哪里找这个神秘人？

"有个叫阿金的昭通人现在住在勐海，这两天要去勐混镇取货。"午夜时分，查中永又收到了有关方面提供的线索。

他只好暂时先放下对神秘人的追踪。

阿金，很可能此人的名字里面有个"金"字，他从外地来，很可能住在某家宾馆。查中永睡意全无，望着茫茫黑夜，他不停地思索着。

根据获取的信息，查中永带着侦查员对勐海县城的酒店进行拉网式排查，最终确定，勐海县某酒店确实入住了一个叫"代华金"的昭通人，与获取的信息完全相符。

经过侦查员连续两天的蹲守侦查，发现代华金除了吃饭离开房间外，其余时间都在房间里待着。

"查队，代华金已经到楼下了，正准备开车出去！"11月3日凌晨，梁钒报告了新的情况。

"不要打草惊蛇，通知在勐混蹲守的吴诚、雨桐。"查中永吩咐道。

一个小时后，代华金出现在勐混镇蹲守的吴诚和雨桐的视线内，他把车开进勐混曼卡村，20 分钟后独自离开。

"查队，目标出现！"吴诚报告了情况。

看到代华金驾驶的车朝着设伏圈驶来，查中永掏出手枪，果断下令："警察！停车！快停车！否则我们开枪啦！"

亡命毒贩非但不减速，反而加大油门妄图逃跑，山间小路上演着惊心动魄的追逐战。

驾驶员马彪一脚油门踩到底，警车一下飙出去了十多米远。他急忙将手刹拉死，只见警车横了过来。马彪一个前滚翻将满是钢钉的阻车钉链条拉出来，铺在路面上，代华金的车冲了上来，"噼里啪啦"碾过钢钉，四个车胎瞬间泄了气。

查中永带着侦查员一拥而上，将犯罪嫌疑人代华金抓获，当场从车上缴获冰毒 36 块，净重 20 千克。

"这是什么？"查中永问。

"毒品。"代华金答。

"谁的？"查中永追问。

"我不知道他的真实名字，我们都叫他陈老板，毒品全部是帮他带的，这次将毒品运回内地也是交给他。"代华金说。

"你最好老实点儿，否则没有好处！"查中永说道。

"我全说，我全部交代，如果我说了，能减刑吗？之前都是他打电话给我，然后让我将货带进来。"代华金说。

求功心切的代华金一五一十地交代了所有经过，并交代了老板的大概位置。

回到队里，查中永当即召集所有侦查员召开案情分析会，形成了统一意见：代华金态度比较老实，能为我所用。

"我有个想法，抓捕代华金很成功，他立功赎罪的愿望也非常强烈。接下来，我来做他的马仔，跟他一起去交易。"查中永说道。

"查队，我年轻，面孔生，让我去吧！"驾驶员马彪举起手。

"我去，我去……"所有侦查员都争着抢着要参加这次任务。

"按我说的办！"查中永挥挥手说。

在景洪某仓库里，查中永扮成代华金的马仔。

空旷的厂房里随意摆放着一些木工工具和木材，地上的木屑堆积了厚厚一层，看来是很久没人打理了。

一阵爽朗的笑声打破了仓库里凝重的气氛，一个男人走到查中永和代华金面前，查中永立即起身，半弯着腰向来人打招呼。

男人立即警觉起来，看向代华金。

查中永端详此人，感觉似曾相识。

"这人是谁？"男人问。

"我小弟，刚从老家过来，还不快叫大哥？"代华金看着查中永说道。

男人走过来，围着查中永转了一圈："很面熟。"

"那不可能，刚从老家来的！"代华金说道。

男人拿出一把砍刀，斜眼看了看查中永，突然将砍刀扛在肩头，查中永一脸恐惧地躲到了代华金背后。

"货在哪里？"

"在这个纸箱里面。"代华金指着纸箱说。

男人一刀将纸箱捅开，几颗红色药丸掉了出来。男人捡起一粒小药丸，看了看，然后安排旁边的人拿出胶带，左三圈右三圈地将纸箱缠了个结实。

正当男人和他的"小弟"一起走到厂房门口时，门后黑洞洞的枪口对准了他们的脑袋："别动，否则让你们脑浆迸裂！"吴诚和洪帅走了出来。

"咣当！"男人扛在肩头的砍刀掉到了地上，整个厂房里回荡着金属撞击地面的声音。

男人回头望了望正在被戴上手铐的代华金，说了一句："阿金，老子跟你没完。"

查中永拿出两张照片，跟坐在对面的这个嫌疑人进行比对，此人不是别人，正是那个神秘人，他曾向查中永打过鄙视的手势，后来识破了洪帅的"三接头"。

"厉害了，我的'哥'，你在跟我较量的人中智商和反侦查能力是最棒的！"查中永对他竖起拇指。

"我不知道你在说什么，我不知道纸箱里面装的是什么东西，是你们栽赃给我的。"神秘男人耍起了无赖。

查中永（左）乔装打扮抓捕嫌疑人后，对其进行讯问

"你们诬陷我，我要告你们！"神秘男人歇斯底里地嚷嚷道。

时间一分一秒过去，神秘男人死死咬住"不知情"三个字。

12 小时过去了，24 小时过去了，还是没有结果。

只有找到更有力的证据，才能让他心服口服。

在侦查中，查中永又发现，代华金手上的毒品来自勐养镇的岩炳手中，此人长期潜伏于边境，伺机为境内人员运送毒品。

"顺藤摸瓜，先查岩炳！"查中永迅速作出了部署，专案组兵分两路，一组以化装侦查的方式对嫌疑人岩炳实施跟控，另一组走访调查，分析嫌疑人的相关信息。

查中永发现岩炳每天无所事事，开着车从边境绕行一圈后返回家中，回家就开始喝酒，之后呼呼大睡。经过半个月蹲守，一天，侦查民警发现岩炳返回家中后没有喝酒，而是拿出扳手检查他的车。

"岩炳可能有动作！"查中永根据经验判断后大胆向上级作了汇报。

上级根据掌握的情况对抓捕工作进行部署。

"查队，岩炳的车出现了，形迹异常，有探路嫌疑！"负责跟控的梁钒向查中永报告。

"按兵不动，继续观察！"查中永根据经验采取欲擒故纵的措施。

晚上 9 时许，漆黑的夜里，岩炳趁夜色行动了。

"行动！"查中永一声令下，设伏民警迅速出击，将嫌疑人岩炳控制住，当场从其驾驶的越野车后备厢一编织袋内查获冰毒 25 块，重 14.5 公斤。

查中永带着侦查员对犯罪嫌疑人岩炳进行突审，他交代，收到毒资后，他准备将毒品运往景洪城交给"K 哥"，并供出了另外两名同伙——岩相和玉弄。

随后，查中永把专案组兵分两路，将岩相和玉弄一举拿下。

查中永带着侦查员连续作战。

偏瘦，肩膀上有龙的文身，年龄 40 岁左右，吸毒。根据岩相的描述，侦查员迅速对"K 哥"进行画像。

查中永乔装成普通群众，深入调查核实情报线索，争取掌握毒品进入境内的具体路线、时间及运毒者的身份、体貌特征等信息，查清涉案人员规模及其居住地、经常活动场所、运毒规律等情况。

经过侦查员们海量摸排，K 哥渐渐浮出水面。

K 哥真名叫覃科，在景洪市嘎洒镇租了一处场地搞石材加工，利用加工厂来掩饰自己的犯罪活动。

随后，查中永带着侦查员密切关注覃科的一举一动。

就在此时，覃科通过电话联系勐海县勐遮镇一男子，要求其重新将毒品包装好，计划利用国庆期间进出西双版纳的人员车辆大幅增多的时机作掩护，将毒品运往广西。覃科还联系了其堂哥——莫樵来帮忙，准备在普洱市租两辆车开往景洪。

这些举动岂能逃过查中永的眼睛。

次日，查中永带领侦查员成功锁定嫌疑人，并一路跟踪至景洪。

而覃科驾驶一辆面包车先到勐海县勐遮镇付了买毒品的钱，但是没有取货就匆忙返回景洪市，莫樵则将车开往嘎洒镇的石材加工厂。

黄金周如期而至，游客和车辆像潮水般涌入西双版纳，景洪市人流如织。

10 月 2 日 8 时许，覃科驾车从景洪市向勐海县方向驶去。早已在勐海至勐遮路上设伏观察的侦查员发现了两辆目标车辆。为了不打草惊蛇，专案组一直秘密跟踪。

12 时 20 分许，覃科从一间废弃的房子里拿到毒品后从勐遮镇返回勐海县，莫樵在前方探路。

专案组兵分三路，一张抓捕的大网铺开了。

两名嫌疑人先后驾车进入专案组的包围圈，在勐海县至勐遮镇15公里的地方，覃科和莫樵同时被抓捕，专案民警当场从覃科驾驶的车内查获毒品可疑物42公斤。

覃科对犯罪事实供认不讳。据他交代，毒品是他从勐遮镇一名叫岩坎的男子手中花了40万元买来的。

查中永带领侦查民警沿线倒查，成功将毒贩岩坎抓获，并在他家中缴获涉案车一辆，毒资26万元。岩坎并没有抵抗，他也交代了这些毒品是扎萨贩卖给他的，自己只是一个小马仔，事成之后，赚取一些蝇头小利。

在讯问中，覃科还交代，他受"韩哥"的委托，准备将这些毒品运往广西，侦查员接着顺线查找"韩哥"的情况。

通过追查"韩哥"和覃科的转账记录，发现"韩哥"不是别人，正是看守所里的"神秘男人"。

查中永长长地舒了一口气，拖着疲惫的身躯走进看守所。再次面对神秘男人时，他又变得精神焕发。

"韩铁生韩老板，别来无恙啊！"查中永对着铁窗说道。

神秘男人愣住了，没想到这一天还是来了。

查中永从衣兜里掏出K哥——覃科的照片，摆在韩铁生面前。

"认识这个人吗？"查中永问。

"不认识！"韩铁生将头扭向另外一边。

"想知道他现在在哪里吗？"

"关我鸟事！"

"这里有他的录音，你难道不感兴趣吗？"查中永将手里的录音笔晃了晃说道。

韩铁生紧张起来。

雨桐按下了录音笔播放键，里面传来覃科的声音。

此时，韩铁生面部表情从傲慢至狰狞、扭曲，一点点变得忧虑，直至惊恐。

"我输了，我认栽！"韩铁生垂头丧气缓慢地说出了六个字。

韩铁生交代，他原本是一个工厂老板，生意亏本后走投无路，就想到了来钱最快的办法——贩毒，这一干就是好几年，渐渐在这个行当里如鱼得水。在这个贩毒网络里，他属于中间层，他的货正是来源于境外扎萨手中。

韩铁生说，代华金不可信，他们一家人都贩毒。

对韩铁生的讯问，让查中永警觉起来，看来对代华金还得继续做工作。

就在这时，查中永收到从兴海查缉点传来的一条线索，执勤民警张建在对一辆丰田越野车实施检查时发现，后排座位下有一颗螺丝明显松动。出于职业敏感，他不露声色地用暗语向带班领导报告，后将司机控制，拧开螺丝，发现螺丝孔内有用锡箔纸包裹的疑似毒品。带班领导当即下令对该车进行全面检查，又从后排座位下方的夹层内查获海洛因6.67千克、冰毒10.505千克、鸦片0.051千克，抓获犯罪嫌疑人三名。

经过对几名犯罪嫌疑人进行突审，其中一名女性犯罪嫌疑人卢灵首先承认，这批毒品他们准备运往广西贩卖，还有一批在境外一辆改装好的现代越野车内，准备择期入境，运往广西。

又是运往广西，查中永的神经顿时敏感起来。

"查队，不会是巧合吧！"梁钒说道。

"那也得碰碰运气！"查中永说着，带上梁钒、吴诚，马不停蹄地赶往兴海查缉点。

几人一下车便对嫌疑人进行核查。

"队长，真是踏破铁鞋无觅处，得来全不费功夫。"梁钒指着核查结果说道。

原来，车上的疑犯不是别人，正是代华金的亲戚。通过仔细比对分析，卢灵正是代氏家族中的一员，并有贩毒前科，其三姐夫还因贩运毒品被执行死刑。

查中永急忙提审了卢灵，从她口中得知，她嫁到代家以后，为了保住孩子，被老公胁迫吸食毒品，再也无力自拔。更为残暴的是，孩子五岁那年，她老公为了贩毒，竟将孩子活活打死，用孩子的遗体来运输毒品。

查中永默默地掏出"黄果树"给自己点上，办案十多年，还是头一次听到这么残忍的犯罪手段。

"查队，那辆白色越野车怎么办?"梁钒问道。

"走!"查中永带着专案组采取边境布控、设伏堵卡等方法，想尽一切办法拦截准备入境的现代越野车。

"叮叮叮，叮叮叮……"卢灵的电话响了。

查中永轻轻拿起电话，放在了卢灵面前，卢灵抬起哭得红肿的眼睑，看了查中永一眼。

"配合我们工作，你还有一条活路，如果拒绝配合……"查中永看着卢灵。

卢灵点了点头。

"查队，这个女人可信吗?"梁钒问道。

查中永不作声。

"查队，她要不老实呢?"洪帅心里也没底。

时间一分一秒过去，给查中永犹豫的时间不多了，经过慎重研判和考虑，查中永决定还是让卢灵与境外的嫌疑人通电话。

下午 5 时，卢灵的手机铃声再次响起，查中永将手机放在卢灵面前。

雨桐打开了所有设备。

"喂。你车钥匙是不是忘在景洪了？"

"匆匆忙忙出门忘记带了。"

"明天上午我要来景洪，给你带来。"

"明天我不在家，你帮我放在哪儿吧，我去拿。"

"明天我先去打洛，要不给你放在橡胶厂？"

"好的，谢谢你！"

电话挂断，"嘟嘟嘟嘟"的忙音响起，但是所有人都还沉浸在对话当中，没有一个人去关闭电话的免提。

"明天他们将货运到打洛的橡胶厂附近。"卢灵说道。

"查队，电话是从境外打来的，通过音频分析，对方不是乔山，但这个声音十分耳熟，可以确定，就是那个跟岩潘通过话的人！"雨桐有些激动。

查中永抬起头了，若有所思地说道："有可能是扎萨，乔山最得力的助手！"

"有戏！"吴诚道。

第二天天还没亮，查中永带着侦查员们，早已在橡胶厂附近蹲守，然而，直到深夜还是没有一点儿动静。

难道对方又"出事"了？

23 时 04 分，卢灵的电话又响了。尽管不是同一个号码，但查中永一看心里便有数，对方只是换了个号码，却依旧是境外的号码。

"白色越野车已停放在打洛镇××橡胶厂旁的树林里。"说完，对方便匆匆挂断了电话。

橡胶厂位于澜沧江边上，周围是密不透风的丛林和杂草，厂内堆放着很多杂物，易躲藏。如果贸然行动，很可能遭到毒贩在暗处袭击。查中永带领侦查员们迅速组成战术队形，开始实施地毯式搜索，不久便在橡胶厂后侧的树林里找到了那辆现代越野车。在相互掩护下，侦查员通过夜视仪观察，现代越野车的周围一个人都没有。

侦查员悄悄接近该车，打开车门对车辆进行了仔细检查，当场从车上搜出马刀两把，在后备厢里发现毒品 13.284 千克。

接下来该如何继续，查中永望着卢灵，看来，只有再从这个女人身上寻找突破口了。

卢灵知道这次扛不过去了，看着白色越野车，她继续交代，他们有一个贩毒团伙和一个贩毒网络，此次贩毒由广西梧州市的黄兵、覃强和陈明共同出资 239 万元，让她到境外购买毒品……

"警官，我这也是被逼不得已才走上这条路的，你说还能回头吗？"卢灵号啕大哭起来。

雨桐上来推推她，示意她上车，卢灵用那双戴着手铐的手抹去泪水，爬上车。

夜很深，查中永站在澜沧江边上，看不见江水，只有滚滚而逝的水声，嘴角那忽闪忽闪的烟头是漫漫黑夜里唯一的亮光，夜空中他仿佛又听到了乔山在向他隔空喊话："走着瞧，老子迟早要了你的命……"

此时的查中永最清楚，较量从未停歇。

10 月 26 日，查中永带领专案组带上 13.284 公斤毒品，转战广西梧州。当天下着瓢泼大雨，雨桐押解卢灵秘密进入梧州市某宾馆。13 时 10 分，卢灵接到覃强的电话，问她在哪里。

卢灵按照专案组事先安排，告诉他自己刚进入广西。但覃强却说有人看见她早就到梧州了。面对这样的对话，专案组认为，可能是覃强在有意试探，其间，覃强曾反复更换电话号码询问卢灵的具体情况。

14 时左右，卢灵的电话再次响起，这次覃强要求，在她入住的宾馆房间内交易。14 时 50 分，卢灵在侦查员的掩护下，与来到房间的覃强、黄兵、陈明等人进行交易。

"别动，再动打爆你的头！"查中永和洪帅从卫生间内冲出来，将黑洞洞的枪口对准了三人。

陈明伸手去掏枪，却被冲上来的查中永扑倒在地，死死摁住。之后，从其腰间搜出了一把手枪。

查中永与侦查员们对他们进行了现场突审，原来，这一批毒品交易只是双方试探，仅仅是全部毒品交易的冰山一角，几人还密谋着更大的毒品交易，并商定好 29 日在广西交易，数量约 100 余公斤。

六、将计就计

专案组决定将计就计。

通过缜密的侦查，23 日，专案组人员侦查发现，境外嫌疑人已驾驶一辆越野车进入景洪市。

"发现目标车辆。"查中永的耳麦里传来前方侦查组的报告声。

"放行过来，'口袋'已经打开。"查中永吩咐道。

景洪市大渡岗乡的一条小路上，查中永带领侦查员们悄无声息地设下"口袋"。

"所有人注意，目标车辆出现，准备行动！"查中永把子弹推上膛去。

"10 米……5 米……3 米……"

"行动!"查中永下达了行动命令,7 名侦查员将目标车辆团团围住。

嫌疑人手握方向盘,愣住了。

当场从这辆车的后备厢中查获用编织袋包装的毒品冰毒 5 大袋,共 210 小块,重 147 公斤。

经讯问,此人正是扎萨。

当问到乔山的情况时,扎萨一言不发。

"只要我出来,我就一定要整死你!"查中永的手机里跳出这样一条短信,发件人匿名。

查中永端详半天短信的内容,这一次,对方真的要跟他玩命了。

为了安全起见,天一亮,查中永便将妻儿送回了老家。同时告诫妻子,少在外面逗留。

扎萨落网,查中永受到恐吓,这其间必有联系。

过了十来天,查中永收到内地某公安局发来的协查通报:有一批人已携带大量现金来到了边境,经过分析认为毒贩即将把毒品运入境内。

经过两周的密切关注和一线侦查,民警们发现,毒品入境了。

"毒贩入境了!"查中永收到了前方侦查民警的报告。

查中永立即带领两名侦查员前往执行抓捕任务,他们分别从三个方向包抄了停在路边的目标车辆。查中永敏锐地看到车上嫌疑人有掏枪动作,随即把车门关上,使了个眼色,另外两人心领神会,巧妙绕开,并及时请求增援。

而犯罪嫌疑人却以为遇到了黑吃黑,立即启动车辆从大路转进了小路。

十分钟后,赶到的增援队伍鸣枪将毒贩车辆逼停……

当场缴获毒品四千克，手枪一支和子弹六发。收缴手枪，退掉弹匣，拉开枪栓，看着一发已上膛的子弹跳了出来，查中永一身冷汗袭来，一屁股坐在地上，十几分钟后才缓过神来。

"查队，跟你干了这么多案子，从来没见你紧张过呀。"看着脸色有些发白的查中永，梁钒说道。

"我把兄弟们安安全全地带出来，就得确保你们毫发无损地回去！"查中永说道。

所有侦查员不再说话。

"你放了我，包里的钱和银行卡都是你们的。"毒贩说道。

"我看你是电影看多了！"查中永轻蔑地回答。

"你知道卡里有多少钱吗？足够买我一条命了吧。"毒贩还显得有些得意。

"说来听听，我看你值不值。"查中永故意轻描淡写地说道。

"600 万！"

"你唬谁呢，当我没见过钱。"查中永继续装出一副满不在乎的样子。

"要少一个子，你当场一枪崩了我！"毒贩还是很嚣张。

雨桐已经把 POS 机拿了过来，果然里面有 600 多万。

查中永觉得奇怪，一个马仔哪来这么多钱？"不对，他身上肯定有文章！"查中永愈发感觉疑点重重。

"要怎么样才肯放我？"毒贩看不透查中永葫芦里卖的什么药。

就在此时，这名毒贩脸色瞬间惨白，嘴唇发紫，浑身开始抽搐，查中永知道，他毒瘾发作了。

他在椅子上来回挣扎，不久就开始口吐白沫，将自己掀翻在地后满地翻滚，查中永和侦查员们对于这样的场景早已司空见惯，处理起来也有着丰富的经验。经过近一个小时的折腾，毒贩慢慢缓过神来。

"怎么样？想清楚了吗？"查中永将一支点燃的"黄果树"递过去，毒贩用颤抖的双手接过后急忙塞进嘴里，用足浑身力气，吸了起来。

"我是萨波！"男人说。

查中永夹着"黄果树"的两个指头不经意间抖动了几下，烟灰落在地上。

萨波？从来没听说乔山身旁有这号人，查中永感到惊讶。

"扎萨听说过吗？我俩是孪生兄弟，在'金三角'我俩经常互换身份，以掩人耳目，帮着老板做事！"萨波说道。

"说说乔山吧。"查中永淡定地问。

萨波想了几分钟说道："他很可能最近入境！"

"从哪儿入境？"

"西定。"

"西定？凭什么相信你？"

"你可以不信我，西定有他的女人！"萨波慢慢说道。

西定乡——那是湄公河边上的一个乡，紧靠缅甸和老挝。

"八九不离十又是从湄公河上进来。"查中永心里嘀咕道。

七、最后的较量

事不宜迟，查中永立即带领侦查员来到西定进行走访排查。

"你们说的是不是叫玉儿的那家？很可能就是她，那可是一个妖精。"村长说道。

"就是玉儿，她勾引男人厉害得很，现在跟一个男人妍着，那个男人时不时到村里来。"村长媳妇快言快语地补充道。

"我知道那个男人叫那卡，据说是缅甸人，但长相却像我们中国人！"村长媳妇继续说。

查中永立即进行走访摸排，得知那卡偶尔会出入村寨的玉儿家，有时会在她家里留宿。

那卡真的是乔山吗？还是他的替身呢？不会像扎萨和萨波一样，又冒出一对孪生兄弟吧？查中永开始怀疑起来，但天下哪有这么巧的事。

查中永带着雨桐和洪帅，立即对玉儿家周围进行秘密蹲守，发现玉儿一脸粉脂，忸怩步态下映衬着几分姿色，与寨子里的其他人显然格格不入。

经过一天蹲守，在确定周边情况后，雨桐和洪帅亮明了身份，并当即对玉儿家进行搜查，在她家米缸底下竟然藏着三公斤冰毒。

同时，查中永在玉儿家抽屉里翻到一张照片，是一个男人和她紧紧地搂在一起，显得十分亲密。

查中永拿着照片问道："他是谁?"

玉儿将头扭向一边。

"三公斤，够关你一辈子了！"查中永提高了嗓门。

玉儿一屁股坐在地上，脸色惨白，很快便交代了全部事实："我没文化、没工作，一次偶然机会与朋友到境外'金三角'玩耍，认识了那卡，从此便跟他在一起了。"

玉儿还交代，那卡每次过来都会给她带少量冰毒，供她再进行零星贩卖。

"那卡就是乔山?"查中永问道。

玉儿点点头。

"他多久来一次?"查中永追问。

"这个说不准，有时半个月来一次，有时一个月一次。"

"最近他还会再来吗?"查中永继续问道。

"这个我真不晓得,他每次来都不会提前告诉我。十天前他来过一次,我看他心情不是太好。他不说我也不好问,估计是货出了问题,不然不会那样。"

夜已深,澜沧江的水声依旧哗哗作响。查中永端着雨桐递过来的泡面发呆。

"查队,查队!"梁钒轻轻推了推他,查中永缓过神来,大口大口地吃起来。

"查队,接下来是不是就在玉儿家守株待兔?"梁钒问道。

查中永放下手里的泡面,沉默了半分钟,说道:"恐怕没那么简单!"

"就是!你们看,他的左膀右臂——扎萨、萨波已经被我们砍掉,他的很多条通道又被我们斩断,现在他可是惊弓之鸟,你说他还敢入境吗?"吴诚分析道。

"那怎么办?抓他还是没有一点儿办法。"洪帅有些失落。

查中永又点着了一支"黄果树":"兄弟们,大家分析得都有道理,但是大家忽视了一点。"查中永不紧不慢地说道。

"哪一点?"所有侦查员几乎异口同声地问道。

"散货也好,报复我也罢,他已经通过各种渠道向内地多头发货。一来肯定是急于回笼资金,二来,也在分散我们的注意力和力量!"

"队长,您的意思是,这家伙还在图谋着更大的行动?"雨桐问道。

查中永不作声。

"那他会从哪儿入境呢?"吴诚问。

"如果你是乔山呢?"查中永反问。

"我要是他,继续从湄公河上走!"雨桐抢答道。

"为什么?"

"从其他地方进来的通道基本都被我们堵住了!"

"岩潘就是在湄公河上落网的!"

大家你一言我一语讨论起来。

查中永掐灭了"黄果树",点点头说:"我赞成雨桐的观点,走水路的可能性更大,水路隐蔽性极强,能掩人耳目。加上他对航道情况非常熟悉,一旦失败,他逃命的机会也会多一些。"

"那怎么办?"吴诚追问。

"雨桐,抓紧时间,连夜向上级报告,请求支队、总站支援,最好通过技术部门对其进行精准定位,同时通过上级启动国际执法合作程序,请老、缅、泰三国警方给予大力支持。"查中永对接下来的侦查情况进行了部署。

侦查情况连夜上报到了支队,并报至云南边检总站。各级领导高度重视,纷纷要求要不遗余力彻查此案,一举将大毒枭乔山缉捕归案。同时,云南边检总站领导同意启动跨境执法合作,情报调查处连夜拟制执法合作函,分别发至缅甸、老挝、泰国三国相对应的警察局。

一张天网在湄公河流域悄然布下,等待着大鱼入网。

然而,半个月过去了,湄公河上依旧风平浪静,西双版纳边境线上也异常静寂,在玉儿家附近蹲守的侦查员仍没有发现任何蛛丝马迹。

"难道他察觉了?"吴诚坐立不安。

"还是我们的判断出了问题?"洪帅也开始怀疑之前的研判环节是不是出了问题。

玉儿的手机响了,竟然是视频通话,雨桐一看,显示的是"老公"二字。

她朝玉儿使了个眼色,玉儿点了点头,接通了视频电话。

"怎么半天不接电话?"乔山在电话那头儿问道。

"哦,刚才在厕所里呢。对了,老公,你好长时间没过来了,怎么还不来看我呀?"玉儿转开话题问道。

"最近事多走不开,等我有时间了去看你。"

"那你什么时候来呀,我真的很想你。"玉儿装出一副可怜兮兮的模样。

"少废话,说了有时间一定去。最近寨子周边有没有什么异常情况?"乔山问。

"异常情况?"玉儿一脸疑惑。

"警察有没有来过寨子?"

"派出所的民警偶尔能看到,应该是例行巡逻吧,每个月都来啊。"

"其他呢?"

"其他什么?"

"江面上呢?有没有什么情况?"

"没见着特别的呀,老公,你问这些干吗?"

"男人的事你少管!"

"嘟嘟嘟……"电话断开了。

侦查员们长长地舒了一口气,看来,侦查方向没有错。

在夜色的掩护下,查中永带着洪帅、梁钒、吴诚、雨桐等侦查员一同登上民船,在澜沧江上开始了漂泊。

船到南腊河口,停靠在中方一侧。所有侦查员则隐藏在茂密的原始丛林中,查中永掏出望远镜四处瞭望,却什么都没看到。

三天三夜,众人就在这个小小的回形弯道处守望,却没有任何收获。

直到第四日一早,查中永接到消息,乔山出现在了老挝波乔省的顿蓬县稀米村。查中永不敢大意，带着所有侦查员换乘水上巡逻总队的执法船赶到了顿蓬县，并将情况通报老挝警方，对方立即派出警察包围了稀米村。眼看这次乔山是插翅难逃了，却没想到乔山对这里的情况很熟悉，收买了村民阻挠警方，不让联合执法专案组进村。好不容易说服了村民，但行动早已暴露，乔山在村民的掩护下已乘船横渡湄公河，逃回缅甸。

查中永看着横在眼前的湄公河，无奈又着急。

这次逃脱后，乔山变得更加谨慎，不停地变换着躲藏之处。查中永带领侦查员们在联合执法专案组的统一指挥下，潜入金三角，继续对其进行搜寻，很快，又掌握了乔山的行踪，他躲在了缅甸大其力的深山里。

联合执法专案组再次悄悄潜入深山，进行搜索。

查中永通过夜视仪发现，在前方一公里左右的山坳里，有几顶蓝色的帐篷。

查中永和联合执法专案组的队员一起在山头上蹲守了两天两夜，基本上确认那就是乔山的藏身之所。这里原始森林茂密，雾气弥漫时能见度不足十米，不时传来的鸟叫怪声怪气，让人不寒而栗。

查中永立即协调缅方执法人员，准备实施合围抓捕。就在专案组不断缩小合围圈时，乔山似乎有所察觉，带着几个手下开始四处逃窜。

原始丛林内顿时枪声四起。

乔山依仗地形优势再次逃脱抓捕。

第二次抓捕，乔山又逃脱，并消失得无影无踪，连手机信号也断了。但联合执法专案组的不断清剿让他可以隐藏的空间越来越小，逼迫他离开缅甸的深山老林，向老挝境内奔逃。

彻底沦为孤家寡人的乔山，在缅甸也待不下去了，在金三角大佛的注视下，正一步步走向自己的末日。

傍晚，落日的余晖洒满湄公河，乔山在一番乔装打扮后，钻出原始丛林，来到湄公河边，四处张望。老挝一侧悄无声息，江水缓缓流过，炎热褪去，凉气升起。确认安全后，乔山上了一条小船，披着暮色小心翼翼地过河，然后在老挝孟莫码头的一个小港湾处停了下来，猫腰上岸，钻进密林。

就在此时，查中永带着联合执法专案组的侦查员们也已经赶到。

"站住！"

"不许动！"

查中永与老挝警方从密林深处沿河岸三面形成合围之势，黑洞洞的枪口齐刷刷对准了乔山。

乔山双手抱头，蹲了下去，这一天，终归还是来了。

"乔山落网了！"

这个消息让所有侦查员感到兴奋，也让西双版纳边境管理支队、云南边检总站每名移民管理警察感到欣慰。

乔山从中国打洛口岸被移交回国，他面对的将是中国法律的审判。

滚滚红尘，涛声依旧。

查中永来到澜沧江边，将点燃的"黄果树"摆在河堤上，心里默念："郝强，我的兄弟，十年了，湄公河上毒品一日不绝，我就不会停下猎毒的脚步。"

他转过身去，望着远处茫茫的群山和蜿蜒曲折的边境线。他知道，缉毒工作还任重道远，要想把毒品堵截在国门之外，得向科技要警力，向信息化、智能化要战斗力，依托情报信息为主导，打造"堵、截、打、控、联、防"立体禁毒网络，"多警种合成作战中心"、"情报研判中心"等作战平台协同作战，共同打击毒品犯罪，才能将无数像乔山这样的毒枭逐一绳之以法。

天下无毒是国人共同的心愿，查中永朝着滚滚澜沧江祈愿：让奔腾的江水永远无忧无虑地流淌，让青山绿水永远告别污浊，让热带雨林永远宁静……

一只猎鹰从江面上空掠过，朝着雨林深处飞去。

（文中照片由云南出入境边防检查总站提供）

"全国公安系统二级英雄模范"、全国移民管理机构首届"十大国门卫士"黄平

忠诚的证明

——记"全国公安系统二级英雄模范"、全国移民管理机构首届"十大国门卫士"黄平

燕 子

引 子

一个普通人，要怎样才能变得不普通？

一个平凡人，要怎样才能成就不平凡的业绩？

一张三尺验证台，怎么才能创造英雄？

一方小小验讫章，如何守好国门安全，确保国门无虞？

黄平，深圳出入境边防检查总站深圳湾边检站执勤二队三级高级警长，早年在内勤岗位二十年如一日，长期手工抄录管控信息无一差错，确保一线民警精确查验。从事旅检查验工作后，坚守验证台十九年，在章起章落之间，创下了验放旅客近三百万人次无一差错的纪录。

2019 年，他当选中宣部、公安部联合评选的"最美基层民警"荣誉称号。

2020 年，他当选全国移民管理机构首届"十大国门卫士"，荣记个

人一等功。

在"全国公安系统二级英雄模范"名单上，他榜上有名。

继此前荣获个人三等功 6 次、个人嘉奖 9 次之后，黄平再立新功，成为英模与功臣。

有人说，全国公安系统二级英模称号，那是作出了极大贡献，甚至献出宝贵的生命才能获得的。对于平凡的普通人来说，几乎是不可能的事情。

但黄平做到了，他用信仰、忠诚与热爱，用三十八年光阴，成为平凡岗位上的"超级英雄"，更是实至名归的"国门卫士"。

卫士：不该出去的，一个不能出去；
不该进来的，一个不能进来

深圳湾出入境大厅内，客流排成长长的蛇形队伍，沿着曲曲折折的栏杆通道缓缓来到验证台前。

黄平端坐在台后，面带微笑，接过旅客递上来的证件，比对人和证，还有电脑屏幕上显示的资料。

同时，他口里看似随意地发问："您好！请问您来自哪里？准备去什么地方？打算做什么……"

若旅客是外国人，他就改用英语："Welcome to China. Where are you from?"

日常，他的普通话带有几分广东口音，但这几句英语，却说得相当流利标准。

没有拖泥带水，黄平在不动声色中迅速完成对每个旅客和证件的"诊断"，拿起验讫章，"咔哒"一声轻响，印章加盖在证件上，递还旅客，没忘说声"谢谢"！

对待正常的旅客，黄平有着阳光般的笑容和热情的服务，能快则快，在自然状态中让他们快捷通关；而各类违法违规人员以及偷渡分子，则在他严谨的查验下无以遁形，被他准确地拦截。

黄面孔、白面孔、黑面孔……每天，成千上万不同肤色、不同地域的旅客，如潮水般从他面前涌过。

哪个是不能通过的？

1995年，在罗湖边检站验证台出勤，黄平查获两名重大违法犯罪分子，荣立三等功。那时，他的主要业务职责是内勤，在旅客过关高峰期到验证台"客串"，对验证工作还说不上十分娴熟。但是他认真细致，熟记相关信息，准确地在各色面孔中辨认出嫌疑人，让他们插翅难逃。

2015年新春，人们兴高采烈地置办年货，开开心心地休假回乡，准备过年。关口迎来出入境人流高峰，黄平照例留守值班。大年三十那天中午，一个个头儿不高的外国人来到他的验证台前。

递上来的是一本崭新的南非护照，但没有附上出入境卡。旅客忘记填写这张小卡是常见的事情，黄平请他到不远处的填卡台补填。

填写出入境卡是件非常简单的事情，填上姓名、出生年月、护照号码等基本信息即可。一般人三四分钟就填写完毕，可这个人磨磨叽叽，七八分钟还没有搞好。

黄平敏感地意识到有点儿异常。他认真翻看那本新护照，护照比较干净，看上去是第一次使用。他请旅客提供旧护照，仔细核看，护照上每年都有居留许可印章，但近年来的记录比较少。乍一看，似乎没有问题。

但黄平的脑子里闪过一丝疑惑，职业敏锐性让他觉得有点儿不正常啊！他问："你留在中国这么多年，干什么？"

旅客回答："做教师……搞英语培训……打工……"言语之间，神情变得有点儿慌张。

黄平联想到正在进行的针对外国人"三非"——非法入境、非法居留、非法就业的专项治理行动。

深化改革开放的中国发展越来越快、越来越好，吸引很多外国人前来工作或是旅行，然而也有部分外国人没有通过合法途径出入境，甚至从事毒品走私、诈骗、飞车抢夺等违法犯罪活动，严重危害社会治安、破坏市场经济秩序。对这种人，我们不仅不欢迎，还要严厉打击。

这么一转念，黄平再仔细比对新旧两本护照，审视证件的各种防伪特征，发现与真证有细微的差别。他更加确信自己的感觉，马上向值班领导汇报，把护照拿到后台核验。

经边检站证研专家鉴定，这位旅客持的两本南非护照皆为伪造，连公安机关的居留许可印章也是伪造的。此人不是南非人，而是另外一个国家的人，长期在中国"打黑工"。因为专项治理"三非"风声紧，想出境避避风头，还专门挑大年三十这天过关，想蒙混出去，没想到遇上了黄平。这是深圳湾边检站查获的首起伪造南非护照案件，黄平创造了一项"第一"的纪录。

"不该出去的，一个不能出去；不该进来的，一个不能进来。"这是边检人员的应尽之责，黄平牢记在心，也是这么做的。

"忠诚为民，担当奉献，专业文明，公正廉洁"，这是移民管理警察的职业精神，黄平恪尽职守，倾力践行。

有个形容边检人员的常用词，叫"火眼金睛"。

人们称赞黄平"火眼金睛"，他腼腆地笑笑："这是应该的啊！这是我的职责要求，也是我的本分啊！"

本分：拧在哪儿，就在哪儿发光发热，
在平凡的岗位上完美地诠释责任和担当

黄平的边检工作，始于三十九年前。

1981年，刚刚高中毕业的黄平对未来的理想设计是考上中专，学一门技术，有一份跳出"农门"的工作。他生长在广东省西南部的小县城信宜，自幼生活在小乡村，自我审视成绩，没有抱考上大学的奢望。

考上中专的理想非常实际，可现实的道路却非常曲折，黄平落榜了。复读一年再考，距离中专录取线，还差十几分。

他没有放弃，继续补习，打算来年再战。

但命运有时就是那么奇妙，充满计划性的人生道路忽然出现另一种延展。

1982年8月，肇庆边防检查站成立，隶属于广东边防总队。11月，开展招兵，有同学拉着黄平一起报了名。

到了体检那天，黄平没有接到通知，依旧到公社学校补习。正埋头苦读呢，一个人飞快地骑着单车来找他，一迭声催促他赶紧去体检。

原来，这支边防检查部队是按照"特种兵"标准招兵的，在文化程度、身高体格等方面的要求都比较高。数十名青年参加体检，竟没有一个被挑中。有人便想起了黄平。

十九岁的黄平应召而来。他高中毕业，身高一米七五，家庭成分贫农，体检各项指标合格。那个年代的粤西乡村青年，高中毕业已算是凤毛麟角，身高超过一米七的，已经属于大高个儿了。

前来招兵挑兵的部队领导高兴地说："这小伙子，行！"

当时，全县只有十个招兵指标，每个公社一个，难度堪比考上大

学了。

黄平的人生路向就此校正，此生未变。

1983 年，黄平走进刚成立的肇庆边防检查站。条件非常艰苦，由马安煤矿腾出两幢平房作营房。官兵们一边训练，一边学习边防检查专业知识，一边还要开荒种地挖鱼塘养鱼以补伙食。黄平吃苦耐劳，干得不亦乐乎。

一日，黄平看见战友在出墙报，不由自主驻足观看一会儿，心中暗想："这个，我也可以做！"当时，部队最缺的就是文化人才。只要有能有才，你就肯定有机会一显身手。很快，黄平便成为出墙报的骨干，漂亮又有所变化的字体为墙报增色不少。他还学会画简单的版花，被战友们戏称"才子"。

黄平敢揽这活儿，是有资本和底气的。中学时期，班主任常把他的作业本展览给老师、同学和家长看。他从小爱练字，作业本的字迹总是有板有眼，工工整整，常被老师表扬和树为榜样。受到激励，他更加来劲了，上次写宋体印刷体，这次写正楷，下次尝试隶书。

这一特长铺搭了黄平前进的一个台阶。1985 年，深圳沙头角边检站成立。广东省公安边防总队派人来到肇庆边检站挑人，一下子看上了能写会画的黄平，问他愿不愿意换个环境。

20 世纪 80 年代中期的深圳经济特区，在国内已经声名远播。处于相对闭塞环境中的黄平，对经济特区卷起的浪潮还没有什么感觉，也没有听说过沙头角中英街。面对召唤，他愿意走向更远的远方。

调到沙头角边检站后，黄平在中队担任文书、通讯员，除了出墙报，还要写各式各样的文字材料。黄平一手字写得漂亮，可写作文的底子却不厚。20 世纪 60 年代农村的教育条件和资源还比较落后，中小学教育打下的基础整体比较薄弱。在别的战士眼里，他整天坐在办公室里写写画画，没什么脏活儿累活儿，看起来很轻松，但其中的苦与累，只有他自己知道滋味。大材料、小简报，这请示、那通报，方案要写、总结要报，经常几易其稿。那时候没有打字机，更不知电脑是何物，全靠手抄，常常干得"满嘴起泡，睡不着觉"，这笔杆子实在不好握。

每个入伍的战士，都怀揣着梦想，"考学"和"提干"是最佳的出路。黄平心里很明白，想在武警部队干下去，就得提干；想获得提干，就得努力"考学"，他一直想报考部队院校。像他这样的战士犹如"过江之鲫"，最终能实现鱼跃龙门变"锦鲤"的屈指可数。

黄平迫切感到有事要做，有东西要学，有障碍要排除。他写信叫爸爸妈妈把他准备考中专的复习资料全部打包，从老家寄给他，一有机会就学习，努力提升文化水平。

中国改革开放的破冰之举轰轰烈烈，每一个中国人生活的改变，都折射出社会发展的方向。黄平来到改革开放的前沿，作为守护口岸的排头兵，有动力向前冲。国门打开，每日里口岸熙来攘往的人流中，外国人也渐渐多了，边防检查急需有外语基础的人才，方便对外交流。队里见黄平对学习文化如饥似渴，推荐他参加深圳边检总站组织的英语培训班。全班 25 个学员，全部比他低一两届高中毕业，数他的基础最差，从 ABC 学起。下课了，别人轻轻松松出去玩，他独自留在教室，反反复复地听录音机磁带，背诵和默写英语单词。

这个小小的英语培训班，成为托起黄平向上的又一台阶。依托刻苦学习打下的基础，1986 年 9 月，黄平成功考上中国人民武装警察部队广州指挥学校（后升级为学院）外语专业，学制两年，专攻边防检查应用英语，1988 年，他与全班同学一道获得结业证书。

从广州指挥学校结束进修回到深圳武警边防部队，黄平被分配到罗湖边检站内勤岗位。

这是一份非常适合黄平的工作。他生性内敛沉稳，做事踏实可靠，对工作高度负责。20 世纪 80 年代末 90 年代初，边防检查信息系统尚处于起步阶段，功能简单，办公自动化更无从谈起，工作材料仍然靠手写。当时，工作相关信息由上级下发，不定时更新，每位上岗检查员都须熟记在脑袋里，烂熟于心。每有新信息下达，黄平都必须第一时间赶到机要部门，抄写下来，再逐字逐句誊抄几十份，供检查员默记。

上级随时都可能下发新信息，"菜谱"随时更新，无论上班还是已经下班，工作日还是假期，黄平时刻准备着，相当于 24 小时备勤，召之即来。有时，新信息在午夜时分送达，次日上岗的检查员有四十多位，他就得连夜加班，赶在天亮之前抄完四十多份信息单。

繁华热闹的新都市渐渐安静下来，五光十色的霓虹灯渐渐熄灭。夜色阑珊，一盏莹白的日光灯陪伴着黄平。他伏在办公桌前，笔尖流畅快速地在纸上划过，发出轻微的沙沙声。他的一手好字派上了用场，抄出来的信息单，工工整整，清清爽爽，一目了然。尤其令人敬佩的是，这信息单，他一抄就是十五年，从来没有一次抄错抄漏任何信息，犹如复印出来一样，为检查员在台上准确验放、守护国门安全提供了保障。

边检内勤工作又多又杂，每一样都需要细心和耐心，调校验讫章便是其中一项。每天清晨，黄平比检查员提前半个小时到岗，细心地将验讫章逐一调整到当天日期并核对准确。检查员出勤前，需要签名领取两样东西：一是已经调好日期的验讫章，二是工作信息单；下班时，再将这两样东西归还。黄平又是守到最后，统一收回，复核无误后收进专用柜锁好。他是全队最早一个上班的人，又是全队最后一个下班的人。

当年边检站条件艰苦，还未建起食堂，也不像今时今日这般可以叫外卖。接近饭点，黄平就推出一辆三轮车，在车流滚滚的马路上吭哧吭哧地穿梭，赶到三公里外的小饭店打包几十号人的饭菜。夏日，亚热带的阳光暴烈，一去一回，常常汗水浸透衣衫，湿得几乎可以拧出水来；冬天，深圳的寒风也刺骨，吹得皮肤干燥皱裂。黄平从不叫苦，让大家吃饱吃好，有劲儿工作，他就安心了。

工作量大，责任艰巨，不少内勤人员一有机会就要求调岗，唯有黄平心无旁骛，一心一意安守本分，做好本职工作。不仅如此，哪个地方人手不够了，说一声"平哥帮个忙"，他二话不说，来之能战；哪项工作别人做得不够到位，领导指示"让黄平重新弄弄"，他不负所望，把事情做得妥妥帖帖。见别人调岗的调岗，升级的升级，黄平不急不躁，犹如一颗嵌进机器的螺丝钉，从不挑剔位置，拧在哪儿，就在哪儿发光发热，在平凡的岗位上完美地诠释责任和担当。

从20世纪80年代中期进入深圳边检队伍至今，黄平伴随着深圳经济特区的发展而不断成长，亲历了中国边防检查体制改革和移民管理体制改革，不仅见证了深圳河两岸的风雨沧桑，也见证了中国改革开放与经济社会快速崛起的历史进程。

这种亲历与见证，也曾给他带来了严峻的考验。

考验：小小验讫章是我守卫国门的钢枪

出入境边防检查是国家主权的重要体现。边防检查机关伴随着新中国的诞生应运而生，我国出入境边防检查事业经历了从无到有、从不完善到完善的发展进程。1998年，国家实行边防检查体制改革，深圳边防检查总站由现役制改为人民警察职业制，黄平由边防武警变身为人民警察。

2018年4月2日，国家移民管理局、中华人民共和国出入境管理局正式挂牌，这是中国移民和出入境管理工作发展的重要里程碑，是推进国家治理体系和治理能力现代化的一场深刻变革，标志着中国在建立健全更加全面系统高效，更加自信积极主动，更加符合国情、具有国际竞争力的现代移民管理制度方面迈上新征程。一支迈向革命化、正规化、专业化、职业化的现代移民管理队伍，成为捍卫国家主权、安全和发展利益的重要力量，成为展示中国风范、中国形象的靓丽名片。

脱下了橄榄绿的军装，换上了藏青蓝的警服，着装变了，坚守没变；编制变了，担当没变。对于黄平来说，只是换一种身份做往常一样的工作，然而时代车轮滚滚向前，工作方法发生了转变。

深圳老边检人在回忆往昔时，时常会提到一个具有广东味和深圳特色的词：打蛇饼。说的是当年因为通关条件所限，口岸出入境大厅经常人山人海，过关旅客以蛇形盘绕式排队，一圈又一圈，盘成饼状。

黄平对这一幕也记忆犹新：香港回归后的首个清明节，回乡祭拜祖先的港人蜂拥而至，客流量激增，发生拥堵，一度造成混乱，边检人员全体紧急出动，在关键位置手拉手组成人墙，艰难地维持秩序，防止发生踩踏事故。人数最多的一日，出现排队六个小时仍通不了关的状况，大厅内空气浑浊不堪，有人感到头痛、恶心呕吐甚至晕厥。

节假日客流高峰期排队时间长、通关慢，成为让出入境者难受和心烦的体验。"能不能快一点儿"的呼声越来越多，越来越大。

面对出入境人员"大进大出，快进快出"的迅猛趋势，如何提高通关验放效率？如何为出入境人员和车辆营造安全快捷的通关环境？科技创新、信息化管理成为深圳边检总站的不二选择。

早在 1988 年，罗湖口岸港澳旅客检查通道已率先启用中国第一套边防检查电脑查验系统；深圳边检总站坚持把科技创新作为口岸通关提速的法宝，1999 年自主研发了"快捷通"车辆及司机通关系统；进入新世纪，信息化进程提速，深圳边防检查向"电子口岸"迈进。

小小验讫章是我守卫国门的钢枪。黄平暗下决心，要牢牢握好这把"钢枪"

信息化浪潮滚滚而来，边检的内勤工作也大踏步进入电脑化。

黄平有点儿发懵。一直以来，他勤勤恳恳，全凭手写，对电脑操作尚感陌生。新进入的年轻大学毕业生拥有电脑知识和技能，令他的用武之地骤然变得狭窄，拳脚施展不开。

转岗，成为前进的时代对他的"逼迫"。

2002年，黄平有点儿不舍地离开干了二十年的内勤岗位，走上三尺验证台，成为一名普通的检查员。令他感到欣慰的是，这二十年，他从未出过差错。他拿起自己曾经调校过无数次日期的验讫章，脑子里响起一句边检人经常说的话："小小验讫章是我守卫国门的钢枪"。他暗暗下定决心，一定要牢牢握好这把"钢枪"，守好国门阵地。过去二十年在工作中没出过差错，将来也要杜绝差错！

2007年，深圳湾边检站组建，这是全国首个实施"一地两检"查验模式的综合性陆路口岸，即在同一处地点完成两地的出境与入境检查、检疫手续，这对边检民警提出了更高的要求。黄平所在的罗湖边检站执勤二队，被整体划转至新口岸。

这一年，黄平四十五岁，是深圳湾边检站同期四百余名民警中年龄最大者之一，大家都尊称他"平哥"。

年龄大有积累、有经验，也潜伏着更大的危机。这是一个变化万端的时代，清晨一睁开眼，就有可能看到颠覆认知的新事物。昨日还是风光无限的行业独角兽，今日就可能会"玩儿完"；今日在职场呼风唤雨，明天就有可能丢了饭碗。既有经验不仅不再灵，反而容易变成枷锁，甚至陷阱，单凭经验与过往认知，已难以继续前行。

此时，验证台的检查模式从手工记录转变为电子录入，虽然已从内勤走到外勤，但是黄平避不开铺天盖地而来的电子化浪潮，躲不过电脑对他发出的挑战。

对电脑一窍不通的黄平当时可以选择放弃现有工作，申请调到其他工作岗位，有的老同志实在干不下去了，就是这么做的。这很自然，单位也会根据实际情况给予照顾调整。

但黄平没有这么做。尽管他的内心有过迷茫，对操作电脑心怀惧意，对已经习惯的思维方式和工作方式不无眷念，但互联网时代的来临，更新与改变已成为事业获得持续发展的唯一途径。

黄平身上有一股犟劲，既然躲不过，那就迎面"硬刚"！无论如何，都不能被电脑打趴下，都不能掉队！

新一轮刻苦学习开始了。

2006 年 7 月，全国新一代出入境边防检查查验系统——"梅沙系统"在深圳各口岸全面启用，大幅提升了边防检查工作的效率和质量，标志着深圳边检总站成功实现中国边检史上执勤模式的又一次变革。

针对香港人、台湾人姓名中繁体字较多的情况，"梅沙系统"内含经过优化的"梅沙五笔输入法"，可以原样录入香港、台湾旅客姓名。

这也体现了对港澳台同胞的一种人文关怀，因为中国人最重视姓名的文化内涵。黄平要啃的第一块硬骨头，就是学会熟练运用输入法，最大限度地提升打字速度。

从拿惯笔写字到快速敲击键盘，对出生于20世纪60年代初的人来说，是种艰难的转变。当年雄霸中国电脑的五笔输入法如今已败给拼音输入法，原因之一就是实在太难学了。要掌握"五笔"，首先要背字根，还要拆分字体，而这些字根分布在各个字母键上，毫无规律，很难记住。

一开始，黄平对着字根表慢慢拆字，慢慢敲，一分钟只能打几个字。可是，按照要求，一分钟须正确打出20至25个字才能达到合格。

没有捷径可走，唯有苦练。平时一分钱掰成两半用的黄平"大出血"买了台电脑，下班回家后埋头就练。日练夜练，直练到手指僵硬，腰骨酸痛，睡梦中还在背字根。

黄平也许不够聪明伶俐，但他会用勤补拙。涓滴之水可磨损大石，不是因为力量强大，而是缘于昼夜不舍地滴坠。只有勤奋不懈地努力，才能够获得那些技巧。水滴石穿，黄平终于闯过了电脑关。

万里长征，这只是迈出第一步。

分辨各国护照、验讫章样式、证件代码、签证签注，学习和掌握电脑操作系统、常用英语、新发布的相关政策，边检业务基础知识和理论的培训、"全能型检查员"考核、出入境边防检查机关检查员专业能力等级评定……每一项，都是黄平的一次大考，都是要闯的大关。

对于年轻人来说，有些考核题目无须背熟，遇到了，上网一查便是。黄平日常不爱玩电脑，很少上网，查资料不利索，唯有死记硬背。很多学习资料由于工作纪律，不能带回家里，必须到边检站的培训室使用电脑学习。于是，除了利用勤务间隙和休息时间见缝插针地练习之外，黄平还启动了"蹲培训室模式"——"白加黑"、"5+2"，挑灯夜战，废寝忘食，坐如磐石，全齐了。

黄平犹如遨游在海洋中的一条小鱼，不断游向更开阔的远方；又像一只在百花丛中辛勤劳作的小蜜蜂，不断采集丰富的知识营养。常常，培训室的门刚打开，同事们一进去，一幅常见的画面便呈现眼前：黄平已抢先端坐在电脑前认真学习。一天早晨，有人发现他的眼睛布满血丝，精神也有点儿不济。关心地一问，才知他头晚刚值过大夜班，因为惦记着还有几个知识点尚未完全掌握，他连家都不回，只在备勤室小憩一会儿，便赶着第一个钻进培训室用功。

黄平觉得这还不够。他有好几个笔记本，密密麻麻记满了工作要点和英语会话常用句。对一些难懂难记的内容，他一有空就钻研，常向年轻人请教，不弄懂弄通不罢休，并详细记在本子上，熟读熟记。

办法虽笨，却管用，锲而不舍，金石可镂。虽说年纪渐大，记忆力有所下降，但背得滚瓜烂熟之后，有时做题倒比需要上网查资料的年轻人速度还快。

笨鸟先飞早入林，笨人勤学早成材。经受住转岗的考验，闯过一道道知识考核关的黄平，把做内勤工作时的专注与坚韧投入到三尺验证台。谁都没有预料到，这位言语不多，学历不高，埋首苦读苦干的大叔，竟一跃成为行业标杆！

标杆：天下大事，必作于细

新中国刚成立时，防敌、防特，保卫国家安全、保卫人民政权是边检机关的首要任务。在很长一段时期，面对出入境人员，验证台前的检查员往往一副"冷面门神"的样子，满脸铁面无私、不给违法犯罪分子以可乘之机的威慑神情。那时，强调的是保持高度警惕性，树立高度紧张敏感的"拒腐防变"、"御敌于国门之外"意识。

随着对外开放步伐的不断加快，人们出入境需求与日俱增，口岸通关流量呈井喷式增长。边检机关处于国门一线，出入境管理、查验水平直接体现国家文明程度和政府服务水平，在社会管理中地位重要、作用特殊。如何在继续把好国门关的同时，实现边检管理服务水平与国家改革开放同频共振？

深圳边检总站把推行"文明使者"评选机制作为重要抓手，展开工作。每月深圳边检总站要评选出三十名"文明使者"，对旅客验放量、验放速度、查获违法犯罪人员、投诉率、业务差错率以及服务态度等每一项都设置了非常严苛的硬性指标，出一个差错，哪怕是细微的差错，也要"一票否决"。每个边检人都以获得"文明使者"称号为荣。

2016年，五十三岁的黄平鼓起勇气，站上了冲刺"文明使者"的起跑线。这一年，他验放出入境人员达十九万余人次无差错，在深圳边检总站名列前茅，折桂"文明使者"。

首战告捷令黄平信心倍增，一种昂扬热烈、积极向上的精神被激发出来。2017年，他继续冲刺，再度卫冕"文明使者"。

黄平越战越勇，越战越强。2018年，验放出入境旅客数量达十五万余人次，加权验放量稳居深圳湾边检站第一，同样没有发生一起差错，成功蝉联"文明使者"。

在"文明使者"的跑道上，黄平超越了许多年轻人，也刷新了年轻人的观念。

有人戏说："平哥开挂了！"

其实，这是信念和埋头苦干的力量。

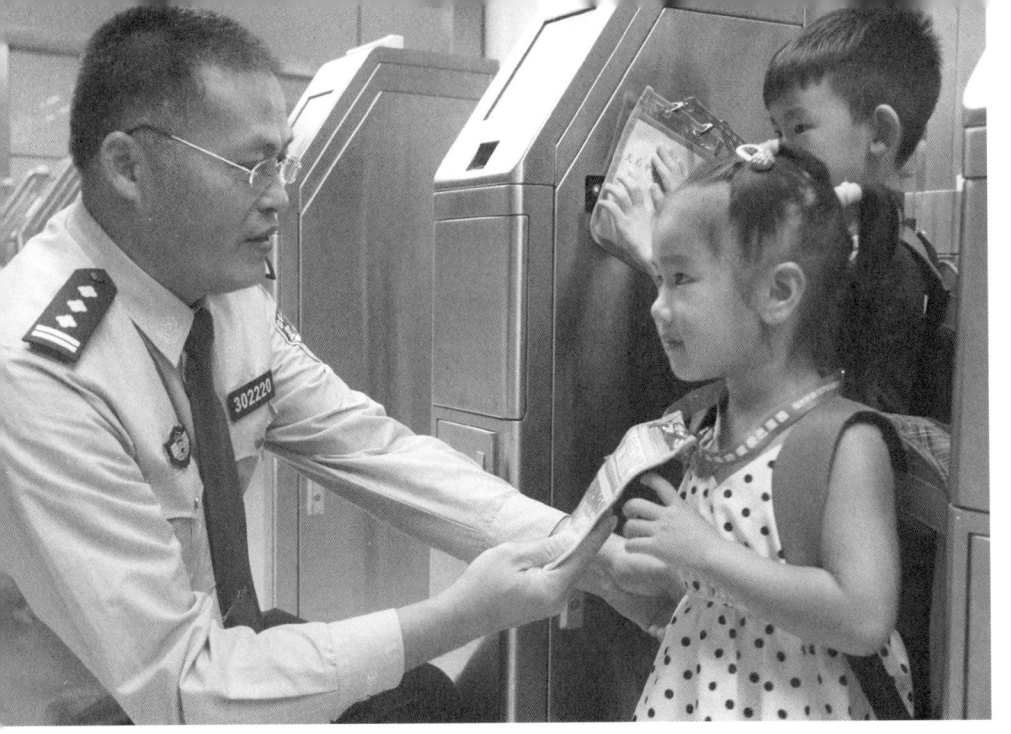

黄平验放深港跨境学童

　　2019 年 12 月，中央宣传部、公安部向全社会宣传发布"最美基层民警"先进事迹，黄平荣获全国"最美基层民警"荣誉称号。在"2019 闪亮的名字——最美基层民警"发布仪式上，三十名"最美基层民警"登上中国人民公安大学的大舞台，在热烈的掌声中向全社会释放出榜样的力量。

　　主持人情深意长地说："致敬最美、致敬榜样！在全国'最美基层民警'的发布仪式上，你们如此闪亮；在基层工作的舞台上，你们如此闪亮！最美的你们，如此闪亮！"中国人民公安大学教授点评黄平道："凌霄羽毛轻无力，掷地金石自有声！"

　　台上的黄平有点儿紧张。聚光灯的高光下，他迎来了人生的闪亮时刻。

　　2020 年，黄平荣膺全国移民管理机构首届"十大国门卫士"。

　　立功、受奖，荣誉接踵而来。

　　平日看上去沉默寡言的黄平，不鸣则已，一鸣惊人。

荣誉的到来是那么突然，又是那么水到渠成。蜕变背后，是黄平付出的巨大努力和无数时间。

接证、人证对照、验证、录入、询问、还证、放行……查验流程看似简单，却容不得半点儿马虎。为国守门，既要暖心，又要有"硬核"。黄平对出入境旅客亲和体恤，但绝不放过一点可疑，绝不让任何人蒙混过关。验讫章虽小，承载着检查员的光荣与职责，盖下的每一个章都不容有误。

有人觉得双胞胎不容易分辨，妹妹的证件过期了，有急事赶着出境，拿着姐姐的港澳通行证想混过去，终没能逃过黄平的法眼。问黄平是怎么看出来的，他说："人与人总有细微的差异。心中有鬼的人，虽然强作镇静，神情上却免不了有几分慌张。双胞胎的容貌几乎一模一样，但是通过适当的询问技巧，对方还是很容易露馅儿。"

因证件过期失效来不及办理，心存侥幸"闯"关的就更多了，无一例外遭到黄平的"准确拦截"。近几年，证件照开始允许一定程度的"美颜"和PS修饰，还有人因为整容产生了变化，有时，真人与证件上的照片比对，很难相信是同一个人。这些，都没有难住黄平。

像这样的"捉虫"，每个月至少发生两三起。

在十几秒时间内，对素昧平生的旅客进行人和证的比对，要达到几近抬眸可辨、触及即知的程度，没有娴熟的专业技能是难以做到的。这是黄平走上验证台十九年来，每年十几万次重复"人证对照、查验证件是否真实有效、录入系统、核对信息、提交资料、加盖验讫章"这套查验出入境旅客流程训练出来的结果。查验时，他不仅注重证件，还练就察言观色的本领，不放过任何蛛丝马迹。

"文明使者"评比，重在"又好又快"。验放量"冲"上去了，速度加快了，如果没有"好"，出现了差错，量大速度快则无意义。客流高峰不光考验体力和脑力，还要承受巨大压力，验放不能有半点儿差错，有时候差之毫厘、谬之千里。

"又好又快"，正是黄平工作的一个写照。

他是个沉稳之人，不会因为抢速增量而有所放松。若感觉证件或出入境者可能有问题，一定要慢下来一丝不苟地深究清楚。有时，后面排队等候验证的人不耐烦了，有点儿怨言："放得那么慢……你那么老了，干不了就别干了……"

旅客这种不礼貌的言行，不会影响黄平的心情，也不会破坏他的节奏。为国守门，细致、极致是他对自己的要求，国门平安，他的心才能自安。有时，某些念头一闪而过，某些决断必须在瞬间作出，而每一次存疑都是对工作的负责，那根警惕的弦在他心里一直绷得很紧。对出入境者多看一眼，多留意一个细节，甚至对一个眼神、一个动作，都能在第一时间作出反应，才能无一纰漏。

为了有针对性地更好为出入境人员服务，加快通关速度，深圳湾边检站设置了中国公民通道和外国人通道。外国人通道大多数需要外语对话，对在外国人通道值勤的民警要求更高：要有一定的英语听说基础，能问得清、听得懂；还要有好视力，看得清字号细小的英文字母。

验放外国旅客难度高，他主动申请到外国旅客通道。对于外语水平，黄平倒有点儿底气。早年在广州指挥学校学过的英语，尽管早已"还给了老师"，但基础还在。当初下的功夫有多深，此刻就有多受惠。他认真复习，把忘掉的外语重新拾了起来，随身携带的小本本也发挥了作用。

中国人走出国门，到达另一个国家。有时，遇到他国边境检查人员微笑着用中文说声"你好"就会惊喜地轻呼一声："他会说中国话！他对中国人很友好！"那种感觉真的很美好。迎来外国旅客时，黄平用英语甚至一两句旅客的母语向他们问好时，也能看到外国旅客愉悦的笑容。

在外国人通道验证，当然不止于懂几句外语就够，还需要熟悉各国各类护照和有效代用证件，了解各国的出入境政策，实时掌握国家最新的政策法规，必要时，要对各个国家的主要口岸有所了解，才能分析旅客的行程轨迹是否合理。国门口岸看似平静，却也有潜流暗涌。检查员每天迎来不同国家和地区的出入境旅客，每盖下一个验讫章背后，都有大量知识和技巧作后盾。"天下大事，必作于细"，对于检查员来说，守护国门就是最大的大事，做好这份工作的关键，在于对每个细节的追求。全球有二百多个国家和地区，有成百上千种不一样的出入境证件，每一种证件都要熟练掌握，黄平一有空就学习，不断更新积累，掌握证件打假"秒杀"绝技。

国家移民管理局要求全国边检机关确保中国公民出入境通关排队不超过三十分钟，提升国民待遇。"文明使者"评选有个重要指标是出入境人员的验放量。参评者要达到标准，就要有速度。黄平是个有心人，除了业务熟练，加快验证速度之外，他像学习新知识时"效率不够，时间来凑"一样，采取"时间战术"，用加班加点来换取效率。他是出勤时间最长的检查员，每当查验开始时，他总是要求第一个上，最后一个下；哪儿人流多，就到哪儿帮忙；哪位同事有事请假或调休，他总是主动"补位"；到了节假日，更是从来无休，"在岗过节"、"在岗过年"成为常态。

由于长年加班，常常顾不上家，黄平感觉自己欠了父母、妻儿很多亲情账。亲人们从来没有怪过他。支持和支撑，让黄平从家庭中汲取力量与勇气，并反哺于深爱的小家和大家。

支持：这个世界上总有那么一个人，
是你的港湾，是你的温暖

黄平的家庭，平凡而温暖。

黄平与妻子莫秀慧相识于 1991 年的一天，在老乡家的一次聚会上。

当时，黄平一个月工资才四百多元。恋爱时，"抠门儿"得很，没有给女朋友买过一束花，没有带她看过一次电影，也没有请她在外面吃过一次饭。老实憨厚的他与女朋友见了面，也很少说话，只是笑。特别有趣的是，黄平不善言辞，莫秀慧又有很多话想问他，"两个人不说话也不是办法啊，我就把我想知道的问题写在纸上，让他拿回去准备。再见面时，读给我听。"每当黄平一本正经地"对稿念"回答莫秀慧的问题时，她的心里就会泛起爱的涟漪。

莫秀慧不嫌黄平穷，也不嫌他缺乏情趣，反而"看上了他人老实"。两人征得父母同意，在家里做了一桌饭菜，叫上几个亲戚老乡，热闹庆祝一下，就算是举行了婚礼。

婚后，黄平背上了更重的家庭责任。家里有老人要照顾，妻子怀孕的第一胎流产了，第二胎为了保胎，辞去了工作，孩子出生后请不起保姆，自己带，从此没再工作，留在家里操持家务，抚养孩子，孝敬老人。日子虽然清苦，但两口子带着儿子乐在其中，在喧闹浮华的都市里，过着细水长流的平凡生活。

在妻子怀孕的时候，平时很少甜言蜜语的黄平细心地给她买过一条孕妇裙。忆起这一幕，莫秀慧的脸上露出甜蜜的笑意，她把裙子珍惜地保存至今："那裙子白色的底子上开满了蓝色的小碎花，真好看，我一直保留着。"

黄平每天埋头工作，即使下班回到家，也在忙着学习。在他心目中，一直以来，自己能心无旁骛地投身工作，追求更高更强，离不开妻子对整个家庭的默默付出和对他强大的精神支持，军功章里有他的一半也有她的一半。温婉贤淑的莫秀慧则觉得，丈夫积极向上，勤奋乐观，让她备感自豪，自己付出的辛苦和丈夫比起来，是微不足道的。

莫秀慧说："黄平那么热爱他的工作，我要给他创造一个没有后顾之忧的家，好让他全身心投入工作。"作为普通的家庭主妇，做丈夫的贤内助和坚强后盾，是她最大的心愿。

每天，无论黄平上晚班回家多晚，莫秀慧都准备好一杯温开水、一套干净的睡衣，等他回来。有时黄平加班，莫秀慧便等啊等，谁念西风独自凉，抱膝灯前影伴身。一直等到午夜时分，直至见到丈夫到家，心里才感安乐。她说："这已经形成习惯了，他不在身边，我也睡不着。"

古语有云，家有贤妻，胜过良田万顷。每天只要不加班，黄平都要赶回家吃饭。妻子做的饭菜，才最合他的口味。

每遇上早班，黄平会把闹钟时间调到5：10，准时起床。莫秀慧担心他太累了，闹钟闹不醒，往往再多调一个闹钟，把时间定在5：15。万一前面的闹钟没有闹醒黄平，莫秀慧便爬起来唤他起床。

黄平长年累月从事验证工作，腰椎间盘时常疼痛，严重起来连起床都困难。丈夫的腰椎一发病，莫秀慧就赶紧拿瓶老中医开的药酒，耐心地给丈夫推啊揉啊，每次都要推拿大半个小时，累得满头大汗，胳膊酸痛却从不言累。看到丈夫的疼痛有所缓解，她的心才稍安。

为了不让黄平分心，莫秀慧把家中的大事小事都扛了起来。有一回，年幼的儿子半夜突然发高烧，莫秀慧有点儿惊慌地想叫醒黄平，一起送孩子上医院看急诊。但看到加班之后的黄平疲乏地刚刚入睡，过一会儿又得起床上早班，想让黄平多睡一会儿，便蹑手蹑脚地独自一人抱着孩子上医院。

2017年5月，黄平在冲刺"文明使者"正紧张之际，接到老家打来的电话，说是哥哥病了。他知道哥哥一向身体不太好，以为不是什么急重大病，让妻子先寄五千元给哥哥治病，自己忙过这段时间再回去探望。孰料，半个月后，哥哥不幸病故。

黄平很难过，他与哥哥感情深厚，连最后一面都没见着，留下终生遗憾。多年来，有几十年工龄的黄平很少休年假，这次他申请了七天年假，返乡送别哥哥。同事们没想到的是，三天后，他又出现在工作岗位上。逝者已去，生者如斯，他要坚强地好好工作，让哥哥在天堂安息。那几日，他比平日更加沉默，工作仍然没有出半点儿差错。回到家，上床倒头就睡，一句话也不说。看着黄平抑压住内心伤痛的憔悴样子，莫秀慧心疼极了。

黄平处理完家事上班的第二天，下晚班后碰上塞车，比平时晚了三个多小时还没到家，莫秀慧在家里等得急死了，不停地打黄平的电话，他却一直没接，这更令她慌张失措。情急之下，她拨通了黄平同事的电话，带着哭腔问："他在车上吗？这几天，他心情沉重。他可别出什么事啊！"原来，黄平因为劳累过度，心力交瘁，在车上沉沉入睡了，没有听见电话响。同事连忙叫醒他给莫秀慧回电。

这个世界上总有那么一个人，是你的港湾，是你的温暖。有妻子做后盾，再难的关，黄平也能平安跨过。

黄平的老父亲老母亲在老家生活。当兵离乡三十九年，他携妻儿回乡只有五次，过春节仅有一次。为了孝顺父母，他总是叫妻子把老人家接到深圳同住。近年，父母皆已过九十岁，身体经不住长途颠簸，来得少了，黄平就雷打不动每月汇去生活费、捎去营养品，经常打电话问候。老人家也很理解黄平忙碌，尽量不麻烦儿子，默默地支持儿子的工作，常常叮嘱黄平一定要吃苦耐劳，不管是什么工作，都要勤勤恳恳去做，争取进步；叮嘱他和莫秀慧要夫妻和睦，好好生活；叮嘱他工作再忙，也不要忘了教育好孩子……

每到春节，老人家会特别想念儿子，总念叨着问他过年什么时候回家。中国人过年，最大的愿望是全家团圆喜乐祥和，一家老小欢聚一堂吃一顿香喷喷的年夜饭。可是，春节是人们的出行高峰，也是边防检查员最忙碌的日子，黄平总是坚守岗位，把阖家团聚的机会让给别人。每年的除夕团圆夜，他都是在验证台上度过的。看着归家旅客离家越来越近时难掩的兴奋，他愈加思念父母亲，觉得对不起老人家。

在家人的支持下，黄平面对繁重的工作，压力再大，也从来没有怨气，从来没有被压倒。

时间不会辜负一个踏实而努力的人。积沙成塔，积水成渊。自从走上验证台，黄平验放出入境人员近三百万人次，平均每年十五万余人次，无一例差错。

堆起这一成绩的，不仅是黄平的努力，更有家人的付出。

年纪渐大，眼睛有点儿老花，戴上老花镜，黄平柔和的眼神藏着锐利，动作依然利索敏捷。如今，他是深圳湾边检站坚守在外国人查验岗位上为数不多的老民警之一，不仅没被快速变化的时代抛弃，反而踏浪而起，勇立潮头。

日复一日，年复一年。每天，眼前流过的是形形色色的旅客，核验是的花花绿绿的证件，没有惊天动地的壮举，平淡，甚至枯燥。

在平凡的尘埃中，黄平却开出了美丽的花朵，发出了耀眼的光芒。

一个个光环接连加身，有人说，黄平这是撞上了"好运气"。

连他也满怀感恩之情地说自己是"运气好"。

然而，每一朵浪花背后都有一条河流，要这种运气降临身上，至少要满足两个条件：一是在基层一线一干就是三十九年；二是在这三十九年的职业生涯中，没有出过差错。

未来很长，有些事情，不必急于求成。去做，尽力地做到最好，所谓功到自然成。

功成：朴素，是极致的美，也是一种大道

在成功学流行的当下，黄平成功了吗？

内勤、三尺验证台，三十九年，未当过一官半职，"永远的基层"，恰如他的名字"平"，平淡无奇，泯然众人矣。

在荣誉到来之前，恐怕没有人把他当作成功人士。

但无疑，他成功了。

荣誉，不是黄平所求，是世界给他的回报。

荣誉来得猛，来得多。一个个光环，连成"大满贯"，晃得黄平有点儿眼花。

但他没有昏了头。

到北京、省里参加表彰大会，看到别的与会者胸前挂着一个个金光闪闪的军功章，他自惭形秽，感觉自己与别人差距太大了。

黄平坦言自己不喜欢出名，因为"很害怕露面，不知道该说什么"。

成为模范后，黄平时常被不同的记者一次又一次追问成功的秘诀，不厌其烦地"诱"他讲讲"记忆深刻的事情"或者"特别的故事"。他只是憨憨地笑，难为情地说："实在没有什么特殊的东西。"

再追问，他羞赧地憋出两句："靠的是平常一点一滴的积累，靠的是打牢业务基础。"

他说的是大家都懂的道理，朴实无华。

最美国门名片

2019 年 11 月 28 日，黄平进京领
奖后在公安部拍照留念

两千多年前，先贤庄子说过："朴素而天下莫能与之争美。"

朴素，是极致的美，也是一种大道。

有位记者在采访黄平后大发感慨："他太朴实了！朴实得不像是活
在这个时代的人。"

有时，黄平会感叹一句："我总是比别人慢好几拍。"

20 世纪 80 年代，作为驻守深港边境沙头角的边防武警战士，黄平
有一项小"特权"——他是通讯员，其中一项任务是每天骑单车从营
房进入中英街取报纸和信件，顺便帮战友们寄信，因为邮局在中英街里。

那时的沙头角中英街"旺"得很，名扬全国不只是因为这里"一

街两制"，更因为这里是全中国"洋货"最集中的地方，也是深圳的"购物天堂"。从中英街带出来的日用品、奶粉、折叠伞、丝袜、糖果、手表、黄金首饰等小物件，散往全国。然而，尽管黄平每天穿梭于此，但这个"木头疙瘩"从没想过随手给孩子家人买点儿东西，更没想过利用工作便利牟取转卖商品的利益，因为守住本分、不出差错，这是他一直坚守的底线。

看到别人骑上摩托车威风又潇洒，黄平骑着一辆破旧的自行车从容不迫。别人都开上了小汽车，黄平才到汕尾买了一台旧摩托，算是提了速。

在罗湖边检站大院里住的人，大都是老同事。一到周末，大伙儿呼朋唤友，开车出去玩，黄平便显得有点儿"不合群"。有人戏谑地对他说："存那么多钱干吗？"他笑笑，也不辩解。

黄平的心态一直很舒展，对周围的人和世界满怀善意。别人的这些话，如过眼云烟，他从不往心里去。"你好你的，你有钱有车那是你的本事，有什么好比的？我老婆没有工作，我家上有老下有小，我就是这样，也没什么不好。"

贫而无谄，心静清明。

在父亲将近七十周岁时，黄平有个强烈愿望，想攒钱在老家给父亲风风光光地做大寿。六十花甲，七十古稀。在中国人的传统中，七十是老人家很重要的一年，七十大寿被称为整寿。可是，黄平一家日常生活开支已经十分节俭了，还是拿不出余钱，没能如愿。如今，父亲母亲都已过耄耋之年，他的心愿是好好地孝顺双亲。

黄平的悭俭，是大家都知道的。一家人极少外出吃饭，为的是省钱。老家来了亲戚或乡亲，由妻子一人全程接待和陪游，除了工作忙走不开，心里头也是想节省一个人的交通费和门票费。在深圳几十年，他有一次下定决心陪妻子去香港开开眼界，过了境，只到达上水就借口

"晕车"半路折回，归根到底还是觉得香港的东西贵，消费不起。除了单位组织活动和近年到北京参加颁奖典礼，他从来没有主动出门旅行过，原因还是不想花钱。他不饮酒，以前伏案写东西，又常常熬夜，烟倒是要抽的，牌子是广州产的"双喜"。一年四季，从春到冬，上班穿警服，下班后换着穿的几件便装已洗得发白起毛。

从罗湖调到深圳湾工作之后，黄平每天乘坐单位班车从东穿到西。2017 年单位实行车改，取消了通勤车。乘公交车或地铁上班，得提前两小时出门。不得已，黄平厚着脸皮蹭同事的顺风车。时间长了，觉得常打搅别人不好意思，而且，想早点儿来或晚点儿走都由不得自己，黄平决定学开车考驾照。

学车的第一天，闹了个笑话。一位年轻学友误认为他是教练，一个劲儿冲着他点头哈腰递烟。教练看到他，感觉奇怪地说："年纪这么大还学车，第一次碰到啊。"他可是在深圳待了近四十年的老深圳啊！深圳常住人口平均年龄只有三十三岁，五十几了才来学车，早干吗去了？黄平不管别人的目光，把稳方向盘认认真真地学，历时六个月，补考两次，才拿到驾照。

有人以为劳碌了大半辈子的黄平终于舍得给自己买辆新车了，却见他开着一辆已有十余年车龄的旧吉普。原来，他付给大舅哥五万元，买了这辆旧车。如今，他每天开着老吉普上下班，吸睛指数蛮高的，还常常捎上同事。为了让别人坐得安心，他总是说："一点儿不麻烦，空车才浪费。"

人们常常说"平平淡淡才是真，简简单单才是福"，却往往掉落物欲横流的沼泽。葆有一颗素心，淡然面对浮世纷扰，"慢几拍"的黄平做到了。他犹如一股清流，谦逊、朴实，看上去没有什么雄心壮志，不求官，不求财，却因此无论遇到大事小事皆有静气，不受权力、荣誉的诱惑。洒脱背后，是看得开，看得淡。成名之后，也不说虚言虚语，不虚伪，不圆滑，不粉饰，始终以真面目示人，以真诚、淳朴之心待人。在旁人看来，他似乎没有自我，恰恰相反，他的自我意识很强，简单而纯粹。他未必心灵手巧、见多识广，却了身达命。朴拙之中，自有一种舒缓自然、霁月光风的人格魅力。

如果一定要从黄平的成功中提炼出一点儿"鸡汤"、一些经验，这碗鸡汤已熬足了三十九年，这些经验亦是老生常谈，那就是：功到自然成。

铁杵成针，水滴石穿，绳锯木断，愚公移山，精卫填海，冰冻三尺非一日之寒，精诚所至金石为开……在中国人的字典里，形容功到自然成的尤其多，一而再，再而三地说明了这个规律：不经一番寒彻骨，怎得梅花扑鼻香。好的人生，不怕大器晚成，持之以恒，终能成就业绩与美谈。

很多时候，人回首看自己的选择，往往发现，遵从内心的那一些才不会后悔。从加入边检队伍的那一天起，黄平就由心导航，踏实坚持。自己适合做什么，就安心做什么；擅长做什么，就潜心做什么。面对精彩的世界，内心从来没有失衡，耐得住寂寞和枯燥，从工作中体会乐趣并获得成就感。

"最美奋斗者"、"老黄牛"、"老工匠"、"敬、精、静"、"行家里手"……这是人们在挖掘黄平事迹时对他的工作和人生的总结和评价。这些标签，十分准确地道出了本质。在他身上，人们可以看到什么叫"敬业精神"，什么叫"天道酬勤"，什么叫"不须扬鞭自奋蹄"，什么叫"不以物喜、不以己悲"。一心一意，用学习筑底气，以积淀养才气，让能力胜任事业的需要。日积月累，终成为别人的望尘莫及。

在任何一件事上，要做到极致，做到万无一失，都是困难的，需要超乎寻常的专注，心无旁骛的投入。黄平就像金庸武侠世界里的郭靖，看似木讷，实则心地一片澄明，让"查验功夫"上升到新的境界，打开了一片新天地。

这，便也是黄平所谓"运气"的源头。被黄平查出来的南非伪假证件，看似"偶然"，实质必然——通道不只一条，检查员值守班次也有不同，却偏偏在那一刻走到了黄平面前，似是"命运作弄"。既然撞到了黄平的"枪口"上，跑不掉便是必然结果。

黄平的职业生涯走上巅峰，是他追求生命的广度与深度的结果。一方面，他保持积极向上的奋进状态，不怕历练，丰富自己；另一方面，他汇聚专注之光，深度沉浸于所热爱的工作。他的情怀，也推着他在这种追求中走向新的阔境。

情怀：有一种强大，叫平凡；
有一种使命，叫坚守；有一种情怀，叫忠诚

2020 年初冬，11 月的一天，在广西三江侗族自治县民族初级中学的一间教室里，传出了黄平的声音。平日少言寡语的他，向同学们有声有色地讲述了胸前一枚枚奖章的来历和故事。同学们听得非常入神，随着这位头发斑白的伯伯的话语，脑子里闪现出一幅幅"最美基层民警"、"国门卫士"克己奉公、无私奉献、坚韧刻苦、勇往直前的画面，明白了"把最简单的事情做好就不简单，把最平凡的事情做好就不平凡"的道理。

这是深圳湾边检站执勤二队党总支民警代表一行，深入广西三江侗族自治县同乐乡高岜村扶贫点和县民族初级中学，进行扶贫助学活动的动人一幕。

生长在广东信宜县乡村的黄平，对贫困有过切肤的感受，对贫困人家脱贫的渴望有着深深的体会。早前，在队里讨论如何做到精准扶贫时，具有农村生活经验的他就提出了自己的想法："可以给他们买头耕

牛。有了牛，犁地、耕田都没那么大的压力了。如果将来实现机耕了，老牛还可以卖钱。"在各项捐助活动中，黄平也积极带头，捐电视机、书籍、衣服被褥。出手帮扶别人的时候，他一点儿也没有平时的省俭样，而是慷慨解囊。

吸纳了黄平的建议，在高邙村"结对子"的贫困户张老堂家中，二队党总支送上了募集到的一万两千元，帮助他购买耕作设备、种子、化肥，其中六千元用作购牛的专项基金。牵着梦寐以求的黄牛，张老堂笑得合不拢嘴，激动地说："开春耕田种地就不用那么苦了。感谢党，感谢你们的帮助！太感谢了！"

张老堂的儿子张天正同样有一份礼物。生在贫困家庭，从小的求学之路，就有着各式的困难，进村之前，黄平铺开信纸，一笔一画地给他写了一封信。

"天正，我也曾像你一样，走过长长的上学路，为书本费而发愁，还要匆忙放学后去放牛，照顾年幼的弟妹，对着昏暗的小灯学习。我也对未来有过迷茫，我想改变这些，却也觉无力，但我坚信读书是当时最行之有效的途径，于你亦是如此。请不要轻言放弃，放弃读书，就是放弃千万种可能。"

"想要逆天改命，举起梦想定是不易，这于当初那个放牛娃的我来说也深有体会。从十九岁入伍到现在，三十八年来，从一名战士到成长为一名国门卫士，我一直坚守在一线。面对工作中日新月异的业务，高强度的培训和经常的考试，也常常让我力不从心，但这是我的工作，我的职责所在，虽然我已年近六旬，但我不能放松自己，年轻人可以的，我也不能落下……生活不容易，学习也不容易，你肩上的梦想就是你需要背负的重量。路漫长且崎岖，但天正，你将如你父母的期望，天生正气，万夫莫当。在黑夜时，怀抱希望，追逐太阳……"

字字句句，透露着黄平的牵挂和关爱。

黄平深刻明白，"志"和"智"，是真正脱贫的关键；孩子，是祖国的花朵和未来，关心他们的学习、生活，帮助他们健康成长，有自己的一份责任。他特地来到张天正的学校参加"从国门到校门"的主题班会，用自己的经历引导同学们找到奋进动力，激励他们坚强地面对生活，勇敢追逐梦想。

短暂的相处时光，浸润着黄平的深情与心血。看到孩子们身上露出的精气神，他发自内心地高兴。返回深圳之后，他一直保持与张天正和同学们的联系，张天正在生活、学习中有任何困难，都可以与他及时交流。他一直用蕴藏于信仰和忠诚中的力量激励着孩子们。

在全国"最美基层民警"发布仪式上，主持人深情的话语余音缭绕："也许有一天，生活的年轮会淹没了你的容颜，所有的眼泪、汗水，所有的热血、牺牲，所有关于你的记忆，都会在岁月的流逝中消散。但我知道，人们心中，会有一块丰碑，因为我们有一个共同的名字，叫忠诚!"

有一种强大，叫平凡。

有一种使命，叫坚守。

有一种情怀，叫忠诚。

如果说，平凡是黄平的底色，坚守是黄平的责任，那么，忠诚便是黄平的品质。

忠诚：永葆初心，勇担使命，宝刀不老，连接过去与未来

2020庚子年初，新冠肺炎病毒侵袭，全国上下，万众一心，抗击疫情。

那是一个刻骨铭心的春节。往年车水马龙、喧嚣热闹的深圳湾口岸，骤然变得冷清肃穆，甚至有几分诡异。戴着密实口罩的出入境旅客，眼神流露出惶恐不安。

那是一场没有硝烟的战争。1月27日，大年初三，深圳湾边检站各单位全体人员停止休假，立刻归队。在全民不出门、不串门、不聚会，万分小心地居家避险防疫的情态下，深圳湾口岸作为深港之间唯一开通旅检业务的陆路口岸，承受着防范境外疫情输入的巨大压力。

大事难事见担当，危难时刻，"最美逆行者"用实际行动彰显了忠诚之心、担当之举、尽责之行，用生命捍卫生命。

黄平第一时间向组织提交了加入"党员突击队"的申请，在请战书上按下红手印。他摆出"老资格"说："我是老党员，2003年我曾在罗湖口岸跟'非典'战斗过。这次面对新冠，我有经验，我要上。"

"党员突击队"的主要任务是处理发烧旅客，风险系数高，大多是身体素质较好的民警。黄平已年届五十七岁，又有高血压，属易感人群，组织要保护好他，最初没有批准。但拗不过倔强的他再三请求，最终批准他加入了"党员突击队"。他无所畏惧地与年轻民警一起，冲在国门第一线。

3月8日，深圳湾口岸出现第一例输入型病例，即时打响防范境外疫情输入攻坚战。随后，第二例、第三例接连出现。海外疫情暴发，疫情重点国家从一国到四国、到二十三国……国门成为抗疫的主战场，"外防输入、内防反弹"成为疫情防控工作的重中之重，一系列更加严密、更加强有力的防控措施相继实施，对出入境边防检查提出更高、更严、更多的工作要求，一线民警工作量大幅增加。"广东省疫情境外输入工作指引"第一版下发之后，不断完善更新，第五版……第八版……每有新版下发，检查员都必须熟读熟记，严格执行。民警的学习消化能力、执行能力、单兵作战能力，决定战"疫"效果。

在配合属地政府实现入境人员"从国门到家门"的闭环式联动防控体系中，前台查验信息是极其重要的一环。深圳湾边检站相应提升了工作要求，加强了证件核查和行程询问，同时设立了无接触的查验模式，增设了一道行程轨迹核验的程序，力求把有疫情重点国家地区旅居史的旅客都找出来进行重点检疫排查。

厚实的 N95 口罩，再加上面罩，警服外穿上白色防护服，三尺验证台前的黄平身体变得笨拙，口中呼出的热气在面罩内形成气雾，令老花眼镜变得朦胧。执勤查验，对脑力、体力和毅力都是极大考验。

"请问您从哪个国家来？""入境去往哪个省份？""最近两周都去过哪些地方？"……因为戴着口罩和面罩，为了保证与旅客问答交流的清晰度，黄平必须把音量加大；对来自重点疫区国家的外国人，还要克服语言障碍，用外语细致地了解旅客的出行轨迹，对每个旅客"三到位"，每个步骤都绝不缩水。

面对"新冠"疫情，黄平在请战书上按下红手印

为了减少上厕所的次数，黄平在上岗前尽量少喝水，一遍又一遍地重复询问，嗓子冒烟似的又干又痒，甚至轻微刺痛。他有鼻炎，一发作就呼吸不畅，还会连打喷嚏、流鼻涕，又难受又狼狈。连体防护服不透气，闷得汗水顺着脖颈直往下淌。久坐验证台前，腰椎疼痛的老毛病又发作了，疼得厉害，他勒上护腰带，把从家里带来的一个抱枕垫在腰后，咬牙坚持着。

一个班次六个小时上勤时间，黄平验放了八十多位旅客，说了上千句话，回到休息室，整个人都瘫软了。看着他湿透的警服和脸上深深的勒痕，同事们都心疼地劝他好好休息。他喘着气说："没事没事，有点儿体力不支，回去睡一觉就好了。"然而，缓缓劲，他并没有回家休息，而是争分夺秒地学习疫情重点防控国家的签证及验讫章样式，以便快速准确地核查旅客的国外旅居史。

正是有了无数像黄平这样的人在前线构筑起遏制疫情传播的铜墙铁壁，才有这座城市和国家的从容与祥和，才有了百姓的平安与正常生活，才有了复工复产的生气与热闹，才有了繁华重启的喜乐景象。

2020 年 9 月 30 日，全国移民管理系统抗击新冠肺炎疫情表彰大会在北京召开，深圳湾出入境边防检查站荣立集体一等功。

这是深圳湾边检站建站十三年来获得的首个集体一等功。军功章上，也凝聚了黄平的心血。

进入 2021 年，新冠肺炎疫情仍在全球蔓延。国外不断攀升的确诊病例数以及传染性更强的变异毒株的出现，警示人们抗疫之路任重道远，全世界都在期待"隧道尽头的光芒"。

当下每一天，黄平仍然精神抖擞地穿上防护服，戴上老花眼镜，像年轻人一样走上验证台。像他这样年近六十的老同志，大都调到货检、监护等非验证岗位，他却一再表达这样的意愿："年龄大并不代表能力弱。我愈老愈稳重、细心，愈知道肩上的责任。我请求继续留在这里。"

连接着广阔世界的三尺验证台，已成为黄平安顿人生和心灵的地方。

时代在变，验证台也在变。早在 2011 年，深圳边检总站已在各口岸共开通"旅客出入境自助通道"228 条，自助过关的旅客不到三十秒时间可完成手续办理。2019 年，深圳湾口岸的自助通道达到 91 条，验护照、摁指纹、刷脸，"嘀"的一声，片刻即可。对于常来常往的旅客而言，这就像坐地铁一样方便。

完全可以预见，不久的将来，"智慧口岸"将以崭新面貌出现在世人面前。自助查验通道将会越来越多，人工通道将会越来越少。新冠疫情阴霾散尽之后，黄平会不会又要面对新的转变？

几十年光阴，黄平把大半辈子年华贡献给边防检查事业，见证了深圳从边陲小镇变成国际化大都市，亲历口岸通关由慢变快、由繁变简、从"打蛇饼"到"秒通关"，他已深深体会到变化的美妙。长河浩荡，历史与时代在宏大变革与变迁中前进，他不再担心自己跟不上时代节拍，不再为不能像年轻人那样轻松地运用高科技产品而焦灼。他体味发现新知识的惊喜，享受学习新知识的过程，走向越来越广博的人生。

岁月轮转，黄平特别珍惜在岗执勤的每一分钟。在那坚守国门一线的身影里，依然闪耀着孺子牛、拓荒牛、老黄牛的"三牛精神"，永葆初心，勇担使命，宝刀不老，连接过去与未来。无论世界怎么变化，永远不变的，是一颗忠诚的赤子之心。

（文中照片由深圳出入境边防检查总站提供）

"全国公安系统二级英雄模范"、全国移民管理机构首届"十大国门卫士"索朗达杰

人望高处

——记"全国公安系统二级英雄模范"、全国移民管理机构
首届"十大国门卫士"索朗达杰

路尘川

一、欲进还退步踟蹰

子夜三时，普玛江塘边防派出所，一阵惊悸划破满室安详。直觉着一双无形大手扼住喉咙，大口急喘，耳边拉风箱般呼呼作响，五脏六腑皱成一团……黑暗间寒光一闪，索朗达杰猛然坐起，挣扎着睁开双眼。清醒的一瞬间，他终于从灵魂深处，长长地吸了一口气。

又一次，索朗达杰在深夜中惊醒。哦不，确切地说是憋醒。垂死病中惊坐起，暗风吹雨入寒窗。索朗达杰揉着钝痛的太阳穴，这两句诗没来由地挤进脑中。抬眼瞥见窗外寒风愤怒嘶吼、沙石满地乱走，还真有点儿诗中的意境。想到这儿，索朗达杰混不自知地勾了勾嘴角，尽管他眉头仍然打着死结，尽管浑身冷汗未消。"垂死"谈不上，他还是个身强体健的壮年小伙儿。"暗风吹雨"天天有，这番动静也算不上惊天动地。

一切的不寻常，只因这里是普玛江塘。

普玛江塘乡，位于西藏自治区山南市浪卡子县东南部，与不丹接壤。这个乡平均海拔 5373 米，是世界上海拔最高的行政乡——名副其实的"世界之巅"。人们都说普玛江塘是"生命禁区"，索朗觉得这话一点儿都不是危言耸听。首当其冲是缺氧高反，普玛江塘空气含氧量不足海平面的 40%，人哪怕是躺着不动也像是胸口压了块大石头。

平日里，索朗是头痛胸闷如影随形，快走几步便会气喘不止；遇见好吃的切不可一扑而上，须得吃吃停停不然顺不过气；在江塘人人都戒掉了长篇大论的毛病，否则几句之后会被自己的话噎着。江塘的夜晚比白天更加难挨，万物沉寂，气压愈发的低。自打来这儿起，索朗压根儿没睡过一个囫囵觉，每晚必然憋醒个三四回。传言有一年，部队带着警犬来执行任务，翻山路程还未过半，警犬就半道趴窝动弹不得了。生命力彪悍的警犬尚且如此，更何况万物灵长、需求旺盛的人类。

紧随其后的要数大风肆虐。眼下的七八月算是江塘最舒服的季节了，但最多也就消停个半日。中午一过，风吹石头跑，遮天蔽日的混混沌沌，风卷残云直至第二天早上。一百来斤的人，矗立风中永远是歪歪斜斜的；两百来斤的大铁门，一不留神就会轰然而倒。不得不提的，还有天寒地冻。普玛江塘的年平均气温在零度以下，最冷的时候直奔零下三四十度，泼水成冰，呵气成霜。大家开玩笑说，江塘一年里有九个月是冬季，剩下的三个月……是"大约在冬季"。缺氧高反、大风肆虐、天寒地冻如同一把把无影之剑，扼杀着这里的生命。在普玛江塘乡，人均寿命仅有 49.5 岁。不但不适合人类居住，植物在这里也难以存活，是货真价实的青鸟难至、千里赤地。

是夜，盘踞在索朗胸口的憋闷，久久未能散去。他索性撑起身子，扭开床头的制氧机，捏着氧气管放到了枕边。随着氧气在耳际弥撒开来，索朗睡意全无，干瞪着眼，点灯熬油直到天亮。

或许除了缺氧，他心里另有一番辗转反侧。

把气儿喘匀了，索朗达杰的侧影方才清晰起来。他天庭饱满，地阁方圆，鼻挺腮阔，肤色略显黝黑。这个三十出头儿的藏族小伙儿绝不属于以貌惊人的那一类长相，但五官周正、面相润泽，再和他不矜不伐、和蔼近人的秉性拼凑起来，让人不由得联想起"温润如玉"四个字。混在人群中，索朗绝对不属于光彩夺目的那一个。他进不咄咄逼人，退不自命清高，倒像是光华收敛的一杯清茶，握在手里温暖，品在口中舒坦，让人格外愿意亲近。但索朗又总能让人过目不忘，因为他有着一双任谁都不得不多看几眼的大耳朵。这双大耳朵长得可真是妙，不但耳轮宽阔，耳垂更是既大又厚。大学时有同窗好奇，趁他熟睡时偷偷测量过这双耳垂，直径居然有四厘米之多。大家啧啧称奇，笑着问："这是耳朵吗？扇扇风怕不是要飞起来？"汉族同学说这是"生命力充沛，吞吐量惊人"，藏族同胞说他是"耳珠丰厚，吃喝不愁"。无论何时，大家文能动口、武能动手地拿这双大耳朵打趣，索朗从来不动气，总是嘴角挂笑，心平气和地任凭大家信马由缰。乍一看，很是诧异，这么一个温润之人跟他边防军人的身份似乎有点儿搭不上。他将如何带兵领政，又将如何上阵杀敌？

个中玄机尚不得而知。客观事实是，索朗之前的履历堪称完美。此前，他在西藏边防错那县浪坡乡边防派出所任副教导员。能在这个地方工作，还真的是挺有福气的。浪坡有着令人羡慕的亚热带雨林气候，植被丰富，风景宜人。争奇斗艳的杜鹃花漫山遍野，绵延了上百公里。工作上，索朗发展得顺风顺水。算下来，浪坡边防派出所已经是他待过的第四个边防派出所。前面积累的好几个派出所的工作经验，帮助他在浪坡不怎么费神耗力就能把工作开展得有声有色。年纪轻轻的他，早已成为所里的顶梁柱。在浪坡有滋有味地干下去，看起来是一件水到渠成的事情。

可是，平静的日子不就是用来被打碎的吗？只因一句话，索朗的命运轨迹发生改变。

那时候，支队长因为一桩案子下到错那。办案之余，支队长跟索朗闲聊了起来。支队长说："我知道你在浪坡干得很不错。"

索朗笑得谦逊得体，眼神里波澜不兴："都是大家的功劳。"他从不居功自傲，甚至可以说是一个谦逊到骨子里的人。在他眼里，努力皆是应该的，所得实属侥幸。

支队长拿起一根烟，意欲点燃，瞄了他一眼，说："干得好就是干得好，用不着谦虚。"烟雾在支队长嘴角边徐徐散开，"但是，浪坡太舒服了，老在这种地方待着没什么意思。你知道……普玛江塘吗?"支队长挑着眉看向索朗。

索朗在脑中搜集关于这四个字的所有线索，发现所知寥寥。他照实回答："不是很了解，听说好像海拔很高。"他说话语速不快，音调低沉，字字都很实在，总能给人一种憨厚踏实的感觉。

支队长停顿了几秒："嗯。"话到嘴边，又打了几个转。"你……去普玛江塘怎么样？别浪费你的才能。"说出这句话的时候，支队长心里并没有期待一个即刻的答复。毕竟这种明知山有虎，偏向虎山行的抉择，搁谁都得掂量掂量。他只打算试探一下小伙子的意愿，普玛江塘马上面临干部缺口，又是一块极其难啃的骨头，必须物色一个得力之人。

索朗眼都没眨一下，说："可以!"

支队长心头一颤，惊得燃烧的烟头差点儿掉下来，暗自赞叹：好小伙子，不畏艰险，迎难而上，真是可造之才！支队长趁热打铁，说："快快！打个请调报告上来。"

这事在西藏边防传为一段佳话，索朗就这么自告奋勇地，于2016年6月调任普玛江塘边防派出所副所长。要说这个选择有点儿懵懵懂懂，却也是偶然之中存在着必然。那时候的索朗，对普玛江塘是个什么样子并没有清晰的概念。他琢磨着，西藏这地界他从小到大也生活了几十年了，之前工作的派出所也都属于高海拔的地区。江塘之"苦"能苦到哪儿去？无非是海拔高一点儿、条件艰苦一点儿、山头光秃秃一点儿罢了，估计跟他老家差不多的样子。别看索朗这个人对别人温和宽容，对自己却无比较真儿。小时候，爷爷常说一句藏族谚语，教他做人要像"拧铁丝"，认准方向不撒手。这成了他一直以来不破的信条，在工作上尤其要跟高标准较劲，唯恐辜负他人的期待。对普通同事尚且如此，更不用说这番询问是出自支队长之口。从那年支队长入选"十大边防卫士"，他就被索朗敬为偶像。不管是组织上对他勇挑重任的厚望，还是偶像对他"更上一层楼"的期许，他都不可以辜负，绝对不能够说"不"。索朗达杰豪情万丈地翻山上了普玛江塘，誓要"黄沙百战穿金甲，不破楼兰终不还"。

没承想，到了地方傻了眼。要在这喘气都困难的地方建功立业，索朗觉得自己还真是有点儿"太天真"。刚踏进江塘派出所的那一刻，索朗心里就七上八下打起了鼓。他仿佛走入了一处被人遗忘的角落。院落里满眼皆是苍白，没有别的颜色，空气中也闻不到什么生命的气息。一排低矮营房没精打采地立在院中，墙面上爬满了鱼鳞般的斑驳，伸手一碰就会七零八落。民警们稀稀疏疏地散落在四处，各自找点儿事情打发时间。可以说是要什么没什么。而他第一次露面，就闹了个大红脸。

那时，索朗提着行李步入营房。没在办公区看到人影，倒是营房深处的宿舍里传来阵阵嘈杂声。"嘿，别挡着我，我要去救我兄弟！""快快快，大干一场。"一间大宿舍里，横七竖八地散落着四张床，靠墙的书桌旁，挤着三个战士。当中那位，手下噼噼啪啪快速敲击着键盘，指挥着电脑屏幕上的游戏人物在奔跑中躲闪和射击。簇拥着他的两位老兵，热火朝天地冲着屏幕指指点点，时不时调侃几句："你就吹牛吧，你兄弟已经凉透了……拿两把喷子攻楼，你是不是傻?"

"我是索朗达杰，新任副所长。"嘴张了又闭，闭了又张，还是忍不住出了声。其实，索朗在一边已经观望好一阵子了，可这几位心无旁骛地玩着游戏，完全没有意识到他的存在。

"所里就你们几个人在?"

当中的那位慌忙起身，说："副所好，我们都以为您晚点儿才能到呢。教导员在隔壁，他一直高反很严重，不怎么能动弹。驾驶员洛桑喜欢开着车四处跑，现在可能一脚油门奔冰川去了。司务长旺庆买菜去了。家里就剩我们，没什么事，搞一下……战术训练。"说话的这位战士外号叫"包子"，是派出所的炊事员，瘦高个，长脖子，一双小眼滴溜溜乱转。他看似一副文弱书生相，却生来一张巧嘴，逮谁跟谁逗贫，是派出所的活跃分子。

"你们这个内务可有点儿不像话。"这样的"工作氛围"让索朗浑身不适应，但他初来乍到，什么情况都不熟悉，不方便挑理。但是看到宿舍里连床铺都摆放得乱七八糟，一向好脾气的索朗也忍不住加重了语气。索朗待人温和，但不等于没有底线。他一向把军人的职业荣光看得至高无上。再偏远，这里也是边防部队，他们是现役军人，怎么能连一点儿起码的纪律性都不讲?索朗环顾一周，宿舍一侧的墙壁上间隔有序地悬挂着四台输氧设备，跟医院里面经常见到的那种氧气管类似。很显然，宿舍原本的格局，应该是四张床铺横列，每个床头正对着一台输氧设备。

"要不，我们这样子摆？也方便你们出入。"声到手到，索朗撂下行李，拖着床铺就移动了起来。

"那个……副所……"

"啪嗒，啪嗒，啪嗒……"没想到新来的副所长手比嘴还快，话不多说，直接撸起袖子干了起来。几位民警在索朗迅猛异常的动作中瞬间石化，半晌才反应过来，纷纷伸手阻止，却已经来不及了。"啪嗒，啪嗒，啪嗒……"顷刻之间，洁白的床单洇湿一大片。

包子小眼一翻，嘟囔着："唉，屋漏偏逢连夜雨哟……"索朗顺势抬头，只见房顶有好几处渗水，正在淅淅沥沥地滴着雨。他窘迫地说不出话来，一双硕大的耳朵烧得通红。

教导员闻声而至，和煦着一张脸打圆场："看菜吃饭，量体裁衣。因地制宜啊，因地制宜。哈哈。"教导员拉索朗坐下，絮絮叨叨解释了半天。江塘海拔太高，很多事情允许特事特办，大事化简。平日里派出所业务不多，辖区内偶尔走访一下，有警情就处理。但几年下来，也遇不到什么正儿八经的案子，都是些鸡毛蒜皮的小事儿，要么是村民之间喝了酒打起来，要么是夫妻之间吵架拌嘴，还有就是谁家的牛偷偷跑到谁家的草地上偷吃。这里虽说是在边境线上，但咱们国家跟不丹还没有正式建交，所以基本没什么人来往。教导员一言以蔽之："这里工作说难也难，说不难也不难。身安不如心安，屋宽不如心宽。"

初上江塘的日子里，索朗忙着跟残酷的自然环境做生理性对抗，自顾不暇。教导员作为援藏干部，期满就要离开了。

"这屋以后归你住了。这两盆花也交给你了。"教导员将宿舍清空，整装待发。顺着他手指的方向看去，窗边端正地摆放着两盆君子兰。"以后啊，这里的一亩三分地，你全权负责。"索朗听说，这是江塘派出所的传统。君子兰当初是第一任所长带过来养的。后来，每一任所长在交接工作的时候，都会把它们传给下一任主官。

索朗手指摩挲着叶片，说："怎么看着有气无力的？"细细打量这两盆君子兰，各有六片黄中带绿的叶子，看上去没有什么光泽，摸上去刺刺拉拉地不顺滑。

教导员说："这两盆君子兰就没怎么长过。一直就这么几片叶子，也从来不开花。"

"没救了吗？"索朗倒是个养花种草的高手。自家种植的君子兰苍翠茂密状似元宝，一片片叶子昂首挺立像趾高气扬的士兵。

教导员摇头："大家都感慨，这两盆花的寓意是，在江塘活着已属不易，不能奢求太多。"

临走，教导员一步三回头："不是流行一句话吗？在普玛江塘，躺着就是奉献。组织上派我们驻扎在这里的意义，我的理解就是两个字——坚守。就像这两盆花一样，戳在这里，就够了！"

言犹在耳，索朗眯起眼睛打量着窗台上的两盆君子兰，心里泛起层层波澜。真的只是躺着就够了吗？日子随遇而安"躺"着过，今天跟昨天一样，明天跟今天也一样，怪不得这里成了被人遗忘的角落。躺得久了，心也就麻木了，大家也就忘记了来这里的初衷。

然而，在索朗人生的三十多年里，从来就没有躺着过。并没有太多人知道，索朗是个孤儿。他十六岁那年，父母因病相继离世。从小到大，他是靠养母资助完成学业的。在索朗的生存法则里，要活下去，就必须站着，还要马不停蹄地奔跑。小时候他拼命学习，毕业了他努力工作，一来是总觉得亏欠社会太多，要懂得知恩图报；二来是自知不能停下来，必须足够优秀，才能留得住眼下的资助，才配得上别人对他的好。他哭不得，只能笑；输不起，只能赢。索朗感到迷惑，他过去从来不躺，也不知道未来要如何躺。迷惑之外，他更是害怕。他害怕碌碌无为，如同一派枯木败草；他害怕配不上资助他、鼓励他、提拔他的那些殷殷期待；他害怕雄心壮志在日复一日的虚耗中消磨。

来到普玛江塘，他本想更上一层楼，怎么看着是要竹篮打水一场空。难道这一步，他走错了？

可是不躺着，又能怎么过？人们常说，生活太苦，苦得都活不下去。可是再苦，能苦得过普玛江塘？江塘的苦，是躺着也苦，站着也苦，吃着也苦，睡着也苦。众生皆苦。在这里，人们耗尽心力只为活着，为了活着本身而活。而追求活着之外的事，都会徒增生理负担和精神痛苦。想在这里成己成事，可真有点儿与天奋斗的意思。

明明是台"永动机"，却硬生生被束住了手脚。索朗是进亦忧退也愁，不知何去何留。他可真是狠狠地将了自己一军。

二、且将新火试新茶

熬过了与普玛江塘痛苦的磨合期，索朗达杰有点儿开始犯"毛病"了。毕竟这一遭，来都来了，苦也吃了，罪也受了，无论如何都得做点儿什么。雁过，不是还得留点儿声吗？既然环境是改变不了的，那么是不是起码能做点儿事情，让自己不那么轻易地被环境改变？索朗其实也千头万绪没个主意，他并不知道能做什么。但他告诉自己：如果不知道做什么，那就做一些能让局部变好的小事，哪怕再小，再无足轻重都好。他思前想后，自己最熟悉的，无非是在以前派出所干的那些习以为常的小事：上班下班、集合吃饭、侍花弄草……

一阵犀利的哨响，唤醒清晨的江塘。半晌过去，毫无动静。乱风之中，索朗一人孤零零地戳在院子里。眉头紧了又紧，索朗再次把集合哨吹响。这次有了回应。司务长旺庆满脸诧异，揪着半边外套，一路小跑地从宿舍冲了出来："出事了，出事了？"见索朗负手而立、面沉如水，半天没有动作，旺庆适才反应过来："难道……是出早操？咱们在江塘还要出早操？"旺庆是个性情直爽的藏族小伙儿，遇事积极，反应也挺机敏，脸上时时刻刻挂着一副笑模样。几分钟后，驾驶员洛桑也三步并作两步地跨了出来，一只鼻孔上还凌乱地胡噜着一团卫生纸。他时不时拿手遮遮掩掩，高喊一声："报告！流鼻血，耽误了。"洛桑圆脸圆眼，一副敦厚的样子，不善言谈，属于"人狠话不多"那一类型。索朗早有耳闻，与江塘环境的斗争，谈不上适应，只能说是忍受。常年驻守这里，高原病多多少少在大家身上扎了根。有人需要彻夜吸氧，有人发际线堪忧。到了洛桑这里，则是每天清晨贡献鼻血一摊。老话说事不过三，但是直到哨音响了第四遍第五遍，剩下的几位才姗姗来迟。大家晃晃悠悠地站定一排，不知道的还以为是个"杂牌军"：队列中有人睡眼惺忪，哈欠连天；有人仓促出门，只踩了双拖鞋；有人身着单薄衬衫，随手在外面罩了件军大衣。这清晨的大风可是来者不善，可谓冷冷飕飕天地变，无影无形黄沙旋。别说几个人被冻得缩头缩脑了，就算站着军姿也能被吹得面条似的三道弯。脚踩拖鞋的那位更是双脚轮番踮着，直蹦高。在索朗眼里，恶劣天气里队列不齐尚且情有可原，但军容风纪却是无法宽容的事情。这往小了说体现了一个人的精神风貌，往大了说涉及军队战斗力、部队荣誉甚至国家尊严。着装不整、举止邋遢，这是作为军人不可容忍的禁忌。而今天，索朗的"老虎须子"被狠狠地触碰了。索朗温润平和，但他从来不是与世无争，他骨子里浸满着孜孜不辍的进取心。

索朗板起面孔，不咄咄逼人却自有一番威严："全都是二十出头的小伙子，一个个过得像小老头儿，你们就甘心一直这么稀里糊涂的？想想咱们部队里，你们的津贴是不是最高的，假期是不是最长的，真就这么心安理得地躺着，不觉得受之有愧吗？集合迟到的，是躺得太久站不起来了，还是根本没来得及躺下？"在江塘，睡眠本就是个大问题。可索朗分明听到隔壁宿舍里玩游戏的声音，窸窸窣窣地响到了后半夜。他看不得有人这样挥霍自己的身体，更不希望团队的风气被带坏。队列之中，没有言语，但队尾的几位明显神色一凛。"并不是穿上军装就是军人了。想想自己是不是只有兵的表，没有兵的里。军人就是军人，没有什么例外，即便这里是 5373。饭前集合，老规矩，明日继续。"说完，索朗拂袖而去。

晾在原地的一队人，七嘴八舌地炸开了。

"管得可真宽！"

"这么高海拔的地方，我来都来了，还想怎么样？"

"唉，猪鼻子插葱，装象！"

"想在这儿整个正规部队，这不是异想天开嘛！"

这些声音不是没有传到索朗耳朵里，但他神色不变，恍若未闻。荒了太久，规矩的恢复的确需要时间。他相信自己的话也不是全都撂到了地上，总有那么一词一句能够捶到谁的心上，砸出点儿响儿，击出点儿疼。江塘不易，凡事从缓，那就多给大家一些时间，不着急，慢慢来。要是一点儿火星子都见不着，怎么办？那就，接着来呗。

索朗异想天开的对象不只是人，还有草木。山南支队依传统在各个派出所都设了个温室大棚，普玛江塘自然也不例外。但江塘的温室，与其说是拿来用的，不如说是拿来看的。每年，除了在"日历上的夏季"收两茬白菜萝卜这类耐寒的蔬菜，大多数时候温室的土地都是荒着的。大家盖棺定论："当地人也种不活东西，我们能有什么辙？"索朗偏不信这个邪。每日晚饭后，原本是索朗跟妻子四郎德西的视频通话时间。不知道打什么时候开始，他们的二人时光彻底变成了种菜直播。

第一天，德西亲眼看见索朗挥舞着锄头，把两三平米见方的一垄土地一寸一寸地翻了一遍。搁在平时，翻这么大一块地也就是一根烟的工夫。但在江塘，索朗多花了三四倍的时间，气喘如牛，挥汗如雨，疲劳程度堪比跑了个一万米。不过，眼看着干枯板结的土壤重新变得疏松，索朗神清气爽，连呼吸道都通畅了许多。

第二天，索朗挪动着小步，一瓢一瓢地浇水，让甘霖滋润久旱的土地。德西禁不住好奇地说："这能长出东西来吗？你又没什么经验。"索朗扬手打断她："怎么没经验？我可是搞过开心农场的。回头抱回家个大西瓜给你尝尝。"嘴上不能输阵，其实他心里真没什么底气。江塘多年不见植被是有原因的，低温、冻土、气候变化异常……这些都是困扰植物生长的难题。情况就是这样，也不可能更差了。那还有什么可怕的？兵来将挡，水来土掩，见招拆招就是了。

第三天，索朗扛着九齿钉耙一般的兵器立在田间，矫首昂视。看着平平整整的土地，他心满意足地点了点头。欣赏完毕，他顺着田垄横平竖直地走了几个来回，沿途均匀地把种子播撒下来。最后，他小心翼翼地盖上一层薄膜，向德西宣告："接下来就等待大地母亲的孕育了。"

第四天，德西接通视频通话时，看见索朗正端坐书桌前。她问："今天终于不种菜了，难得啊。""忙着看资料。"聊着电话，索朗的视线却没有离开手边书本上的文字。德西打趣说："改弦更张了？菜种不下去了？""不。"索朗倒是一脸认真，"我得学习一下，怎么把西红柿苗种进去……"

那天，索朗跟旺庆说去县里采购的时候搞点儿西红柿苗子回来。快言快语的旺庆腹诽：大哥，你莫不是在逗我玩？江塘这地界除了萝卜白菜，就没长出过第三种蔬菜。旺庆尽管心里翻江倒海，却尽量保持平静地问了句："副所，你还会种西红柿？"索朗答得诚实："不会。但我会看书。"技术问题千头万绪，索朗身边也找不到什么现成的专家。没关系。索朗爱好读书学习，他相信一切的答案都在书里。他是既当秀才又当兵，抱着大部头耕田地。

每天暮色四合之际，总有一个人在温室忙碌着。虽然没有帮手，但索朗并不在意。他自小无依无靠，早已习惯了一个人活成一支队伍。说不累是假的，有时候索朗也觉得这事情既疲劳筋骨，又耗费精神。但他就是不能停下来，一停下来心头就会被对未来的茫然和忐忑占满。与其这样，还不如身心俱疲地睡去。

一日，包子路过，蹲在田埂边嗑着牙花子看热闹。许久，出声道："能成吗?"

"你觉得能成吗?"索朗把问题原封不动地扔了回去。

咂摸咂摸滋味，包子说："和尚打架扯辫子，葫芦藤上结南瓜。"

索朗嘿嘿一乐："要不咱俩打个赌，要是我把东西种出来了，你就收敛收敛游戏?"

"那可不行。使不得，使不得。"包子吓得摇头摆手，"副所，我早知道你对我们打游戏有看法。可是江塘这地方什么都干不了，度日如年呐。你要是把游戏也给禁了，那日子可真过不下去喽。难道真的白天兵看兵，晚上数星星吗?"

"没错，江塘日子，过得实在是慢。我支持人人都找个事情做，这样才能待得住。连游戏都不会打的，可不就只能种菜了?"索朗一向说话实在，包子被他的幽默逗笑了。索朗接着说，"我不反对打游戏。我自己不会玩，看你们玩得风生水起的，说实话我挺羡慕。平时没事的时候，你们怎么玩都没关系。我只有一个要求，分清楚工作和游戏。只要你们晚上该睡觉睡觉，白天该早起早起，不耽误工作，咱们就能和平共处。"

"副所，你是能给江塘注入空气，还是能把喜马拉雅平移？"

"都不能。我只知道每个生命都值得认真对待。一花一草一木，你给它机会，它都会努力地活下去。"

包子心里一掂量，这买卖不亏，横竖是不用禁了游戏。再者说，种出东西这事，还不是遥遥无期吗？他大手一挥："成交！"

三、泥上偶然留指爪

来江塘不到一个月，索朗就赶上了第一次冰川救援。后来，索朗经历了不计其数的救援，回想起来，就数这次最兵荒马乱。

"不咸不淡，又熬过一天。"晚饭散场，一派休闲。

突然，机要室里铃声大震。"哎呀，我们也不是专业搞救援的，又没什么设备……已经这么晚了……你们能不能自己跟牧民商量商量？"

生怕有什么紧急情况，索朗竖起耳朵凑过来，结果就听到了值班员这一番磨磨唧唧。拼凑了个大概，索朗盘算着十有八九是游客在冰川附近出了事。有了警情，只想着往外推怎么行？

原来，普玛江塘往南，靠近中不边境线上有一座岗布冰川，景色优美，但从未得到正式开发。从普玛江塘乡派出所到冰川有将近七十公里的路程，这一路上是个没人、没车、没信号的无人区。冰川虽不出名，但这几年还是有户外爱好者自发进来探险，一不小心，就会出现应付不了的高反和车困半路的事情。建所至今，派出所成功地营救过几拨游客，锦旗三三两两地挂在荣誉室的墙上。

"我来说！"索朗一个箭步上去夺过电话，"你们现在在什么位置？"两位游客有点儿懵。他们只知道自己在荒郊野岭的一个山包包上，可是这个山包包跟千百个山包包看起来并没有什么不同。"你们从冰川出来多久了？"电话那头回答：他们下午去冰川游玩，返程路上刚走了十几公里，车子就困住了。眼看天色就要暗下来了，两人无计可施，决定弃车求救。他们一路上寻找手机信号，在徒步了三四十分钟之后，总算在一处地势较高的牧民家打出了报警电话。

"你们在牧民那里原地休息，我们马上就到。"索朗拽上洛桑就往外走。

"这么晚了，又没出什么大事……"洛桑不情愿地带上车门，正小声嘟囔着，被索朗一挥手打断了："事情不分大小。只要人家报警了，哪怕只是递个扳手，我们也要有求必应。"洛桑是个实心眼的兵，嘴上还没找到反驳的词，身体先服从了命令，一脚油门就开了出去，急如星火。

也多亏了洛桑一天天的闲来无事，爱在草原上疯跑野马，去往冰川的这条"无路之路"怎么走，他胸有成竹。只是洛桑从没开过这么快，景物都有点儿模糊了，耳边只有风声呼啸而过。他们一边走，一边摸索，逆风而行，尘土飞扬。由于当事人提供的方位信息有限，洛桑在心里盘算着路线，索朗扒着车窗，不住地向外张望。海拔5373，任谁都会猜测这是个高耸入云的山尖尖。实则不然，江塘其实是山顶的一片广袤无垠的宽阔地带。索朗感叹，从来没有见过这么宽的地方，让他以为自己的视野发生了畸变——从4∶3的普通银幕突然拉伸成了IMAX那种2.35∶1的超宽银幕。天是超宽银幕的上缘，地是超宽银幕的下缘。天和地之间挨得很近。甚至在不多远的地方，他已经分不清哪里是天，哪里是地。天际线和地平线汇聚在了一起。天地之间，尽是无边无际的荒原。无穷远处，依稀能看到错落的雪山，但近处什么都没有，村庄、牲畜、人……全都看不见。走着走着，墨色沉沉晕开，天就突然黑了下来。在百里荒原寻找一户人家和两个人，堪比大海捞针。洛桑遍历脑中关于牧民人家的记忆，奔袭数十公里，一处不是再找下一处，一家不是再找下一家。终于见到两位游客时，已是夜深处。索朗当机立断，先把游客带回所里暂时安顿。

天刚蒙蒙亮，索朗、洛桑带着游客开始了寻车的旅程。谁能想到草原寻个车犹如"鬼打墙"。游客看着这里也像，那里也像，走啊走啊发现哪里都差不多，越走越迷茫。派出所的军用皮卡在茫茫草原上没头苍蝇似的折返跑，根本找不到被困车辆。索朗心里一沉，大呼失算。他没料到故事一开场就是踏破铁鞋，连口吃的都没准备。若在无人区出现体力不支，那可是叫天天不应叫地地不灵。果不其然，一两个时辰后，几个人饥饿难耐，又困又乏，心慌气短，头晕眼花。所幸路边天降一位牧民大叔，搭手一指，说见过一辆泥巴车。众人大喜过望，把大叔往车里一塞，直奔陷车方向。

离事故车还有几十米的时候，土地已经变得泥泞不堪，无法靠近。远远的，他们看见一辆越野车陷在一大片沼泽的正中央，左边一侧的两个轮子尽没泥中，车身45度倾斜着。索朗下车往前迈了几步，一步一顿，整个鞋面都被吞入泥中。索朗独自趟进沼泽一探究竟。在满身泥巴、动弹不得的越野车边转了三圈，心里犯了愁：这可如何是好？他可没有任何救援经验啊。唯一一次称得上救援的经历，不过是老乡的牛车掉到了泥坑里。几个人挖一挖，推一推也就解决了，跟眼前的情况不可同日而语。事到如今，只能戴着钢盔爬树——硬着头皮上了。

索朗抄起后备厢的救援工具动手开干。当务之急是把车轮子给挖出来。他抓起千斤顶塞到车底下，但千斤顶个头不大，力道有限，一边往上顶一边往下陷。索朗朝洛桑喊话："得想办法把高度固定住才行。附近找找，看能不能捡几个大石头？"这边索朗一把一把地抡起洋锹，把轮子四周的泥巴往外掏。那边洛桑如同蚂蚁搬家，在空旷草原上来来回

397

回奔跑着找石头。"一，二，三！"趁着千斤顶把车子顶起的短暂瞬间，两个人合力把石头垫在轮胎下面。几个回合下来，两人头昏脑胀，耳朵边上嗡嗡直响，就差眼前一黑了。幸好，车子不再往下陷了。洛桑把着方向盘，从湿地的各个方向尝试，想最大限度地接近陷车的位置。他心急火燎地大叫："所里钢丝绳只有二十米，够不着，够不着！"救援再次陷入僵局。索朗打量着天色已经不早，大家一天没吃饭了，救援只能再次作罢。

再一日，救援工作重振旗鼓。索朗另寻他法，找来了带绞盘的车子。他们把绞盘拉到尽头，再搭上派出所的钢丝绳，两截绳索套在一起，才勉强够得到陷住的车子。固定好，洛桑掌舵牵引着车子缓慢地往外拉，索朗在事故车后用尽力推。"动了，动了！"轮胎一点儿一点儿地移出深陷的泥坑。一寸，两寸，半米，一米。就差最后一哆嗦，索朗咬紧牙关，使出浑身力气。车子一抽，脚下一滑，他直不愣登地猛扑向泥坑。"出来了，出来了！"游客忘乎所以地又叫又跳，洛桑得意忘形地咧着大嘴傻笑。好一阵子，才有人反应过来："索朗呢？"

时间仿佛静止了。一个泥人从车后闪身出来，头发也乱了，脸更黑了，狼狈不堪，面目全非。

"憨态可掬。"

"栩栩如生。"

"真是化腐朽为神奇……"

沼泽边欢声如雷。索朗并不生气，也跟着眉开眼笑。

回程的路上，索朗和洛桑身体疲惫，但是精神愉悦。"所长，我发现救援还挺有意思的。"洛桑还沉浸在救援成功的喜悦之中，嘴角始终上扬着。

索朗苦笑着摇头："也就是个惨胜吧。咱们两个轱辘，挖了整整三

人望高处

"为百姓不惧艰险，救危难奋勇争先"，
索朗达杰默默总结经验，增强派出所的救援能力

天。属于伤敌一千，自损八百的那种。"索朗心细如发，凡事总爱多想
几步。他默默寻思着，要是救援次次都这么狼狈，可真是要了命了。江
塘这地方，平日里踏踏实实待着不动都不轻松，常常像是被人勒住了喉
咙一般，只残存半条命。遇上救援这事，可真是把剩下的半条命也豁出
去了。改进，务必得改进！回去可得好好总结一下经验教训：钢丝绳、
千斤顶什么的必须备上称手的，二十米不行换五十米的，小的不行换大
的；临时抱佛脚，四处找石头实在太头疼，有必要准备点儿器材，放在
救援车上以备不时之需；救援可大可小，肚子千万要填饱。他转头看向
洛桑，索朗一个字一个字地敲打他："你小子就负责一门心思把车开好，
救援可全靠它了。"

"无人区无人区，就是没什么人来嘛。哪会天天出事？"洛桑倒是

· 399 ·

一个心无挂碍的主儿。

谁知道呢。索朗就是隐隐有些担心，怕是树欲静而风不止。

四、草绿江塘甚痴狂

苗圃里刚刚浇完一遍水，整个温室袅袅升腾起清新之气。索朗喜欢这种混合着阳光、泥土和绿植的味道，和煦、温暖、质朴，让他心驰神往。田垄里，一排排小白菜已经长出了一两片真叶，像稚嫩的少女，含笑矗立，嫩芽凝珠，盈盈欲滴。在满目萧瑟的江塘，这般青翠的颜色格外讨人喜欢。新栽的西红柿苗子也无忧无虑地生长着，不声不响地蹿高了两个指节。

不同以往的是，如今温室里已不再是索朗孤零零一个身影。

嫩绿的小白菜间，洛桑正忙着一瓢一瓢地浇水。"小白菜发芽的时候轻轻地浇，保持土壤湿润就行了。现在出叶子了，就得给足水分。"索朗手上活不停，还不忘给洛桑进行理论指导。

另外一边，旺庆正在跟西红柿幼苗亲密接触，寻找混迹其中的杂草并一一歼灭之。旺庆回头朝索朗一乐："当初要种西红柿，我真以为在开玩笑，没想到这西红柿苗还真在江塘种活了。副所，以后温室里有什么活叫上我们一起呗？有这手艺，以后搞个菜园子也不愁吃喝了。"

索朗说："没问题，想干活还不容易，管够！"他脸上不动声色，心里却溢满了小欢喜。这些日子的功夫算是没有白费，小白菜小西红柿着实给他提了口气。他估摸着除了这些蔬菜在发芽，可能还有点儿别的什么东西，在派出所里潜滋暗长着。

旺庆打量着鲜嫩的幼苗们，若有所思："所长，我好像有点儿明白你为什么喜欢待在温室里了。多看几眼绿色，心情会好很多。"

索朗点头："温室里面暖和，湿度适宜，氧气也饱满。"

旺庆说："都以为你种的是个寂寞，没想到是在治愈！"

索朗说："尤其在高海拔地区，人多在温室待一待，身体多少能舒服一点儿。不瞒你们说，自从来了江塘，我感觉脑子转得都比以前慢了，也就在温室里，我才稍微能聪明一点儿。我没事发个呆，都愿意窝在这里。"还有一半，索朗没说出口。很多时候，他觉得人这个物种还是太复杂。反而是植物，你给它做足工作，悉心呵护，一朝一夕就能见出成效。"树木"可是比"树人"容易多了。

短暂的休假归来，索朗捎回一件礼物。

"是啥？是啥？能吃不？"几个小伙子头挤着头，争先恐后地抢着看。原来，是几个铜字。

"苦、熬、费、命。"

"不、浪、不、青、春。"

"什么东西？"索朗听了直瞪眼。

他把铜字从几只大手里夺回来，依次摆开，一字一顿地念了出来："与其苦熬浪费生命，不如苦干燃烧青春。"

临走之前，索朗参加了十九大安保动员会。会上大部分内容都是老生常谈，可支队长无意中提到这句话，仿佛拨云见日，一束光亮照进了索朗的混沌心灵。这句话不就是为江塘派出所而生的吗？这不就是他一直想不明白的那个答案吗？所里的战友们不容易。他们忍受了常人吃不了的苦，克服了别人一辈子遇不到的困难，可谓吃得"苦中苦"了。可他们总不能为了吃苦而吃苦吧，总得创造相应的价值，配得上他们所承受的苦难吧。既然消极应对也并不能让这苦减少一分一毫，那不如把干耗的苦变成奋斗的苦。索朗犹如醍醐灌顶，甘露洒心，未来的路一下子畅通了。想着得让所里的小伙子们好好瞧瞧这十六个字，趁着休假的时候，他特意到拉萨的广告店定做了大尺寸的铜字。

"找个地方，把它们挂起来。"

大队人马，你一个字我一个字，一齐动手把铜字挂在了营房外墙的正当中。它们霸占了派出所最显眼的位置，在太阳的照耀下，熠熠闪光，照亮了院落和营房。日久天长，索朗隐隐觉得，这十六个字在小伙子们心中也慢慢扎了根。毕竟都是年轻人，身上并不缺少热血和冲劲。逢人问起，总是有人一脸自豪地介绍："这是我们所的所训，这是我们的战斗精神。"路过此处，也会时不时有人驻足凝望。他们眼里充满了欲望，闪着光。

所训的热乎劲儿还没过去，所里又有了大新闻。

"副所捡了一车垃圾回来，让一块儿帮忙去。"旺庆一溜小跑进来报信。

"啥？这回又是啥？"一屋子人大眼瞪小眼。

国道 219 修缮，挖出不少草皮废弃在路边。索朗一瞧见就走不动道了，征得工地同意，他把一车皮的草皮当成宝贝一样拉了回来。工程有点儿大，所里兄弟都算上也不够使的。索朗干脆把有空的辅警、联防队员都叫来帮忙。

土生土长的联防队员满脸问号："从小到大，你们见谁种过草吗？"

民警里也有人连连摇头："累点儿就累点儿，倒也没什么，就怕是瞎耽误工夫。这不是搞碟中谍——不可能完成的任务吗？"

包子捻草坏笑："愚公移大山，尽干傻事；精卫填沧海，亦非智举。"

有人起哄："咱们这算什么？"

索朗从一堆荒草中探出头："咱们这是芳草绿江塘。"

包子拿手掩住嘴，压着嗓子说："最是痴狂！"也就是嘴上找了个痛快，包子心里可是有杆秤的。上次打赌的事，他默默地愿赌服输，再没有因为游戏影响过工作。他也不知道怎么了，最近行为有点儿不受控制，甚至早上勤勉地闻鸡起舞，主动把哥儿几个从被窝里薅起来。甚至，他开始向往在温室里挥汗如雨的感觉。这扛着锄头侃大山的体验也是蛮不错的嘛。

旺庆算是听明白了："那还是变着法儿地说人傻呗？"

包子巴掌一伸，让大家打住。他说："副所可不傻，他做事都有他的道理。你知道你们为啥跟着他干吗？"

洛桑说："确实，副所好像一块磁铁，我就是个铁砂，不知不觉被吸了过去。"

包子深以为然地点了点头："所以说，最傻的还是咱们几个。明知故犯，罪不可恕，从此走上不归路啊。"

一群人嘻嘻哈哈的，发觉这事好玩多过正经。被人嫌弃的"垃圾"草皮，一块儿挨一块儿地，填满了整个院子。

在那之后，索朗隔三岔五地就跑来草地上浇水。人人都知道，要找索朗，去草地边上一逮一个准。大家也都习惯了，跟着索朗身后，一边浇着水一边聊工作。浇水真能浇出个碧草如茵？索朗心里也没个准数。但他想反正干都干了，不能半道上停下来。如果现在停手，之前的工夫才叫白费了。后来，江塘的严酷冬季来临。白天浇到地里的水，晚上全部冻成厚实的冰。没过两天，地皮又干得仿佛没见过水一样。只能浇了干，干了再浇。索朗就这么一根筋似的浇了一整个冬天。

第二年，乍暖还寒，草木知春。一小撮嫩绿的新芽一夜之间从土里冒了出来。眼看着，那一抹翠绿蔓延得越来越大，越来越大。到了江塘最好的季节，茂密的绿色席卷了派出所的角角落落。5373，居然真的绿起来了，还引发了著名的"金蘑菇悬案"。

某天，旺庆自告奋勇地领了草地浇水的任务，不经意间在角落里发现了一个稀有物种。一个鹌鹑蛋大小的雅白色伞状物悄无声息地挺立在草丛中。旺庆异常惊喜，呼朋引伴地招呼大家过来看。

索朗最先探过脑袋："这是金蘑菇吧。"他拿眼神挑了挑洛桑，"你是行家，鉴定一下。"作为驾驶员，洛桑经常往返于普玛江塘与县里，在金蘑菇丰收的季节，他时不时能在到小路边、山坡上捡到金蘑菇。洛桑以老到的经验判断："一点都没错，只是还没长大。"金蘑菇常见于海拔4000多米的茂密草甸，在江塘这么高的地方还真难得一见。

"金蘑菇为啥这么出名？"一群大男人，围着一朵小小的蘑菇七嘴八舌。

"浪卡子特产。你们几个在县城里没尝过吗？啧啧……"说起吃的，炊事员包子当仁不让，"由于产地海拔高，金蘑菇有一种独特的鲜香之气。在浪卡子，最地道的做法是酥油爆炒金蘑菇。先旺火急炒个几分钟，再稍微炖上一小会儿。"包子眼神放空，屏住呼吸，仿佛温热的锅气呼之欲出。"啧啧……不用怎么调味，就撒上一把小葱花。完美！"

"包子，你不是在吹牛吧？"

"不信咱们试试。"包子摩拳擦掌，颇有几分把握。

几个人相互交换了个眼神，心照不宣。自此之后，大家都把金蘑菇视作心尖上的宝贝。今天这个拎着小桶小瓢去给它浇浇水，明天那个去关心关心它有没有长高。说来这朵金蘑菇也真是争气，几天光景，小小的蘑菇头已经长得形如一个拳头大小，个头虽然不高，但伞盖饱满几乎覆盖住了整个身体。

盼望着，盼望着，心心念念的时刻近了。

一夕之间，金蘑菇不见了。

根据派出所全面的情报研判、现场走访和深入调查，最大的嫌疑是牦牛趁着我方不备、院门大开的时候，跑进来一举吃掉了金蘑菇。但嫌疑人始终保持缄默。金蘑菇的失踪，成了派出所长久以来的一桩悬案，至今未破……

五、拔剑四顾心茫然

山中无甲子，寒暑不知年。这期间，派出所队伍几经变动，几位老兵期满离开，索朗正式晋升为所长。眼下，所里终于盼来了新人。

在热情洋溢的掌声中，刘海鹏和张大可打着摆子，横着从车上走了下来。这两位被江塘派出所以最高规格礼节对待，面对战友列队迎接、哈达簇拥，俩人却怎么都高兴不起来，充其量只是勉强扯了扯嘴角。看两位眼神涣散、走路发飘，索朗赶紧张罗着架走、放倒、吸氧。

等张大可再一睁眼，已经是翌日清晨。一向少眠的索朗一睁眼就看见张大可在院子里晃荡，张口叫住他："怎么样，小伙子？睡不着吗？"

张大可身材结实，皮肤黝黑，浓眉之下一双大眼炯炯有神，是个英姿勃发、个性刚强的小伙子，还没有褪去一身少年气。他一副欲言又止的样子，摇头晃脑了几下，还是忍不住吐了口："所长，我实在想不通。我好好的军校刚毕业，是犯了多大的错，组织上把我发配到普玛江塘来？"

索朗拉着大可在营房门口的台阶上落座，点燃一根烟："还有呢？慢慢说。"

张大可胡抹一把脸，干脆把苦水一股脑儿倒了出来。话说，刚从军校走出的大可是抱定"直挂云帆济沧海"的远大志向的。可在轮训队宣布命令的那一刻，他直接瘫软在座椅上。通知家里人的时候，大可妈妈听到"普玛江塘"四个字，当即在电话那头儿放声痛哭。她这一哭可是把张大可心里的委屈都给勾了出来，豆大的泪珠接都接不住，吧嗒吧嗒直往下掉。

索朗不评论、不打断，全神贯注地献上一双大耳朵，任由大可发泄心头的不快。指尖那根烟，索朗嘬了第一口，大风吸掉了一整根。只有出了问题的人才会被发配到江塘，这样的说法索朗也听过不少，见怪不怪了。普玛江塘在藏语里的意思是情人的草原，一男一女迁徙到遥远的北方。这样的故事，你可以把它浪漫地想象成郎情妾意，也可以残酷地理解为千里流放。太高不可及，又过于艰苦，也难怪普玛江塘会跟发配二字联系在一起。

等大可不作声了，索朗才缓缓开口："哪有发配这回事，你自己也不信，对吧？不瞒你说，我自己主动申请调来江塘的，不知情的人呢，也以为我犯了什么错误，知道的人呢，认为我——"

"自讨苦吃！"

索朗嘿嘿一乐："还真没错。不过话说回来，当兵不就是讨苦吃的吗？放着安安稳稳的日子不过，跑来披坚执锐，上阵杀敌。图安逸，谁会来穿这身军装呢？"

大可说："所长，我不是怕吃苦。我不怕苦，我只是不平。凭什么别人轻轻松松、风风光光地就把活给干了？偏偏我得在这山尖尖上苦熬着？"

"人人都想轻轻松松，沾沾风光就好，所以山底下太挤了。不如到山顶上来看看。山顶路难风寒，爬上来不容易，但是你使了劲，就不会后悔，无限风光在险峰啊。征服了江塘，以后还有什么大江大河你不能平趟？这个牛，够吹一辈子了吧！"

在张大可面前，索朗是个点拨心灵的人生导师。而刘海鹏眼里的索朗是工作上引领前行的大哥，是生活上无微不至的家长。

当初，边防部队文工团需要独唱演员，音乐学院毕业的刘海鹏被特招入伍。阴差阳错，刘海鹏穿上了橄榄绿，却没能站在光鲜亮丽的大舞台上，先是分到了西藏，又是分到了山南支队，最后就等着分配到基层派出所。海鹏失望又挫败，赌气地说："要去我就去最苦的地方。"于是，他一竿子杵到了世界之巅。

隔行如隔山，怎奈此山特别宽。索朗绣花般一针一线手把手地教，海鹏还是觉得雾里看花、盲人摸象。索朗看出个端倪，笑得神秘："你猜我大学学的什么专业？"

"侦查？通信？还能比我更南辕北辙？"海鹏摇头。

索朗笑道："地方本科，计算机专业。其实，咱们俩的故事有着相似的开头。当时被招进边防来，我以为像电影里一样，现代化战争，以一排排显示器为战场，用千万行闪烁的源代码勇斗网络黑客呢！"

"结果呢？"海鹏撇嘴。

"结果你还能猜不到？一来就被扔进山沟沟里的边境一线，斗啥网络黑客啊？连个网都没有。"

这故事确实耳熟，海鹏说："你上大学那年月，计算机可是热门中的热门。给你扔到这山沟里，你能不憋屈？"

"当时也是意难平啊。我自小是个孤儿，是养母资助我上学，资助我生活，更给了我一个家。后来我一直叫她干妈。干妈是军人家庭出身，我知道她希望我来部队。于是，我就来了，但我是身子来了心没来。我想着寒窗苦读这么多年，不就是为了走出大山吗？怎么转了一圈又转回来了？再者说，边境警务室的那些工作，人口登记啊、治安管理啊，我压根也不会啊。那时候年纪小，我还偷偷找干妈抹过眼泪。结果被干妈一通吼了回来。她说，穿上军装，就是军人了。边境艰苦，你不愿意待谁来待？"

想起这些往事，索朗羞赧地挠了挠头："打那之后，我就踏实了。我明白了一件事，当兵之前，你可以权衡个人利益，可一旦穿上了这身军装，就得把军人使命和国家责任融入骨血。你就不再是以个人意志活着了。"

海鹏皱着一张脸："可是，所长，我焦虑啊！我觉得，这些业务我根本学不会。"

"我那时候不光是焦虑，我简直是恐慌。"索朗说，"但是海鹏，你知道吗？有时候焦虑不见得是坏事。你有多焦虑，就有多渴望。被动畏难就会焦虑，你要是主动迎上去，天地就宽了，就自如了。"

见海鹏眼里闪过一丝亮光，索朗接着说："那时候啊，我找个老兵天天贴身跟着，人家干啥，我干啥，依葫芦画瓢。除此之外，我还有个独门秘诀。我特别爱看《营盘镇警事》。谁能想到，一个派出所所长是跟着电视剧学会干公安的？海鹏啊，无心者学不会，有心者不用教。不害怕，也别着急，慢慢地就上道了。"

索朗这剂良药，海鹏还真的吃下去了。反正一口吃不成个胖子，海鹏觉得每日多吃一口也无妨。此后，他时不时地点灯熬油，给自己加班加点。每到这个时候，索朗就慈爱得像个灯下伴读的老母亲，搬个凳子安安静静地陪在他身边。趁海鹏腾出手来，索朗就见缝插针地问一句："要不要喝点儿水？"见海鹏伏案太久，索朗关切地说："辛苦的话明天再继续嘛。"海鹏敢于咬碎牙齿跟人硬碰硬，却拒绝不了索朗这般以柔克刚的化骨绵掌。细水长流地，他也就抚平了毛躁，慢慢上了轨道。

"所长，我还是有一事不解。"海鹏说，"你说我一看数字就找调，一见文字就想哼歌，怎么办？"

对于这种认知以外的问题，索朗只能从善如流："那……不如写成歌，唱来听听……"

江塘一年当中的好日子有限，大兴土木只能扎堆。支队给江塘营房加盖了一层蓝色的铁皮屋顶，总算解决了漏雨的顽疾。只是遇到刮风下雨，屋顶要么低沉地咆哮怒吼，要么清脆地叮了咣当作响，好生热闹。

修缮完毕，索朗站在院子里叉腰眯眼一看，总觉得还是少了点儿什么东西。索朗想，就是一种一眼看去就能跟普通民房区分开来的东西，那种凝聚了军人精气神的东西。对，一种注入了军魂的东西。索朗把目光长久地停留在了高高的水井房上。

"咱们能不能建个哨塔？"所务会上索朗向大家郑重提议。

"哨塔？"几个人异口同声地问出声。

索朗说："就像兰巴拉工作站那样的，我们弄一个中国海拔最高派出所，多霸道，多提气！"兰巴拉工作站是西藏边防海拔最高的一个工作站。基于军事需求，那儿建设了一个正对通外山口的哨塔，方便官兵在制高点观察周边环境，防范营区免遭侵犯。兰巴拉工作站的哨塔上彪悍地立着几个大字——"雪域边防第一哨"。

话音落地，一室宁静。索朗想，怎么了这是？这一个个的，有的望天，有的托腮，到底是同不同意？又不是搞一言堂，大家有什么意见，都可以拿出来讨论嘛。许久之后，终于有了回应。

旺庆目光炯炯："江塘好天气不多，咱们说干就干吧！"

洛桑精神为之一振："快点儿动手，趁着大风还没有刮起。"

索朗一听微笑着说："诶，总得等人齐了啊。等海鹏从拉萨回来——"

"太好了！缺什么东西让海鹏顺道给捎回来。"张大可兴奋地直拍巴掌。

索朗说："从长计议。总得设计设计——"

"所长，你设计着。我拉人手去！"说着，大可就一阵风似的刮了出去。

包子笑道："这，怎么都是炸药包的脾气。"

寅时点兵，卯时上阵。兄弟们还真是说干就干。大家先是四处搬砖，把乡里工程用不上的材料全给收集过来。辅警中有善于砌墙者，被即刻请过来给民警们进行岗前培训。大家因地制宜，在水井房的房顶上，一起动手，续了一截类似长城城墙一样高低错落的造型。刘海鹏在拉萨出差，奉命带了几桶迷彩颜色的油漆回来。

几日后，索朗立在哨塔前指指点点："哎，蓝色蓝色！怎么弄了个绿色的'L'形？"旺庆拎着洛桑的脖领子，信誓旦旦："所长，我们是照着洛桑衣服上的迷彩涂的。喏，就是他背上这块，保证错不了。"另外几位正移动着梯子上上下下，有的比画着卡尺，有的挥舞着刷子，干得热火朝天。大家建造的不是一座普通哨塔，而是一座精神堡垒。最后，五星红旗正立中央。同样鲜红的几个大字"中国海拔最高派出所"威风八面地上了墙。

江塘风大严寒，从来不建高楼。这哨塔不大，也质朴无华，却一出世就成了方圆百里的最高建筑。大家都爱上了这个哨塔。每登斯楼，看天上星河流转，看人间幕帘低垂，草木苍然，云聚云散，一时间便心旷神怡，宠辱皆忘……

六、夜寒茅店不成眠

"吾命休矣！"包子一声哀号。只见他全副武装，兜头横裹着一条厚被子，浑身上下抖得像个筛子。

在普玛江塘，最可怕的寒冷不是狂风凛冽，不是大雪暴击。有一种更难熬的，叫作"没有暖气"！这才刚进入冬季，一阵毫无防备的寒流袭来，暖气管子就冻裂了。事发突然，旺庆只能拆了东墙补西墙，抓起自行车内胎把裂缝绑了起来，横竖能顶一阵子。终究是水压太大，两天之后，缝缝补补的地方也崩了。彼时的宿舍，充其量只是个挡点儿风的冰窖子。户外有多冷，屋里就有多冷，冷得让人无处躲藏。

包子自身难保，还不忘调侃别人："洛桑老兵，还不擦擦你那大清鼻涕，都快掉到地上了。"

洛桑翻翻白眼："掉不了，冻上了。"

海鹏诧异地合不上嘴："那不洗洗去？"

洛桑把头摇得像个拨浪鼓："不敢，我还要脸。"有理，这脸一洗，还不得整个冻上？

包子想抽抽鼻子亲身感受一下，他深吸一口气，冷空气直接灌进肺里，如同一把寒冰冷剑在五脏六腑划开一道口子，包子当时就红了眼圈："这可真是……会呼吸的痛啊。"

海鹏搬了半人多高的一沓被子过来，嘴里咬牙切齿地说："我还就不信了。"一层又一层，叠罗汉似的摞了四层，他腾空一跃，往被窝里一跳。依然是个冰窟窿，而且是个压得喘不过来气的冰窟窿。

"听说，挤挤更暖和。"不知是谁出了这么一声，这时候也顾不上寻找是谁说的，死马当成活马医呗。唰唰几下，四张单人床变成了大通铺。人挨人，人挤人，靠着彼此熨帖的体温取暖，也没有多大空间可以哆嗦了。感觉上，是好了许多。

刚舒服了没一会儿，海鹏在被子下面捅了捅洛桑的腰："脑袋还是冷。"

洛桑认真地建议："要不试试蒙着头睡？"

包子笑得差点儿厥过去："这地方本来就缺氧，蒙头睡觉，还能醒过来吗？你俩啊，还是别说话了，留住那一口气还能热乎热乎。"

于是四个人真就不说话了，寂寂无声，只听见大风吹得房顶的铁皮呼呼作响，时不时扬起的砂砾奏起了琵琶，嘈嘈切切错杂弹。

海鹏的艺术家气质突然上线了，饶有兴趣地说："你们听，这风它是有节奏的，听起来像一首交响乐。"他这么一说，大家都凝神屏息，没错，这风的音调是有高有低。上一秒是舒缓悠长，这一秒是轻快跳跃，下一秒是昂扬激荡，再紧接着是悲愤至极。

有摸不着调的："这到底听的是个啥？"

有被吹得七零八落的："哎呀呀，这个频道太冷，换台换台！"

包子施施然开了口："我说什么来着，肚子饱了，心里才能是暖的。不如书接上一回。"每日卧谈会的一大话题，必然是包子跟大家唠叨天南海北的好吃的。"要说带臭味的食物，不管是长沙臭豆腐，还是广西螺蛳粉，我敢说那杀伤力都赶不上我们老家的臭鳜鱼。地道的臭鳜鱼，臭里面透着鲜呐。咬上一口，可真是黯然销魂！大可，你说是不是？"作为安徽老乡，包子认为大可责无旁贷，要为臭鳜鱼捧个人场。

包子左顾右盼，在一溜脑袋中寻找："哎，大可？"包子这才发觉，大可这一整天都愁云惨雾的，不说不笑不热闹，仿佛不存在一样。"有什么忧愁啊？说来听听，哥带你一口一口吃掉。"

大可今天是真的提不起什么兴致随包子闲扯。他长出了一口气，有气无力地吐出几个字："我跟女朋友分了。"声音比屋外的冰还要寒凉。

自此，话锋一转，卧谈会进入终极议题——女朋友和前女友们。

大通铺上瞬间裂开，如棋盘似的当中横了一条楚河汉界。主"和"的一派建议大可尽力挽回："去找她！明天去跟所长请假。相思病嘛，见个面就好了。女孩子嘛，哄一哄，抱一抱，给点儿浪漫，不就雨过天晴了。"

悲观派直言大可不必："见什么见，小孩子过家家，有用吗？见面有用的话，哥儿几个怎么还单着？这是你的职业，是你安身立命的根本，她要是不理解的话，你俩没戏。"

大可的故事，兄弟们早有耳闻。他跟女朋友在大学谈了四年恋爱，说起来已经到了谈婚论嫁的地步。但来江塘的这两个月，两个人就没有消停过。和所有异地恋一样，都有个病根叫相思敌不过距离。但距离，又不像是他们唯一的症结。前几日，大可跟着所长进入无人区救援，这一去就失联了几个小时。女朋友连篇累牍的消息，大可愣是一个字也没接到。回来之后，大可倒是态度端正，该低头低头，该道歉道歉。可是女朋友依旧不依不饶，一连好几天，吵得天翻地覆。大可开始有点儿闹不明白，就这么点儿小事，这篇怎么就翻不过去了？后来，女友的爸妈出面了，他们说小女任性固执不懂得如何待人处事，他们说女儿频频崩溃终日以泪洗面总不是长久之计，他们说大可工作艰苦山高水远就不多打扰了。大可这才听出了弦外之音。回不回消息什么的都只是导火索，对方家庭嫌弃他这份工作，不看好这桩姻缘才是死结。

头天深夜，宿舍鼾声四起。屏幕一亮，胸中阵阵起波浪，大可一咬牙一跺脚，掂着手机就溜进了温室。"要不咱们俩算了吧。"沉闷的开场之后，张大可终于说出了这句哽在喉咙的话。大可脑袋一片空白，也不知是如何结束这番谈话的，把电话一撂，跌坐在温室一角，无声啜泣。这出戏里，他仿佛做了个坏人，残忍地挥刀断水。又有谁在乎他心里有多疼呢？大可把脑袋埋在双臂之间，按捺不住地号啕。

这寒冷彻骨的夜里，大家总觉得要劝劝他。但张张嘴，话被冻住了，开不了口。普玛江塘，这情人的草原上，不知承载了多少情人的眼泪……

七、八千里路云和月

"藏在大山深处的遥远震撼","踏遍万水千山只为赴你一面之约","身在地狱,眼在天堂"……不知怎么的,风光大片在网络上不胫而走,岗布冰川一跃成为炙手可热的"网红"。网上随手一搜,到处都是旅游攻略,一传十,十传百。索朗心头隐隐约约的那点儿预感成真了。冰川不鸣则已,一鸣惊人。现如今,探索冰川已经不是户外探险者的专利,普通游客也争先恐后地前来打卡。

岗布冰川,地处中国与不丹王国交界的 40 号界碑,所以又被称为"40 冰川"。与所有冰川一样,岗布冰川是由成千上万年的积雪经过压实、重新结晶、再冻结这个过程反反复复作用而成。但与其他冰川又不同,除了远远观望,你还可以深入其中。在一公里宽、五公里长的山谷范围里,冰塔林层层叠叠,仿佛一块块晶莹剔透的碧玉高耸。静静驻足冰川脚下,满眼皆是耀眼的白,纯粹的蓝,恍如掉入一个梦幻世界。倘若你真正脚踏冰川之上,便可徜徉于这个晶莹剔透的冰雪宫殿,亲手把玩这鬼斧神工的远古回声,摄人心魄,乐以忘忧。

冰川火了,江塘派出所的民警们脚不沾地地忙活了起来。为了查控前往边境的人员,派出所在萨藏村和下索村,一近一远设立了两处执勤点。民警、辅警和联防队员轮流排班,对过往人员的身份证和通行证件进行查验和登记。这两个正经的执勤点不止一次地被游客误会成"不正经的私设卡点",原因是它们看上去出乎意料的简陋,连陋室和茅屋都不及,准确说就是两顶空空如也的帐篷。天寒地冻的时候,捡一块牛粪丢进炉子,就叫作取暖;夜黑风高的时候,借着摩托车上的电瓶点一盏孤灯,就叫作照明。不单证件查验、安全警示成了日常工作,更要命的是，原本偶发的冰川救援有如星火燎原。平日里尚能应付，民警们练就了一手修复车辆、拯救伤员的过硬本领，洛桑更是生生被磨炼成了指哪儿打哪儿的"活地图"。可要是逢年过节或长假黄金周，大家真是分身乏术啊。

连洛桑这个惜字如金的老实人都忍不住调侃："所长，真是邪了门了。本来冰川好好的静如处子，你来了之后，怎么有事没事就要救援？"

索朗顺水推舟："走哪儿哪儿不太平，这是编剧给了咱们主角命，当不成路人甲乙丙啊。"索朗心里跟明镜似的，冰川这处罕见的美景是藏不住的，迟早被发掘出来，倒不如因势利导，积极开发，江塘老百姓还能从中受益。只不过，他们派出所势必要忙碌许多。辛苦难免，但又无法推托，这本是派出所应有的职责。若能救人于危难，给派出所增加的是工作量，却也是沉甸甸的信任，不是吗？在焦头烂额之际，幸得两位大将驰援。新来的一位副所长洛桑曲扎，是个敦厚能干的藏族年轻人，尤以脸黑而著称。他在之前的派出所就曾在索朗麾下，两人合作起来是轻车熟路。而新到任的副教导员袁浩杰是个温和细腻的四川小伙，浓眉大眼瓜子脸，宛若白面书生。他到江塘来是"为爱走天涯"。这俩人是彼此熟悉的同年兵，而且都是实干派，一黑一白、一文一武搭配得甚是和谐，很快就干柴烈火、如胶似漆地融入了派出所团队。

晚饭时分，兄弟们围坐餐桌旁，你一言我一语地讨论着陡增的工作量。

有人神气活现："昨天小长假最后一天，你们猜我查了多少辆车？17辆车。过去可是一个月也出入不了几辆啊。"

有人啧啧摇头："你那简直算清闲。大年初一，我早上两个小时就查了70辆车，还都是15座的商务车。你想想我登记了多少人，简直是台行走的复印机。"

有人饶有兴致："现在大家可不是看一眼就走，已经开辟了高级玩法。有雪山顶上拍婚纱照的，有冰洞里面吃火锅的。"

有人啼笑皆非："更夸张的，还有个旅行团在冰湖上面支着桌子打麻将。我就奇怪了，那能好受吗？可人家还真有点儿优哉游哉的感觉。"

有人嚼着黄连唱山歌："以前我天天也有优哉游哉的时光。此时此刻，我是一到晚饭就发慌！"

有人洗萝卜不怕泥多："可别呀，我倒是觉得啊，要是没点儿救援什么的，还怪寂寞的。"

有人欢喜一番愁一番："那你试试，要是一连三天，天天摸黑跑出去救援，那可是衣服都来不及脱，裹着泥就瘫倒了。"

有人辛苦挣来快活尝："看看荣誉室里，锦旗招展遍地开花，也就没啥可说了。种豆得豆，种瓜得瓜。"

莫非这江塘派出所的上上下下都不解风情？这举世无双的秀美冰川，为什么到了他们眼里就处处麻烦，甚至暗藏杀机？

首当其冲，从普玛江塘乡到冰川，70多公里的车程，堪称世上荆棘塞途之最。途中大部分路程是"无人区"，既没有明确的道路前往，也没有信号覆盖。所谓的"路"，不过前人开车碾压出来的痕迹而已。这条路上，即便最优越的野越车装备了最完美的避震系统也会颠簸得动若脱兔：司机要穿过凹凸不平的搓衣板，要飞越乱石丛生的土坷垃，要一鼓作气地爬坡过河，要小心翼翼地冰上漂移，甚至要在离乱岔路与纷繁假象中无中生有。往来的游客多了，五花八门的问题也都出现了。被困游客中有的是导航失灵，彻底迷航的；有的是爆胎损坏，修复不及的；有的是冬困雪地，夏陷沼泽的；也有的是无力应付河道，中途搁浅的。看上去都不是千钧一发的事情，但困在江塘这种地方，时间稍久就会演变成生死危机……

　　记得那是一个严冬，深夜时分派出所接到报警，有车困在雪窝子中。迫在眉睫，索朗带着大可、辅警即刻出发，一路上搜索事故车辆，却始终没有收获。后来，他们攀上一处制高点，远远地望见一个小黑匣子散发出一丝丝光亮。驱车到达，果然不虚。孤零零的车子里，两个年轻女孩儿用被子乱七八糟地裹着身体，哆哆嗦嗦地挤在后排。"你们是坐直升机来的吗？"其中一位女孩儿恍恍惚惚地发问。

　　索朗心下一沉。话说事发已十多个小时，眼下也不是随意开玩笑的时候，那就只剩下一种解释——女孩儿的意识已经模糊。大家火急火燎地开门救人，却发现车门纹丝不动，里里外外冰一层雪一层地给冻上了。索朗伸脚抵上车门，大可满脸通红地死拽着把手，两人咿咿呀呀地使力，好不容易才捅开了个缝。大可于心不忍，二话不说，一把背起女孩儿就往外走。这一路上，泉涌般的泪水一次又一次地灼热了他的肩头。现在的大可恐怕与刚到江塘时的他判若两人。经历了最初的"水土不服"，而今的他已经渐渐地习惯了世界之巅特有的工作节奏。他跟战友们一起心无旁骛地爬冰川，蹲帐篷；在岁暮天寒的季节跳入刺骨的冰河；在肆虐的狂风中单衣倒地为游客修车。大可放出话来："现在我哪儿都不愿意去，就在江塘最快乐。"

　　路途上的危险还只是开始，冰川里面也不似表面那般风平浪静。冰川附近由于缺少明显的标志物，游客身处其中极易迷失方向。私自行动或不小心落单，很容易与团队永久性失散。要知道冰川区域依然是没有信号的，通信和定位通通实现不了。冰川的不确定性还来自冰本身。即便是冬天，人行走在冰上也随时能听到咔嚓咔嚓的碎裂声。冰的下面，通往未知的深处，究竟藏了什么，谁也不知道，可能是暗流，也可能是冰缝。看到罕见的美景，人们难免得意忘形、手舞足蹈，一旦不慎坠入，恐怕九死一生。

索朗达杰（后排右二）和普玛江塘派出所民警在冰川前与国旗合影

即便时过境迁，索朗还是会被那次"刀尖舔血"的救援惊出一身冷汗。彼时，四位游客被困冰川深处，气温降到零下三十度，八级乱风吹得人站都站不直。出警的六个人不放过任何一处山尖、冰壁、裂谷，被狂风吹得七零八落，在深渊边缘玩命地试探。索朗忧心忡忡，这样盲人骑瞎马地干下去肯定不行，救人不成，自己兄弟恐怕会搭进去。没有现成的经验可循，只能自己摸索。索朗用背包绳和卡扣将民警像糖葫芦一样拴成一串，自己走在最前面，确认步子能够踏结实了，后面的人再跟上。就这么心惊胆战地在冰上搜索了数小时，他们终于在一处脆弱的冰凹里找到被困游客。被困太久，他们的身体状况不容乐观。其中一位脚踝受伤、动弹不得，更有高反严重的咳出血来。索朗心似油煎，把牵引绳往自己身上一绑，沿着断壁小心翼翼地往下探。结果，手一哆嗦，脚下一滑，他从半空中直接滚到了谷底。那是与死神赛跑的时刻，顾不上太多，索朗抓起绳索，固定住受伤的游客，指挥着团队把他们一个一个往上托。彼时的冰凹，覆盖着一层薄雪，滑得直打出溜。索朗回首瞥了一眼，冰凹远处的一端，连接的正是不见底的深渊。后来每思及此，索朗方才琢磨出什么叫作命悬一线。时至今日，每每想起，他仍觉得脊背发凉……

行走在普玛江塘，终极问题是高海拔缺氧和野生动物侵袭。由于车辆不能直达冰川脚下，游客需要徒步翻越几座丘陵。这"最后几公里"的问题对很多人来说是严峻的考验。冰川的海拔比派出所所在的位置还要高上几百米，直逼 6000 米。在这里，任何大幅度的动作对人类身体都是极大的负担。既然人迹可至，也就少不了其他生命物种。派出所里人人都在冰川雪地上目睹过梅花状的孤狼脚印。张大可更是念念不忘曾与雪豹四目相对的不寒而栗。在这里，没有经过特殊训练的普通游客，连一夜都熬不过。就连资深的户外达人，有时也会阴沟里翻船。

有位专业徒步导游，人称"狼牙"，跟随两位朋友去岗布冰川游玩，回程的路上被困沼泽中。狼牙第一时间想到的是自救，拿起车里的工具疯狂地挖也无济于事。同行的两位朋友高原反应越来越严重，心里也越来越恐惧。放眼四顾，这地方天大地大山也大，车却渺小得跟蚂蚁似的，人就更加不用提了。脆弱不堪的人类被自然界吞噬，也就是须臾之间的事。回想起雪地上的梅花脚印，三个人脑海中走马灯似的上演起了恐怖电影。情节各不同，但一样的惊悚。狼牙对自己的身体颇有把握，决定孤注一掷。他熟记了周边的地形，独自踏上了求救的道路。徒步了两三个小时后，狼牙总算是找到微弱的信号报了警。至于派出所的救援力量能不能找到他们，狼牙心里一点儿底都没有。他悲观地想：完了，弄不好兄弟要交待在这儿了。

数小时后，前来救援的索朗看到的是前所未见的一幕：几个大男人站在车顶振臂高呼，犹如心如死灰之人重新活了过来。他们说："绝望透了，我们几个都写好了遗书。"回到派出所，狼牙和朋友吃到了此生最热乎的一碗方便面。他腾地站起来，一沓现金"啪"地拍到索朗面前，心潮澎湃地说："我们的命是钱买不到的，你必须得让我们表达一下心意。"索朗笑着摁住狼牙，婉言谢绝："不谢。我们这里什么都不缺，一切有组织保障。"日暮余晖，渡尽劫数的狼牙和兄弟，百感交集，久久不愿登上返回的车。

派出所隔壁，一片欢声笑语。高山皑皑，霞光万丈，江塘完小的学生们跳起了锅庄……

八、千人同心千人力

"叮叮"，办公室里好几台手机齐声响起。洛桑曲扎抓起手机，抿嘴一笑。

微信群里进来了新消息，是一段藏语语音："有几位游客到了我们沙空村，说是要去康马。我把他们的身份证和通行证登记拍照了。"洛桑曲扎想了一下，也用藏语回复道："如果是去康马的话，不推荐他们从冰川附近走，路况太差，建议他们走国道219。"说罢，洛桑曲扎挑眉看向索朗，两眼放光，"这千里眼，顺风耳，货真价实。"

说起普玛江塘乡，就不得不提它的一大特点：地广人稀。围绕着水域广阔的普莫雍错湖，江塘稀稀落落地分散着那木其村、措果村、萨藏村、沙空村、查布村和下索村六个村子。总共不过一千多人，两百多户，居然分散在1500多平方公里的土地上。这般人口密度让丛林都市过来的民警们匪夷所思。整个辖区太分散了，单单转一圈就得一天时间，具体工作难以展开。这个问题曾让索朗在很长时间内一筹莫展。离派出所比较近的几个村子，他们尚能走访频繁一些。可离得远的村子真是山高路远，该如何纳入派出所的视线？他思来想去，没有别的办法，唯有借助群众的力量。否则，守边这工作，就靠派出所的几个人，就算他们手拉手地站在边境线上，也守不过来。慢慢地，索朗琢磨出一套从点到网的管理模式：每个村安排"一个派出所民警+一个辅警+四到五个联防队员"的小团队。小团队紧紧盯住一个村，及时互通信息。任何一个地方来了生人，派出所都能第一时间掌握动向。这样，原本"一小点管一大片"的管理方式转化为了网格化的管理方式，就像内地的片警一样。索朗把堪此大任的四十位联防队员，称作他们的千里眼和顺风耳。

滴水不成海，独木难成林。更重要的，索朗坚信只有帮助大家把日子过好了，边境才谈得上真正的稳固。

这段日子，派出所的温室里姹紫嫣红。依靠温室大棚，农耕不再拘泥于"春种秋收，夏耘冬藏"，而是四季可收、五谷不绝，眼看着又有几样蔬菜陆陆续续成熟了。红彤彤的西红柿浑圆饱满，沉甸甸地坠满了枝头；翡翠色的西葫芦，长得像纺锤一般，又粗又壮实；黄瓜长着小刺，顶着黄花，一个赛一个地透着水灵气儿；甚至还有紧实浑圆的莲花白、滴翠柳绿的上海青密密实实地簇拥在一起。采摘下来的蔬菜根本吃不完，副教袁浩杰带着几位民警，捧着满盆满钵的瓜果蔬菜给辖区里的驻村工作队和困难户送了过去。

"这个红色的球球和绿色的棒棒是啥东西嘛、怎么吃嘛！"一位年纪稍长的藏族阿佳（藏语，意为大姐）指着筐里的东西泛起了嘀咕。由于普玛江塘的超高海拔，当地人世代放牧，加之边境一线运输不易，这里生长的农作物极其稀少。村民的主要食物来源是牛羊肉、糌粑以及面食，常见的蔬菜仅限于白菜、萝卜、土豆之类的。还别说，除了上过学的年轻人之外，年纪较大的村民真是见都没见过这些蔬菜。之前还真没考虑过这一点，上门送菜的几位民警全都愣住了。

这几个小伙也都是过惯了集体生活的主儿，对厨艺根本不熟悉。但想着无论如何得给阿佳点儿建议，几个人在脑中疯狂搜索，支离破碎地凑了几个"半生不熟"的菜谱。

"那个……西红柿切块，撒上白糖，拌一拌就能吃。大道至简！"

"我知道一个，西红柿炒鸡蛋，男女老少都爱吃，堪称国菜！"

"我见我妈都是把西葫芦洗一下，切成片片炒。好像西葫芦跟谁都能配，百搭！"

几个人连说带比画，对面的藏族阿佳一知半解地配合他们点着头。场面真是啼笑皆非。袁浩杰灵机一动："这样嘛，星期天到我们所里来，让我们炊事员做给你们尝尝。要是好吃的话，再摘一点儿带回来。"

这个星期天好不热闹，派出所里熙熙攘攘。几个村民把索朗团团围住，一个劲儿地讨教蔬菜种植的问题。他们有的是从邻近的萨藏村过来，有的则是从更远的村子专程过来的。索朗庖丁解牛一般，耐心地给予解答："种子撒了之后，天冷的话要盖个薄膜……一开始轻轻浇水，到了后面把水灌起来就好了……""想种西红柿啊！我们之前都是从县里面拿苗子过来，以后我们要试着自己育苗子。到时候，叫大家过来一起动手啊……"索朗思忖，授人以鱼终是不如授人以渔。但这种菜的技巧也不是只言片语就讲得明白的。他提议："要不成立一支送教队？既给老乡们送蔬菜，更要教种菜。"

"没问题。""所长，我要去。"温室里一个个脑袋此起彼伏地响应。

洛桑眨巴眨巴眼："所长，能带上我吗？就是我嘴有点儿笨。"别看洛桑脸黑话少，干起农活来着实是一把抓的好手。

索朗笑道："能动手的绝不让你动嘴。"

海鹏也满怀期待："我也行吗?"海鹏是城市里长大的孩子,说是"四肢不勤、五谷不分"也不为过。来江塘之前,他连西红柿苗长什么样都没有见过。

索朗说:"现学现卖,活学活用。"话说这江塘派出所的作风还真是雷厉风行,看似随口一提的动议没过多久就当真落实了。民警们隔三岔五地组成一个个送教小分队,送鲜嫩水灵的蔬菜上门,还顺便把种菜的手艺留下了。

闲话间,一位村民扯住索朗的衣袖:"大耳朵所长,你看我们今天又吃又拿的,多不好意思。地里有什么活儿?让我们帮忙干点儿?"

索朗打量着温室,寻思着派出所的小伙子们太勤快,这温室里也确实没什么活儿可以干了。但若是不让老乡们意思意思,这顿饭怕是吃得会拘束。索朗开口:"那就帮我们把杂草拔一拔吧,辛苦大家。"

厨房那边干得是轰轰烈烈。每逢聚餐,包子都忙乎得像过年一样。他设计的食谱里,每个人必定有一道自己的家乡菜。比方说,给安徽人准备个三河小炒,给四川人上一盘辣子鸡。包子的理论是:胃,是最容易想家的器官。把胃用熟悉的味道填满了,心才不会那么空。包子一阵忙碌,乐此不疲。美味佳肴热气腾腾地出锅,万事俱备,只欠开席。

索朗张罗大家吃饭的当口,村民们正吹着口哨、哼着歌,兴高采烈地从温室走出来。"所长,我们把杂草都拔得干干净净喽,一根不剩。"

索朗大手一挥:"走,吃饭去!"

只是……后来,索朗窝在温室里拨弄着大耳朵,百思不得其解:诶,我种的韭菜都到哪里去了呢?

九、安能行叹复坐愁

海鹏一脸鄙夷地打量着货架边的张大可:"想不明白你一个大男人,

居然爱喝奶茶。"

"哼。"大可下巴一扬，"你以为我喝的奶茶？我喝的那是青春！"

海鹏叫板："切，那我买咪咪虾条去！"

大可不明就里："为啥？"

海鹏坏笑："那是我的童年。"

午后清闲，大可和海鹏有说有笑地逛着"大叔"小卖部。"大叔"小卖部是他们给农贸广场唯一一家小超市取的名字，因为小超市里主事的是一位和善的大叔。大可和海鹏私下里开玩笑，以他们俩的年纪，管人家叫"大叔"着实有点儿不合适。大叔充其量也就四十出头的年岁。但是大叔的面相实在太"大叔"了，他们也就叫得心安理得。

"哎，今天大叔不在啊？"海鹏见柜台边是位藏族阿佳，有意无意地问了一句。

"他走了。"阿佳平静地回答。

"进货去了？什么时候回来啊？"还别说，"大叔"小卖部里没有大叔，还真是不习惯。

"他死了，昨天晚上摔倒，就再也没站起来。"阿佳依然面沉如水，只是声调里有几缕不易捕捉的气息不稳。

海鹏和大可如同一盆凉水当头浇下，透心冰凉；又如重锤击中脑袋，愣怔了半天。俩人失魂落魄地回到所里，见到索朗，开口已不成话："所长，小卖部的大叔……昨天好好的……怎么就没了？"

索朗心下明了，叹了口气："十有八九是心脏病。高海拔缺氧对生理上的损害是不可逆的，心脏病和血栓尤其高发。"

大可眼眶潮湿："太可惜了，大叔还那么年轻！"

索朗鼻子跟着一酸："差不多就是他这么大年纪。"

"什么？"

索朗不忍心吐露这个残酷的事实："普玛江塘乡居民的平均寿命只有49.5岁。这已经是进步了，相比我刚来的时候长了不少。"

"就四十几岁？"两个人沉默良久，似一朵愁云惨雾飘走了。

索朗靠窗而立，手上的烟明暗不定地闪着光。他一闭上眼就能看到超市大叔嘴角含笑地招呼客人，生命鲜活依旧。人们常说，一个人的死是个悲剧，千百万人的死只是个数据，一点儿没错。49.5！放在纸面上不过是一个寻常数字而已，轻飘飘的。而落到一个活生生的人身上却是如此沉重，震得一个个家庭摇摇欲坠。别说小伙子们初次面对，很难迈过这个门槛，纵使他经历再多次，也仍然无法安之若素。生命是公平的吗？未必吧。泄水置平地，各自东西南北流。有些人生来一路坦途，而有些人则是毫无选择地被丢弃在了一条崎岖的山路上，这里面就包括江塘人，也包括他自己。同样是生命，留给江塘人的时间却格外短。在如此短暂的生命历程里，他们却连最基本的生活品质都不敢奢望。而他自己，自小失去了至爱父母的庇护，必须用尽心力，数倍于别人的辛苦，才能过上跟别人差不多的生活。人如鸿毛，命若野草，索朗感同身受。他读得懂江塘人的无奈和茫然，也看得到他们的脆弱和挣扎。他为江塘百姓难过，他不停地反问自己：到底能做点儿什么，让江塘人的生活不那么艰难。

忧心江塘人生活的，当然不只是索朗。这段时间，普玛江塘边境小康示范村工程就快竣工了，按计划全乡六个村将进行整体搬迁改造。两百多套钢筋水泥结构的新房等待着新的主人。最近这段日子，村民们摩拳擦掌地为今后的小日子做规划，江塘派出所的民警们也撸起袖子帮老乡们搬家。但是政策细节上的一些误解，却在村民中掀起了不小的波澜。

这天村民大会，每家每户派一个代表出席。会上乡干部刚开了头，下面的藏族老乡们就七嘴八舌地炸开了锅。

"之前乡里面有干部跟我们说，政府能免费给我们修房子。现在怎么变卦了嘛！"

"还说家具都给配好了呢。"

"我看这个房子质量也不怎么样嘛，要得了那么多钱？"

尴尬的是，主持会议的是一位汉族干部，颇有点儿"鸡同鸭讲"的感觉，他传达的精神村民听不懂，村民的表态他也听不明白。乡里开会不是没带藏语翻译，但是双方的意思一经翻译转达，语气味道全都走了样。乡干部一句铿锵有力的表态，被翻译成模棱两可、语焉不详的一句话，招致百姓们一拥而上的反驳。而群众针锋相对的一番回应，又被转译成了不温不火的叙述。一来二去，针尖对麦芒。台上台下的误会越来越大。一位藏族大哥急赤白脸地冲到了台前，拍着桌子，用藏语向乡干部表示不满。大意是，前面一位书记在的时候给大家修的安居房。房子修得多好啊，书记还给出了房款的大头，这次为什么不能照办？

出于维护秩序的目的，索朗和洛桑曲扎也列席主席台的一角。村民大会闹到这个地步，索朗自知不能再心平气和地当看客了。他跟乡干部知会了一下，主动站出来充当"传声筒"。"阿觉（藏语，意为大哥），你先回到座位。我们有什么想说的都可以表达，但是不能使用攻击性的语言，更不能影响团结。"其实，索朗是调解中间人的极佳人选，不单单是因为他娴熟地掌握藏汉两种语言，还因为他善于理解别人的处境，换位思考，能够人同此心、心同此理，更因为他守得住原则，在关键问题上不会轻易退让。

索朗说："阿觉说的这个事情，可能也是很多人心里想的。前些年的安居房的确大大改善了我们的居住条件。我们要知足感恩，要记得政

村民们有事总喜欢跟索朗唠叨唠叨，因为他出言顺心，做事依理

府对我们的好。想想江塘这些年的变化，是不是称得上翻天覆地？早年咱们哪有什么房子？就是一顶毡篷，赶着牛羊逐水草而居。后来，咱们开始定居生活，往地下挖个半人多深的地窝子，草皮封顶，勉强容身也就够了。再后来，流行起草坯房来了，草和着泥土建起的房屋结构，可以走到哪儿带到哪儿。直到前些年，政府帮助家家户户建起了安居房，土石结构，看上去才真正有个家的样子。吃水不忘挖井人啊！要感谢党和政府的好政策，我们才能住上这么好的房子。"对于这点，大家倒是没有什么异议，连连点头称是。

索朗继续："国家肯定会以最大的能力来帮助大家。那个时候的国家政策就是那样制定的，这次的政策也是最符合当下情形的。我们念过去干部的好，也没有理由不执行现在的政策吧？"

貌似有些道理，有人若有所思地点了点头。当然，也有人故意挑刺："大耳朵所长，你态度这么强硬，怕不是这里面有你什么好处吧？"

索朗笑着说："房款可是半毛钱都不会交到我们派出所。你们谁要搬家倒是可以招呼一声。"村民一阵大笑，针锋相对的情绪似乎有所缓和，开始心平气和地听索朗解释。

索朗见势头向好，乘胜追击："这次的文件精神是政府承担30%，自己筹资70%。我替大家算过，根据面积不同，大概是五万到七万的样子，也就是大家差不多两年的收入。我相信大家是有这个积蓄的。关键是大家的心态，不能是一切等着捡免费的现成的，躺平在这里等国家扶持，那样是不行的。如果乡里哪位工作人员造成了你们这样的误解，他们肯定会向你们道歉。这次建的小康房，你们也看到了。全是钢筋混凝土结构，两百多平方，院子、阳光房一应俱全。能住上这么一套房，日子可是美得很啊。你们知不知道，在拉萨一套这样的房子要多少钱？上百万啊。拉萨的百姓，哪里有江塘这样优惠的价格。在内地，更没有国家给你修房子了。想想看，国家对我们江塘百姓，是不是已经特殊优待了。"

台下已经没有纷纷扰扰了，只是有人还在迟疑："家里太穷，实在拿不出钱，怎么办？"

听到这样的提问，索朗心里明了事情已经大头落地。百姓在大方向上已不再纠结，剩下的只是执行的细节问题。"实在有困难的家庭，也许各家有各家的诉求。回头乡里派人到家里走访的时候，都一条一条地跟干部说清楚。交款的细节，特殊困难的应对方法，咱们待会儿听乡干部详细解答。不管怎么说，该交的费用大家还是要按时交，我们总没有理由拖欠着人家工程队的工钱嘛……"

索朗将话语权交还给乡干部。后半程的村民大会得以从容不迫地推进。此一役之后，绝大多数村民打消了对房款的疑虑。陆陆续续地，最后，全乡居民家家户户都搬进了新房。

大会之后，索朗更是带人挨家挨户地走访，足迹遍布了辖区的每一个角落。家家户户都熟识了这位大耳朵所长。

从游牧到定居，有的家庭依然延续过去的生产生活方式：产了酥油就放在家里，剩余的牛羊肉就束之高阁，自给自足为主，商品意识不浓。索朗给大家出了不少主意。他鼓励几户有差异的家庭相互合作，让懂得放牧的人去放牧，长于制作奶制品的集中生产。在拉萨山南等城市开设专卖店也未尝不可，寻找擅长经营的人去经营。这就叫物尽其用，人尽其才嘛。

所里的辅警索朗多吉踏实肯干，但是家境窘迫。他家抚养三个孩子，其中一位还是残疾儿童。索朗一直希望能助他们一臂之力，苦于找不到合适的机会。后来，支队开辟了一笔专项资金，索朗思前想后，就帮他申报了一个警民合作示范旅馆。在江塘这么一个日渐火爆的旅游胜地，却始终缺少一个像样的住宿地方，索朗看准了这是个绝佳的商机。选好了地方，租好了门面，索朗多吉坐在空空如也的房间里一筹莫展。"老板，收货！"一声淳厚的吆喝打碎了索朗多吉的愁绪。只见大耳朵所长带着大队人马，扛着"长枪短炮"，雄赳赳气昂昂而来。他们带来的全副家当里，大到床架铺盖，小到茶杯暖水瓶，一应俱全。索朗咧嘴笑着说："旅馆需要的都帮你采购好了，应有尽有。我们分文不取，收入全部归你。你就踏踏实实干，一定能火！"

虽说家家户户的房子都奔了小康，但是大家的生活习惯却不见得脱了贫。以前居住条件有限，江塘百姓家是从不设厕所的。大家都习惯于在地广人稀之处寻个方便。索朗发现，很多家庭住进了小康房，却依然不懂得使用厕所。厕所往往弃之不用，最多充当个杂物间。索朗拐弯抹角地劝："现在生活条件好了，你家孩子以后肯定要去外面上学打工的，十有八九从外面带个老婆回来。那人家姑娘到你家里来，你好意思让人家去野地里方便去？所以，厕所早点儿用起来嘛。"村民点头，好像是这个理。大耳朵所长真是接地气，说话实在受用。

水滴石穿，日子有功。后来村民们有事总喜欢跟索朗唠叨唠叨，因为他出言顺心，做事依理。也有人总挑剔索朗作为派出所一所之长，干了太多八竿子打不着的事。索朗笑而不语。他想：天下哪会有白费的努力。江塘人的日子不是芝麻开花节节高了吗？成功不必在我，而功力必不唐捐。

十、满天风雨下西楼

"听说了吗？公安边防部队年底前要全部改制。"饭桌旁，大家嚼着午餐众说纷纭。

最近这段时日各种小道消息甚嚣尘上。"怎么可能？那边防工作谁做？十万官兵要到哪里去？""说不准，各种说法都有，有的说转成解放军，有的说也许换一身单独的军装，也有的说可能转成警察。谁知道呢……"

索朗一只耳朵进，一只耳朵出。他向来不爱参与捕风捉影的事情，可今天也嚼不出午餐是个什么味道了。"所长！"凌乱的思绪戛然而止，索朗循声抬头，瞥见刘海鹏快步走进食堂。这周是海鹏在通信室值班，按理说他应该二十四小时待命才对。

"出事了？"索朗蹙眉。

海鹏摆手："没有，所长，我可能感冒了。通信室漏风……咳咳咳……大概是着凉了。"

"高原上感冒可不敢掉以轻心，下午我找别人替你的班。吃药了吗？"索朗表面上不动声色，心里倒是有些不安。人在极端环境中，一些不起眼的小病痛，也可能酿成大祸。

海鹏摇了摇头："没啥大事，估计吃个 999 就好。"

"那尽快去吃药。多喝温水，不要太烫，慢慢咽下去。没事的时候多润润喉咙。如果喉咙痛，我让包子专门给你准备点儿清淡的食物——"

"我这就吃药，喝水，躺平。立刻！马上！"眼看着索朗马上开启事无巨细的慈母模式，海鹏点头如捣蒜，嚷嚷着告辞。

几个小时不见消息，索朗有点儿心神不宁。门一推开，海鹏惨白着一张脸窝在宿舍床上："所长，我睡不着，咳得更厉害了。"

不由分说，索朗抓起冬大衣摁着脑袋给海鹏披上："走，去卫生院看看。"

海鹏一副心不在焉的样子，磨磨唧唧开口："乡里的卫生院去它干啥？小病不用看，大病看不了。咳咳……"正如海鹏所说，乡卫生院医疗条件有限，十次有八次诊断不了，剩下那两次就算能诊断也给不了药。大家私下里聊起卫生院，一唱一和总像说相声似的。一个问："到底有病没病？"另一个回："我有病，你有药吗？"

"少啰唆了。有病就看，别怕小题大做，就图个安心。"索朗对海鹏的念叨充耳不闻，抻着他的胳膊径直往外走。

卫生院的大夫拱起手背呈小碗状在海鹏背上"咚咚咚"叩了几下。大夫面无表情，定格几秒。"咚咚咚"，又是几下。寂静无声，气氛有些紧张。大夫默不作声，拉着索朗走到了屋外，一字一顿地说"有点儿像肺水肿"。索朗吓得一激灵，四平八稳之人居然也有稳不住阵脚的时候。常待在高原的人，恐怕无人不知肺水肿的厉害。病来如山倒，分分钟要人命。"乡里治不了，赶快转院！转院！"索朗陪着海鹏，马不停蹄地从乡里转到县里，又从县里转到拉萨。到了拉萨医院，片子一拍，海鹏当即确诊。小风一吹，索朗才发觉，冷汗早已湿透脊背。

"海鹏，病情危急，我得通知你家里人。"索朗说这话的时候，海鹏挂着氧气、吊着点滴，委顿在病床上。

"所长，能不能……不通知我父母？"海鹏开口难言，用眼神哀求，"他们不知道我在江塘工作。"

索朗手里一哆嗦："家里人怎么会不知道？"

"当初分配的时候，我父母一听说西藏，已经觉得艰苦得不得了。如果再说是普玛江塘，岂不是要了他们的命？所以啊，我一直跟他们说，我在市里上班，环境好，气候也好。"说这话的时候，海鹏眼里仿佛真有春暖花开，抿着嘴，挂着笑。

索朗哽咽："你这孩子……"你这孩子知不知道出了多大的事情，居然还乐得出来？你这孩子所有事情都放在自己心里，笑而不语，痛而不言，不哭不闹不悔不怨。你这孩子太克制，太懂事，太让人心疼了。索朗心头被万箭洞穿。

翌日，海鹏跟家人视频，谈笑间佯装轻松；晴日当空一霹雳，父母哭得地动山摇。

再后来，海鹏出得了院，却回不了江塘。一纸调令下达，要求他立即到海拔较低的扎日派出所报到。这场突如其来的告别，让海鹏说不出来的难受。他花了那么多力气慢慢培养跟江塘的感情，这才刚刚有点儿眉目，怎么就到了离开的时候？这感觉就像羽毛未丰的小鸟，长成尚需时日，就不得不扑腾着翅膀离开巢穴。相见日浅，海鹏还从没想到过有分别的这一天。他更没想到的是，竟以这样的方式道别。临别之时，海鹏颤抖着双手从派出所墙上取下自己的照片和姓名牌。眼窝子里那滚烫滚烫的东西，盛不下，不管不顾地四处流淌。他自言自语："刘海鹏，江塘的以后再也没有你了。"

海鹏走了，大家有些食不知味，而改制的消息更让人心烦意乱。

"这回改制要转成警察，没跑了。""那意味着什么？""意味着军旅生涯要终结。以后何去何从啊……""要调整的可抓紧啊……"

"啪"的一声，众人缄口。"不积极的话，不要拿到饭桌上说！"索朗罕见地拍了桌子，一向随和的他，这些时日也淡定不起来。一来，这举棋不定的局面的确让他无法随和。大局未定，先自乱阵脚。人心浮动，队伍可怎么带？二来，他自己也"乱"。怎能不乱？关心则乱。索朗自认是个目标明确、信念坚定的人。可眼下前途未卜的茫然扰得他也心旌摇曳。他气恼自己。

饭后回屋，张大可老远就看见包子眯着眼睛，噼里啪啦地敲着键盘。大可挥手扰乱包子的视线："聊个五块钱的？"

"忙着呢，别闹。"包子不耐烦，一把打掉大可的手。

大可干脆搬了把椅子坐下了："我还不了解你？这是打游戏吗？你这叫心猿意马！"往常包子游戏打得那叫眉飞色舞，呼朋引伴，甚至还要大呼小叫。再看看此时的他，只是在心浮气躁地猛砸键盘而已。

包子把键盘一扔，抹了一把脸，说："老兵，我抽根烟可以吧？"

大可扬了扬下巴，表示不在意。

包子把烟点燃，猛吸了一口："上面来摸底了，问我什么打算。"包子马上一期士官期满，可以自主选择退伍还是留下。在这当口，组织上要为改制做准备。

大可探过脑袋："你怎么说？"

烟雾从包子嘴里吐出，朦朦胧胧不成形状。包子面无表情："我说我不知道。女朋友让我回去结婚。这么多年了，总得给人一个交代。"

大可心下酸涩，但微笑着点头："这不挺好的吗？过好小日子，不问江湖事。你可是咱们光棍集中营里仅存的硕果。为了兄弟们的脸面，必须得挺住！"

"可我是真的不想离开。你说咱们江塘这地方，宇宙洪荒，寒来暑往的。本来以为我会死在这儿，真的。结果，没想到我不但活着，而且活得好好的，活得还前所未有的快乐。那可真是流血流汗无所谓，吃苦受累我乐意。还有什么地方能像江塘这样，能让哥儿几个豁出命去干事儿，还臭不要脸地甘之如饴?"包子笑呵呵的，偷偷回头抹了把眼角。

大可深吸了口气，把鼻尖的酸涩压制回去："耳朵怎么说?"

"耳朵实诚，他从不给人不切实际的建议。他说这事谁都替不了，还得我自己拿主意。不管我做什么选择，他都尽力促成。他说的没错，这是我自己的路。别人劝我压根也不会听。"包子继续吞云吐雾，突然间哑然失笑，"耳朵还说，如果我离开了，所里会少一个爱犟嘴的倒霉孩子。"

大可吸吸鼻子，硬气地说："对啊，你走吧，爱美人不爱江山的倒霉孩子，所里不稀罕你，我们只是稀罕你做饭的手艺而已。"

包子给根杆就顺着爬："哈哈，那我走之前准保做一桌大菜，把做饭的手艺留下，让你们记恨一辈子!"大概谁都看出来，包子心里不是没有一点儿倾向性，只是他狠不下心来敲那定音的一锤。上级摸底的报告，让他涂成了个大花脸。他是早改一遍，晚改一遍，改了又改，改了再改。

晴空碧如洗，长风猎猎过，这日是派出所例行的冰川巡逻，索朗一行五人脚下生风地往冰舌深处进发。岗布冰川位于中不边境我方境内，但由于我国和不丹还没有正式建交，一直没有划定边界。索朗到任之后，便定下了边境常规化巡逻的规矩，一月至少一次，雷打不动。在冰川这样的区域巡逻，既艰险又痛苦。但索朗咬牙立誓，这些路他们必须去走。理由非常简单，他们所到之处，即是宣示主权。普玛江塘派出所作为当地唯一的武装力量，责无旁贷地要守好边境线上的一山一水、一草一木。

"不要太小心翼翼，反而容易摔。""前面的步子迈得快一点儿。"大家对于如何在冰峰上穿行已经颇有心得，既是告诫自己也是彼此提醒。当然，时不时的，就会有人摔个四脚朝天，激起身后一片哄笑。有研究表明，在海拔 4000 米以上的高原行走，相当于在平原负重 30 公斤。巡逻的民警每人还身背着 15 公斤的装备和干粮，想要在这尖石密布的山脊上行走得身轻如燕，谈何容易？索朗心里琢磨，这里原本应该有几处高耸入云的冰塔，现在怎么全部消失不见了？脚下的路恐怕是重新冻结，才会脚踩西瓜皮一般打滑。途经陡峭的断壁，索朗指挥大家半侧身子手牵手，相互扶持着小步前移。冰川巡逻的危险就在这里——未知。由于日夜不断的消融和冰封，冰川时时刻刻在改变着它的风貌。不光每次巡逻的路线不一样，连这一刻与上一刻的冰川也不一样。

行至一处陌生区域，索朗在路边寻了一处光滑平整的大石头，用朱砂颜料喷涂了"中国""CHINA"字样。索朗给包子递了个眼神："接下来的任务交给你。"包子心领神会地接过颜料。正甩开膀子挥毫泼墨之时，他回眸来了一句："大可，给我留个影呗。"大可颔首。包子神色郑重，笔墨生姿，留下几个大字"第 158 次巡逻"。他反反复复地描摹，直至每个笔画都清晰可见。"漂亮！"包子禁不住啧啧称赞。虽然心思未定，但是他隐隐觉得就快与江塘告别了。他迫不及待地想要留下点儿东西，证明他包子在江塘存在过。

进入派出所，一队人已是满身冰寒、身心俱疲。"大队紧急通知。"值班的旺庆一路小跑，星火传令，"要退伍的这一批今天下午抓紧到大队集合，明天到山南支队会合，然后……"声音越来越小，哽咽着嗓子

索朗和派出所民警巡逻途中，在陌生区域的石块上喷涂"中国"字样

说，"离开……"

"什么？什么情况？"大家伙儿没听明白。但是该明白的已经彻底明白了。包子二话没说，眼角噙泪，身影一晃就消失了。

按照惯例，遇到退伍这等大事，派出所总要组织个小型庄重的送别仪式。但谁也没料到，这次命令太过猝不及防。就这点儿工夫，什么仪式也来不及了。大家呆立原地，心里不是个滋味。宿舍里，包子弓腰低头收拾东西，眼里悄无声息地起了一层薄雾。后来雾不散而聚水，结成一颗一颗水珠，泫然欲滴。包子终究是悲不自胜，掩面而泣。紧追过来的索朗，在一米开外站定，挪不动步子。他好似一脚踏破百丈冰，心里扯破一个大洞，呼呼作响，四面漏风。终归是难分难舍，索朗一个臂弯将包子紧紧勾进怀里，胸前的衣服很快被汹涌的泪水打湿，狠狠地烫在心口上……听见动静，屋外的几个也绷不住了。几个大男人的嚎啕，能掀翻房顶的铁皮。

"老兵，抽根烟可以吧？"后来，大可独坐宿舍总能听到这句询问，吸吸鼻子恍惚间还能闻到烟火气。索朗的眼前，也总有一个能说会道的少年梗着脖子跟大家笑闹嬉戏……

十一、生死不知何处寻

江塘的腊月，滴水成冰，呵气成霜。大家是多一分钟也不愿在屋外待着。但冬季又恰恰是观赏岗布冰川的最好时节。天气晴朗的时候，冰川周身绽放着深邃幽蓝的光，恰似一颗边境线上的蓝色星球。这时节，冰川前的湖面已经结结实实地冻上了，游客可以踏着冰湖，深入腹地，甚至伸手即可触碰举世罕见的冰塔林、冰钟乳。这可真是人生中绝无仅有的体验啊。

意料之中，这几天往返于冰川的游客络绎不绝。中午刚过，不多会儿的工夫，派出所已经进出了三拨游客。熙熙攘攘间，执勤点的联防队员又带来一车。

导游走进办公区，眉开眼笑地递上一沓身份证和通行证："警察叔叔好，我们旅行团带九位游客去冰川，麻烦给登记一下呗。""噗嗤。"值班的张大可笑喷了，"警察叔叔？我看着有那么老吗？"江塘这地方，许久没见过年轻亮眼的女性到访了，晃得大可心底一片敞亮，"你这么漂亮，怎么会做导游？还跑江塘这条线，真够辛苦的。"导游也分毫不见外："叔叔你这么帅，不也在江塘当警察吗？"索朗闻声而至："是不是地上一载，江塘十年？要不然，我们怎么长得这么着急？"大可撇嘴摇头："唉，头两年人家还叫我哥哥呢！"大可一边轻松地聊着，一边也不忘正事。他马不停蹄地将游客信息记录在案，还时不时抛出几个问题："你们开什么车进去？里面路况了解吗？"导游指着窗外一辆白色商务车："喏，依维柯。两位放心，我们司机经常过来，路熟得很。"

索朗含笑点头："万事小心。"大可将证件交回："出入平安，回见！"
"回见，警察叔叔！"依维柯扬尘而去。

风平浪静的日子，流光易逝。晚饭后，索朗一头扎进温室里，打算
跟心爱的萝卜白菜共度欢乐时光。突然，门外"噔噔噔"一阵急促的
脚步声。温室大铁门被拍得山响："所长，出事了！"这般急切的动静
在江塘可不多见。索朗把手上的活儿就地一扔，起身查看。大可闪身进
来，气都没喘匀："冰川有个旅游团……他们好像在里面……丢了一个
人。"索朗心里一沉：算上路程，失联事件少说已经发生两个小时了。
还有一批人马滞留其中，状况未知。夜里的冰川可是待不得啊！

"人失踪是大事。家里留人值班，剩下的跟我走！"索朗抓起移动
制氧机和急救药品率先冲出了派出所。洛桑曲扎和辅警默契地带上洋
锹、十字镐、攀登绳，一刻也没有迟疑。外面，驾驶员洛桑已经发动好
了车。待几位跳上车，皮卡风驰电掣地冲了出去。

趁天黑前的最后一丝光亮，皮卡在山谷之间奋力疾驰。这一路上，
车子一会儿涉水碾冰，一会儿在乱石之间躲闪，一会儿在起伏的沟沟坎
坎之间翻腾。洛桑咬紧牙关，抵死不松油门。山中无路，路，全在洛桑
心中。他忙中有序地转动着方向盘，如入无人之境一般地在各种障碍物
之间闪转腾挪。车内寂静无声，几个人神色紧张，只听得到飞溅的砂石
击打在车身上"叮叮当当"作响。突然之间，一阵手机铃声划破山谷
间的宁静。马上进入无人区，这个来电可真是及时。索朗来不及多想，
接起电话："我知道了，我们已经在赶过去的路上。"寥寥两句，迅速
挂断，索朗朝着车里几位转达："县指挥中心的电话，110也接到了报
警，看来事情有点儿严重。"

皮卡紧赶慢赶来到冰川停车场，天还是黑透了。索朗皱眉："怎么
没人？事情解决走了？"他原以为会在这里遇上出事的旅行团，但附近

空无一人。不管怎么说，还是得进去一探究竟。索朗原地打了几个转，大手一挥，带着大家朝冰川进发。"大耳朵所长!"冰川脚下绝无仅有的一处人家，跑出一位牧民大叔伸手将他们拦下，"旅行团! 纸条!"索朗诧异地接过纸条，念出声来："姜先生，我们先去派出所请求救援了。您在牧民这里先休息一下。我们跟警察同志回来找您。"

洛桑伸着脑袋，不知所措："这是说，人还没有找到?"洛桑曲扎脸上也堆满了问号："旅行团已经回去了? 洛桑你路上看到过车吗?"洛桑摇头。洛桑的黑脸雪上加霜："走岔了?"索朗也有点儿摸不清头脑，此地没有信号，更无从得知更新的进展。但他心里凡事都有个轻重缓急，当下的情况是人命大过天。他说："先找人，得争分夺秒。冰川这么冷，如果人真困在里面，熬上几个小时，状况肯定很糟。假如人不在里面，倒是好了，顶多是虚惊一场。"洛桑点头："所长，听你的。从哪里开始?"索朗想了一下："先找高处，方便俯瞰。""那跟我走，每次巡逻都会路过一处。"话音还没落地，洛桑曲扎就大步流星地出发了。

这天晚上的风尤其大，吹得人几乎站不住。江塘的冬天即便没有下雪，风中还是时不时裹挟着风蚀下来的冰砂雪粒。索朗他们几个戴着雷锋帽，愣是感觉起不了什么作用。帽子也就只能勉强捂住头顶和耳后，但是风里像是藏着小刀，刮得脸上生疼。他们一个个恨不得把雷锋帽转个180度反着戴，能顾上一头是一头。由于漫反射，黑夜中的冰川皎如日星，映衬得周边山体格外的黑。索朗四人看不清脚下的路，深一脚浅一脚，翻着跟头打着轱辘爬上了冰川侧面的山坡。爬坡已让人气短。他们一边爬，还一边轮流呼喊着失踪者的名字，"姜先生! 姜先生!"每喊一下都得被迫停下身段喘上半天。四个手电筒的强光柱在冰川层层叠叠的缝隙之间往复穿梭，来来回回地扫射。然而，山谷之间除了高声呼叫和沉重的呼吸，根本听不到其他回应。

"所长，羊圈那边有情况！"辅警音调忽地高了八度。索朗回头瞥见远处牧民驻地，似有红蓝两色警灯在闪烁。"走，过去看看。"

等待在冰川入口的是浪卡子县公安局派出的支援。跟县局的同志一碰面，索朗彻底懵圈："什么？旅游团丢了？"索朗身后的几位亦是面面相觑，"具体什么情况？""等一下。到底是人丢了，还是车丢了嘛！到底是哪个事情嘛！"县公安局的民警耐下心来从头讲起：他们接到报警之后，得知普玛江塘派出所已经派民警进入冰川，决定进来支援。紧接着，在奔赴冰川的路上，他们再次接到了旅行团的报警，说旅行团在返回江塘的途中也诡异地迷路了。事关重大，乡政府已启动联合救援预案。

索朗跟县里同志一合计，得先找车。当事人都在车上，能提供关于失踪者的详细线索。可是车又在哪儿呢？索朗在纷乱如麻的毛线团中揪住一根线头："按道理说，我们接警过来的时候，旅行团可能刚刚动身返回。但我们过来的路上并没有遇见旅行社的车子……他们能打电话报警，说明是在有信号的区域——""康马，康马！所长！"洛桑一拍脑袋，"康马那边的路地势略高，冰川出来，往康马去的路口没有明显标志，他们一定是岔过去了！"县局的民警眨巴眨巴眼睛，朝洛桑竖起了大拇指。

派出所的皮卡引领着县公安局的警车，一前一后地驶离冰川。果不其然，往康马县方向行驶了一小段距离，一辆白色依维柯赫然停在路中间。几步登上依维柯，索朗心里一惊，眼前的状况真可以用"糟糕"二字来形容。年纪稍长的几位游客已经呈现比较严重的高原反应，有的脸色惨白，眉头紧皱，有的喘着粗气，死命抱着氧气瓶，骨节狰狞。剩下的几位眼里写满了疲惫，面无表情，绝望地说不出话来。导游因为

"丢人"事件惊慌失措，呜呜咽咽哭个不停。

"我们来了，大家安全了。高反药先吃上，我们也带了移动制氧机，可以缓解症状。"索朗指挥民警安抚几位反应严重的游客。他再凝神一看，巧了，这不是早上开玩笑的那位女导游吗，只是梨花带雨的，跟早上判若两人。"姑娘先别哭了，介绍一下情况。"索朗拍着后背帮导游顺气，姑娘总算是哆哆嗦嗦地把气喘匀了："我们团的姜老先生不见了。事情是这样的……"

导游如实道来。旅游团到达冰川的时间差不多是下午四点半，预计在冰川停留一个小时。在导游宣布完游览范围、安全事项和集合时间之后，游客们开始自行参观。这期间三位游客出现了头痛缺氧的反应，导游陪同他们返回集结地车上吸氧缓解。一切安顿好，导游发觉离预定返回的时间已经所剩不多，于是招呼其他游客回到车上。走到冰川前方的小冰湖边缘，导游迎面碰上往回走的姜先生。"抓紧上车，我们快要出发了。"导游叮嘱完，又独自深入冰湖寻找其他团员。这，就是导游见到姜先生的最后一面。待大部队返回，导游清点人数，发现姜先生不在车上，就独自在冰川和停车场反反复复地寻找了两趟。还是不见踪影，旅行团意识到问题的严重性了，请求意欲返回的其他游客向江塘派出所报警。导游、司机，再加上几个身体状况尚可的游客第三次折返寻找，也再次无功而返。这前前后后，旅游团在冰川滞留了将近两个小时。他们眼看着人丢了，高反了，连氧气罐都要消耗殆尽了，继续待下去恐怕麻烦更大。大家一商议，决定先返回，再寻求救援。结果一上路，如絮大雪纷飞而至，天色一忽悠就暗了下来。司机视线迷茫，走着走着，就不知开去了什么地方。

索朗心里焦急，面上神色却不慌张。他有板有眼地询问："失踪者情况你知道多少？多大年纪？身体状况？样貌特征？"导游思索着开口：

"姜先生六十岁左右，但他身体看起来挺健壮的，一路上都没有什么高原反应。"她展示了姜先生在微信朋友圈发布的最新一张照片，那是他在布达拉宫前的一张留影。照片中的姜先生身着深色外套、深色裤子，斜挎着一个浅米色背包，一副神采奕奕的样子。"他穿的就是这一身。"索朗从上到下扫视了几番，把手机递给洛桑曲扎，后者将照片分发到参与搜救的每一个人。

索朗盯着导游，一字一顿地问："失踪前，他最后的方位是哪里？"导游说："我最后一次见到他是在冰湖边上。他这个人有点儿喜欢单打独斗，总是自己拍照，不太合群。我们猜测他有可能会对冰川发生兴趣，进到里面也说不定。但是谁也不敢保证。"

"还得辛苦你，跟我们走一趟。"索朗转身安排一名民警带领旅游车返回，自己则带着导游上了救援皮卡。

救援队伍再次进入冰川的时候，已是午夜零点左右。消防部队也前来增援，在冰湖附近扎营立起了明晃晃的大灯，将失联区域照得亮亮堂堂。不远处的牧民家，将篝火点燃起来，太阳能灯全部照亮。大家不约而同地心存希冀，如果姜先生此时还有意识，眼看到灯光，耳听到呼叫，就会知道任何人都没有放弃。几方商议，下一步的搜索方向仍然是冰川深处——那一片层峦叠嶂，连绵不绝，却又无人能征服的冰雪之地。冰川深处气象万千，有风姿瑰丽的冰塔林，高耸数十米的冰陡崖，暗藏玄机的冰洞，以及步步惊心的冰裂缝。索朗跟县公安局的同志制定了新的搜索方案。他们兵分多路，从冰川两侧包抄。每两个人为一组，相隔二十米距离，分散前进，这样就能照顾到更大的搜索范围。凌空俯瞰，数十盏强光在山间缓缓前进，忽而有光束相对地横向穿行，忽而强光被山石吞没又吐出，忽而强光占领制高点环形扫射。"姜先生、姜先生"的呼叫声沿着银白色的千山万壑绵延开去。

空谷回响，不闻应答。

"快看，那是不是有个亮光？"不知谁大喊了一句。几个人顾不上脚下的湿滑和耳边毛骨悚然的冰裂缝声，连滚带爬地聚到了一处。"唉，又看不到了！"盯着冰雪看太久，眼睛都骗了自己。大家继续回归原位，四散开去。"那儿，有件衣服！"洛桑曲扎脚步不稳地攀上了一处险峻的冰尖，整个人在风中摇晃。一群人连呼带吼地猛扎过去。缓缓地，一件橘红色的连帽衫被人高举起来，"看起来像是件女孩子的东西。"索朗喘着粗气上去核实，无可奈何地摇了摇头，"跟照片上差得有点儿远"。藏族百姓有在高山上丢东西的习惯，有时是帽子，有时是衣服，有时是经幡或哈达。很显然，它跟今天的失踪者没什么关系。

零下三十度的寒夜里，旋风呼啸。冷风如刀刺入心脾，索朗觉得嗓子眼有团火在灼烧，五脏六腑都被冰封，只剩下一颗心脏擂鼓般"突突突"地直跳。越往冰川深处，搜索越无路可走。几个人的体力也濒临透支的极限，纵是相互搀扶也抬不动脚步。此轮搜索无功而返。

折返到牧民住处，大家实在走不动了，横七竖八地把身体扔进了露天羊圈里。此刻，别无他求，有个能遮风雨的半截土墙已足够幸运。索朗歪倒在粗砺的大石头边，心想自己也是农村吃苦长大的，但从没有这样累过，累得他浑身上下唯一能动弹的就只剩下眼皮。他迷糊着瞄了一眼，恍惚间手表停在了凌晨四点。

不知过了多久，索朗在牧民小屋里醒来。房屋正中，牛粪燃起的炉火唤回了他的意识。牧羊大叔手捧几只小碗过来："家里没准备吃的，只有两个方便面，全煮了。碗也不够，要不拿喝酥油茶的小碗将就将就？我去湖边给你们洗洗？"一群人愣在原地，终于有人率先回神："不用不用，没那么讲究。"炉火边，人影攒动。十几个大男人就着巴掌大小的小碗小碟，三下五除二干掉了方便面。温热下肚，元气一点一滴地恢复。不再有多余的声响，大家挤成一堆沉默地烤火，枕戈待旦。

十二、一片伤心画不成

天边刚泛起微熹晨光，次日救援已经拉开了序幕。

江塘派出所、县公安局和消防大队三方商议，再重复昨日的工作收效不大，当即决定扩大搜索范围。全体搜救人员统一部署，对冰川区域及周边山丘河谷展开地毯式搜索。五米一人，拉成人墙。他们并立前进，翻遍了这片区域的沟沟坎坎。几个小时过去了，还是没有发现任何线索。索朗疑惑，物质不灭，能量守恒，一个大活人怎么可能凭空消失，没道理啊。会不会失踪老人已经离开冰川，像旅行团的车子一样迷了路？索朗的怀疑，也是其他救援人员心头的疑问。于是，搜救人员兵分三路，返程途中沿路寻找，山丘、河谷、牧民点逐一排查。同时，大队人马抵达江塘，仍然一无所获。

索朗刚一脚迈进派出所，就被袁浩杰摁到了宿舍："派出所人再少，也能轮番顶上，你必须休息。""好"字还没说出口，索朗对面的人影已经不见了。铃声骤响，索朗点亮了手机。"索朗，终于打通了，你还好吗？"手机里传来妻子德西的声音，语气颇为急切，甚至有几不可闻的哭腔。索朗淡淡地开口："去救援了。我没事。"德西忍住气息的抖动，说："我从昨天下班就开始给你打电话，一直打不通。你们单位我只熟悉洛桑，可是他的电话也打不通。"索朗沉着嗓子说："德西，我们找了一个通宵，但是人没找到。马上我还要再过去，这几天不能联系你了。"德西从索朗的语气中意识到这次的任务不同寻常。以往遇到救援任务，进入无人区之前，索朗总能挤个空电话知会她一声，这次却连个短信都没有，可见事态有多紧急。索朗没说，德西也就没问。其实，从打不通电话那一刻起，德西就猜到他进入无人区救援了。冰川凶险，她那颗悬着的心就没有落过地。他们搜索了一个通宵，她也揪心了一个通宵。但德西懂事，这当口谈论儿女私情不合时宜，不添乱就是帮忙。她说："我知道了，你多加小心。挂了吧。"

索朗人在宿舍却如坐针毡。他在脑中隔空演练，一遍又一遍地回想搜索过的区域，又一点一滴地排查遗漏的可能性。坏的结果，索朗也不是没有做过设想。可活要见人，死要见尸。冰川的那一边可是通往别的国家，万一……他不敢想。刚歇了个脚，索朗就重返冰川。

冰川这边的搜救行动再次升级。县委副书记就地召开联合救援协调会议，对下一步搜救活动如何开展做出了逐一部署。此后，县第二批救援力量再次前往冰川，对事发地可能存在的失联区域进行重点排查。旅行社也组织了社会力量协助救援。他们派出一位长期从事户外探险和徒步旅行的导游，携带着无人机航拍器，带领团队到达了冰川。索朗一看，这不是熟人狼牙嘛。可惜的是，老天不给无人机用武之地。这几日正赶上冰川附近大风肆虐，由于冰川地区特殊的地质结构，风力瞬间可攀升至八级，且风向飘忽不定。众所周知，普玛江塘这地方没有什么树木，若有，也必定会被大风连根拔起。无人机就更别提了，只要一起飞就会在顷刻间失去控制，根本无计可施。狼牙不得不放弃无人机策略，只得依靠多年户外探险的经验和对游客心理的熟悉做判断。

时间一点一滴地流逝，转眼已是搜救的第四天，仍是一点儿消息都没有。眼看着太阳升了又落，落了又升，人们火热的心渐渐凉成了水，冻成了冰。县公安局又换了一拨儿新的搜救警力，政委正在冰川入口处跟索朗探讨下一步的救援策略："停车场到冰川的路上已经找完了，连冰里面能翻的地方也几乎翻了个遍。索朗，这块区域谁都不如你们了解，你觉得还有什么可能性？你来做指挥，我们全力……"

"找到啦！"对讲机里炸出惊雷。

索朗一把夺过对讲机："在哪里？"

"冰湖西北侧，小河沟。"

奔着狼牙指示的方向，索朗一路飞奔。放在往常，他是万万不敢在高海拔做这么激烈的运动的，但眼下他什么都顾不上了。他就这样一路奔跑，一直跑，跑到脚底火烧火燎，跑到喉头溢满血腥味道。在冰湖前面，沿着一条隐蔽的小溪一路向西，向上翻越了一个小山坡之后，索朗筋疲力尽地停住了脚步。

大石头上，整整齐齐地摆着一副手套。"他"就那样，面部朝下半掩在冰中"酣睡"着。身体跟冰冻的泉水封在了一起，一半人在冰上，一半人在冰下。他身上穿着的正是朋友圈照片上的那套行头，衣服已经冻得硬邦邦的了。背包还安稳地斜挎在身上。这是失踪的姜先生无疑了。只见他的双脚一高一低，左脚离岸边不过两三步远的距离，好似刚刚迈出几步走向水边。他就这么一个动态的姿势，直接凝固住了。

最坏的事情还是发生了。看到这一幕，大家都不知该以什么样的心情应对，有人沮丧叹气，有人轻声呜咽，有人默默掉泪。索朗呢，他也说不清楚模糊他视线的到底是肆虐的冷风，还是焦灼的老泪。缓了一缓，索朗一手擦掉眼角的软弱，强迫心神恢复平静。这到底是怎么一回事呢？索朗心里暗自揣度：姜先生并没有因为寒冷而浑身蜷缩的迹象，也没有被野生动物攻击的痕迹。看他面部朝下但身体舒展的态势，像是……哦，像是直立站着突然栽倒了一样。姜老先生为什么会出现在这个地方呢？索朗回头四处张望了一下，心里大致有了个猜测。冰湖通往小溪这个方向的山体，跟去往停车场方向的样貌还真有点儿类似。他会不会是看完冰川迷失了方向？本打算返回停车场，却误入歧途。他想要避风，或是避寒，刚走到大石头后方的避风处，把手套脱到一边喝口水。就在这时，他可能听到了什么声音。野兽声？还是搜救声？还是纯粹高反上头？他脚下一滑，猛地一跌，就再也没能站起来。他们搜救怎么就没能经过这里呢？索朗低头看看脚下。难怪！这条小溪位于一处隆起的山丘上，搜救人员从山脚下经过，是根本没有机会看到悬在头顶的景象的。索朗蹲下身来，细致地打量姜先生身边的冰。靠近上游的冰厚一点儿，下游方向的冰薄一些。可见，他倒下时泉水还是流动的，并且他用身体挡了很久的水。这地方的冰河，随时都在涨落，午后时分温度稍高会融化一点儿，在冰面存住，晚上会继续冻上。这是不是意味着，他在失踪第一日的晚上就已经没有了意识？冰川样貌日夜变化，如果再耽搁两天的话，不敢想。别说两天了，最多一天，冰就可能把他完全覆盖住，这个人可能就永远地找不到了——

肩膀上一阵拍打，唤醒了老僧入定般的索朗。他回头一看，洛桑举着从消防队员那里借来的卫星电话。风太大，索朗把耳朵贴上听筒，却连信号音都听不到。"快！"洛桑把大衣解开，单手撑起，索朗顺势一缩，终于听到了电话那头的声音。他向指挥中心汇报，人找到了，但遗憾的是，只有一具尸体。上面的指示就一句话："注意安全，妥善处理善后事宜。"

下面问题来了。这人跟冰河冻在一起，怎么移走？搜救人员面面相觑。

"把身体敲下来？"

"想办法融化了？"

索朗坚持："尸体绝对不能破坏，家属还没有辨认，也不能留下二次伤害。我们现在不是也排除不了他杀的可能吗？法医鉴定估计少不了的。"他思考了一会儿，建议："能不能……把冰块……切出来？"身边人皱眉："怎么切？""整个！"索朗沿着尸体边缘横平竖直地比画着。工具倒是现成的。派出所皮卡的后备厢里常年备着惯用的救援工具。"我先打个样！"

索朗深吸一口气，大臂抡起十字镐，重重地朝尸体边缘的冰面上砸了下去。一下，两下，小幅移动，砸出一道平直的轨迹。其他人心领神会，仿照索朗的样子，抄起洋锹、十字镐，沿着预定轨迹竖直地把冰打碎。携带的工具不过就那么两三样，按理说不需要太多人参与。但这里毕竟海拔太高，任何一个人凿个两三下，就头晕气喘地无法继续。就这样，十几个人轮流作业，干了大约半个小时，冰块才慢吞吞地挪动出来。

更大的问题来了，冰块抬不动，甚至连个下手的地方都没有。

"洛桑，"索朗说，"要不把攀登绳剪了，给冰块捆上，做个把手？"洛桑想都不想，直摇头。索朗明白洛桑在犹豫什么。这条攀登绳是所里唯一一条专业的攀登工具，每次巡逻必会带上。洛桑平时根本舍不得用，当宝贝一样捧着。索朗催促："就剪一部分，快点儿！"终究是拗不过，洛桑只能听从命令，一咬牙割下几段绳索，裹上冰块，打了死结。

大家一试。嗯，抬是能抬，走不太动。索朗扒拉着各种工具，在冰块上下左右一通折腾。"就这一个法子可行。"他指挥几个人同时用力，让冰块悬空几厘米。他把铁锹、十字镐迅速往下一塞。几个人动手一拉，冰块滑动了起来。这个方法帮了大忙，从出事地点到冰湖尽头，一路都滑得顺利。可最后那翻山越岭的几公里，真是无能为力了，只剩华山一条路——硬扛。大家拆下铁锹、十字镐的金属头，仅留木棍固定在攀登绳上。虽然已有充分的思想准备，但冰块上肩的那一刻，索朗不得不承认他低估了冰块的重量。还没走出五步，他的心脏就狂跳得要跃出胸腔，疼痛的感觉放射性地从头顶炸开。身边的几位也都迈不开脚，抚着胸口喘着粗气。眼看冰块就要落地，刹那间，后面的兄弟接替他们扛起了重量。五步之后，又有一拨后补继续顶了上来。这段路大家走得极其艰难，一则要照顾脚下，二来要保持发力平衡。就这样一群人五步一换，将冰块一点儿一点儿地挪到了停车场。临走，索朗找人讨了一条哈达，将老人面部裹上，目送救护车远去。

祸，从不单行。派出所温室里，索朗孤独而立，神情凄楚，背影萧索。那天救援走得急，索朗没关严温室大门。夜凉如水，寒流突袭。娇俏动人的西红柿，尤不耐寒，全部一命呼呜。来不及成熟的果实上结满了惨白的霜，枯黄的叶子毫无生气地耷拉着。南瓜秧、黄瓜苗倒是硬挺，还保留着一线生机，但枝叶皆有冻伤，狰狞地卷曲在一起。

生命这东西，可真是脆弱啊。世间无限丹青手，一片伤心画不成。

十三、总把新桃换旧符

晚饭后，正清闲。兄弟几个哪里也没去，猫成一堆儿聚在温室门外的犄角旮旯。

大可说："耳朵可是一星期没有笑模样了。"洛桑掰着黑黑红红的手指："没错，七天了，我数着呢。"洛桑曲扎叹了口气，建议："怎么办？找个人去劝劝？"袁浩杰一拍大腿："那磨叽啥，去劝啊！"

大可摇头："不行，我年纪还小，嘴上没毛。"洛桑憨憨一笑："呵呵，我更不行，不会聊天。"洛桑曲扎撇嘴："我头发不长，见识也短。"袁浩杰"噌"地跳起来："那……意思是只有我能去呗？"洛桑曲扎捆着袁浩杰："不着急，蹲下蹲下。"大可恭维："副教，你阅历丰富，内心成熟。"洛桑频频点头："副教，你是教导员啊，擅长做思想工作。"洛桑曲扎拍着袁浩杰的肩膀："你合适，想法多。你看你头发长，还是自来卷，每根头发都有自己的想法。""找死，你个黑鬼！"袁浩杰蹙眉甩头，"唉，关键是这次事情太大，我也不知道怎么劝。"

几个人你一言我一语地出谋划策，什么"遗憾总是难免的"，"木已成舟，要顺其自然"，"别总是自己跟自己过不去"……袁浩杰不胜烦恼："唉，你们几个废物点心！去就去。"

袁浩杰带着搜肠刮肚想出来的几句话，推门进了温室。看到索朗的那一刻，他突然觉得话到嘴边，却没有一句话能用。满打满算十秒钟，袁浩杰就从温室跑出来了。几个人惊呼："啥？你这么快就聊完了？"袁浩杰点头："嗯。我就说了一句，时间是治愈一切的良药——""切！这不跟没说一样。"

温室里，索朗眉眼淡然地蹲坐在田垄边。他安安静静地握着小铲子翻动土地，将冻伤的秧苗一点儿一点儿地清除出去。旅行社那边传来消息，法医鉴定姜先生为意外死亡，委托派出所开具死亡证明。同时，旅行社的负责人转达了家属的心意。他们理解在冰川严寒的生存环境下，姜先生生还的几率基本为零。他们向派出所坚持不懈的搜救表示了谢意，并感谢在最后时刻为姜先生保留了完整遗体。这声感谢，他有点儿担不起。

索朗手下功夫不停，腾出另一只手拨通了妻子的电话。"德西，是我。这件事情，我办得不怎么好。"索朗低沉出声，一字一句听起来都是叹息。

德西斟酌了半天才开口："你尽力了，你们都已经尽力了。"往常，索朗是个报喜不报忧的人，他工作上的烦恼从来不流露给家人。所以，德西非常惊讶索朗会说出这样的话。这话中满满都是对自己的谴责。德西想要安慰，却也无从开口。

"你知道吗？其实最近的时候，我们离他只有二十米。"毫无征兆地，滚烫的泪水涌出。索朗用手掌敷住眼角，千方百计想要堵住。"我真应该日夜不停地找，一刻不停地找……我就不应该吃那碗方便面。如果我们一刻都不停，老先生可能不会出这种事……"

或许是自小经历了太多人情冷暖，即便陌生人的离世，索朗也能感受到切肤之痛。四天三夜的不眠不休，上百人次的搜救力量，用了一切能用的手段，仍是无法挽回老人的生命。索朗惋惜一条鲜活生命的逝去，更痛恨自己无力回天。这种遗憾一旦发生，便是永远无法弥补的。如果不能做点儿什么，怕是这样的遗憾还会再次发生。

满目山河空念远，落花风雨更伤春。索朗也晓得"凡事有度，过犹不及"的道理。渐渐褪去上次救援的阴霾，已是年末。

普玛江塘下起了鹅毛大雪，积雪直逼小腿肚。"所长，快来。"索朗被张大可拽着衣袖出了营房。雪后初霁，难得的阳光和煦。派出所的兄弟们，像孩子般嘻嘻哈哈地在雪地上撒着欢，笑着闹着堆起个雪人。

"这个雪人看起来哪里不太对啊？"索朗歪着脑袋打量。"呃……所长，你没看出来吗？这是一个雪……女人。"小伙子们调皮地在雪人身上比画着，"你看她曲线玲珑，还穿着条洁白的裙子。"张大可天真无邪地眨巴着眼睛："也不知道怎么的，你来一下我来一下的，堆出来居然是个女孩子！"旺庆指着大可的鼻子，大喊："就是你小子偷偷干的，别跑！"璀璨夺目的阳光下面，皑皑白雪绵延到天际，一群年轻人捏着雪球嬉笑着，叫骂着，追逐着。"把他给我拦住！"忽而有人被拦腰抱起，被摁在雪窝里，跟一哄而上的小伙子们扭打成团。一群人没心没肺

451

地砸着雪球，傻笑着左右躲闪，喘着粗气滚了一地。

"滴滴……"一辆吉普划了一道完美的弧线，停在院中央，鸣笛。索朗上前跟司机嘀咕了几声，心下了然。他不动声色，回头冲着乐不思蜀的几位喊："正事来了。新年慰问，队里送物资来了。袁浩杰来接车，张大可做好记录。别丢人，注意军容风纪啊！"

"是！"几个人满头满身尽是雪，上下左右一阵紧忙活。大可取了相机过来，立在车旁待命。隐隐约约中，他仿佛看到所长冲他挤眉弄眼。

太阳打西边出来了吗这是，所长怎么会有这样滑稽的神色？要么是抽筋，要么是错觉，大可闭眼甩了甩头。

袁浩杰用力一拉车门，大家当场呆住。哪有什么慰问物资？吉普后座上赫然绽放着一朵英姿飒爽的警花。

半天没见动静。"傻了？"警花开口。

袁浩杰仍是一句话都说不出来，眼圈一红，大臂一收，将警花紧紧纳入胸怀。

袁浩杰"为爱走天涯"的故事人尽皆知。他跟妻子在"天然氧吧"勒布派出所相知相爱，彼此承诺相守一生。但按照规定，夫妻两人不能在同一单位工作。为了让妻子不那么艰苦，他情愿自己选择艰苦，主动申请调到普玛江塘派出所。新婚，也是道别。

许久之后，某人环抱中的警花醒过神来："哎呀，大可，你怎么哭了？"噼里啪啦一通乱响。大可把相机举得高高的，正腾出一只手悄悄拭泪。被警花这么一问，大可更绷不住了，孩子似的放声大哭："嫂子，啊……我又相信爱情啦……啊……"

"真是少年不识愁滋味啊！"索朗笑着摇头，远离了嬉戏喧闹的人群，在一个僻静的角落蹲了下来。这段无忧无虑的闲暇时光，仿佛偷来的一般不真实。索朗眯着眼睛不说话，静静地放空。过了好一会儿，他好像突然想起了什么，动手将军装上的武警臂章和边防胸标摘下来，浅浅地插在雪上。他举起手机，"咔嚓"一声，锁住了这个瞬间。照片背景不偏不倚正好是江塘派出所的精神坐标——哨塔。索朗想：或许以后没多少机会穿这身军装了，但穿过它，就是他索朗这一生最美的梦。

大家伙喜悦着，惆怅着，就这么迈进了 2019 年。这年的 1 月 1 日，公安边防部队集体退出现役，转隶为国家移民管理局。索朗他们有幸成为共和国第一代移民管理警察。

这天中午，索朗在网络上发布了一条视频：湛蓝的天空下，几位身着橄榄绿的边防官兵列队一排。在他们目光所注视的方向，索朗达杰双手将"普玛江塘边防派出所"的牌子摘下。所有人敬礼，目送旧牌离开。转眼之间，"橄榄绿"换装成了"藏青蓝"。在民警和村民的掌声中，索朗达杰和村民代表共同揭开红布，新牌更名为"普玛江塘边境派出所"。这条视频刚一传播，就收到数以百计的点赞和评论。大家表示深受感染的同时，更赞叹派出所的用心。组织上没有任何要求，但是索朗想着总得留下点儿什么，于是带着大家设计了这么一个仪式。生活多一点儿仪式感，不好吗？部队改制乃是时代洪流，浩浩汤汤。派出所的几个人，作为洪流中的几滴水，虽微不足道，也还是盼望着能留下点儿自己的痕迹。见识了越来越多的生死，索朗也愈发想要向这个世界证明自己存在过。至于从军装换成警服什么感觉？索朗一时还品不出来，他说："好像穿惯了迷彩的人突然让他改穿西装，哪里都不太自在。"倒是有位村民一语道破天机："平时都是穿军装，突然之间换了个深色的。诶，大耳朵所长，你倒是变白了嘛！"

手机一震，飘来狼牙发来的短信："索朗哥，今日我会去普玛江塘，有机会一见。"索朗心想，冰川旅游的旺季，狼牙这是又带着游客来了吗？

"哧……"下午刚上班，窗外传来响亮的刹车声。最近以江塘的天气也干不了什么工程嘛，附近怎么会开过来大卡车？索朗满心好奇地走出派出所一探究竟。远远的，狼牙从卡车上跳了下来，笑得眉飞色舞："索朗哥，看我带了什么过来！"索朗勾头一看，大型卡车的货斗里密密麻麻地装满几十上百个编织袋："这是……"

上次有幸得到江塘派出所的救援，狼牙就惦记着做点儿什么。临走时瞄见派出所一旁的江塘完小，狼牙顿时有了主意。要么不干，要么就干点儿实惠的。于是，他在自己的朋友圈发起了一项给小学生的募捐。就那么几天，来自全国各地的快递雪片一般飞来，有的来自他的朋友，有的来自朋友的朋友，甚至素昧平生的陌生人。狼牙拍着胸脯保证："人数我跟小学校长核对过了。每人至少一套床单、被套、棉被，一双袜子、一双手套……一个人都不会少。"

索朗又惊又喜："你可太有心了，这些都是立马就能用得上的东西。真不知道怎么感谢你。"

狼牙笑着摆手："不谢。在江塘，你把我救了。打那时起，我的命就不再属于我自己。还记得你当时给我端了一碗方便面，那可是我那天唯一的热乎气儿，是我能记一辈子的热乎气儿。我不求别的，就希望孩子们这个冬天不再寒冷，多点儿热乎气儿就行！"

十四、人生看得几清明

指缝太宽，总也抓不住时间。这年中秋，冰轮离海岛，乾坤分外明。

这日索朗外出，副所也休假，两位特意留话：小伙子们在家"好

最美国门名片

· 454 ·

好团圆，务必尽兴"。大家伙兴奋地搓着双手张罗一顿团圆大餐。厨房里锅碗瓢勺开会，叮叮当当作响，时不时传出几声自鸣得意的激赞。"哎呀，这新摘的小菜小瓜太水灵了，可不能被你们祸祸喽。""今天你有口福了，可以尝到哥哥我称霸武林的碉堡手艺，看我怎么把小菜小瓜变成生猛海鲜。"屋内欢声笑语，不绝于耳。屋外人间烟火，袅袅升腾。

但是再风平浪静的时刻，也总会有人保持十二分的警觉。这是几年下来大家跟着索朗耳濡目染养成的习惯。一个瞬间，袁浩杰耳朵一动，沉声说："是不是通信室有电话声？"这个时候电话响起，通常不是什么好征兆。果不其然，有人被困无人区，报警求助。几十公里外的索朗也同步得知了消息，急得直跳脚。袁浩杰在电话里安抚："所长，就算你脚下有朵筋斗云也来不及啊。行了，交给我们几个吧，保证事情办得漂漂亮亮。"索朗沉吟了一下，不再坚持，嘱咐他们"注意安全，见机行事"。袁浩杰放下电话，回身一看，小伙子们已经整整齐齐地在救援车上就座，发动机微微抖动着，蓄势待发，只等他一人登车。

深沉的夜幕上月明如昼，地上却看不到一点儿亮光。派出所几个人到达预定区域，却没有发现任何被困车辆。夜色越来越深，他们寻人的心像热锅里油炸的蚕豆。遵循一直以来的搜救惯例，袁浩杰指挥大家以救援车为中心，同时朝着东南西北几个方向分散搜索。有人涉水过河，有人翻越山丘。几盏耀眼的强光柱在无边的黑夜中逡巡，前进了三四百米之多。忽然，远处一阵高喊："在这边！在这边！"铺开的搜索大网以五指并拢的速度收回。剩下的民警立即调头，返回，登车。

事故现场，被困越野车的两个后轮深深没入沼泽，三位乘客低头耷脑地立在一旁。民警们话不多说，娴熟地施展救援动作：挖被陷轮胎、挂钢丝绳、牵引拖车……洛桑在驾驶室里一脚油门轰到底，剩下几位在后面竭尽全力。可惜的是，被困车辆纹丝不动。大家调整角度和方位，再推再拉，越野车依然不动。几次三番地施力，越野车始终无法冲出重围。退而求其次，袁浩杰征询乘客的意见："问题不大，但是需要专业拖车。今天天色太晚了，要不几位先跟我们回派出所休息，明天一早再来拖车？"看着车里满满当当塞着的几大箱"长枪短炮"，大可也建议："行李要不先留在这儿？车锁好，没人来动你们东西。"

乘客当场就不乐意了："那可不行，我们几个是搞摄影的，这可是我们吃饭的家伙。"几个人轮番上阵抗议："一个背包的设备价值都上百万呢！""这要是丢了，上哪儿说理去？""我可不走。要走，必须带着器材走！"

救援陷入僵局。袁浩杰心急如焚，绕着救援车前前后后转了几圈。几位民警在一旁比比画画着小声嘀咕。几个人脑袋一碰："就这么办！"大家先是把三位摄影师请到救援车上安然落座，再一件接一件地把堆积如小山的摄影器材挤到后座。最后篷布一掀，四位民警把腰一猫、背一弓、缩着脑袋，鱼贯爬进了后备厢。

返程路上，车子一如既往地颠簸。这次，乘车体验是前所未有的非人，五脏六腑可谓乾坤大挪移。上一秒，他们如乒乓球般在货斗里上下跳跃；这一秒，他们如保龄球般在后备厢前后左右地翻滚，把周边的不管是人还是物都撞得东倒西歪；再下一秒，人与皮卡齐飞，先妙不可言地凌空滞留，再哀号满地地重重砸下。几个人咬碎了后槽牙也不忘调侃："这是什么招数？小鲤鱼跳龙门？""我猜是乌鸦坐飞机。""唉，我以为飞机失事了呢，还在想赶快跳伞，跳伞。"

终于，颠簸进入了尾声。黑暗中也不知道是谁，伸手把篷布那么一撩，如梦如幻的画面照了进来。无边的夜幕上，月亮皎洁清明，像银盘一样挂在天上。周边繁星点点，伸手可摘。在江塘，无论是月还是星，比起平原地区的夜空，都显得更加圆润和明亮。整个山谷间万籁俱寂，只有这么一辆车，徐徐前行。

江山如画，不似人间。

"中秋就这样过去了。"大可抱着膝盖，仰着脖子，痴痴地发了一路呆。

"救了人，再赏个月，圆满的人生不过如此。"笑意写在袁浩杰的脸上，洋溢着满足的愉悦。

索朗终究还是赶回了所里。这会儿的他心静如水，窗前负手而立。虽然没有亲身参与，但他在脑海中一刻不停地描摹着救援的行动路线。

前一刻，索朗还在想：这会儿他们该是通过那个漂着汽车牌照的小河沟了吧？如果没被狂风吞噬，那个"快速通行"的警示标志或许还在。自从那次惨烈的冰川救援之后，索朗就一直在思索制度上的改善，化堵为疏，化被动救援为主动预防。在岗布冰川这样的地方从事救援，不能只埋头傻干。这样不仅事倍功半，更是置派出所民警于险境而不顾。所里就这么几个人，两只巴掌数得过来，面对日益增长的救援需求，就算让他们夜以继日地挂在冰川，填在山谷，也是应付不过来的。在那次之后，他带着民警们渐渐摸清了容易迷路、频繁被困的危险地带，沿途设立了数十个警示牌。这个小河沟就是其中之一。由于经常出事，泥水冲刷下来的汽车牌照被人一次又一次地遗忘在那里。

索朗又想：没错，如果不是特殊情况，被困地点应该就在河流以西。通往冰川的路不止一条，难度也高低参差。有一种走法是艰难的路，另一种走法则是更加艰难的路。索朗带着大家前前后后跑遍了无人区，发现以一条不知名的河流为界，东西两侧皆可通行。河流东侧沼泽面积大，事故高发，而西侧相对没那么容易出事故。于是，他将执勤点缩减为一个，设在必经之道上，通过人工引导和物理阻拦的方式，防止游客进入不安全的路段。嗯，按这次情况来判断，直接奔着河流西岸去找，应该不会有太大问题。

索朗抬手看了一眼手表，心下判断：他们这会儿肯定在返程路上了吧。无人区深夜情况复杂，切不可恋战，需要当机立断，要么即刻拖车，要么先把人带回。这么长时间的操作下来，团队之间早已形成了默契。最多一个小时，他们应该能够顺利到达了吧？

几盏茶的工夫，救援皮卡"哧"的一声刹车。大灯一晃，索朗早已立在车前。他一脸慈祥，远看只剩下两排白牙和弯弯的眉眼，绽放着舐犊情深的爱意，温暖似春风。车里半天不见动静。索朗心想，人呢？磨蹭什么呢，还不下车？他朝车里探头张望，没看到什么熟悉面孔，倒是后备厢滚出了什么不知名的东西……一个，两个，三个，四个。定睛一看，果然不是东西，这分明是四只"泥猴子"。"泥猴子"们相视而立，眨巴眨巴眼，乐得前仰后合。索朗招呼："快去食堂，给大家加餐，洗尘。""泥猴子"们高声应和："哈哈哈，是得好好洗洗！"

安顿好一切，"泥猴子"们相继入席。桌上每人的位置上，赫然放着一碗冒着热气的方便面和一小块月饼。索朗说："时间太晚，只能一切从简。不过我有音乐给各位助兴。"他点开手机，歌词悠悠然飘出："在你的眼里，风是一首歌。要迎风而战，燃烧成火焰……"

循环了一遍，索朗才小声插话："这是海鹏写给江塘的歌，叫《高山之巅》。当初随口一提，没想到他真的写出来了。"大家眼里光彩闪烁，谁也不愿开口，痴痴地听，静静地品。歌里唱："青春它不褪色，纵使老了容颜。踏雪留痕，只要家国平安……"

大家从这歌里听出了各自的故事：有那个拥在一起听风取暖的夜晚，有那夜困羊圈的枕戈待旦，有不得不说再见的泪水和哀愁，有常年奔袭冰川的血与汗，有欢歌笑语的雪后初霁，当然，也少不了今晚的月

踏雪留痕，只要家国平安

光倾城……

　　余音绕梁，索朗的心思也盘旋到了远方。他想，盛世太平，也许没有谁会留意在山岳之巅、世界尽头有这样一群可爱的年轻人。他们是谁？他们为何而战？更不会有人记得他们经历了怎样的奋斗，付出了什么样的心血。可这又有什么关系呢？他们在普玛江塘活过，爱过，奋斗过。他们用战斗的意志和青春的热血征服了这片生命禁地。他们用夜以继日的努力守护着一方安宁。他们疯狂却从不迷惘、拼搏却从不蹉跎、失败却从不气馁。至少头顶共享的那轮明月看到过，世间流传的那首歌曲听到过。回首往事也就无怨无悔了，他们配得上那几个字："牢记使命，不忘初心"。

　　"不忘初心？"一声低语打断了索朗的思绪。"所长，我们可都觉得你变了。"旺庆一小口一小口嗫着小月饼。

索朗的耳朵一阵红一阵白，诧异地问："我怎么……变了？"

旺庆环视一圈，见大家纷纷向他挑眉递眼神，索性大了胆子说："嗯，变了。想当初，你像一只扑火的飞蛾，倾尽一己之力达成目标，也不管那目标有多么的不可思议。"

洛桑在一旁帮腔："一天到晚闲不下来，真的烦。"

旺庆接着说："后来呢，你不再单干了，把我们改造成了一窝子蜜蜂，你就是那领头的蜂王。大家劲儿往一处使，逢山开路，遇水搭桥。"

洛桑狠狠点头："没错，都是带翅膀的！"

索朗悬着的一颗心放了下来，抿嘴："这么个变法啊，不像坏事。那现在呢？"

洛桑圆眼一亮，摊手："翅膀硬了呗，我们单飞了。"

旺庆细细分解："过去救援，你回回冲在最前面。现在，可算是放心交给我们了。"

袁浩杰咧嘴："可不是嘛，不飞，那长翅膀干吗？"

索朗说："话糙理不糙。我也盼着你们单飞，盼着你们超越我。一个任务只要能漂亮地完成，我不介意它是不是我自己完成的。"他托着腮，想了一会儿，接着说，"要说这眼下啊，我希望打造一个江塘派出所的蜂巢。一种稳定、高效、低耗的流程和结构。这样不管谁在这个窝子里，都能保证咱们的战斗力代代相传，活力生生不息。现在看来，这个蜂巢也八九不离十了。"

张大可似懂非懂地说："这都什么扑棱蛾子、蜜蜂窝子的？这歌是在讲这个的？"桌上一片哄笑，大家把手上的半个月饼都塞到了大可嘴里。

窗外，皎洁的皓月已渐渐隐去，一抹微弱的绯红晕染着还未苏醒的天空。大家各自散去，抓紧补觉。索朗和袁浩杰倒是没了睡意，裹紧大衣走了出去。天空原本是水墨质地的藏蓝色，俩人走着走着，天，就一丝一缕地亮了起来。

索朗歪头："君子兰会养吗？你和洛桑曲扎要好好对待它。"他兀自勾了勾嘴角，又缓缓开口，"还别说，它好像比我四年前接手的时候，长高了一点儿。"

袁浩杰了然一笑："它终于明白了，活着不只是为了喘气。"

出了一阵神儿，袁浩杰开口："老是有人问我，普玛江塘到底在哪里？"

索朗说："我也经常面对同样的问题。我跟他们说，拉萨去过吧？站在拉萨，四周望一望，找到最高的一座山。山的最高处，可能被云雾遮盖了，你甚至都看不见，就是普玛江塘了。"

袁浩杰啧啧出声："好回答。接着人家还问，在江塘待着是不是特别苦？"

索朗反问："苦吗？"

袁浩杰失笑："苦，当然苦！你以为我现在上气不接下气，冻得鼻青脸肿的，是因为啥？我看啊，你这大耳朵也快要雨打风吹去了。"

索朗伸手捂了捂："耳朵是冷，但心是热的。"

袁浩杰点头："是苦，但又不尽然。"

索朗感慨："吃得了苦，才尝得到甜。瞧！普玛江塘的这个瞬间，不就是多少人日夜奢求而不得的画面嘛。"

两个人踱步到草原上，神态安宁，嘴角带笑，全心全意地沉浸在此刻的美景中。晨曦初照，遥远的地平线上跳出第一缕金灿灿的光芒，整个天际被映照出一片绯红。在五光十色的朝霞映衬下，草原澄碧，山川清朗。

　　欲达高峰，必忍其痛；欲予动容，必入其中。在世俗眼光中，这里是几不欲生的生命禁地，但在派出所这群年轻人眼里，江塘的日子快乐得至真至纯，美得令人窒息。

　　作者注：谨以本文向普玛江塘边境派出所历任民警致敬。因结构考虑和篇幅限制，恕本文不能一一列举，特将诸多年轻民警的故事浓缩于虚构的张大可一人。

　　　　　　　　　　　　（文中照片由西藏出入境边防检查总站提供）